Michelle Schrenk
Wann immer wir träumen

Bisher bei Loewe Intense erschienen:

Wen immer wir lieben
Wann immer wir träumen

MICHELLE SCHRENK

WANN IMMER WIR TRÄUMEN

Loewe INTENSE

ISBN 978-3-7432-1165-0
1. Auflage 2022
© 2022 Loewe Verlag GmbH, Bühlstraße 4, D-95463 Bindlach
Dieses Buch wurde vermittelt von der Literaturagentur
erzähl:perspektive, München (www.erzaehlperspektive.de).
Umschlaggestaltung: andreajanas.com
Umschlagmotiv: © VerisStudio/shutterstock.com
Innen- und Klappenillustrationen: Laura Rosendorfer
Printed in the EU

www.loewe-verlag.de

Glaubt immer an euch und eure Träume, dann werdet ihr fliegen.

PLAYLIST

Adel Tawil – Die Welt steht auf Pause
BENNE – Was zum träumen
Clueso – 37 Grad im Paradies
Clueso feat. Andreas Bourani – Willkommen zurück
ela. – Lila Cadillac
Frida Gold – Wovon sollen wir träumen
Gentleman x Sido – Schöner Tag
HE/RO – Kuss an Dich
Herzchen – Mein Kind
JORIS – Komm Zurück
KAYEF – WOW
Klima – Schwesterherz
Knappe – Immer nur wir zwei
LEA X Casper – Schwarz
LEA – Wenn du mich lässt
Mark Forster, Mathea – Willst du mich
Mathea – Chaos
Mike Singer – Forever Young
Montez x Elif – Immer wenn ich gehen will
Moritz Garth – Kaltes Wasser
Namika – Kompliziert
Nico Suave & EMY – Camouflage
Revolverheld – Neu erzählen
SDP – Wenn du in meinem Arm bist
Vega, Montez – Irgendjemand wie du
Wincent Weiss, Johannes Oerding – Die guten Zeiten
YAENNIVER – HALB SO ICH

KAPITEL 1

immer

»Ich hab noch nie ... mit einem völlig Fremden rumgemacht.«

Entgeistert starrte ich Lina an, die wie selbstverständlich einen Schluck von ihrem Getränk nahm. Auch Nika hatte den Becher an ihre Lippen gesetzt und obwohl ich versuchte, nicht so überrascht darüber zu sein, dass ich die Einzige war, die gerade nicht zu ihrem Getränk griff, war ich es doch irgendwie.

»Haha, Kaia trinkt als Einzige nicht«, hörte ich prompt jemanden rufen. Keine Ahnung, wer das war, irgendein Kerl aus der Uni. *Ja, sehr lustig.* Der sollte sich lieber mal um seine Angelegenheiten kümmern. Wie zum Beispiel darum, seinen Hosenstall zu schließen.

Wir spielten *Ich hab noch nie* und gerade war meine große Schwester Lina an der Reihe gewesen. Bei dem Spiel ging es darum zu offenbaren, welche Dinge man im Leben noch nicht oder welche man schon erlebt hatte. Wer an der Reihe war, warf eine Aussage in die Runde. Wenn man die entsprechende Sache getan hatte, musste man trinken, falls nicht, dann ... eben nicht. So wie in dem Fall ich. *Und in vielen vorherigen Fällen ...*

»Was, ihr habt beide schon mit einem Fremden geknutscht?«, fragte ich meine Schwestern mit zusammengezogenen Augenbrauen, woraufhin sie mich angrinsten.

»Na klar, erst heute wieder. Aber psst ...«, sagte Nika.

Was? War das ihr Ernst? Wann denn? Mit wem? Gab es neuerdings so was wie Knutschbuden, zu denen man ebenso selbstverständlich ging wie zum Bäcker?

Einmal Kuss zum Mitnehmen. Heute bitte mit Zunge.

»Du etwa noch nicht?«, riss mich Lina aus dem kleinen Film in meinen Gedanken.

Kurz musterte ich sie. Wie immer sah sie mit ihren eingedrehten hellen Haaren perfekt gestylt aus. Das enge rote Kleid schmeichelte ihrem sportlichen Körper. Wir alle drei waren sportlich – meistens zumindest. Wir waren auch alle drei blond und hatten blaue Augen. Aber ansonsten waren wir doch sehr unterschiedlich.

»Und, hast du?« Lina ließ nicht locker.

Als ich mich verlegen umsah, bemerkte ich, dass die Party inzwischen in vollem Gange war. Der Garten war geschmückt, bunte Lichter, Girlanden und elektrische Kerzen zierten die Bäume und Tische. Sommerluft stieg mir in die Nase und Sterne funkelten am klaren Himmel. Und auch ich bekam in diesem Moment immer mehr Klarheit. Und zwar in Sachen *bescheuerte Dinge tun.*

Nicht Lina, sondern das Spiel holte mich zurück in die Realität. Ein Kerl war an der Reihe. Er hob seinen Becher und sah schmunzelnd in die Runde. »Ich hab noch nie ... etwas Verbotenes getan.«

Wieder blieb mein Becher ruhig in meinem Schoß liegen, während meine Schwestern tranken. Ein Blick zu den anderen verriet mich erneut als die Einzige, die nicht mithalten konnte. Tja, ich war offenbar die absolute Partykönigin. Wo war eigentlich das Konfetti? Und wo meine Krone?

»Was Verbotenes? Was denn?«

Lina lachte. »Wenn ich dir das sagen würde, müsste ich dich leider umbringen, Schwesterherz.«

Nika nickte zustimmend. »Jap, ich hülle mich ebenfalls in Schweigen.«

Ich verschränkte die Arme vor der Brust und grummelte etwas unverständlich vor mich hin: »Okay, dann halt nicht.« Was war bloß los mit ihnen? Oder eher mit *mir*? Ich fühlte mich dezent fehl am Platz. Doch ehe ich weiter darüber nachdenken konnte, ging es schon in die nächste Runde.

Ein Mädchen mit dunklen Haaren und einem weißen Kleid hob ihr Getränk. »Also ich hab noch nie ... Liebeskummer gehabt.«

Jetzt wusste ich, dass Lina und Nika auf alle Fälle trinken würden. Lina hatte ich schon mehr als einmal als heulendes Häufchen Elend erlebt und wegen Nikas aktuellem Liebeskummer waren wir schließlich hier. Denn ihr Freund – oder besser gesagt ihr *Irgendwas-in-der-Art-Ex-Liebhaber*, denn Freund hätte ich diesen miesen Kerl von Alex nicht unbedingt genannt – hatte erst vor Kurzem mit ihr Schluss gemacht. Oder die Affäre beendet, wie auch immer man das nennen wollte, was da zwischen den beiden gelaufen war. Ja, sie hatte sich offensichtlich in etwas verrannt und wir waren nun die Trostspender. Und das, obwohl vor allem Lina sie mehrmals gewarnt hatte. Lina hatte nämlich vor gar nicht allzu langer Zeit eine Theorie aufgestellt. Es ging dabei um Kerle – oder genauer gesagt um Bad Boys wie Alex – und darum, wie man sie durchschaute. Sie hatte ihre Merkmale und Verhaltensweisen bis ins kleinste Detail studiert und Nika infolgedessen eindringlich vor Alex gewarnt. Wobei sie mit all ihren Theorien nicht immer ganz richtiglag, aber gut, genau deshalb war sie jetzt glücklich.

Mit ihrem Freund Ben. Das war aber eine andere Geschichte.

Das Mädchen, das an der Reihe war, trank nicht.

»Was, du hattest noch nie Liebeskummer?« Ein Kerl mit roten Haaren, der mich irgendwie an Ed Sheeran erinnerte, sah sie fragend an. Es war ein anderer als der Trottel, der vorhin einen blöden Kommentar über mich gemacht hatte.

»Neiiin«, sagte sie gedehnt. »Wenn, dann haben die Kerle wegen mir Liebeskummer. Hallooo, schau mich doch mal an«, erklärte sie und streckte grinsend ihre Brust raus. Selbstbewusstsein hatte sie ...

»Die ist ja mal so was von arrogant«, flüsterte Nika und verzog dabei ihr Gesicht. »Liebeskummer kann jeden treffen, egal, wie man aussieht.«

Ich tätschelte ihre Hand und befürchtete schon, dass sich gleich – mal wieder – ein Redefluss über uns ergießen würde nach dem Motto: *Alex ist so ein mieser Kerl.* Doch sie blieb standhaft. Vorerst zumindest.

»Ähm, Kaia, oder? Du bist dran!« Ein braun gebrannter Kerl mit dunklen Haaren deutete auf mich.

Ich erstarrte. Mist. Was könnte ich sagen? Ich grübelte einen Moment, bis ich eine Idee hatte. Ich streckte die Hand inklusive Becher in die Höhe, blickte feierlich in die Runde und verkündete: »Ich hab noch nie eine App entwickelt.« Demonstrativ nahm ich einen tiefen Schluck. Alle Augen waren auf mich gerichtet. Ha! Wer war jetzt die Einzige, die trank?

»War das ein Scherz oder so?«, fragten meine Schwestern lachend.

Der dunkelhaarige Kerl sah in die Runde und zuckte mit den Schultern. »Okay, vielleicht machen wir lieber mal was anderes. Wollen wir ein paar Cocktails mixen? Ich hab da 'nen angesagten neuen Drink. Wer will einen Riiingooo?« Die anderen klatschten. »Dann yallah!«, rief er lauthals, woraufhin sich der Kreis auflöste.

Für mich der perfekte Moment aufzubrechen. Aber so was von yallah!

»Das war wieder mal typisch du!« Lina grinste und leerte ihren Becher in einem Zug.

»Wollen wir auch so einen Ringo?«, wollte Nika wissen und stupste mir mit dem Ellbogen leicht in die Seite.

»Ne, ich hab genug für heute. Genug Infos, merkwürdige Aussagen und Bier. Ich pack's jetzt.«

Die beiden sahen mich fragend an. »Jetzt schon? Es ist doch noch gar nicht so spät, die Party hat gerade erst angefangen.«

Da hatten sie recht. Als ich auf meine Uhr blickte, erkannte ich, dass es gerade mal elf Uhr war, aber mir reichte es für heute. Der Tag war wieder unheimlich vollgepackt gewesen. Nicht nur, dass es in der Uni stressig gewesen war, nein, ich hatte auch Nika zwischendurch immer wieder aufbauen müssen wegen dieser Hohlbirne Alex. Außerdem hatte ich Lina bei der Recherche für ein Projekt geholfen und dann auch noch Mamas gefühlt minütlich eintreffende Nachrichten zur Planung der bevorstehenden Hochzeit beantwortet. Ich liebte sie wirklich, aber langsam wurde sie dezent verrückt. Und noch dazu war es mitten unter der Woche.

In mir machte sich die Vorfreude auf mein Bett breit. Ich brauchte dringend Schlaf. Wenn ich jetzt sofort nach Hause ginge, hätte ich sogar noch die Möglichkeit auf sieben Stunden davon – und die brauchte ich. Wissenschaftlichen Erkenntnissen zufolge benötigte der Mensch täglich mindestens sieben Stunden Schlaf, um leistungsfähig zu sein. Das wusste ich, weil ich mich mit allen möglichen Statistiken beschäftigte. Mein Name Kaia Schiffner stand im Duden genau zwischen den Worten *Organisation* und *Statistik*, zumindest behaupteten das meine Schwestern. Und ja, Organisation lag mir.

»Jetzt komm schon, Kaia, bis jetzt war's doch richtig lustig.«

»Ja, superlustig, ich bin halt nur die absolute Niete in diesem Spiel.« Ich strich über meine beigen Shorts, die ich mit einem kurzen weißen Shirt und beigen Sandalen kombiniert hatte, auf denen kleine Steine glitzerten.

»Ach was, ich meine, dafür hat bei diesem App-Entwicklungsding außer dir niemand getrunken. Verbotenes tun, Fremde knutschen oder sonst was kann jeder. Du bist stattdessen ein echtes Superhirn oder so«, entgegnete Lina grinsend.

»Ja, oder so. Und du«, ich deutete auf Nika, »hast heute schon einen Fremden geknutscht? Wann? Wen? Warum?«

»Ach, so 'nen Kerl. So einen mit ... mit ... mit Haaren.« Sie fuchtelte mit den Händen neben ihrem Kopf herum. »Ich dachte, ich könnte Alex damit besser vergessen. Aber na ja, hat nicht wirklich geholfen.«

»Natürlich nicht«, sagte ich und schüttelte den Kopf. Wir fühlten wirklich mit ihr, Liebeskummer musste echt richtig blöd sein, aber ... »Was heißt hier eigentlich *mit Haaren*? Was ist das denn für eine Beschreibung? Weißt du etwa nicht mal, wen du geküsst hast?«

Lina lachte. »Das Wort *Fremder* ist dir aber schon ein Begriff, oder, Kaialein? Und das Wort *Ablenkung*? Sicher war es deswegen, oder, Nika?«

Unsere kleine Schwester nickte. »Natürlich. War auch nur ein Kuss, mehr nicht. Wobei, eigentlich war es sogar nur ein Küsschen, also ohne Zunge. Das gilt dann ja gar nicht als richtiges Knutschen, oder?«

Lina prustete los. »Ich kann nicht mehr. Stimmt, ohne Zunge ist es nur ein halber Kuss. Das wär ein cooler Buchtitel, den muss ich mir unbedingt merken.«

»Ja, ist doch so, oder?« Nika zuckte mit den Schultern.

»Ach ja? Du musst also jemanden finden, dem du die Zunge komplett in den Hals stecken kannst, sonst gilt es nicht?«, hakte Lina noch immer lachend nach.

»Versteh ich nicht«, sagte ich, während Nika uns die Zunge herausstreckte.

»Was verstehst du nicht, Kaia? Ist doch logisch. Um jemanden zu vergessen, lenkt man sich am besten mit jemand anderem ab. So lange, bis es einen nicht mehr interessiert, was mit dem …«, Lina hob die Hände und zeichnete mit ihren Fingern Anführungsstriche in die Luft, »… Ex ist.«

Reflexartig schüttelte ich den Kopf. »Was ist das denn bitte für eine Einstellung? Wenn man jemanden vergessen will, setzt man sich erst mal mit sich selbst auseinander. Mit dem Grund, warum alles so gekommen ist. Man analysiert das Ganze und dann ändert man an sich selbst gewisse Züge. Außerdem gibt es zu Liebeskummer eine interessante Statistik: Im Durchschnitt braucht man die Hälfte der Zeit, die man mit dem zusammen war, der einem dann fehlt, um wieder auf die Beine zu kommen.« Ich sah Nika an. »Das heißt: Wenn du mit diesem Alex gerade mal vier Wochen was am Laufen hattest, dann reichen eigentlich zwei Wochen, um die Trennung zu verdauen. Das ist reine Kopfsache.« Ich nickte zufrieden.

Nika verschränkte die Arme vor der Brust. »Unsinn! Mein Herz sagt da schließlich auch noch was dazu!«, rief sie. »Es kann einem doch keiner vorschreiben, ob man jemanden schneller oder langsamer vergisst. Schon gar nicht deine blöde Statistik!« Sie hatte die Arme wieder gelöst und fuchtelte jetzt wild damit herum.

Lina nickte und straffte die Schultern. »Genau, Kaia, da hat Nika völlig recht. Manchmal ist im Leben halt nicht alles logisch. *Alles zu seiner Zeit,* würde Mama dazu sagen.«

Jetzt mussten wir alle drei kichern. Linas Aussage zu unserer Mama hatte die Stimmung deutlich aufgelockert. Denn seit sie ihren Freund Bernd hatte, war sie auf genau dieser Schiene: *Alles zu seiner Zeit. Alles ist toll. Man braucht nur gute Energie. Du kannst sie überall spüren. Edelsteine im Wasser schmecken gut und geben Kraft.* Und so weiter und so fort. Aber egal, was für einen Quatsch sie da von sich gab, sie war glücklich mit Bernd und würde ihn demnächst sogar heiraten. Es sollte eine Hochzeit unter einem Baum werden. Oder in der Stadt. Oder am See. Oder in einem Schloss. Alles war möglich und immer war es etwas anderes …

»Aktuell will sie übrigens nicht nur Glückssteine verteilen, sondern auch eine Wahrsagerin auf der Hochzeit haben«, sagte ich und meine Schwestern sahen mich mitleidig an.

Denn natürlich war auch diese ausufernde Organisation wieder einmal auf mich abgeschoben worden. Weil ich ja erstens: ihrer Meinung nach gut damit umgehen konnte und weil ich zweitens: sowieso immer erreichbar war. Was hieß, dass ich drittens: kein Leben hatte, außer meine Arbeit. Und, nun ja, irgendwie war es auch so.

Nika grinste. »Zum Glück machst du das, Kaia Superhirn. Mama ist gerade echt leicht anstrengend. Mal sehen, was sie morgen will. Das ändert sich alles hundertmal innerhalb von Stunden.«

Lina fügte an: »Ich komm immer noch nicht über ihren Vorschlag von vorgestern hinweg. Da hatte sie doch tatsächlich die Idee, nur grüne Getränke zu verteilen. Und was war noch mal mit der Chormusik? Irgendwie kann ich mir das alles gar nicht mehr merken.« Sie grinste mich an. »Nika hat recht, zum Glück kümmerst du dich darum, Kaia Superhirn.«

Das war mein Stichwort. »Und genau deswegen geht das Superhirn jetzt heim. Es muss sich nämlich all das merken. Ich habe morgen viel zu erledigen und will ausgeschlafen sein. Immerhin habe ich einen Termin bei Professor Winter und will nicht mit Augenringen in seinem Büro sitzen«, fasste ich bestimmt zusammen und schob mir eine Strähne meines blonden Haars aus der Stirn. Ich war wirklich aufgeregt deswegen. Professor Winter holte immer nur die Besten zu sich. Es war also eine Ehre. Eine Art Ritterschlag.

»Das ist wirklich toll. Wär aber trotzdem schön, wenn du noch ein bisschen bleiben könntest. Nur ein ganz klein bisschen.«

Ich seufzte. Es war schwer, Nikas Hundeblick zu widerstehen. Den hatte sie als Jüngste von uns nämlich richtig gut drauf. Aber ich musste gehen, ich war echt im Eimer. Mein Bett rief ganz laut und deutlich. Hilfe suchend schaute ich Lina an. Ich hoffte, sie würde mich retten, denn wenn sie blieb, wäre Nika nicht allein.

»Lina, du hast doch vor, noch zu bleiben, oder? Was sagst du denn?«

Während Nika nun Lina mit ihrem Hundeblick ansah, verzog diese das Gesicht.

»So als Älteste und Weiseste von euch«, sie kicherte, »würde ich sagen: Bleib noch ein bisschen. Wir sind jung und unsere kleine Schwester braucht uns gerade. Schau doch mal, wie sie dasitzt. Die Ärmste.« Sie stupste Nika in die Seite. »Ablenkung ist angesagt.«

Nika verzog nun gespielt leidend die Lippen, legte die Stirn in Kummerfalten und kreuzte die Arme vor der Brust in ihrem dunklen, mit Spitze besetzten Oberteil. Na toll, wieder dieser Blick. Was sollte ich jetzt nur machen?

Die Bemitleidenswerte hatte Nika nicht erst drauf, seit Alex sie verlassen hatte. »Bitte«, bettelte sie. »Ich brauche gerade wirklich meine wundervollen Schwestern um mich. Beide. Okay, Kaia? Nur noch *ein* Getränk?« Sie reichte mir das Bier, das noch übrig war.

»Ja, du arme Kleine.« Ich kniff ihr schmunzelnd in die Wange, dann nahm ich das Bier an.

»Juhuuu, du bleibst!«

KAPITEL 2

immer

Lina griff nach ihrer Flasche, um mit uns anzustoßen, und schließlich klirrten die Böden aneinander. Was sollte ich unter diesen Voraussetzungen auch anderes tun, als nachzugeben? Zumindest für den Moment. Dann eben noch eine halbe Stunde. Ein bisschen Zeit hatte ich ja vielleicht noch. Doch um die genau im Blick zu haben, zog ich mein Handy aus der Hosentasche und stellte mir einen Timer.

Lina tippte mich an. »Du stellst dir jetzt aber nicht wirklich die Uhr? So kann man doch keinen Spaß haben!«

»Klar, ich habe megaviel Spaß. Eine ganze halbe Stunde noch.« Ich grinste sie an.

»Ach, Kaia.«

Ich zuckte mit den Schultern. »Was denn? Das reicht ja wohl«, entgegnete ich noch immer grinsend.

»Na, kein Wunder, dass du bei dem Spiel nüchtern geblieben bist. Du bist einfach zu diszipliniert.« Nika sah mich an und ich hob eine Braue.

»Ja, weil ich euch zwei im Auge behalten muss. Nicht, dass ihr wieder mit irgendwelchen fremden Kerlen rumknutscht oder was weiß ich was Verbotenes tut.«

Lina wollte darauf gerade etwas erwidern, doch ich hob die Hand, um sie zum Schweigen zu bringen. »Ich will es gar nicht wissen, wirklich nicht«, sagte ich lachend, dann zuckte ich zusammen, weil ein kurzer, schriller Schrei zu hören war.

Sofort wandten wir unseren Blick in die Richtung, aus der das Geräusch gekommen war. Prompt bot sich uns eine Szene: Das Mädchen mit den dunklen Haaren und dem weißen Kleid – das noch nie Liebeskummer gehabt hatte – wurde von einem Kerl hochgehoben und zappelte mit den Beinen in der Luft, während sie sich in sein helles Shirt krallte. Er war gut gebaut. Nicht zu breit, aber der Rücken sah dennoch sportlich aus. Ich musterte ihn einen Moment. Er trug eine lässige, leicht verwaschene beige Hose, deren Beine hochgekrempelt waren, an den Füßen hatte er weiße Nikes. Er kam mir irgendwie bekannt vor. Die verwuschelten dunklen Haare, die tief sitzende Hose ... Ich überlegte, woher ich ihn kennen könnte, aber ich kam nicht drauf.

Nika lachte. »Der schmeißt die jetzt in den Pool, wetten? Ich will auch, wie cool ist das denn bitte?!«

Gebannt blickten wir zu den beiden hinüber und keine Sekunde später sahen wir zu, wie der Junge das noch immer wild strampelnde Mädchen tatsächlich zum Wasser trug.

»Jakob, das machst du nicht! Hörst du? Wehe!« Das Mädchen lachte und wirkte nicht gerade so, als ob es wirklich etwas dagegen hätte, in den Pool geworfen zu werden.

Wie hatte es ihn genannt? Jakob? Da machte es klick. Mit einem Mal wusste ich, warum er mir bekannt vorkam. Natürlich, der Typ war Jakob Inzenhofer. Ich kannte ihn von der Uni. Er studierte das Gleiche wie ich. Also ... wenn er denn mal da war. Das war er in den Kursen nicht allzu oft, dafür sah man ihn ständig irgendwo anders rumhängen. Er war einer derjenigen, die offensichtlich absolut keinen Bock auf Uni hatten, und ich hatte mich schon gefragt, warum er überhaupt studierte. Er war wohl, um es auf den Punkt zu bringen, der größte Chaot auf dem Planeten.

»Neiiin, Jakob, ich hab doch keine Badesachen an«, kreischte das Mädchen jetzt und ließ sich von ihm herumwirbeln. Er lachte. »Völlig egal. Ab in den Pool mit dir!«

Das Mädchen zappelte, kicherte und zwei Sekunden später machte es platsch und es landete im Wasser. Um sie herum brach Gelächter aus. Jakob riss die Hände hoch und ich sah einen kleinen Streifen Haut über seinen Boxershorts. Dem Mädchen gefiel das Spektakel offensichtlich. Es tauchte auf, hielt sich die Hände vor die Brust und lachte.

»Achtung, jetzt komm ich«, rief Jakob und dann ... sprang er einfach so hinterher.

Ich zog scharf die Luft ein. Während ich die beiden beobachtete, hatte ich genau zwei Gedanken. Der eine war: Warum machten sie das? Der andere: verdammt mutig, irgendwie.

»Wie lustig ist das denn? Der hat sie jetzt echt reingeworfen und springt dann einfach so hinterher«, hörte ich Lina neben mir.

Nika kicherte. »Total mega! Das hab ich übrigens auch noch nie gemacht. Also mit Klamotten in den Pool springen. Würd ich echt mal gern machen, und ihr?«, wollte sie wissen.

Verdattert sah ich sie an. »War die Frage ernst gemeint?«

Ich blickte zu Lina, die nun demonstrativ an ihrem Bier nippte. Das durfte doch nicht wahr sein! »Du hast das schon gemacht? War ja klar!«

»Ja, sorry, sogar beides: Mit Klamotten und nackt.«

»Echt jetzt?«, fragte ich erstaunt.

Sie nickte schmunzelnd. »Echt jetzt, Kaia. Ist doch nichts dabei.«

Für sie vielleicht nicht, genauso wie Fremde knutschen oder was Verbotenes tun. Aber mir wurde allein bei dem Gedanken daran ganz anders.

»Ach, Mensch, ich will auch«, murmelte Nika jetzt.

Lina lachte und kniff ihr in die Wange. »Dann spring doch! Oder geh zu diesem Jakob, der regelt das schon.«

»Nein, das machst du nicht, Schwesterherzchen. Lina will dich nur anstacheln.« Ich warf Lina einen tadelnden Blick zu. »Schau mal, sie ist klatschnass und außerdem sieht sie jetzt jeder fast nackt. Ihn übrigens auch ...«

In diesem Moment stieg Jakob aus dem Pool. Die Wassertropfen perlten von seiner Haut. Meine Augen tasteten über seine leicht gebräunte Haut und die Brustmuskeln, die deutlich unter dem nassen Shirt hervortraten. Ich schluckte, denn ich hatte nicht damit gerechnet, dass er so ... na ja, eben so aussah.

»Oh ja!« Nika stieß die Luft aus.

Ich rollte mit den Augen und versuchte, mir nicht anmerken zu lassen, dass mich sein Anblick nicht ganz kaltließ. »Oh ja? Hallo, Erkältung! Wisst ihr, auch wenn es warm ist, kann man sich echt erkälten. Wir Mädels bekommen ja sowieso total schnell Blasenentzündungen und er ... keine Ahnung, Schnupfen ist auch wirklich Mist. Gerade im Sommer.«

Die beiden sahen mich grinsend an. »Ja, Mama! Genau daran habe ich auch gerade gedacht. Wie blöd wäre es, wenn er einen Schnupfen bekäme? Und die Haare sind auch ganz nass ... *Niemals mit nassen Haaren rausgehen.*«

Ich streckte ihr die Zunge heraus. »Was heißt da überhaupt *Mama*? Die würde sofort springen.«

Die beiden lachten und auch ich konnte mir ein Schmunzeln nicht verkneifen. Ja, Mama würde sich so was von in den Pool stürzen. Das wusste ich und das wussten meine beiden Schwestern.

»Ach, Kaia, mach dir mal keinen Kopf über die Gesundheit

der beiden. Das war eine spontane Aktion, da denkt man nicht darüber nach«, fuhr Lina jetzt fort. »Und na ja, der Anblick war ja auch nicht schlecht.« Sie zwinkerte mir zu.

Da hatte sie sicherlich recht, doch nicht darüber nachdenken ... Das war etwas, was ich manchmal gern gekonnt hätte, mir aber nicht wirklich gelang. Im Gegensatz zu meinen beiden Schwestern, die anscheinend kein Problem damit hatten. Das war schon so gewesen, als sie klein gewesen waren.

»Weißt du, was du tun solltest? Auch reinspringen. Das befreit!«

Genau. Was sollte an einer potenziellen Blasenentzündung oder einem Sommerschnupfen denn bitte schön befreiend sein? »Das würde ich nie machen.« Vehement schüttelte ich den Kopf. »Also echt nicht.«

»Schade. Ab und zu musst du auch mal was Spontanes im Leben tun. Irgendwas, was du schon immer machen wolltest, dich aber nie getraut hast. Schließlich kannst du nicht alles im Leben planen und dir danach die Uhr stellen.« Lina sah mich an. »Ich meine, ich bewundere dich echt für das, was du alles erreicht hast. Diese App, die du mit deinem Team entwickelt hast, einfach klasse. Die Energie, die du dabei hast. Ich meine, wer Wirtschaftsinformatik studiert, hat schon wirklich was drauf. Überhaupt, was du alles in dein Studium steckst. Aber es ist eben auch wichtig, sich mal gehen zu lassen.«

Mit einem Mal hatten die beiden einen ganz speziellen Blick drauf. »Ja, so ist es. Und deswegen habe ich einen Vorschlag«, bemerkte Nika so beiläufig wie möglich. »Springen wir alle zusammen. Jetzt!«

Ich sah sie schockiert an. »Was meinst du? In den Pool?«

»Wohin denn sonst?«

Lina grinste, aber ich schüttelte den Kopf. »Sagt mal, habt ihr AirPods in den Ohren? Nein, nein, auf keinen Fall ...«, wehrte ich ab und beobachtete, wie Lina Nikas Schulter tätschelte.

»Ich bin auch raus. Wann anders gerne, aber heute nicht. Emma hat echt lange gebraucht, um mir die Haare so einzudrehen.« Sie fuhr mit den Fingern durch ihr welliges Haar. Emma war Linas Mitbewohnerin und Beautybloggerin. Sie hatte immer die besten Tipps auf Lager, was Frisuren, Make-up und Style betraf. »Aber wir können sofort was anderes machen. Also, wenn du eine Idee hast?«

Nika zog die Unterlippe vor. »Kaia? Was ist mit dir? Ach, komm schon!«

Erneut schüttelte ich den Kopf. »Nein, ich habe doch gerade gesagt, das würde ich nie machen. Mit Klamotten nicht und schon gar nicht nackt!«

»Schade«, seufzte Nika und nahm einen Schluck von ihrem Bier. »Aber okay, was anderes ... Was könnten wir tun?« Kurz darauf grinste sie breit. Ich wollte gar nicht wissen, was sie schon wieder aushecke. »Wir könnten spontan auf einem der Tische tanzen oder die Nacht durchmachen. Karaoke singen? In ein Schwimmbad einbrechen? Wobei, das hab ich ja ...« Sie stoppte und sah ertappt von Lina zu mir.

Meine Augen weiteten sich. »Was, das hast du schon gemacht? Das war also die verbotene Sache? Du bist in ein Schwimmbad eingebrochen?«, wollte ich erstaunt wissen.

Nika hob ihr Bier und trank.

»Alles klar, ich weiß Bescheid.«

Lina lachte und trank ebenfalls. Irgendwas stimmte mit den beiden wirklich nicht.

»Du auch? Seid ihr verrückt? Wenn man wo einbricht, ist das eine Straftat, das ist kriminell. Man hätte euch erwischen können!«, sagte ich wohl eine Spur zu laut.

Die beiden legten ihren Zeigefinger auf die Lippen und flüsterten beinahe synchron: »Haben sie aber nicht.«

»Sind wir echt verwandt? Ich befürchte langsam, ich bin irgendwie vertauscht worden.«

»Quatsch, eine von uns muss doch vernünftig sein, um auf die Unvernünftigen aufzupassen«, sagte Lina.

»Ist das nicht eigentlich die Aufgabe der Ältesten und Weisesten?«

Lina streckte mir die Zunge heraus. »Glaub mir, es ist lustig. Aufregend. Es kribbelt im Bauch. Ich bin froh, dass ich es gemacht habe.«

Ich war noch immer nicht überzeugt. »Mal echt jetzt, warum soll man so was machen? Weil es kribbelt?«

Die beiden sahen mich mit einem Mal an, als würde ich vom Mond kommen. »Weißt du echt nicht, wovon wir sprechen?«

»Nein, ich weiß nicht, wovon ihr sprecht«, entgegnete ich zögerlich. Verschwörerisch lächelten sie sich an und ich ...

»So, jetzt habt ihr es wieder geschafft. Ich fühle mich ausgeschlossen.«

Sofort kamen sie auf mich zu und umarmten mich. »Das wollen wir nicht«, beruhigte mich Lina.

Ich wusste, dass sie das nicht wollten. Sie machten es nicht mit Absicht, aber weil ich schon immer die Vernünftige von uns dreien war, hatte ich mich auch in der Zeit, als wir noch zu Hause bei Mama gewohnt hatten, manchmal ausgeschlossen gefühlt. Wenn die beiden eine Idee hatten, zogen sie sie durch. Mit der Matratze die Treppen runterrutschen, sich vom Dach abseilen, mit Nutella überfressen, alles, was ich für zu gefährlich oder unsinnig erachtete, machten sie. Ich hingegen war immer vorsichtig gewesen.

»Ja, schon gut. Also, was meint ihr jetzt damit?«

Sie lösten sich von mir und Nika war diejenige, die mich aufklärte. »Dieser Nervenkitzel. Wenn man so was erlebt, ist es unvergleichbar. Ein heftiges Herzklopfen.«

»Und warum sollte man das haben wollen?«, fragte ich.

»Ist doch ganz klar: All diese Sachen tut man, damit man später mal nicht bereut, sie nicht getan zu haben.« Das war also ihr Argument?

»Ähm, warum sollte ich es irgendwann mal bereuen, nicht in ein Schwimmbad eingebrochen zu sein oder einen fremden Kerl geknutscht zu haben?« Das verstand ich beim besten Willen nicht und schüttelte den Kopf.

»Weil es eben so ist. Wir sind jung, wir dürfen so was machen. Das schreibst du dann als Jugendsünden oder jugendlichen Leichtsinn ab. Als *Weißt-du-noch*-Momente. Du blickst zurück und denkst dir: Weißt du noch damals, als du in den Pool gesprungen bist, diesen Kerl geknutscht hast, so betrunken warst, dass du den Weg nach Hause nicht mehr gefunden hast? Damals, als du den Mond doppelt gesehen hast, in diesen Idioten verliebt warst, der dir jetzt total hässlich vorkommt?« Während mir Nika die Sache erklärte, fuchtelte sie mit ihren Händen herum und schloss ihre Ausführungen schließlich mit einem Lächeln. »Ja, oder damals, als du dir eine Frisur gemacht hast, die ganz schrecklich war. Oder ein Tattoo hast stechen lassen, das total unnötig war. Weißt du jetzt, was wir meinen?«, fragte sie mich.

Meine Gedanken waren abgedriftet. Welche *Weißt-du-noch-Momente* hatte ich vorzuweisen? *Weißt du noch, als du die*

Hochzeit deiner Mutter geplant hast? Weißt du noch, als du immer pünktlich im Bett warst? Ich schob sie beiseite.

Gerade als ich antworten wollte, wurde die Musik lauter. Der Bass dröhnte so heftig, dass ich eine Gänsehaut auf meinem Arm spürte. Ein Lied wurde angespielt, das alle aufkreischen ließ. Der absolute Chartstürmer im Moment. Ich wusste wieder mal nicht, von wem es war.

»Das ist von Apache«, sagte die tanzende Nika, bevor ich fragen konnte.

Irgendwie war es schön anzusehen, wie sich mit einem Mal alle im Garten ausgelassen zu der Musik bewegten. Apache schaffte es, Stimmung zu machen. Auch Lina hatte die Arme hochgeworfen. Und ich, wollte ich nicht eigentlich längst weg sein? Jetzt hätte sich wieder eine gute Gelegenheit geboten, meine Schwestern hätten sicher gar nicht bemerkt, wenn ich mich einfach davongestohlen hätte. Sie fuchtelten nämlich wild mit ihren Armen und hampelten dazu herum. Das war sicherlich wieder ein neuer Trend auf TikTok.

»Also dann«, sagte ich und stand ebenfalls auf, aber Lina zog an mir.

»Nichts da! Komm, mach mit!«

Doch ich hatte wirklich keine Lust mehr. Ich ging eigentlich ganz gern weg, feierte und tanzte, aber nicht, wenn am nächsten Tag so viel anstand. Außerdem konnte ich diesen Tanz gar nicht.

»Ist das jetzt auch so ein Moment: *Weißt du noch damals, als wir total doof im Garten herumgehampelt haben?*« Lina und ich lachten, bis wir beide gleichzeitig zu Nika sahen. Oh nein. Sie hatte doch so lange durchgehalten. Aber von der einen auf die andere Sekunde stand sie nun mit zitternden Lippen da.

»Was ist denn los?«, wollte Lina wissen und ließ ihre Hände sinken, die eben noch wild das Lied gefeiert hatten.

»Das Lied ... Alex und ich ... Es hat mich gerade daran erinnert, als wir ... wir ... wir ...« Nika begann zu schluchzen.

Lina und ich tauschten Blicke aus.

»Wir hatten uns bei dem Lied ... keine Ahnung, wir hatten ...«

»Ach, Nika, ehrlich jetzt? Du weißt ja nicht mal mehr, was ihr hattet«, sagte ich vorsichtig und lächelte sie mitleidig an. Ich wollte ihr damit zeigen, dass sie auch den Rest ganz schnell vergessen würde.

Kam aber nicht so bei ihr an. Sie verschränkte die Arme vor der Brust und entgegnete trotzig: »Doch, weiß ich sehr wohl!«

Ich hob abwehrend die Hände. »Was ist das Problem? Was habt ihr bei dem Lied?« Dahinter ein dickes Fragezeichen.

»Wollt ihr doch eh nicht wissen.« Sie schmollte. Wie immer. Mit fünf hatte sie einmal ihr Eis auf den Boden geworfen und behauptet, Lina hätte es zu sehr angestarrt und vorgehabt, es ihr wegzuessen.

»Wenigstens kann ich irgendwann mal sagen: *Weißt du noch damals, als ich diesen Liebeskummer hatte?* Nicht wie du: *Weißt du noch damals, als ich diesem Professor Winter imponieren wollte, von der Party gegangen bin und früh geschlafen habe? Mann, das waren noch Zeiten.*«

»Jetzt sei nicht gemein«, verteidigte mich Lina.

Okay, das hier geriet aus dem Ruder. Ich wandte mich um und wollte gehen – doch da war er wieder. Jakob. Er lief gerade zur Bar. Ruderte mit den Armen und lachte. Das Shirt klebte ihm am Oberkörper und ... und ... ohne dass ich es wollte, tasteten meine Augen erneut über seinen Körper. Er war sportlich, das war nicht zu übersehen. Hätte ich jetzt gar nicht so vermutet – also schon irgendwie, aber nicht so. Also *so* ...

»Ob es wohl stimmt, was man sich so über ihn erzählt?« Nika war direkt hinter mich getreten und blickte mir über die Schulter. Alex war bei Jakobs Anblick wohl vergessen.

»Was erzählt man sich denn?«

»Na ja, er ist ...«

»... chaotisch, nie in den Kursen, absolut der Kerl, der keinen Bock auf gar nichts hat. Das hab ich jedenfalls gehört«, beendete ich ihren Satz.

»Was? Nein, das meine ich nicht.«

Ich drehte mich um und sah Nika fragend an. »Ähm, was dann?«

»Also ich habe ja gehört, der kann so einiges mit seinen Händen ...« Nika hob eine Braue.

Super, klang ja nach einem richtig tollen Talent. »Ja, und? Können wir nicht alle etwas mit unseren Händen?«, fragte ich und schüttelte den Kopf.

Die beiden rollten lachend mit den Augen. »Du weißt schon. *Hände* soll heißen, er weiß, wie er Frauen berührt. Er ist doch heiß, oder? Auf alle Fälle 'ne Sünde wert. Wobei er sich angeblich auf niemanden festlegt, also eher mal wieder der Typ Bad Boy, würde ich sagen.« Lina grinste.

»Die Spezialistin spricht!« Ich wandte meinen Kopf in seine Richtung. Seine Oberarme sahen ziemlich trainiert aus. Die rechte Hand spannte sich sehnig um eine Bierflasche.

»Du checkst ihn schon wieder«, rief Nika.

Ertappt schnellte mein Kopf zurück und ich räusperte mich. »Also keine Ahnung, wovon ihr sprecht. Ich hab nur seine Hände betrachtet. Mehr nicht. Und ja, er hat welche. Toller Typ!«

»Ach, komm schon. Du hast nicht zufällig gerade ganz offensichtlich seinen Oberkörper angestarrt? Oder seine Armmuskeln, die Adern?«

Warum sollte ich die Adern anstarren? Ich hob eine Braue. »Was? Nein. Hab ich gar nicht.« Ich ließ sie sinken. »Na gut, hab ich, aber nur ganz kurz. Ich gebe es zu, er ist wirklich nicht schlecht gebaut. Vom Aussehen her also schon nicht schlecht. Aber so einen Kerl würde ich trotzdem nie wollen.«

Lina stupste mich an. »Komm schon, er ist heiß. Der wäre doch mal eine Jugendsünde wert, oder?«, sagte sie mit einem schelmischen Grinsen.

Was sollte ich dazu sagen? Meine Uhr piepte. »Schade! Ich würde wirklich gerne alle Fragen zu Jakob beantworten, aber ich muss los, sonst verpasse ich den Bus.«

Nika seufzte. »Komm, Lina, lassen wir sie. Hoffnungsloser Fall. Kaia muss ins Bett. Ihre Uhr sagt, sie muss schlafen. Mimimi ...«

Ich nickte. »Wie schon vor einer halben Stunde. Und, Nika ...« Ich sah sie an. »Du bist ja nicht allein. Lina ist auch noch da, ihr könnt also immer noch in den Pool springen oder keine Ahnung, was man für verrückten Unsinn machen muss, von dem ich keinen Schimmer habe. Jakobs Hände küssen oder was weiß ich.« Dieses Thema war doch echt sinnlos. Was hatten sie nur mit diesem Kerl? Er hatte Muskeln und war offensichtlich entspannt, aber mehr nicht. War das alles, was zählte?

»Findest du ihn denn echt gar nicht anziehend?«

»Ihr wollt von mir hören, dass ich ihn heiß finde? Schön,

er ist heiß – aber er macht nur Mist, er ist unberechenbar, er schwänzt, er ist ein Kerl, der keinen Plan hat.«

Warum sahen mich die beiden mit einem Mal so an?

»Ach, so schlimm bin ich auch wieder nicht«, hörte ich plötzlich eine tiefe Stimme hinter mir.

Ich drehte mich um und da stand er: Jakob Inzenhofer. Den Blick auf mich gerichtet, sein Körper nicht weit von meinem entfernt.

»Aber gut zu wissen, dass du mich heiß findest, ist ja schon mal was«, ergänzte er zwinkernd.

Ich sah mich um. Er hatte alles gehört. Na wunderbar.

Ich räusperte mich. »Ach, das war doch nur so dahingesagt und ...«

Er grinste mich an. »Was jetzt? Das mit dem *heiß finden* oder dass ich in deinen Augen ein absoluter Loser bin?«

Ich schluckte. »Also, ehm ... das mit dem ... *heiß finden*. Von Loser hab ich ja gar nichts gesagt.«

Er stockte einen Moment und musterte mich. »Ach, warte mal, ich weiß, wer du bist. Kaia Schiffner, das Superhirn.«

Was sollte das denn jetzt? »Kaia reicht völlig.«

Bei meinen Worten begann er zu schmunzeln. »Nun dann, Kaia ...« Er wandte sich ab und hob die Hand zum Gruß. Als er ging, warf er noch einmal einen kurzen Blick über die Schulter und grinste dabei.

Ich stand noch immer perplex da, als er schon längst weg war. Meine Schwestern kicherten.

»Toll, das ist nicht lustig«, sagte ich etwas atemlos und starrte ihm hinterher.

»Doch, total«, japste Nika.

»Ich gehe jetzt, ihr Knallköpfe. Das ist mir alles zu viel.«

Nichts wie weg hier.

Nachdem ich zuerst Nika ein Küsschen auf die Wange gedrückt hatte und dann Lina, sahen mich die beiden einen Moment lang ernst an.

»Weißt du, Kaia«, sagte Lina ruhig, »wenn man jung ist, dann muss man wirklich ein paar wilde Sachen machen. Das Herz muss klopfen, wahrscheinlich auch mal brechen, man muss in den Pool springen und auch mit fremden Kerlen rummachen, sonst bereut man das später. Wir wollen dich echt nicht ärgern, okay? Wir wollten dir das nur sagen. Sonst sitzt du irgendwann einmal da mit diesem *Scheiße*-Blick. So richtig verzweifelt. Und denkst, die Möglichkeiten durchzudrehen sind vorbei, weil du zu erwachsen bist. Denk einfach mal drüber nach.«

KAPITEL 3

Ich hätte schon längst schlafen sollen. Um genau zu sein, seit exakt zwei Stunden. Hallo, Augenringe. Das war schon jetzt klar. Was tat ich stattdessen? Nachdenken. Und zwar wie verrückt. Ich atmete tief durch und klickte auf dem Laptop herum, der vor mir auf dem Schoß lag.

Dinge, die man tun sollte, wenn man jung ist … las ich und ärgerte mich über mich selbst. Warum ich mich jetzt damit beschäftigen musste und nicht einfach schlief, war mir noch immer nicht ganz klar. Aber seit ich die Party verlassen hatte, ließ mich das Gespräch mit meinen Schwestern nicht mehr los. Der Tee, den ich mir gemacht hatte, dampfte noch auf dem kleinen Holztischchen. Ich saß auf der beigen Couch im Wohnzimmer und starrte das an, was vor mir auf dem Bildschirm angezeigt wurde.

Alles Mögliche hatte ich bereits in die *Google*-Suchleiste eingegeben und war schließlich auf etliche Seiten mit Dingen gestoßen, die man unbedingt machen sollte, wenn man jung war. Ich las in verschiedenen Foren, ging die Kommentare und Berichte durch und sichtete alles ganz genau. Viele waren der gleichen Meinung wie Lina und Nika: Dinge, die man nicht getan hatte, würde man irgendwann bereuen. Ich fragte mich, ob es mir wohl auch so gehen würde. Würde mir das in Zukunft tatsächlich irgendwann auf die Füße fallen und wie ein Stein im Weg liegen? In einem Weg, der doch eigentlich total geradlinig war? Musste man wirklich verrückte Dinge tun? Musste man solche Erlebnisse haben? Mit Kleidung oder nackt in einen Pool springen, sich die Haare färben, etwas Verbotenes tun? Warum reizten einen diese Dinge überhaupt? Gut, Verbotenes war immer reizvoll. Aber … keine Ahnung.

Ich seufzte erneut, schob den Laptop kurz weg, beugte mich vor und nahm einen Schluck von meinem Tee, einem Früchtegemisch mit Kirsch- und Vanillegeschmack. Ich liebte diesen Tee. Während ich davon trank, schweiften meine Gedanken zu Jakob und dem Mädchen ab, das sich einfach so von ihm in den Pool hatte werfen lassen. Ich meine, jetzt mal ehrlich, machte genau dieses Erlebnis ihr Leben jetzt wirklich besser? Wie konnte man so etwas faktisch nachweisen? Und würde ich in der Tat irgendwann dasitzen und bereuen, all das nicht getan zu haben? Was sollte das für Auswirkungen auf mein Leben haben? Das alles war für mich nicht so richtig nachvollziehbar.

Diese Punkte, von denen ich las, was die Leute gern gemacht hätten, im Freien schlafen zum Beispiel, das erschien mir nicht wirklich notwendig. Alles, was mir dazu einfiel, war, dass mich Hunderte von Mücken quälen würden. Oder einen Fremden knutschen, was meine Schwestern ja getan hatten – einfach so. Warum? Gab einem das einen Kick? Genauso wie die Vorstellung, ohne Ziel irgendwo hinzufahren? Oder total berauscht zu sein? Mit jedem Rausch vergiftete man bewusst seinen Körper und entzog ihm Wasser. Davon konnte man doch Herzschmerzen bekommen. Nächstes Thema: Liebeskummer. Warum musste man erst gefühlt Hunderte Frösche küssen, um endlich den Prinzen zu bekommen, den man sich erträumte? Redete man sich das später vielleicht nur ein, weil einen angeblich nur diese Umwege zum Prinzen geführt hatten? Zu dem richtigen Mann? Warum sollte man nicht lieber rechtzeitig den richtigen Weg erkennen und diesen Weg ohne Umwege gehen? So machte ich meine Sachen und genau das war doch gut so.

Nachdem ich den Tee weggestellt hatte, zog ich den Laptop wieder auf meinen Schoß und betrachtete meine Notizen. Mit einem Mal hatte ich eine Idee. Angeblich war es ja gut, wenn man einige der Dinge wirklich tat – für die Entwicklung oder so. Zumindest wurde das behauptet. Dann konnte ich das ja auch machen. Aber: Ich würde es anders aufziehen. Nämlich planen. Wenn man diese Dinge plante, dann wäre es zwar immer noch ein Chaos, aber ein geplantes Chaos. Dann müsste ich nicht irgendwann dasitzen und mir vorwerfen, etwas nicht gemacht zu haben.

In meinem Bauch begann es zu kribbeln. Die Idee war doch nicht schlecht. Oder? Okay, ein klein bisschen verrückt vielleicht. Aber vielleicht ja auch nicht. Im Gegenteil, ich fand, das war eine gute Strategie. Zumindest theoretisch. Schließlich musste ich es nur ein bisschen anders machen und konnte trotzdem alles erreichen, was ich mir erträumte. Ich konnte weiterhin meine Leistung bringen und alles perfekt machen, aber eben ein bisschen perfekt-unperfekt. Auf meine Art. Das Kribbeln breitete sich immer weiter in meinem Körper aus. Ich spürte mein Herz ganz angenehm leicht schlagen. Die Idee gefiel mir wirklich.

Mein Blick wanderte erneut über die Dinge, die ich im Internet gefunden hatte. Die verschiedenen Punkte, die bei den anderen sehr beliebt zu sein schienen. *Einen Rausch haben*. Ging klar, feiern konnte ich, es musste ja vielleicht nicht gleich ein *völliger* Rausch sein. *Sich die Haare mal ganz anders färben oder schneiden, eine krasse neue Frisur.* War auch einfach, wegen der Haare könnte ich Emma fragen. Und sie unauffällig bitten, es nicht *zu krass* zu machen. Aber vielleicht war das nicht ganz so spannend. *Dem Sonnenuntergang entgegenfahren,* schrieb da jemand. Klar, wer wollte das nicht? Ziemlich beliebt war tatsächlich auch die Sache mit dem Kuss. *Einen Filmkuss haben.* Oder: *etwas Verbotenes tun.* Oder: *unerwartet verreisen.* Das war alles irgendwie verrückt, aber wenn ich es auf meine Art machte, war es irgendwie auch gut, oder?

Redete ich mir das jetzt nur ein – oder wollte ich es tatsächlich? Wollte ich mir ein paar perfekt-unperfekte Dinge notieren, die ich auf meine Art abhaken konnte? Ich warf einen Blick auf die Uhr. Schließlich öffnete ich eine neue Datei. Egal, selbst wenn ich morgen richtig müde sein würde … Ich dachte nicht mehr an den Schlafmangel, ich war mit einem Mal zu allem bereit. Denn tief in mir drin wusste ich: Wenn ich jetzt nicht die Dinge aufschrieb, die mir Spaß machen könnten, dann würde es mir sowieso keine Ruhe lassen. Also begann ich zu tippen.

KAPITEL 4

immer

»Okay, Achtung. Das hier ist sie. Die Liste, um später mal nichts bereuen zu müssen. Um nicht das Gefühl zu haben, irgendwas verpasst zu haben.« Ich sah meine Schwestern an und wedelte mit dem Stück Papier in der Hand, das ich in der Nacht zusammengestellt hatte.

»Okay, was ist los? Ich versteh nur Bahnhof«, sagte Lina mit gekräuselter Stirn.

Gleich in der Früh hatte ich in unsere WhatsApp-Gruppe geschrieben. Auch wenn ich noch müde gewesen war, war ich mindestens genauso aufgeregt und wollte mich so schnell wie möglich mit meinen Schwestern treffen. Also verabredeten wir uns bei Nika, die als Jüngste von uns noch zu Hause lebte. Es war Mittag, als ich endlich mit den beiden zusammensaß. Denn bis sie geantwortet hatten, hatte es etwas gedauert. Und auch jetzt wirkten sie noch müde. Gegen ihre Augenringe hatte sich Nika mit aufgeklebten Augenpads bewaffnet.

Ich atmete tief durch und deutete erneut auf die Liste, die ich in Schönschrift vom Laptop abgeschrieben hatte und noch immer in der Hand hielt. Nervös tippelte ich mit den Füßen und war gespannt, was sie sagen würden.

»Es ist total wichtig. Also mir zumindest, aber das werdet ihr gleich sehen«, sagte ich und die beiden nickten.

Sie saßen nebeneinander auf Nikas Bett und hatten die

Beine ausgestreckt. Ich musste bei dem Anblick lächeln und erinnerte mich sofort daran, wie sie vor ein paar Jahren auch so auf dem Bett gesessen hatten. Sie hatten einen riesigen Anschiss von Mama kassiert, nachdem sie versucht hatten, sich vom Haus abzuseilen, obwohl ich sie noch gewarnt hatte. Mama hatte sie im letzten Augenblick davon abhalten können. Aber als Konsequenz hatten sie einen Tag Hausarrest bekommen. Ich hatte mich mit aufs Bett gesetzt und ihnen etwas vorgelesen.

Mir wurde warm ums Herz, als mein Blick erneut von der müden Lina zu der mit Augenpads beklebten Nika schwenkte. Da Nika Duftkerzen liebte, roch es im Zimmer meistens nach Vanille. Ich sog den Duft ein. Kurz war ich wieder in meinem Wohnzimmer, Früchte- und Vanilletee in der Nase, und erinnerte mich, wie mein Vorhaben, meine Liste, entstanden war. Aber bevor ich loslegte, wollte ich die beiden noch ein bisschen ärgern.

»War wohl ganz schön spät gestern, wenn ich euch so ansehe. Was ging denn noch?«

Lina rollte mit den Augen. »Nichts. Schön wär's gewesen.«

Ich sah zuerst sie fragend an. Dann Nika.

Die schüttelte den Kopf und strich sich eines der Pads glatt, indem sie leicht dagegenklopfte. »Wir waren gar nicht mehr so lange dort. Eigentlich sind wir eine Stunde nach dir auch gegangen, weil ...« Sie schluckte. Oh nein, nicht schon wieder dieser Blick und dann auch noch die zitternde Lippe ...

Lina griff nach einem Kissen und presste es sich ins Gesicht. »Ich werde noch wahnsinnig«, keuchte sie dumpf hinter dem Kissen hervor und mit einer gehobenen Braue musterte ich Nika.

»... weil dich was an Alex erinnert hat?«, fragte ich.

»Ja.« Sie verzog das Gesicht. »Es ist passiert, als dieser Kerl an uns vorbei ist ... Er hatte das gleiche Parfüm wie Alex und da musste ich wieder an ihn denken. Das hing mir dann voll nach und da konnte ich einfach nicht mehr bleiben. Keine Ahnung ... Ist ja auch egal, ihr versteht das eh nicht. Lina war auch total genervt. Obwohl es eigentlich überhaupt nicht fair ist. Habt ihr doch erst mal so ein tiefes Loch im Herzen wie ich, dann können wir weiterreden. Aber es wird ...« Erneut bebten ihre Lippen. »... Es wird mich stärker machen. Ich bereue nichts, ich werde zurücksehen und stark sein, ich werde wie ... wie Phönix aus der Asche steigen und ...« Wieder schluchzte sie. »Ach Mist, ich habe diesen Film mit ihm angesehen, mit Alex, so einen Fantasyfilm, da ist auch ein Phönix aus der Asche und ...«

Lina setzte sich auf und warf das Kissen auf Nika. Unerwarteterweise fing sie es auf. »Hey, was soll das?«, rief sie.

Lina sah sie ernst an. »Na, zumindest bist du schon stark genug, um ein Kissen zu fangen, du kleiner Phönix.«

Nika rollte mit den Augen. »Haha, sehr witzig!«

»Ne, sorry, eben nicht. Das muss echt besser werden, Nika. Mal im Ernst, ich versteh ja, dass es dich traurig macht oder belastet, aber ... es bringt dir doch nichts, dich dauernd selbst so runterzuziehen. Er war ein Idiot. Ein I-DI-OT! Wie oft haben wir das jetzt schon durchgekaut?«

Nika verzog das Gesicht erneut. »Du hast ja leicht reden, du hast deinen Ben und der ist toll. Er hat uns gestern sogar abgeholt und heimgefahren, Kaia.« Sie richtete ihren Blick auf mich. »Ich meine, wie lieb ist das denn?«

Lina wurde leicht rot um die Wangen. »Ja, er ist toll und das war auch echt lieb von ihm ...«

Ich grinste. »Ach, deswegen bist du so müde. Habt ihr gestern noch die Nacht durchgemacht, du und Ben?«, fragte ich und Linas Wangen bekamen einen noch tieferen Rotton.

»Wenn du es genau wissen willst: ja. Und es war ...« Lina sah uns an, »... superschön«, sprudelte es aus ihr heraus. »Einfach nur superschön.« Sie dämpfte ihre Stimme und sah aus, als würde sie mit einem Mal in einer Erinnerung versinken.

»Mit Alex war es auch schön, also ...«

»Nika!«, riefen wir gleichzeitig und sie hob abwehrend die Hände, denn Lina war kurz davor, ein weiteres Kissen auf sie zu werfen, stoppte aber im letzten Moment.

»Egal, also, was ist jetzt mit der Liste?«

Okay, jetzt war es so weit. Ich sah die beiden an. »Ihr kennt mich ja und wisst, dass ich mir immer Gedanken mache. Wenn mir jemand was sagt, dann nehme ich das ernst und ...« Ich strich mir eine Strähne hinters Ohr, ehe ich weiterredete. »Ihr habt mir gestern ja ein paar Dinge gesagt. Zum einen ging es darum, dass ich in euren Augen ... na ja, mehr mein Leben leben müsste und ich es bereuen könnte, wenn ich einige Dinge nicht mache. Also so was wie Herzschmerz haben, wobei ... das schließe ich aus. Aber zum Beispiel richtig abfeiern, einfach mal unerwartet einen Fremden küssen, mir die Haare schneiden, obwohl ... eine freche Frisur machen wäre mir lieber, als mir gleich die Haare zu schneiden. Na ja, all das halt, ihr wisst schon, was ich meine. Wie in dem Spiel und... na ja, keine Ahnung, ich will wirklich herausfinden, ob man das braucht. Oder besser gesagt will ich vermeiden, später überhaupt mal daran denken zu müssen.«

Ich sah zwischen den beiden hin und her, dann deutete ich erneut auf die Liste. »Also, was habe ich gemacht? Ich habe mir mal all das aufgeschrieben, was so laut Statistik bei den anderen beliebt ist. Und daraus habe ich dann diese Liste gemacht. Und die will ich durchziehen. Einfach damit ich mir später nicht irgendwas vorwerfen muss. Theoretisch.« Ich biss mir auf die Lippe. »Und, was sagt ihr, ist das ein guter Plan?«

Um keinen Rückzieher machen zu können, beugte ich mich nach vorn und reichte Nika die Liste. Sie griff danach und Lina drückte sich an sie, um besser daraufsehen zu können. Gespannt, wie sie reagieren würden, setzte ich mich dazu.

Sofort war es still und die beiden begutachteten die Punkte, die ich mühsam zusammengefasst hatte. Während meine Anspannung allmählich wuchs, glitten ihre Blicke über das Papier. Langsam über jede Zeile.

Lina war die Erste, die wieder zu mir aufsah. Viele Fragen spiegelten sich in ihren Augen. »Das ist schon irgendwie cool, aber keine Ahnung, wie hast du dir das vorgestellt?«

»Du willst also echt was Verbotenes tun. Willst du wo einbrechen oder was genau? Und die Sache mit dem Küssen steht auch drauf. Hier, Punkt sechs.« Nika deutete mit dem Finger auf die Stelle in der Liste. »Da. *Einmal einen Fremden küssen.*« Sie hob den Blick und grinste mich an.

»Also wenn es so viele gut finden, dann muss ich da wohl durch. Ganz offensichtlich muss ja etwas dran sein, das wollten echt viele im Netz, ich hab in fast jedem Kommentar davon gelesen. Nur deswegen hab ich den Punkt dann mit draufgenommen – wegen meiner Recherche. Wenn ich was mache, dann richtig ...«

Lina lachte und Nika trug noch immer ein Grinsen auf den Lippen. »Also ich finde es irgendwie verrückt, so was kann echt nur dir einfallen«, sagte sie schließlich und fügte dann an: »Gerade kann ich mir zwar nicht vorstellen, wie du das durchziehen willst …«

Ich nickte. »Das weiß ich auch noch nicht so richtig, aber ich will es auf alle Fälle tun. Wenn jemand Listen und Statistiken beherrscht, dann ja wohl ich. Eventuell arbeite ich mit Einträgen oder so. In der App. Irgendwie wird das schon.«

Lina sah mich an. »Täusch dich da mal nicht, so einfach ist das auch wieder nicht. Selbst wenn der Wille da ist, musst du es am Ende dann auch wirklich machen. So wie gestern. Wären wir in den Pool reingesprungen, so spontan wie Jakob und das Mädchen, dann wäre es lustig gewesen, aber wenn du planst reinzuspringen … na ja. Meinst du, es hat dann noch den gewünschten Effekt?«

Nachdenklich wiegte ich den Kopf hin und her. Da könnte sie recht haben. »Stimmt schon. Vielleicht müsste ich wen haben, der mir hilft. Jemand, der sich nicht so viel aus den Dingen macht.«

»Das ist doch schon mal ein Ansatz.« Lina musterte mich. »Oh, Kaia! Ich seh's genau, du überlegst doch jetzt schon, wer das sein könnte, oder? War ja klar. Wenn du was willst, dann ziehst du es wirklich durch.«

Mein Handy klingelte. Oje, ich musste los. Es war der erste Timer, aber gleich stand das Gespräch mit dem Professor an.

»Ich muss gehen. Also, wenn ihr eine Idee habt, immer her damit. Okay? Bis später!«

KAPITEL 5

War die Idee gut? Jemanden zu finden, der mich dazu animierte, die Punkte auf meiner Liste umzusetzen? Meine Gedanken drehten sich wild im Kreis, als ich die Uni erreichte.

»Ich hab es dir doch schon ein paarmal gesagt, ich hab da keinen Bock drauf.«

Zu meiner Überraschung gehörte die aufgeregte Stimme zu Jakob, der an der Straße stand und lautstark telefonierte. Was war denn mit dem los? Seiner Laune nach zu urteilen, hatte er gestern eindeutig zu viel Poolwasser geschluckt.

»Vergiss es, wie oft muss ich es denn noch sagen? Ich … Nein …«, schnaubte er und trat jetzt auch noch gegen einen Mülleimer.

Ich lief an ihm vorbei. Schließlich ging es mich nichts an, was er da machte oder über wen er sich aufregte. Ich hatte etwas Wichtiges zu erledigen. Und ich wollte pünktlich sein.

In der Uni angekommen, stieg ich die Treppen nach oben in den dritten Stock, stellte mich an die Wand und wartete, als plötzlich etwas an mir vorbeiflog. Ich zuckte zusammen. Keine Ahnung, was das gewesen war. Ich wusste es erst, als ich die Tasche sah, die gegen die Wand knallte. Okaaay, was war denn jetzt los?

Gleich darauf wurde mir so einiges klar, denn der Tasche folgte ein mürrisch dreinblickender Jakob, der mir nur kurz zunickte.

Ich beobachtete ihn dabei, wie er sich ebenfalls an die Wand lehnte. Er hatte Stöpsel in den Ohren und schien in die Musik vertieft zu sein, die bis zu mir schepperte. Er trug ein hellblaues Shirt mit einem dunklen Fleck, eine kurze beige Hose und Sneakers. Seine Laune war … nun ja, eher wolkig als heiter. Was machte er überhaupt hier? Ich hatte nicht damit gerechnet, ihn so schnell wiederzusehen. Vielleicht wartete er auf jemanden, der gerade im Sprechzimmer des Professors war. Oder war ich etwa im falschen Stockwerk? Ich sah mich um. Unsinn, ich war im dritten Stock, also alles gut.

Vorsichtshalber checkte ich trotzdem noch mal meine App. Ich war hier goldrichtig. Aber er? Erneut wanderte mein Blick zu Jakob. Ich beobachtete ihn einen Moment lang, als mein Blick seinen traf. *Mist!*

Prompt zog er eine Augenbraue nach oben. »Ist was?«

Abwehrend hob ich die Hand. Konnte es sein, dass er ziemlich laut redete? Sicher wegen der Musik. Es ging mich ja nichts an, aber ohne dass ich es wollte, machte sich doch ein bisschen Neugier in mir breit. »Blödes Telefonat gehabt?«, fragte ich daher zögerlich.

Er sah mich fragend an und hob erneut eine Augenbraue. Dann zog er einen der Stöpsel aus dem Ohr. »Hä?« Wie charmant.

»Dein Telefonat war … nicht so gut?«

»Nein, war nur so ein nerviger … Vertreter.«

Ich nickte. »Deswegen hast du die Tasche geworfen? Die machen ja eigentlich auch nur ihren Job.«

Sein Blick lag noch immer auf meinem. »Da hast du auch wieder recht.«

»Und … was machst du hier?«, fragte ich nun, lehnte mich

ebenfalls ein bisschen lässiger an die Wand und hielt meine Tasche fest. Man wusste ja nie.

Ich war mir nicht ganz sicher, glaubte aber, ein Grinsen an seinen Mundwinkeln zupfen zu sehen. »Keine Sorge, ich bin eigentlich nicht zum Taschenwerfen hier.« Tatsächlich. Ein Schmunzeln huschte über sein Gesicht.

Ich zuckte mit den Schultern. »Hätte ich jetzt auch nicht vermutet.«

»Um deine Frage zu beantworten: Ich habe einen Termin bei Professor Winter. Und du?«

Ich runzelte die Stirn. »Ich auch.«

»Das ist ja zu komisch: der heiße Chaot und das Superhirn.« Er grinste und sofort spürte ich, wie mir die Röte in die Wangen stieg.

»Was? Ich glaube, das hast du ein bisschen falsch aufgefasst gestern.«

Er stieß sich von der Wand ab und kam zu mir. »Ach ja? Hast du etwa nicht gesagt, du findest mich chaotisch, aber heiß?«

Ich schluckte. »Na ja, also, ich meine, ich sage zu allem heiß. Wirklich. Das Brot ist heiß, das Stockwerk hier ist heiß, alles ist irgendwie heiß. Also bilde dir mal nicht zu viel ein.« Was zur Hölle redete ich da?

»Okay, wenn du das sagst.« Wieder breitete sich ein Grinsen auf Jakobs Gesicht aus und dabei musste ich feststellen, dass seine Augen wirklich etwas an sich hatten. Dieses Grau. Irgendwie anziehend. *Mist.* Blöder Gedanke. Ich ließ den Blick weiter über seinen Körper schweifen. Heute lag das Shirt nicht so eng an seiner Brust an, diesmal konnte man nur erahnen, wie sportlich er war. Aber wie auch immer, was interessierte mich das überhaupt?

»Und, was willst du vom Professor? Oder er von dir?«, hakte ich nach, als ich ihm wieder in die Augen sah.

»Du bist ja ganz schön neugierig. Aber wenn du es unbedingt wissen willst: keine Ahnung. Echt keinen Plan.«

Na toll, wollte der Professor am Ende vielleicht was von uns beiden? Ziemlich unwahrscheinlich. Und doch standen wir beide jetzt hier und hatten offensichtlich zur gleichen Zeit einen Termin. Wobei, bei mir ging es ja um ein Projekt. Und bei Jakob? Der hatte vermutlich wieder mal eine Arbeit nicht abgegeben oder so. Ganz bestimmt.

»Der Prof ist eigentlich ganz okay. Klar, er ist anspruchsvoll, aber egal, was du angestellt hast – oder auch nicht –, er gibt den Studenten immer eine zweite Chance und die Möglichkeit, die Sache noch hinzubekommen«, versuchte ich, ihm vorsorglich Mut zuzusprechen.

Er zog die Brauen zusammen. »Interessant. Wie kommst du denn darauf? Meinst du, ich hätte was angestellt? Warum sollte ich? Ach so, ja, du hältst mich ja für einen Loser. Für einen heißen Loser immerhin, aber doch für einen Loser.«

Ich zuckte mit den Schultern und drückte die Tasche noch ein wenig fester gegen meine Brust. Nicht, dass er noch Lust auf einen zweiten Wurf bekam. »Also mal ehrlich, nichts für ungut, aber du bist ja doch eher seltener in der Uni. Und wenn du da bist, wirkst du auch nicht wirklich so, als hättest du Bock auf die ganze Sache. Wenn ich dich sehe, hängst du rum oder machst Party.«

»Uuuh, da kennt sich aber jemand genau aus. Beobachtest du mich etwa?«

Mit einem Mal stand er mir plötzlich ganz nah gegenüber. Als er seine Hände in die Hosentaschen steckte, rutschte seine Hose ein Stück tiefer und ich konnte erneut einen Blick auf den Bund seiner schwarzen Boxershorts erhaschen. Ich drückte die Tasche noch fester an mich. Warum war mir jetzt plötzlich ein bisschen wärmer?

»Gefällt dir?«

Ich riss meinen Blick los und sah ihn wieder an. »Was?«

»Komm, ich hab doch gesehen, wo deine Augen unterwegs waren.«

»Ähm, ja, in deinem Gesicht.« Ich hielt seinem Blick stand. Ein Lächeln schob sich über seine Lippen. »Mein Gesicht ist aber nicht da unten.« Er rückte noch etwas näher heran.

»Nicht? Sorry, mein Fehler.«

Er lachte kurz auf.

Warum klopfte mein Herz plötzlich so heftig? Lag es an seinem Duft, der mir jetzt in die Nase stieg, oder an dieser Nähe? Oder daran, dass ich ein wenig aufgeregt war? Wahrscheinlich am Duft. Er roch irgendwie gut, aber auch besonders. Ein bisschen erinnerte mich der Geruch an Kohle, irgendwie feurig, herb wie Leder und doch frisch wie Eichenmoos. Oder bildete ich mir das nur ein? Mit Sicherheit. Verdammt, was war nur mit mir los?

Er hielt meinen Blick noch ein paar Sekunden fest. »Nervös?«

Schnell rollte ich mit den Augen, um seinem Blick zu entgehen. »Warum sollte ich nervös sein? Wegen dir etwa? Vergiss es, du machst mich sicher nicht nervös.«

»Sicher? Wo du mich doch heiß findest und ...« Er wollte noch irgendetwas sagen, als die Tür schwungvoll aufging und der Professor uns anlächelte. Trotz seiner kleinen Fältchen wirkte er für sein Alter – ich schätzte ihn auf Mitte vierzig – noch sehr jung. Jeder kannte seine Arbeiten und ich war stolz, dass er mich um Unterstützung bat.

Der Professor rieb sich die Hände. »Schön, dass Sie beide pünktlich sind.«

Er zwinkerte uns zu und Jakob und ich tauschten einen fragenden Blick aus.

»Kommen Sie doch herein. Wie gesagt, schön, dass es geklappt hat«, sagte er, während er sich in Gang setzte.

Jakob trat ins Büro des Professors und schließlich folgte auch ich ihm. Der Prof wollte also tatsächlich etwas von uns beiden? Wie ging das denn zusammen? Jakob und ich … ähm, na ja.

»Setzen Sie sich«, sagte er.

Ich kam seiner Aufforderung nach und setzte mich auf einen der Stühle. Bei Jakob hingegen konnte von hinsetzen nicht die Rede sein. Er lümmelte sich vielmehr hin und … das durfte doch nicht wahr sein, er hatte tatsächlich noch die Kopfhörer im Ohr. Was bitte schön war mit ihm los?

Ich sah ihn böse an, doch er grinste zurück. »Was?«, wollte er wissen.

Ich räusperte mich. Dann deutete ich auf meine Ohren.

Fragend regte sich eine Braue in seinem Gesicht. »Was ist mit deinen Ohren?«

Ich schüttelte nur den Kopf, während der Professor etwas im Schrank suchte. »Kaffee?«, fragte er kurz an uns gerichtet.

Ich nickte. »Ja, sehr gern.«

»Herr Inzenhofer?«

»Jakob!«, zischte ich.

»Ja klar.«

»Ich bin gleich wieder zurück«, erwiderte der Professor und verließ den Raum.

»Findest du es nicht unhöflich, sich so bei einem Professor zu benehmen?«, flüsterte ich.

»Wie soll ich mich denn benehmen? Soll ich sagen: hochwohlgeborener Herr Professor?«

»Das nicht gerade, aber ein bisschen mehr Respekt könntest du ruhig zeigen. Ich meine, du hast noch die Kopfhörer im Ohr ...« Jetzt deutete ich auf seine Ohren.

Er lachte und zog die weißen Stöpsel heraus. »Ach so. Sag's doch gleich. Danke, jetzt wirke ich sicherlich gleich viel höflicher.«

Der Kerl war echt ein totaler ... keine Ahnung, mir fiel gar kein Wort dafür ein.

Der Professor kam schließlich mit zwei Tassen Kaffee zurück und stellte sie vor uns ab, ehe er sich uns gegenübersetzte. »Nun, ich mache es kurz. Sie fragen sich sicherlich, warum Sie beide hier sind.«

Ich rutschte etwas auf dem Stuhl vor und straffte die Schultern. »Ja, ich bin wirklich ganz gespannt, worum es geht. Sie hatten ja schon am Telefon angedeutet, dass es sich um etwas ganz Besonderes handelt, ein äußerst spannendes Projekt.«

Ich sah zu Jakob. Der lümmelte noch immer im Stuhl, als ob er gleich einschlafen würde. Ich konnte nur mit den Augen rollen, was bei ihm einen belustigten Ausdruck auf den Lippen hervorrief. Witzig, sehr witzig.

»Für mich klang es jedenfalls spannend«, sagte ich und musterte Jakob, der das Gesicht verzog. »Ich meine, das hier ist eine Chance, es geht sicher um etwas sehr Interessantes und ...«

»Ach ja? Vielleicht sehe ich das ja auch so?«, unterbrach er mich.

»Ja also, wenn das so ist. Mir kam's nur vor, als ...«

Nun war er derjenige, der mit den Augen rollte. »Was dir

nicht alles irgendwie *vorkommt*. Puh, ganz schön *heiß* hier, oder?«

Ich nippte an meinem Kaffee und verschluckte mich prompt. Na wunderbar …

Der Professor klatschte schmunzelnd in die Hände und ich zuckte zusammen. »Was ich Ihnen sagen wollte und warum Sie da sind: Sie sind für unser Projekt einfach das perfekte Team. Ich freue mich, dass mich mein Eindruck nicht getäuscht hat. Da ich Sie eben kurz beobachten durfte … Sie passen einfach perfekt.«

Verwirrt sah ich ihn an. Was meinte er bitte mit: *Wir passen perfekt?* »Inwiefern?«, fragte ich irritiert, während er von mir zu Jakob und wieder zurück blickte.

Er lächelte fast spitzbübisch und sprach dann weiter. »Herr Inzenhofer, Sie kennen Frau Schiffner ja vielleicht schon. Wie ich Ihnen beiden bereits am Telefon erklärt habe, geht es um ein Projekt. Vielmehr um ein kleines Experiment, in dem wir die Stärken zweier Charaktere nutzen wollen, die unterschiedlicher nicht sein könnten. Diese Gegensätze sollen dazu führen, am Ende das bestmögliche Ergebnis zu erzielen. Und da Sie, Herr Inzenhofer, um eine Chance gebeten haben, sich zu beweisen, und Sie, Frau Schiffner, hervorragend von Herrn Inzenhofers spontaner Kreativität profitieren könnten, halte ich Sie für ein perfektes Team. Zwei Studenten, die zusammen eine Arbeit aus unterschiedlichen Blickwinkeln schreiben. Jeder von Ihnen hat seinen eigenen Blick auf die Gegebenheiten und das kann wunderbar für diese Arbeit eingesetzt werden. Es geht dabei um einen ganz neuen Ansatz, wie man die Umstände in sozialen Bereichen anhand von Technik verbessern kann. Frau Schiffner, Sie sind ja sehr gut in der Generierung von Strukturen und Prozessen sowie der Entwicklung neuer Medien. Herr Inzenhofer, Sie ...«

Ich sah den Professor an und fragte mich, was er wohl Positives über Jakob sagen konnte.

»... Sie haben auch Talente, sind sehr kreativ, haben Ideen, auf die man auf Anhieb nicht kommt. Und Sie haben Probleme mit Strukturen und Regeln. Das meine ich nicht abwertend – es heißt vielleicht, dass die Strukturen oder Regeln nicht immer die richtigen sind und geändert werden müssen.« Er räusperte sich. »Mit diesem Projekt möchte ich Ihnen wie gesagt die Möglichkeit geben, sich zu beweisen. Frau Schiffner kann Ihnen sicherlich einiges zeigen und behilflich sein. Und auch Sie, Frau Schiffner, können von Herrn Inzenhofers Denkweise lernen. Gemeinsam kann hier also eine äußerst interessante Arbeit entstehen.«

Jakob sah mich an.

Ich konnte es nicht glauben. »Um was für ein Projekt handelt es sich denn genau?«, wollte ich wissen.

»Sie sind ein organisatorisches Talent, aber da es um eine soziale Einrichtung geht, ist ein Blick darauf aus einer anderen Perspektive immer wichtig. Mit Ihnen zusammen sind beide Perspektiven für mich gegeben.«

»Eine soziale Einrichtung?«

»Es geht um ein Seniorenheim, in dem die Strukturen verbessert werden sollen. Es sollen unter anderem Überlegungen angestellt werden, inwiefern man die Einrichtung digitalisieren kann, aber es geht noch um mehr. Es sollen Konzepte zur Verbesserung der Abläufe in der Einrichtung entwickelt werden. Es sollen Vorschläge zu Neuerungen auf den Tisch kommen. Und bei alldem darf natürlich nicht vergessen werden, dass die Lösungen auch den Menschen zugutekommen sollen. Es ist also einiges zu berücksichtigen, aber das ist dann Ihr Job. Ich bin gespannt, wie Sie an die Sache herangehen.«

Das meinte er doch nicht ernst. Jakob und ich, wir beide in einem Projekt?

Ich räusperte mich und sah Professor Winter an. »Glauben Sie wirklich, das ist eine gute Idee?«

Aus dem Augenwinkel bemerkte ich, wie Jakob den Kopf schüttelte. »Ich denke, Professor Winter wird schon wissen, was er tut.«

Der Professor nickte zufrieden. Und ich hatte einen Kloß im Hals. Letztlich war ich also ausgesucht worden, um Jakob zu helfen?

»Das stelle ich auch gar nicht infrage«, setzte ich erneut an. »Aber ich muss mich eigentlich nicht beweisen. Also, was bringt die Arbeit eigentlich für mich? Außer …«, ich nickte zu Jakob hinüber, »… ihm zu helfen?«, wollte ich zögerlich wissen.

»Es werden immer nur wenige Studenten ausgewählt, um an solchen besonderen zusätzlichen Projekten zu arbeiten. Auch Ihnen würde das helfen. Herr Inzenhofer hat seine Probleme, das ist sicherlich eine Herausforderung für Sie. Aber genau deswegen passt es für Sie beide ja so gut. Wie gesagt, jeder hat seine Stärken und seine Schwächen, nur eben in verschiedenen Bereichen. Und genau daran können Sie wachsen.«

Ich atmete tief durch.

»Natürlich wäre es für Herrn Inzenhofer perfekt, Sie an seiner Seite zu haben, aber wie gesagt, auch Sie können von ihm profitieren. Und das alles zum Wohle des großen Ganzen, nämlich des Projekts. Eine klassische Win-win-Situation, würde ich sagen.«

Völlig überrumpelt stotterte ich: »Also okay, ja.« Was hätte ich auch anderes sagen sollen?

»Herr Inzenhofer?«

»Ja klar.«

»Prima, dann freue ich mich sehr darauf. Hier habe ich eine Mappe, darin sind schon einige Unterlagen zu den Räumlichkeiten und der Organisation des Altenheims. Es wäre gut, wenn Sie sich zeitnah mit den Gegebenheiten der Einrichtung vertraut machen könnten. Also was wünschen sich die Menschen dort und wie ist es konkret umzusetzen? Nur so als kleiner Tipp. Alles andere können Sie sich dann überlegen.« Er legte die Mappe vor uns auf den Tisch. »Haben Sie für den Moment alles verstanden? Wenn irgendwelche Fragen auftauchen, können Sie mich natürlich jederzeit kontaktieren.«

Er zögerte kurz. »Ich hoffe doch, ich kann mich auf Sie verlassen? Herr Inzenhofer?« Der Professor warf ihm einen Blick zu, den ich nicht deuten konnte.

»Klar. Wird schon schiefgehen«, sagte Jakob. Hörte ich da einen leisen Zweifel heraus? Hoffentlich nicht, denn einen Professor Winter sollte man nicht zweimal enttäuschen, einmal hatte er es ja offensichtlich schon …

Der Professor atmete erleichtert aus und sah mich fragend an. »Frau Schiffner?«

»Ja natürlich. Danke für die Chance, mich zusätzlich zu beweisen«, bestätigte ich.

»Perfekt! Ich freue mich sehr und bin wirklich gespannt, was Sie beide da auf die Beine stellen.«

Als wir das Büro des Professors verlassen hatten und vor der Tür standen, seufzte ich: »Na toll, als hätte man nicht schon genug zu erledigen.«

»Ähm, hallo. Ich hab auch genug zu erledigen, mir passt das ebenso wenig in den Kram wie dir. Aber da müssen wir jetzt wohl irgendwie durch.«

Er sah mich traurig an und schüttelte den Kopf. Bei diesem Anblick tat er mir beinahe schon leid und aus unerfindlichen Gründen spürte ich einen kleinen Stich in der Magengegend.

»Aber mit Chaoten wie mir kann man's ja machen.« Er senkte betrübt den Blick.

Ich wusste nicht so recht, wie ich reagieren sollte. »Ach komm, Kopf hoch.«

»Ist schon okay. Ich hab's verstanden, es ist halt so.«

Ich schluckte. Da biss er sich mit einem Mal auf die Lippe und ... ja, er sah aus, als unterdrückte er ein Grinsen. Na toll. Der Typ hatte mich einfach nur veräppelt, oder?

»Machst du jetzt vielleicht mit Absicht einen auf Mitleid?«

Er zuckte mit den Schultern, dann lachte er los. »Tut mir leid, ich bin halt einfach unberechenbar.«

Ich rollte mit den Augen.

»War aber nicht schlecht, oder?«

»Ne, echt jetzt! Einen Moment habe ich wirklich gedacht, dir unrecht zu tun.«

»Tust du ja auch.«

Boah, jetzt reichte es aber. Genervt ging ich voran. Na wunderbar, das waren ja tolle Voraussetzungen. Aber ich würde mich davon nicht entmutigen lassen. Der Professor baute schließlich auf mich. Oder auf *uns*.

»Dann schauen wir uns das jetzt am besten alles mal an«, schlug ich vor.

Er verzog das Gesicht. »Jetzt? Eigentlich hab ich noch was vor.«

Das ging ja schon mal gut los. »Ach so? Ich dachte, du wolltest Hilfe?« Ich drehte mich zu ihm um. »Aber weißt du was, im Prinzip ist mir das total egal, das musst du selbst wissen. Eins sag ich dir aber gleich: Wenn du nicht mitmachst, dann platzt eben alles. Du brauchst nicht zu glauben, dass ich dich einfach so mitziehe.«

Er konnte ein Schmunzeln nicht unterdrücken.

»Was ist daran denn bitte lustig?«

»Du! Du bist lustig. Mal ehrlich, du ziehst mich nicht mit? Oh doch, das wirst du. Du bist so verbissen, ich schätze, du würdest die Arbeit auch ohne mich komplett abgeben.«

Oh Mann, der Kerl nervte mich schon nach fünf Minuten.

»Vielleicht fangen wir einfach mal an? Wir könnten ja in einen der Projekträume gehen, oder?«

»Du willst allein mit mir in einen Raum?« Er drohte mir mit seinem Zeigefinger. »Kaia, Kaia. Wusste ich es doch! Ich sehe schon, wir könnten vielleicht doch noch viel Spaß miteinander haben.«

»So ein Unsinn, ich … Ach, weißt du was, entweder du kommst mit oder nicht.«

Ohne ein weiteres Wort setzte ich mich wieder in Bewegung und steuerte einen Projektraum an. Schließlich folgte er mir dann doch.

Als wir Platz genommen hatten, packte ich die Mappe aus, begutachtete den Plan und sah zu Jakob. »Sieht auf den ersten Blick nicht unspannend aus. Die Frage, die wir uns stellen müssen, ist: Wie können wir konkret herausfinden, welche Vorteile man dem Heim verschaffen kann, welche digitalen Verbesserungen man anregen kann und so weiter.

Ich schlage vor, dass wir einen Fragebogen erstellen. Das muss ja kein großes Ding werden, ein paar einfache Fragen reichen sicher. Die können wir dann auch leichter und zielgerichteter auswerten. Meiner Meinung nach ist es für das Projekt zwar wichtig, dass wir die wirtschaftlichen Aspekte berücksichtigen, es muss alles bezahlbar sein beziehungsweise soll Einsparungen bringen. Aber wir müssen auch die persönlichen Belange im Blick haben. Die werden ja oft außer Acht gelassen. Hat nicht auch Professor Winter was in dieser Richtung gesagt?« Ich überlegte einen Augenblick. »Genau, jetzt fällt's mir wieder ein: *Und bei alldem darf natürlich nicht vergessen werden, dass die Lösungen auch den Menschen zugutekommen sollen.* Und die Menschen sind in dem Fall nicht nur die Bewohner, sondern auch noch deren Angehörige. Das ist echt viel und sollte möglichst korrekt beschrieben werden. Das müssen wir alles zusammenstellen. Ach, wegen der Termine, die wir gemeinsam wahrnehmen: Der Professor hat es, glaube ich, schon erwähnt, ich hab da so eine App mitentwickelt und würde vorschlagen, wir nutzen sie gemeinsam, dann können wir alle Termine festhalten. Du brauchst dir die App nur runterladen, dann können wir uns verknüpfen und sind immer up to date.«

Als nach meinem Redeschwall keine Antwort von Jakob kam, sah ich noch mal irritiert auf die Unterlagen und dann wieder auf. Warum starrte er mich so an? Ich holte mein Handy aus der Tasche und öffnete die App. Als er noch immer nicht antwortete, redete ich einfach weiter, strukturierte, überlegte und schrieb Fragestellungen auf. Ich terminierte noch den Zeitpunkt der Abgabe in der App und notierte wichtige Fragen, die wir uns, der Heimleitung und den Bewohnern stellen sollten. Der Bogen war so gut wie fertig. Als ich noch einmal alles durchging, spürte ich ein warmes Gefühl im Bauch und war zufrieden. Zumindest fast.

Während ich einen Radiergummi aus meiner Tasche kramte, schob sich Jakob einen Kaugummi in den Mund. »Auch einen?«

Ich schüttelte den Kopf, woraufhin er mich nur weiter anstarrte. Langsam nervte er mich nicht nur ein bisschen, sondern ziemlich gewaltig. Ich zuckte mit den Schultern. »Was ist denn?«

»Beeindruckend, Kontroll-Kaia, wirklich beeindruckend.«

Wie hatte er mich da gerade bitte genannt?

Ich runzelte die Stirn und versuchte, aus ihm schlau zu werden. Was war das denn für ein blöder Name? Ich schüttelte den Kopf, um ihn daraus zu vertreiben. Ich würde mich davon nicht beirren lassen.

»Hast du alles verstanden? Auch das mit der App? Kommst du damit klar? Der Bogen, die Fragen, bist du damit einverstanden?«

Statt mir eine Antwort zu geben, beugte er sich zu mir vor. »Eine App also? Was hat es damit auf sich?«

Ich straffte die Schultern. »Ja, eine App, die übrigens so gut und durchdacht ist, dass wir damit eine Förderung erhalten haben. Nicht mehr lange, dann stellen wir unsere weiterentwickelte Testversion der Stiftung vor und wer weiß, vielleicht gewinnen wir den Wettbewerb ja. Dann kannst du – und viele andere Menschen – die App direkt aus dem Store laden. Viele andere Menschen haben nämlich gerne mehr Plan als du.« Ich sah ihn herausfordernd an.

Jakob hielt meinem Blick stand, dann räusperte er sich. »Eine unbedeutende Frage am Rande: Planst du in deinem

Leben alles so akribisch? Das ist ja … keine Ahnung, es ist echt beeindruckend. Das mein ich ernst, ich hab so was noch nicht erlebt. Ich weiß nur nicht, ob ich das im positiven Sinne bemerkenswert oder nicht doch einfach nur total traurig finden soll.«

Ich musterte ihn. Das war alles, was er dazu zu sagen hatte? Zu dem Plan, zu den Ideen, zu den Fragen? Ich lehnte mich ebenfalls nach vorn. »Es ist mir eigentlich ziemlich egal, wie du das findest. Und nein, ich plane nicht alles so«, log ich, weil ich keine Lust hatte, mich ihm zu erklären – und auch gar nicht die Notwendigkeit darin sah. Schließlich handelte es sich hierbei ausschließlich um ein Uniprojekt. »Ich kann durchaus zwischen Arbeit und Freizeit unterscheiden.«

»Ja klar.« Er lehnte sich wieder zurück, taxierte mich aber weiterhin. »Ich fürchte nur, ich glaube dir nicht. Ich wette, du planst einfach alles so. Wann du isst, wie lange du schläfst, ob du ausgehen kannst und, wenn ja, wie lange. Wann du … dich entspannst.« Er zwinkerte mir zu.

»Was soll das denn für eine Andeutung sein?«

Er zuckte mit den Schultern. »Weiß nicht, was sollte ich denn andeuten?«

»Keine Ahnung. Aber es ist bescheuert und es stimmt nicht. Ich plane durchaus nicht alles.«

Zu blöd, dass sich genau in diesem Moment die App meldete und mir fünf Anzeigen aufs Display warf.

Mama wg. Planung anrufen

Altglas zum Container bringen

Einkaufen

Lina & Nika noch mal wg. Liste fragen

Spazieren gehen

Na immerhin, wenigstens ein Punkt hatte etwas mit Entspannung zu tun, auch wenn er als To-do formuliert war.

Dummerweise erhaschte Jakob einen Blick auf mein Display und nickte wissend vor sich hin. »Tja, scheint so, als hätte ich recht. Das wirkt alles ziemlich durchgeplant. Zu schade ...«

»Warum schade?« Ich verschränkte die Arme vor der Brust. »Muss ich mich hier jetzt rechtfertigen? Ich bin halt gerne organisiert, mir ist es wichtig, die Dinge zu planen. Ich habe nämlich Ziele, die ich erreichen will.«

Er beugte sich wieder vor und für den Bruchteil einer Sekunde berührte er mich am Arm. Hölle, wurde mir plötzlich heiß. Schnell löste ich die Arme und faltete die Hände in meinem Schoß.

»Trotzdem schade für dich. Du verpasst ja ziemlich viel in deinem Leben, wenn du dich so einschränkst. Aber Hauptsache, du hast 'nen Plan, oder? Du bist vermutlich eine von der Sorte: *Bis dreißig hab ich alles, was ich will.* Perfektes Haus. Perfekte Karriere. Perfekter Mann. Hast du eigentlich auch einen Zeitplan zum Atmen?«

»Ja, immer ein und aus, und das mindestens dreißigmal die Minute.«

Er starrte mich ungläubig an.

Ruckartig stand ich auf. »Weißt du was, du nervst! Ich verpasse in der Tat gerade ziemlich viel. Und zwar, weil ich dir helfen muss, obwohl ich wirklich mehr als genug anderes zu erledigen hätte. Können wir also jetzt mal langsam weitermachen? Wie wär's, wenn du dir zuerst mal die App runterlädst?«

Er zückte sein Handy und nickte. »Na schön. Also, was soll ich eingeben?«

Ich griff nach meinem Handy und schickte ihm einen Link, über den man die aktuelle Version herunterladen konnte. »Hier, jetzt nur noch das Passwort eingeben, das gleich per Mail kommt, und los geht's. Ist kostenlos und in der Testphase, aber bereits ausgezeichnet. Du wirst staunen. Ich schick dir jetzt eine Anfrage und ...«

Ich tippte auf meinem Handy herum und verschickte die Anfrage. Auf Jakobs Handy blinkte es und schon waren wir verbunden.

»... jetzt siehst du, wie wir vorgehen können. Hier kannst du ...«

Mein Handy klingelte. Nika. Ich nahm das Gespräch nicht an, sondern widmete mich weiter Jakob.

»Hier kannst du auch Standorte abrufen, Ideen anfügen und ...«

> Wo bist du? Ich brauch dich.

Auf meinem Display wurde Nikas Nachricht angezeigt. Kurz danach eine von Lina.

> Nika nervt gerade, bist du erreichbar?
> Und weißt du, wie ich am besten ...

Mehr konnte ich nicht lesen, weil die Nachricht nicht vollständig angezeigt wurde.

»Du planst ja nicht nur alles, du wirst anscheinend auch ziemlich verplant.« Jakob deutete auf mein Handy.

»Wo waren wir stehen geblieben?« Ich ließ mich nicht beirren.

»Ich meine, du willst alles kontrollieren, aber ich habe eher den Eindruck, du *wirst* total kontrolliert, oder? Wie kommt man eigentlich auf so was?« Er zeigte noch immer auf mein Handy. »Also auf so eine *Lebensüberwachungs-App.* Sei mir nicht böse, aber auf mich wirkst du total überorganisiert. Bist du deswegen gestern auch schon so früh von der Party gegangen? War dir das zu viel Spaß?«

Was wollte der Typ eigentlich von mir? Jetzt reichte es mir endgültig. »Es geht hier nicht um mich«, zischte ich ihm entgegen, »sondern um das Projekt, schon vergessen? Also, sieh dir die Einträge an, da ist eine Staffelung drin, und morgen sehen wir uns alles vor Ort an, ja? Die Bögen können wir dann ja nach und nach abarbeiten. Wir sollten schließlich am Ende was Gutes abliefern.« Ich schob das Handy in die Tasche und spürte, wie Jakob mich dabei beobachtete.

Eine ganze Weile war es still. Dann verzog er seine Lippen und fragte: »Sag mal, bist du eigentlich schon mal so richtig geküsst worden?«

Was? Was sollte das denn jetzt schon wieder? Ich stützte die Hände auf dem Tisch auf und atmete tief durch. »Weißt du, was das Problem mit Kerlen wie dir ist? Du hast absolut keinen Plan und denkst, alles läuft einfach so. Und irgendwann merkst du dann, dass gar nichts geht, dass da nicht mehr ist als Leere.«

Er lachte. »Weißt du, was das Problem mit Mädchen wie dir ist?«, gab er zurück. »Die ihr Leben so komplett planen und durchstrukturiert sind ohne Ende? Irgendwann, wenn sie alles haben, was sie wollten, dann kommt ein Kerl wie ich. Der keinen Plan hat, der einfach lebt. Dann werden sich diese Mädchen von ihm mitreißen lassen, auch wenn es gegen jeden Plan spricht. Denn plötzlich verstehen sie, dass ihnen was gefehlt hat. Etwas, was man nicht planen kann. Ein

Abenteuer im Leben, vielleicht auch im Bett.« Er stand auf und schob sein Gesicht dicht vor meines. »Wenn der Mann spät nach Hause kommt, weil er den ganzen Tag gearbeitet hat, wenn die Kinder schreien, sogar wenn man Erfolg hat, wenn alles gut sein könnte. Aber dann spüren sie plötzlich ein riesiges Loch im Herzen. Und sie wissen nicht, woher es kommt. Es ist einfach da.«

Mein Herz klopfte. Wir sahen uns an und ich schluckte. Irgendetwas war da in seinem Blick, etwas, das mehr zu wissen schien. Ich biss mir auf die Lippe. Ließ alles sacken. Dann rollte ich mit den Augen.

»Als ob man dann auf einen Kerl wie dich wartet. Als ob man für den alles aufs Spiel setzt.«

Er provozierte mich ganz offensichtlich. Er konnte nicht damit aufhören, immer wieder blöde Fragen zu stellen. Und er stahl damit meine wertvolle Zeit. Ich hatte keine Lust mehr. Ich brauchte ihn nicht. Dann war er eben raus, mir doch egal. Ich griff nach der Mappe, um sie wegzupacken.

»Was machst du?«

»Wonach sieht es denn aus? Ich gehe«, sagte ich und zog meine Tasche hektisch nach oben. Dabei fiel sie mir ungeschickterweise um und der gesamte Inhalt verteilte sich auf dem Boden. Ich suchte eilig alles wieder zusammen. *Mist.* Er hatte mich tatsächlich so weit gebracht, wütend zu werden.

»Warum gehst du?«, hörte ich ihn nah an meinem Ohr.

»Weil ich keine Zeit und auch keine Lust habe, mich mit dir herumzuschlagen. Und schon gar nicht, mich von dir provozieren zu lassen. Ich werde zum Professor gehen und es ihm erklären.« Ich richtete mich wieder auf und wandte mich zum Gehen.

»Ach, Kaia, komm schon, sei nicht beleidigt.«

»Ich bin nicht beleidigt. Aber du nervst mich. Wie gesagt, ich plane die Dinge halt gern, ich muss mich dafür aber nicht rechtfertigen. Ich möchte später einmal gut leben, ja? Etwas schaffen. Das ist mein Traum und das Ziel. Und du hast nichts von alldem.«

»Ich habe sehr wohl Träume und Ziele.«

Ich rollte mit den Augen. »Ja sicher!«

Er lachte. »Du bist echt ziemlich voreingenommen. Warum sollte ich denn keine Träume haben? Träume, von denen du nur nichts weißt.«

»Ich weiß nur, du wolltest Hilfe, eine zweite Chance, und jetzt nervst du mich. Und deswegen bin ich raus aus der Nummer.«

Ich sah zu ihm hinunter. Noch immer hatte er ein Lächeln auf den Lippen, was mich rasend machte.

»Von wegen Träume, was sind denn deine Träume? Nackt in den größten Pool der Welt springen? Pamela Reif knallen? Echt toll!«

»Traum ist Traum! Nichts ist verrückt genug, schade, wenn du so was nicht hast. Würde dir sicher guttun!«

»Ich weiß, was mir gerade nicht guttut: mit dir zu diskutieren. *Du* brauchst Hilfe von *mir*. Ich muss das nicht machen.«

Und damit verließ ich den Raum und ließ ihn sitzen. Ich war erst ein paar Schritte gegangen, als ich spürte, wie mich jemand an der Schulter berührte.

»Kaia, warte mal.« Jakob. Ich drehte mich zu ihm um. »Können wir noch mal kurz reden?«

Wieder lag das Grau seiner Augen intensiv auf mir und mit jeder Sekunde, in der er mich anblickte, versank ich mehr darin.

»Na schön«, gab ich widerwillig nach. Ihm und meinem Körper, in dem sich ein zartes Flattern ausgebreitet hatte.

Er zog mich etwas abseits. »Du hast vollkommen recht, du bist super und ich nicht und ...«

»Schleimst du jetzt?«

»Ein wenig.« Er legte den Kopf schief. »Also, Fragebögen, und morgen gehen wir ins Seniorenheim. Ich bestätige dann auch ...«

»Ach, jetzt auf einmal?«

»Ja, jetzt auf einmal.«

»Keine Ahnung, ob ich das noch will.«

Er räusperte sich. »Kaia, jetzt mal Klartext. Ja, ich geb's zu, ich will mich ... beweisen und falls du doch bereit wärst, mir zu helfen, dann ... dann tue ich alles für dich.« Hatte er gerade wirklich *alles* gesagt?

Ich runzelte die Stirn. »Wirklich alles?«

Er kam noch einen Schritt auf mich zu. »Ja, alles.«

Ich atmete tief durch. »Ich überleg's mir. Bestätige du erst mal den Termin.«

Und damit drehte ich mich um und ließ ihn diesmal wirklich stehen.

KAPITEL 6

»Was hat er gesagt? Er tut alles für dich? Na, das würde ich auch gern mal von einem Kerl hören.« Nika lachte.

»Was hätte er auch sonst machen sollen? Mir fällt nichts ein, wie er sonst noch die Kurve gekriegt hätte. Überhaupt, was sollte das? Da macht er sich erst einen Mordsspaß daraus, mich zu verprellen, und dann rennt er mir nach wie ein Dackel.« Kurz hatte ich an die Sache mit der Liste gedacht, aber war das nicht ein völlig bescheuerter Gedanke? Also verwarf ich ihn so schnell wieder, wie er gekommen war.

»Ja, aber immerhin hat er es getan.« Nika räusperte sich. »Im Gegensa…«

»Stopp, nein, ich will jetzt nichts von Alex hören«, unterbrach ich sie.

Sie winkte ab. »Ist ja schon gut«, sagte sie kleinlaut.

»Vielleicht fällt dir ja noch was anderes ein. Er könnte, keine Ahnung, deine Wäsche waschen oder so«, unterbrach uns Lina jetzt und fügte an: »Oder für dich einkaufen gehen.«

Oder die Liste mit mir machen.

Nein, Unsinn, völliger Unsinn.

Ich schüttelte den Kopf. »Sicher nicht. Die Wäsche wäre ruiniert. So wie er heute schon wieder rumgelaufen ist … Da waren lauter so komische dunkle Flecken auf seinem Shirt. Und die Einkäufe … Ne, echt nicht. Ich traue ihm nicht mal zu, eine Liste abzuarbeiten, also in diesem Fall meine Einkaufsliste. Ich glaube, er hat's nicht so mit Listen.«

Wir wurden von der Kellnerin unterbrochen, die unser Eis servierte. Ich hatte mir einen großen Becher Vanilleeis mit Erdbeeren bestellt. Nika einen mit Pistazie und Joghurt und Lina zwei Kugeln Schokolade. Das Eiscafé inmitten der Stadt war gemütlich und der süße Geschmack auf der Zunge himmlisch.

Ich war noch immer aufgebracht. Deswegen brauchte ich Nervennahrung. Also schob ich den Gedanken an Jakob weg und mir stattdessen einen Löffel Vanilleeis mit Erdbeeren in den Mund.

»Er ist halt entspannt und, keine Ahnung, irgendwie anders als du«, sagte Lina lachend und schob sich ebenfalls einen Löffel Eiscreme in den Mund.

Eigentlich war es nicht der Plan gewesen, heute noch Eis essen zu gehen. Nachdem ich die Uni verlassen hatte und mich erst Nika und dann Lina angerufen hatten, beschlossen wir jedoch, uns spontan zu treffen. Nika hatte mich sowieso gebeten, sie in der Stadt aufzusammeln, und Lina war unterwegs, weil sie am Abend mit Ben im Kino verabredet war. Vorher wollte sie noch etwas besorgen, was sie jetzt ein bisschen nach vorn geschoben hatte.

»Ich hatte mich echt auf den Termin gefreut und war sooo gespannt, was der Professor von mir will, und dann steht dieser Typ da! Und wisst ihr, was Herr Winter gesagt hat?«

»Nein, erzähl. Was hat er denn gesagt?«, fragte Nika sichtlich neugierig.

»Er hat gesagt, dass wir perfekt zusammenpassen würden. Weil wir so verschieden seien und uns deshalb so toll ergänzen würden und all dieses Blabla.« Ich seufzte. »Ihr kennt mich, ich versuche wirklich zu helfen, wo ich kann. Aber Jakob? Ich meine, wir saßen heute echt nicht lange zusammen und schon in der kurzen Zeit hat er mich dauernd genervt und provoziert. Ich habe schon alles vorbereitet für das morgige Treffen im Seniorenheim. Okay, vielleicht muss ich noch ein paar Dinge ausarbeiten, gerade in Bezug auf die Fragebögen. Aber immerhin habe ich sie schon erstellt – *ich,* nicht wir – und was macht er? Er hat nichts Besseres zu tun, als mich am Ende zu fragen, ob es unbedingt morgen sein muss. Dabei wollte *er* doch die Chance, sich zu beweisen. Ist dann auch nicht verwunderlich, dass ich da keine Lust drauf habe, oder? Wenn jemand null Interesse zeigt und offensichtlich nichts ernst nimmt, macht das doch keinen Sinn.« Ich schüttelte den Kopf und nahm noch einen großen Löffel von meinem Vanilleeis. Der süßliche Geschmack breitete sich auf meiner Zunge aus und langsam beruhigte ich mich.

»Ach, Kaia, gib ihm doch eine Chance. Er ist halt ein bisschen verpeilt, aber du bist ja auch wirklich immer megaorganisiert. Damit muss er halt erst mal klarkommen.«

War Lina jetzt auf meiner oder auf seiner Seite? »Der ist nicht nur verpeilt, der ist einfach merkwürdig. Diese Fragen, die er mir dann dauernd gestellt hat. *Planst du eigentlich immer alles? Auch wann du atmest? Zu schade für dich.*« Ich seufzte. »Wisst ihr, was er gesagt hat? Mädchen wie ich seien irgendwann unglücklich und würden sich dann Kerle wie ihn suchen.«

»Das hat er echt gesagt?«

Ich nickte. »Ne, ich hab da einfach keine Lust drauf.«

»Ach, lass ihn doch, du weißt schließlich selbst, was du kannst. Aber denk vielleicht einfach trotzdem mal drüber nach«, versuchte es Nika und erinnerte mich an den Abend der Party.

Nachdenklich ließ ich Eis von meinem Löffel in den Becher tropfen. »Ja, vielleicht tu ich das sogar mal. Aber warum muss ich jetzt mit ihm Zeit verbringen? Warum werde ich bestraft? Der kann absolut nichts für mich tun, und schon gar nicht für das Projekt.«

»Das wird schon. Warte doch erst mal ab. Und wenn es wirklich zu schlimm wird, kannst du ja immer noch mit dem Professor reden«, schaltete sich Lina ein.

Ich nickte noch immer nachdenklich. Als die Kellnerin kam, zahlten wir und gingen anschließend Richtung Kino. Nicht weit davon hatte ich geparkt. Als wir es erreichten, warteten wir auf Ben.

»Ich bin mal gespannt, wie der Film ist. Ist so eine neue deutsche Komödie. Soll auf alle Fälle lustig sein.«

»Hach, Kino.« Mit einem Mal schluckte Nika.

Ich stupste ihr in die Seite. »Sag jetzt bloß nicht, Kino erinnert dich an Alex.«

»Nein, aber Popcorn. Das hat er mal gemacht und ...«

Lina lachte. »... und jetzt kannst du nie wieder ins Kino, du Ärmste.«

Nikas Gesicht hellte sich auf. »Ach, Quatsch«, winkte sie ab. »Ich esse einfach Nachos.«

In meinem Bauch wurde es warm. Das war das erste Mal, dass sie darüber lachen konnte. Ich stimmte in ihr Lachen ein. Schließlich sahen wir Ben auf uns zukommen. Sofort lächelte Lina. Er lächelte zurück und als er bei uns war, küsste er sie.

»Hey, Ben«, sagte ich und Nika winkte ihm.

»Hey, ihr zwei, war das Eis gut?«

»Sehr lecker«, antwortete ich und sah Nika an. »Gehen wir?«

»Ja, so viel Liebe ertrage ich nicht.«

Lina lachte und wir drückten uns zum Abschied. Ich ging mit Nika zum Parkplatz. Sie lümmelte bereits auf ihrem Sitz, als sich mein Handy bemerkbar machte. Meine App, um genau zu sein.

Ich nahm auf der Fahrerseite Platz und öffnete sie mit einem Klick. Als ich die Terminbestätigung von Jakob las, setzte mein Herzschlag einmal aus. Denn mit der Bestätigung hatte er mir zudem eine Nachricht geschickt. Einen Moment lang blickte ich fassungslos auf das Bild und den Text, den ich damit vor mir hatte, und konnte nicht glauben, was ich da las.

»Woher …? Warum …?«, stammelte ich. *So ein Mist!*

»Was ist denn?« Nika warf mir einen fragenden Blick zu, aber ich war noch total gefangen.

Das konnte nicht wahr sein. Ich musterte die Nachricht erneut. Es war ein Foto meiner Liste. Immer wieder ließ ich meinen Blick darüberschweifen. Wie war er denn an die gekommen? Ich konnte es einfach nicht fassen. Und warum war da hinter jedem Punkt ein Haken?

Vielleicht kann ich dir ja doch ganz nützlich sein. Können wir gern im Café besprechen, wenn du vorbeikommen magst.

Ich atmete tief durch. Irgendwie musste ich mein viel zu schnell klopfendes Herz und meine zittrigen Finger beruhigen.

»Das gibt's ja nicht, woher hat er denn deine Liste?«, riss mich Nika aus meinen Gedanken. Sie hatte sich zu mir herübergelehnt und musterte das Bild nun ebenfalls.

»Keine Ahnung … Was mache ich denn jetzt?« Ich schloss die Augen und atmete noch einmal tief durch. »Ist doch klar, du hörst dir an, was er zu sagen hat.«

KAPITEL 7

Kurz diskutierte ich noch mit Nika, denn eigentlich hatte ich ihr versprochen, sie nach Hause zu bringen, aber sie war der Meinung, es sei wichtiger, sich jetzt gleich mit Jakob zu treffen. Sein Standort wurde mir in der App angezeigt und so stand ich eine Viertelstunde später mit heftig hämmerndem Herzen vor dem Café *Bärenführer*. Ich sah kurz hinein, konnte ihn aber nicht sehen.

> Ich bin da, wo bist du?

Ich wollte gerade noch etwas schreiben, als ich plötzlich eine mir inzwischen vertraute Stimme hörte. »Das ging ja schneller als gedacht.« Jakob zwinkerte mir zu. »Warum kommst du nicht einfach rein? Im Hinterhof ist ein Biergarten.«

Ich sah zu ihm hoch. »Ach so. Das hattest du ja nicht geschrieben, oder?«

Er grinste. »Nein, aber das bietet sich bei dem Wetter ja eher an als drinnen. Komm, mein Kumpel ist gerade weg zum Dienst, wir haben nur kurz was getrunken«, sagte er.

Als ob mich das interessierte.

Er lief los und ich folgte ihm. Bei einem kleinen Tisch angekommen, nahmen wir Platz.

»Schön, dass du gleich gekommen bist.«

Ich hob eine Braue. Veräppelte er mich schon wieder?
»War mir ein Vergnügen«, erwiderte ich ironisch. »Also, schieß los: Was willst du mit mir besprechen?«
Lächelnd schob er die Liste über den Tisch. »Das hier.«
Ich schluckte. »Meine Liste. Hast du sie mir geklaut?«
Er schüttelte den Kopf. »Die lag vorhin am Boden. Du weißt schon, als dir die Tasche runtergefallen ist. Aber jetzt erzähl mal: Was hat es denn damit auf sich? Wobei … ich kann es mir eigentlich sogar schon denken.«
Fragend sah ich ihn an. »Ach ja? Kannst du das?«
»Es ist nun mal so: Du bist nicht gerade die Spontanste.«
Ach, und wer war jetzt gerade superspontan hierhergekommen? Richtig, ich.
»Du hast ein Superhirn, keine Frage. Aber wenn es ums Thema Spaß geht, dann bist du nicht unbedingt an vorderster Front dabei.«
»Das hast du aber nett gesagt.«
»Ist doch so. Ich habe dich gestern beobachtet. Als das Spiel gespielt wurde, warst du diejenige, die nie getrunken hat. Und heute finde ich zufällig diese Liste. Was mich vermuten lässt, dass du die Punkte, die da draufstehen, noch erledigen willst. Abhaken sozusagen. Richtig?«
Oha. Wer beobachtete denn jetzt hier wen? »Du bist ja anscheinend auch ein ganz schönes Superhirn.«
Er grinste. »Gut, kommen wir zum Punkt. Du willst also all die Sachen erleben, die du auf diese Liste gepackt hast. Ich könnte das mit dir machen. Wenn einer spontan und chaotisch ist und wenn irgendwem die meisten Regeln so was von am Arsch vorbeigehen, dann bin das ja wohl ich.« Er lehnte sich vor und ich sah, wie sich die Muskeln in seinem Oberarm anspannten. *Mist.*

Ich räusperte mich. »Das hast du aber wirklich schön auf den Punkt gebracht. Eine perfekte Vorstellung für ein Bewerbungsgespräch, würde ich sagen.«

Jakob nickte. »So ist es halt einfach. Und wenn es auf der anderen Seite irgendjemanden gibt, der absolut auf Regeln steht, dann bist das du. Alles genau berechnen? Pünktlich abgeben? Dieses Projekt meisterst du doch mit links, so viel ist klar. Und ich ... ich brauch diese Note. Und da dachte ich mir: Wir machen einen Deal.«

»Einen Deal?« Ich zog die Augenbrauen zusammen.

»Einen Deal. Ich helfe dir spontan mit meinem – wie sagte der Professor noch? – *Talent* durch deine Liste und du hilfst mir dafür durch diese ... na ja, Scheiße hier durch.«

»Verstehe. Manus manum lavat.«

Er sah mich fragend an.

»Eine Hand wäscht die andere.«

»Genau.«

Kurz verhakten sich unsere Blicke. Okay, das Ganze war zwar bescheuert, aber gleichzeitig, auf eine verrückte Art und Weise, klang es gar nicht so schlecht. Ich hatte diesen Gedanken ja auch schon gehabt. Und Jakob hatte wohl ziemlich genau durchschaut, was ich wollte. Irgendwie.

Ich erinnerte mich an das heutige Gespräch mit Lina und Nika. Dass die Punkte auf der Liste spontan erledigt werden müssten. Und mit Jakob wäre Spontanität auf alle Fälle schon einmal gegeben. Er kümmerte sich nicht um Regeln. Und da wir eh schon gemeinsam an dieses Projekt gebunden waren ... Warum nicht? Das war eine ganz normale geschäftliche Vereinbarung.

Er grinste immer breiter, so als könnte er meine Gedanken lesen. Doch ganz so leicht wollte ich es ihm nicht machen.

»Okay. Ich denk darüber nach. Dann haben wir es jetzt, oder?«

Er sah mich verwundert an, als ich aufstand. Das gefiel mir. Er runzelte die Stirn. »Okaaay? Du denkst also drüber nach? Was gibt es denn da groß nachzudenken?«

»Na ja, ganz einfach, ob ich darauf wirklich Lust habe. Also mit dir. Ich meine, da sind Punkte auf der Liste drauf, da müsste ich echt viel Zeit mit dir verbringen, und ich weiß nicht ...«

Er sah aus, als müsste er gleich loslachen. »Du hast Schiss, oder?«

»Ich? Warum sollte ich Schiss haben?«

»Weil du weißt, was man sich noch so über mich erzählt ... Nicht dass du dich am Ende noch in mich verliebst.«

Jetzt lachte ich. »Warum sollte ich?«

»Ach komm schon, Kaia, gib's ruhig zu. Ich seh doch, wie du mich anschaust.«

Ich schüttelte den Kopf. »Ach so, du spielst auf das *heiß finden* an. Keine Sorge, da kann ich dich beruhigen ...«

Er lächelte noch immer leicht. »Gut, dann sind wir also im Geschäft?«

Ich sah ihn fest an. »Die Sache mit Geschäften ist, dass jede Seite einen Beitrag leisten muss. Ich werde die ganze Arbeit sicher nicht allein machen, auch wenn du dir das so vorstellst. Ich kann dir das eine oder andere abnehmen, aber zu den Terminen vor Ort im Altenheim musst du mitgehen. Darüber lass ich nicht mit mir reden. Also solltest du vielleicht noch mal über deinen Vorschlag nachdenken.«

Mit diesen Worten wandte ich mich ab und verließ das Café.

KAPITEL 8

»Das ist ja, also echt, das ist …«, stotterte Lina, die ich sofort anrief, um ihr alles zu berichten. Sie hatte prompt Nika zugeschaltet, die natürlich ebenfalls wissen wollte, was bei dem Treffen mit Jakob passiert war.

»… einfach krass«, vervollständigte Nika den Satz unserer älteren Schwester.

»Ich weiß. Ist es richtig oder falsch, soll ich es machen oder nicht? Wenn es bescheuert ist, dann haltet mich davon ab.« Ich zog die Schuhe aus und stellte sie in den Schrank.

»Es ist auf jeden Fall verrückt«, sagte Lina. Ich nickte, denn das war es tatsächlich, aber irgendwie … Ehe ich meinen Gedanken zu Ende denken konnte, fuhr Lina fort. »Verrückt, aber ehrlich gesagt, richtig gut verrückt.«

»Und wie du ihn hast zappeln lassen … Ich meine, besser geht es ja gar nicht mehr!« Nika klang total begeistert.

»So leicht soll er es auch wieder nicht haben. Auch wenn ich das eigentlich machen will. Also mit ihm. Weil es Sinn macht. Als wir heute geredet haben und ihr mir gesagt habt, dass alles spontan sein müsste, da wusste ich nicht, wie. Und Jakob ist dafür perfekt. Aber ich bin mir fast sicher, dass er am Ende doch nicht mitmacht. Immerhin habe ich ihm ja deutlich gemacht, was ich von ihm erwarte. Und so Leute wie er, die machen ziemlich schnell schlapp, wenn sie selbst was leisten müssen. Er war schon überfordert, als ich ihm klargemacht habe, dass wir morgen ins Altenheim sollten, um Infos zu sammeln. Da war von dem Deal noch nicht einmal die Rede. Er denkt halt, er ist total heiß, und meinte, dass ich wohl Schiss habe. Weil er ja so unwiderstehlich sei. Ich glaub, der hat gestern wirklich zu viel Poolwasser geschluckt.« Die beiden lachten. »Ich habe ihm gesagt, dass es darum nicht geht und dass ich ihn küssen und auch andere Sachen mit ihm machen könnte, weil er mir total egal ist«, machte ich weiter und schlenderte durch meine Wohnung. Mir strömte blumiger Duft in die Nase, der aus meinem neuen Duftfläschchen kam.

»Und wie läuft das jetzt ab?«, hakte Lina nach.

Sie hatte recht. Wie lief das jetzt ab? Ich hatte tatsächlich noch nicht darüber nachgedacht.

»Ich muss ihm ja erst mal zusagen. Oder er mir«, überlegte ich laut. »Dann werde ich noch ein paar Sachen festlegen. Macht ja Sinn.«

»Und die wären?«

»Gute Frage«, sagte ich und ging in die Küche, um mir ein Glas Wasser einzuschenken.

Gerade als ich das Glas an die Lippen setzte, bekam ich eine Nachricht auf die App gespielt. »Er hat mir übrigens gerade geschrieben«, ließ ich Lina und Nika wissen und spürte, wie sich mein Herzschlag beschleunigte.

Meine Augen wanderten über die Nachricht. War das etwa sein Ernst?

»Was schreibt er denn?«, hörte ich Nika neugierig nachfragen.

> Du bist dir unsicher? Ich zeige dir, wie ernst ich es meine. Morgen gegen zwölf im Seniorenheim. Erst die Arbeit, dann das Vergnügen. Bist du dabei? Jakob

Ich betrachtete die Nachricht eine ganze Weile, bis mich meine Schwestern wieder aus meinen Gedanken rissen.

»Was ist denn los? Hallo, Kaia«, wollte nun auch Lina wissen.

»Er schreibt mir, dass wir uns morgen um zwölf Uhr im Altenheim treffen. Und wisst ihr, was er noch schreibt? *Erst die Arbeit, dann das Vergnügen.*«

»Echt jetzt?« Nika war aufgeregt, das konnte ich an ihrer Stimme hören.

Lina dagegen lachte. »Na, dann würde ich mal sagen: Lasset die Spiele beginnen.«

KAPITEL 9

Ich blickte auf die Uhr und schnaubte. Es war genau zwölf Uhr, aber von Jakob keine Spur. Das ging ja schon mal gut los. Ich würde ihm noch fünf Minuten geben.

Aus fünf Minuten wurden zehn. Meine Handflächen begannen zu schwitzen. Wenn ich etwas hasste, dann war es Unpünktlichkeit. Aber was hatte ich auch von ihm erwartet? Seine Nachricht hatte einfach zu verführerisch geklungen. Noch eine Minute, dann hatte er Pech gehabt.

Die Uhr tickte noch sechzigmal, bis ich mich abwandte und durch den Eingang des Seniorenheims *Lebenszeit* ging. Als ich das Innere betrat, roch es nach frisch gebohnertem Boden und Essen. Neben dem Informationsschalter standen ein paar Blumen und der Flur war in einem zarten hellen Gelb gestrichen. Ich sah mich kurz um und atmete tief durch. Hinter der Anmeldung saß eine junge Frau in einem weißen Shirt mit dem Logo des Altenheims darauf. Ich steuerte auf sie zu.

»Ich bin Kaia Schiffner. Ich komme von der Universität im Auftrag von Professor Winter.«

Sie sah mit blauen Augen zu mir auf und ein freundliches Lächeln breitete sich auf ihrem Gesicht aus. »Frau Schiffner, wie schön. Ja, ich bin informiert. Sie sollen für die Universität eine Arbeit schreiben, richtig?«

»Genau.«

Sie sah mich an und ich fragte mich, warum sie zögerte.

Schließlich räusperte sie sich. »Sollten Sie nicht zu zweit sein? Professor Winter hatte das so angekündigt.«

Ich nickte. »Herr Inzenhofer ist ...«

»... hier.« Jakobs Stimme drang in mein Ohr und ich spürte seine Hand an meiner Schulter. Eine kurze Berührung, die mich zusammenzucken ließ.

Ich wandte mich um und spürte noch immer seine Hand, die ganz unvorbereitet einen kleinen Blitz in meinen Bauch sandte. Er strich nochmals über meine Schulter und trat dann zurück, sodass ich ihn ansehen konnte. Seine Haare waren verwuschelt, im Gesicht hatte er einen schwarzen Fleck, genauso wie auf seinem Shirt.

Dieser Kerl! Konnte er sich nicht mal was anziehen, was nicht dreckig war? Ich atmete tief durch und ließ meinen Blick über sein Outfit wandern. Das Shirt, das er heute trug, war weiter als sonst. Darauf waren grinsende Fische abgebildet, die man nicht übersehen konnte. Genauso wenig wie die darunterliegenden Muskeln ...

»Wunderbar, dann hole ich einen Plan für Sie. Ich bin gleich wieder da, dann können wir los«, sagte die Frau hinter uns und verschwand im angrenzenden Zimmer.

Ich sah Jakob an. »Wie schön, dass es der Herr auch noch geschafft hat. Zwölf Uhr hatten wir ausgemacht! Du bist schon beim ersten Treffen unpünktlich, denkst du ernsthaft, dass ich dann mit dir diesen Deal eingehe?«, fragte ich wütend.

Er schüttelte den Kopf. »Wäre schön, wenn die Dame genauer lesen würde. *Gegen zwölf* hatte ich geschrieben, also bin ich ganz und gar nicht unpünktlich.«

Fassungslos starrte ich ihn an. Dann nahm ich mein Handy, rief die Nachricht auf und ... verdammt, er hatte recht.

Jakob trat nahe an mich heran und ich spürte seinen Atem auf meiner Haut. Ganz kurz floss ein Strom kribbelnder Gefühle durch mich hindurch, die ich wegschob.

»Also nicht gleich wieder sauer sein. Steht dir auch gar nicht, Kaia«, sagte er und wich einen Schritt zurück.

Die Mitarbeiterin war indessen wieder an der Anmeldung und lächelte. »Wir haben den Bewohnern schon Bescheid gegeben, dass Sie heute kommen. Was haben Sie denn genau vor, gibt es schon einen Plan?«

Jakob deutete auf mich. »Für die Pläne ist Frau Schiffner zuständig.«

Ich warf ihm einen verächtlichen Blick zu, dann kramte ich die Fragebögen aus meiner Tasche und legte sie auf den Tresen. »Um alles zu berücksichtigen, hatte ich … also, ich meine, hatten wir die Idee, mit den Bewohnern Fragebögen zu bearbeiten. Um herauszufinden, was sie sich wünschen. Denn ich finde, man sollte …«

»Wir finden«, unterbrach mich Jakob.

Ich räusperte mich. »Wir finden, man sollte immer alle Aspekte berücksichtigen. Die wirtschaftlichen sowie die persönlichen. Und *wir* überlegen auch«, sagte ich betont, »wie man alles vereinfachen kann, zum Beispiel digitalisieren.«

Die Frau lächelte erneut. »Das ist eine gute Idee. Von unserer Seite aus haben Sie freie Hand. Wenn Sie in die Zimmer gehen, klopfen Sie bitte an und stellen Sie sich kurz vor. Falls jemand gerade nicht da ist, müssten Sie warten oder in einem anderen Zimmer weitermachen. Ansonsten …«, sie hielt inne, »… wären hier die Pläne der Anlage.« Sie reichte uns zwei Blätter über den Tresen, ehe sie weitersprach. »Der Aufenthaltsraum ist im Bereich C. Da sitzen immer einige der

Bewohner. Aber natürlich bitte auch hier vorher erklären, wer Sie sind. Die Bewohner wissen Bescheid, wir haben sie vorab in einem kleinen Schreiben auf das Projekt hingewiesen. Die meisten fanden es eine gute Idee und fühlen sich und ihre Belange ernst genommen. Es ist ja auch mal eine nette Abwechslung in ihrem oft eintönigen Alltag.«

»Die meisten?«, fragte ich vorsichtig nach.

Sie nickte. »Ja, fast alle. Nur unser Herr Scheerbaum ist etwas ... spezieller. Er hat sich ein bisschen aufgeregt, weil er das Ganze für Unsinn hält. Er meinte, er sei doch kein Versuchskaninchen. Er ist schon eine ganze Weile hier und ... nun ja, Sie werden ihn erkennen, wenn Sie ihn treffen. Ansonsten gebe ich Ihnen erst einmal eine kleine Führung, zeige Ihnen alles und dann können Sie selbst losgehen, in Ordnung?« Sie strich ihr Oberteil glatt. »Sollen wir? Ich stelle nur noch kurz was um, Moment.« Sie tippte auf der Tastatur herum. Und Jakob? Der auch, und zwar auf seinem Handy.

Ich gab ihm einen Stoß in die Seite. »Packst du das vielleicht mal weg?«, flüsterte ich vorwurfsvoll.

Er hob den Kopf. »Ich habe es nur lautlos gestellt. Bleibst du bitte mal locker?« Wieder berührte er flüchtig meine Schulter.

Ich strich mir über die Schulter, um dieses warme Gefühl loszuwerden, das sich seit seiner ersten Berührung dort festgesetzt hatte. Na, das konnten ja ein paar tolle Tage werden. Oder gar Wochen. Was hatte ich mir nur dabei gedacht?

»Also dann, wollen wir?« Die Dame von der Anmeldung blickte uns auffordernd an.

Wir liefen los. Zunächst durch einen Flur. An den Zimmern links und rechts waren Nummern. Es ging weiter an

Abstellbereichen, Pflegeküchen und weiteren Zimmern vorbei. Die Frau von der Anmeldung erklärte uns, wo die Küche war, und auch die Pläne, die dort hingen. Sie zeigte uns die kleine Bibliothek. Sie war *wirklich* klein. Ich strich über den Rücken eines alten Buches mit etwas vergilbten Seiten.

»Die meisten Bücher sind Spenden, aber leider kommt zu wenig Neues rein«, erklärte sie beiläufig.

Dann ging es weiter in verschiedene Räume, in denen zwar ein paar Möbel standen, die aber kaum genutzt wurden, wie sie uns erklärte. Schließlich traten wir durch eine Tür in den Garten, der eher trostlos wirkte. Wenige Blumen, daneben ein paar Bänke.

»Hier würden wir gerne mehr draus machen, aber da sind uns die Hände gebunden.« Sie sah uns an. »Das war's auch schon. Ich gehe dann mal zurück. Wenn Sie etwas brauchen, einfach vorbeikommen. Und wenn ich nicht da bin, dann einen Moment warten, ich bin meist nicht lange weg. Ich wünsche Ihnen viel Erfolg«, sagte sie und verabschiedete sich winkend.

Ich räusperte mich und schob die Fragebögen zurecht.

»Wie machen wir es jetzt? Vielleicht holen wir uns erst mal einen Kaffee, oder?«, fragte Jakob.

War das sein Ernst? »War ja klar. Wie war das noch? *Erst die Arbeit, dann das Vergnügen.* Jetzt kommst du schon zu spät und dann willst du noch mehr Zeit vergeuden.«

Seine Lippen verzogen sich zu einem selbstgefälligen Grinsen, als er die Hände in den Hosentaschen vergrub. »Ach, Kaia, erstens war ich nicht zu spät und zweitens ist es doch nur ein Kaffee. Also, willst du auch einen? Oder lieber weiter herummeckern?«

Genervt schüttelte ich den Kopf. »Nein … erstens meckere ich nicht und zweitens lege ich jetzt los. Schließlich haben wir hier wirklich einiges zu tun. Und ich will eigentlich bis drei durch sein, da ...«

»... da sind wir dann nämlich verplant. Ich hoffe, du hast gute Nerven, denn was ich mir überlegt habe, wird deinen Puls ganz schön in die Höhe treiben.«

Ich sah ihn an. »Wie meinst du das?«

»Wie ich es sage. Wirst du dann sehen.« Er grinste und mir fiel auf, wie gut er dabei aussah. Sofort verfluchte ich mich für diesen Gedanken.

»Na schön, dann treffen wir uns um halb drei an der Information?«, sagte er, ohne mehr zu seinem ominösen Plan zu erklären.

»Gut«, willigte ich ein.

»Dann hol ich mir mal einen Kaffee. Du willst wirklich keinen?«

»Wie schon gesagt, nein. Also ...« Ich reichte ihm einen Stapel der Fragebögen. »Die hier abarbeiten!«, befahl ich.

Er griff nach den Blättern und kurz berührten sich unsere Finger. Wieder kribbelte es in meinem Bauch. Ich schob das Gefühl zur Seite. So gut es ging zumindest.

»Falls was ist, schreiben wir uns, okay?«

Jakob nickte, wandte sich ab und ging den Flur hinunter.

Oh Mann. Was hatte er vor? Doch es brachte nichts, jetzt groß darüber nachzudenken. Also beschloss ich, zunächst im Garten zu bleiben und mich dann im Aufenthaltsraum umzusehen.

Es war wirklich ziemlich trostlos hier. Es gab zwar Blumen auf dem Gras und ein paar Bänke, aber mehr nicht. Man könnte daraus einen Garten machen, der den Namen verdiente! Nicht weit von mir saßen auf einer Bank zwei Damen mit kurzen grauen Haaren und ich beschloss, zu ihnen zu gehen. Als eine von den beiden mich sah, lächelte sie.

»Beate, sieh mal, wir haben Besuch«, sagte sie erfreut.

Die andere blickte von ihrer Zeitung auf. »Kenne ich nicht«, sagte sie trocken.

»Ich bin Kaia Schiffner, ich bin von der Uni hier. Wir haben den Auftrag, ein Konzept für Sie alle zu entwerfen, damit das Heim wohnlicher wird. Vorerst nur theoretisch, aber wenn alles gut geht, soll es natürlich auch umgesetzt werden.«

Beate lachte und tippte die andere mit ihren langen dünnen Fingern an. »Hast du das gehört, Regine? Theoretisch wohnlicher. Das klingt ja toll.« Sie verzog das Gesicht. »Wir haben hier nicht viel. Ich bin es zwar gewohnt, zu sparen, aber so ...«

Regine nickte. »Ja, ich weiß, du vermisst deinen Garten. Aber na ja ...«

»Und wie ich ihn vermisse«, seufzte Beate.

»Darf ich Ihnen dazu ein paar Fragen stellen?«

Die beiden sahen erst sich an, dann mich. Beate antwortete.

»Wir haben ja sonst nichts zu tun und in der Zeitung steht auch nichts Gescheites.«

Ich lachte und zückte den Fragebogen. »Na dann, los geht's.«

Kommunikation ist das halbe Leben. Seit Langem hatte ich das nicht mehr so deutlich gespürt wie heute, als ich die beiden Damen interviewt hatte. Sie hatten mir nach anfänglichem Zögern sehr offen berichtet, was ihnen fehlte. Es war nicht so sehr die Pflege, an der es haperte, wenn auch die teilweise in ihren Augen zu kurz kam. Denn Pflegerinnen und Pfleger hatten oft keine Zeit, um sich einfach mal zu unterhalten. Aber sie waren alle nett und die beiden Damen wussten, dass die Zeitpläne straff waren und das Personal nichts dafürkonnte. Ich hatte trotzdem auch diesen Punkt mit aufgenommen.

»Was uns am meisten fehlt, ist ein Gefühl von Zuhause«, meinte Regine.

Ich konnte mir gut vorstellen, was sie damit meinte. »Die Umgebung ist nicht gerade heimelig.«

Beide nickten.

»Zumindest nicht so, wie man es sich wünscht«, gab Beate zurück.

Sie hatten recht. Auch dann, als sie meinten, wie wenig Möglichkeiten für Abwechslung im Alltag, der oft als eintönig empfunden wurde, es gab. Sie sagten, ihnen gehe es wie vielen, die dauerhaft hier im Heim waren, sie wünschten sich mehr Besuch. Sie wussten, dass das an ihren Familien lag, an Menschen, die teilweise Hunderte von Kilometern entfernt wohnten und nicht so oft kommen konnten. Und wenn sie mal da waren, war die Zeit oftmals sehr knapp. Viele fühlten sich deswegen einsam.

Mich traf das sehr. Klar, man konnte das große Ganze nicht von heute auf morgen ändern, aber trotzdem hatte ich sofort Ideen für kleinere Verbesserungen, die ich notierte. Insgesamt war ich froh, dass das Projekt im Allgemeinen und mein Besuch im Speziellen ganz gut aufgenommen worden waren.

Als ich mich in den Speisesaal aufmachte, lief ich kurz Jakob über den Weg. Er winkte fröhlich, hatte aber gleichzeitig einen nachdenklichen Ausdruck auf dem Gesicht. Ich nickte ihm zu. Ob er auch schon einige Fragebögen ausgefüllt hatte? Er hatte eine Tasse in der Hand. Immer noch oder schon wieder? Vermutlich war er nur zum Kaffeetrinken da. Als er weiterlief, beschloss ich spontan, ihm zu folgen.

Er verschwand in einem der Zimmer. *Am Ende saß er da nur herum, statt zu arbeiten,* dachte ich mir. Durch den offenen Türspalt sah ich, dass er die Tasse einer Frau brachte, die im Bett lag.

»Das ist aber sehr lieb von Ihnen«, hörte ich sie mit einem warmen Unterton in der brüchigen Stimme sagen.

»Ist doch kein Problem. Ich habe auch noch Kekse mitgebracht.« Jakob reichte ihr die Kekse, die er aus der Hosentasche gezogen hatte. Er öffnete die Folie, in der sie verpackt waren.

Sie strahlte. »Also wenn ich noch mal ein paar Jahre jünger wäre ...« Sie kicherte.

»Wenn ich ein paar Jahre älter wäre ...« Er zwinkerte ihr zu und erneut kicherte sie. »Brauchen Sie sonst noch was?«

»Ach, hier braucht man nicht mehr viel. Aber vielen Dank, das Gespräch hat mir sehr gutgetan.«

Unglaublich. Wie lieb er zu der Frau war. Unter meiner Brust klopfte es heftig. *Vorsicht, Kaia, das war doch sicherlich auch wieder nur gespielt.* Ich durfte mich nicht immer so schnell beeindrucken lassen.

Ich wandte mich eilig ab, nicht dass er mich noch entdeckte, und ging zum Speisesaal. Dort war nicht viel los. Aus der nahe gelegenen Kantine schepperte das Geräusch von aneinanderschlagendem Geschirr herüber. Zwei Männer spielten Schach, eine Frau holte sich zusammen mit einer Pflegerin einen Kaffee und ein Mann saß mit dem Rücken zu mir am Fenster. Ich beschloss, mir auch schnell einen Kaffee zu holen – irgendwie hatte ich jetzt doch Lust darauf bekommen.

Als ich das Getränk in der Hand hielt, steuerte ich auf den Mann am Fenster zu. Als ich vor ihm zum Stehen gekommen war, räusperte ich mich, denn er sah nicht zu mir auf. Womöglich bemerkte er mich gar nicht, er schien total in seinen Gedanken gefangen zu sein. Ich blickte nun ebenfalls aus dem Fenster. Ein paar Vögel flogen umher, mehr nicht. Was er wohl beobachtete?

»Entschuldigen Sie bitte, hätten Sie vielleicht ein paar Minuten Zeit für mich?«

Langsam drehte er mir sein Gesicht zu. Er hatte sehr blaue Augen, sie erinnerten mich an tiefe Seen, solche, von denen man immer in den schönsten Geschichten las. Buschige graue Augenbrauen umrandeten sie. Seine Lippen waren verkniffen.

»Was?« Seine Stimme war rau.

Ich schluckte. »Ich habe gefragt, ob Sie vielleicht einen Moment Zeit für mich hätten«, versuchte ich es noch einmal.

Er lachte bitter. »Ich habe alle Zeit, die mir hier noch bleibt. Aber sehe ich aus, als hätte ich Lust, mit jemandem zu sprechen?«, fragte er jetzt unfreundlich und seine Augen taxierten mich intensiv.

»Ich weiß nicht, ich … ich hatte es zumindest gehofft. Ich bin Kaia Schiffner und …«

Er hob eine seiner buschigen Brauen. »Kaia? Was soll das denn für ein Name sein?«

Das hatte ich schon das ein oder andere Mal gehört, viele

kannten den Namen nicht oder konnten nichts damit anfangen. »Kaia bedeutet Licht und ...«

Er hob seine Hand. »Interessiert mich nicht. Wer gibt Ihnen das Recht, mich zu stören?«

»Entschuldigung, das wollte ich nicht, aber ich ...«

»Sie haben wohl gedacht, Sie können einfach hierherkommen und mir tausend Fragen stellen, wie ich es denn gerne hier hätte, und dann wird alles besser?« Ein merkwürdiger ungehaltener Ton kam über seine Lippen. Dann winkte er ab, ehe ich etwas erwidern konnte. »Ich habe den Zettel gelesen, den sie uns wie ein Weihnachtsgeschenk hingelegt haben.« Er schüttelte den Kopf, um mich dann wieder zu mustern. »Tun Sie mir einen Gefallen und suchen Sie sich jemand anderen. Ich halte mich lieber raus, hier ändert sich ja eh nichts.«

Ich schluckte und musterte ihn. »Okay«, gab ich mich schließlich geschlagen. Komischer Kauz.

Ich wandte mich den beiden anderen Herren zu, die Schach spielten. Sie wirkten eigentlich recht zufrieden. Sie schwiegen, während einer über einen Zug nachdachte. Kaum hatte er die Figur bewegt, kommentierte es der andere und es entspann sich eine kleine Diskussion. Sie sprachen sich mit den Namen Arthur und Eduard an. Ich wagte nicht, sie beim Schachspiel zu stören, und wollte mich gerade der Dame mit der Pflegerin zuwenden, als ...

»Nehmen Sie sich das nicht zu Herzen, Schätzchen. Der alte Scheerbaum ist eben so.« Es machte klick und die Stimme der Dame von der Anmeldung klang mir in den Ohren. *Nur unser Herr Scheerbaum ist etwas ... spezieller.* Alles klar.

»Aber vielleicht können wir Ihnen ja helfen«, meinte der eine – Arthur – schließlich. Er hatte mich wohl ertappt, wie ich leicht frustriert noch einmal zu Herrn Scheerbaum geblickt hatte.

Ich nickte dankbar. »Das wäre sehr nett.«

Sie unterbrachen ihr Spiel und standen mir ausgiebig Rede und Antwort. Na also. Anschließend bedankte ich mich überschwänglich und verabschiedete mich von den beiden netten Herren. Genau in diesem Moment piepte mein Timer und ich sah aufs Handy. Wow, die Zeit war ja unglaublich schnell vergangen.

Ich machte mich auf den Weg in Richtung Information, als gerade Jakob aus einem der Zimmer trat.

»Danke, sehr lustig war es mit Ihnen«, hörte ich es aus dem Inneren rufen.

Jakob nickte noch einmal hinein. »Jederzeit gerne wieder.« Dann schloss er die Tür und unsere Blicke trafen sich.

»Punkt halb drei, ich bin schon auf dem Weg«, säuselte er. Verdammt noch mal, warum zogen mich diese langweiligen grauen Augen eigentlich so an? »Und hier sind die Fragebögen. Ich habe alles ausgefüllt, mich an alle Vorgaben gehalten und alle Informationen beschafft.« Was zum …? Mir blieb der Mund offen stehen. »Da staunst du, was?« Jakob reichte mir seine Mappe und der Hauch von Stolz, der in seiner Stimme mitschwang, war kaum zu überhören.

»O…okay, p…perfekt«, stammelte ich. »Aber denk bloß nicht, dass ich dich jetzt lobe oder so«, hatte ich mich schnell wieder gefangen.

Er schüttelte den Kopf. »Neeein, natürlich nicht.«

Jetzt konnte ich nicht verhindern, dass meine Mundwinkel nach oben wanderten. *Ruhig bleiben, Kaia, ganz ruhig bleiben.* »Und, wie ist dein Eindruck?«, fragte ich. »Hier gibt es wirklich vieles, was man verändern könnte«, versuchte ich, das

Thema gleich auf das Inhaltliche zu lenken – und nicht dauernd in seine Augen zu blicken.

Er räusperte sich. »Also mir hat's tatsächlich Spaß gemacht. Mit den Leuten zu reden und so. Manche sind echt lustig. Frau Mirtenberg hier«, er deutete auf das Zimmer hinter sich, »ist eine kleine Schlawinerin. Ich glaube, sie wollte mich küssen. Ähm, um ehrlich zu sein, hat sie das sogar. Aber nur auf die Wange!« Er setzte einen Dackelblick auf. »Ich hoffe, das ist okay?«

Ich sah ihn erstaunt an. »Was?«

»Nicht dass du noch eifersüchtig wirst.«

Ich unterdrückte ein Grinsen und schüttelte den Kopf. »Schon gut, verführe ruhig die alten Damen hier.«

»Ist ja nur eine kleine Warnung an dich. Wie du siehst, kann das schnell gehen. Ich kann nämlich durchaus charmant sein.«

»Darauf antworte ich jetzt lieber nicht.«

»Die Röte auf deinen Wangen sagt eh schon alles.«

Oh Mann, dieser Kerl ...

»Wie lief's bei dir?«, fragte Jakob.

Ich dachte an die Damen vom Garten, an die vielen anderen, an Herrn Scheerbaum, an Arthur und Eduard. Herr Scheerbaum war der Unangenehmste gewesen, aber keine Ahnung, warum, irgendwie wollte ich mehr über ihn wissen. Oder sollte ich ihn lieber in Ruhe lassen?

Jakob sah mich an und bemerkte mein Zögern. »Alles okay?«

»Es war gut, nur ... ich habe diesen Herrn Scheerbaum getroffen, von dem die Empfangsdame gesprochen hat. Und sie hatte recht, er war nicht gerade begeistert über unseren Besuch. Er war der Einzige, der gar keine Lust hatte, mit mir zu reden. Oder um es anders auszudrücken: Er hat mich ziemlich angefahren.«

»Das tut mir leid. Aber vielleicht kriegen wir es ja beim nächsten Mal zusammen hin?«

Ich guckte verblüfft. »Du willst also echt noch mal mitkommen?«

Er zuckte mit den Schultern. »Das muss ich doch, oder? Wir haben schließlich einen Deal, schon vergessen?«

Jakob stellte sich näher an mich heran. Viel zu nah. Mein Herz begann heftig zu klopfen.

»Komm, ich zeig dir was.«

Er ging voran und stoppte vor einem Raum, dessen Tür einen Spalt offen stand. Er trat ein und ich folgte ihm. Es war ziemlich dunkel darin.

»Da lagert ja wirklich so einiges. Schau mal, diese Gestelle. Und hier, die Türen und ...« Mit einem Mal nahm er meine Hand und ich war ganz überfordert mit dem Gefühl, das sich erneut in mir ausbreitete.

»Was machst du da?«, wollte ich wissen und er grinste.

»Nichts, ich wollte dir nur zeigen, was da drüben steht. Und keine Ahnung, eventuell sollten wir auch darauf eingehen, wie man diesen Raum hier verändern kann. Denn die«, er zeichnete mit den Fingern Gänsefüßchen in die Luft, »*Bibliothek* ist ja richtig klein, aber wenn man die Räume zusammenlegt, hätte man einen Ort, an dem man sich wohlfühlen kann. Wir könnten hier eventuell auch Computer reinstellen. Was meinst du?«

Er kam noch etwas näher an mich heran. Als ob es hier nicht schon eng genug gewesen wäre. Hölle, warum war mir nur plötzlich so heiß? Ich stand mit dem Rücken zur Wand. Er direkt vor mir. Mein Blick glitt über sein Gesicht, weiter abwärts. Seinen Oberkörper, das Shirt, das sich darumspannte. *Heiß.* Mir stieg die Hitze in die Wangen. Ich wollte nicht so denken, aber meine Gedanken machten sich selbstständig.

»Könnte man durchaus überlegen«, sagte ich und versuchte, wieder auf Normaltemperatur zu kommen.

Er sah mich an. Strich sich durchs Haar und lächelte. Der Duft, der mir in die Nase wirbelte, war anders. Herb. Und da war wieder dieses leicht Verbrannte. An seinem Shirt sah ich einen Fleck. War das Schmiere? Egal, was es war. Er war mir zu nah. *Irgendwie gut,* sagte mein Herz. *Verschwinde,* sagte mein Kopf. Zumindest in diesem Moment behielt er die Oberhand.

»Kannst du mir mal nicht so nah auf die Pelle rücken?«

Jakob trat einen Schritt zurück. »Oh, sorry, war mir jetzt gar nicht bewusst.«

Ich bohrte ihm einen Finger in die Brust. Er lachte und ich rollte mit den Augen. Er wusste ganz genau, was er da tat.

»Ach komm schon, Jakob, ich weiß, was du hier versuchst.«

»Okay, und das wäre?«

»Was Verbotenes tun, mhm. Aber ich lasse mich von dir ganz sicher nicht in einer Abstellkammer verführen.«

Sein Blick lag intensiv auf meinem. Verschwörerisch meinte er: »Ich weiß nicht, wovon du sprichst.«

»Jetzt tu doch nicht so. Du weißt ganz genau, was auf der Liste steht. Punkt sechs: die Sache mit dem Küssen. Und Punkt sieben: was Verbotenes ...«

»Aber da steht: *einen Fremden küssen.* Und ich bin ja so was von nicht fremd, also mach dir da mal keine Hoffnungen. Und wenn du meine Nähe nicht erträgst, weil deine Gedanken dann völlig durchdrehen, werde ich dir natürlich nicht mehr zu nahe kommen.« Er hob die Hände und ging einen weiteren Schritt zurück.

Unter meiner Brust klopfte es noch immer heftig. *So ein Idiot.* Ich wusste genau, was er vorhatte. Mit einem Schritt ging ich wieder auf ihn zu und tippte ihm erneut auf die Brust.

»Jetzt kommst du mir aber zu nah, lässt du das bitte mal?«

Ich schnaubte. »Ich komm dir überhaupt nicht zu nah und ich will auch nichts, außerdem riechst du …«

»… verführerisch?«

»Du nervst, Jakob. Also, was jetzt?«

»Na, jetzt starten wir mit der Liste. Aber ich sag's dir gleich: Es wird ziemlich nervenaufreibend für dich. Also, bist du bereit?«

KAPITEL 10

immer

»Oh mein Gott, wir fahren U-Bahn. Mein Herz, mein Puls, ich glaube, das schaffe ich nicht. So eine Aufregung.« Ich hielt mir die Hand an die Brust und sah Jakob gespielt theatralisch an.

»Ach, Kaia, mach dich nur lustig. Also, du darfst wählen. U1, U2 oder U3?«, fragte Jakob, während um uns herum die kühle Luft der einfahrenden U-Bahnen aufwirbelte.

Wir waren zum Plärrer gelaufen, einer größeren U-Bahn-Station in Nürnberg. Was für ein *Abenteuer*. Ich hatte mit allem Möglichen gerechnet. Aber U-Bahn fahren? Echt jetzt?

»Du veräppelst mich doch schon wieder, oder? Gib's ruhig zu. Was machen wir jetzt wirklich?«

»Kaia, ich glaube, wir müssen gleich mal über ein paar wichtige Details unseres Deals reden und Regeln festlegen.«

»Warum? Ich frag ja nur.«

»Du fragst nicht. Du meckerst. Und wenn du jedes Mal herumnölst, verbringen wir mehr Zeit mit Diskussionen als damit, irgendwelche Dinge zu machen. Also?«

Er meinte die Sache offenbar wirklich ernst. Na schön, dann fuhren wir eben mit der U-Bahn. Meinetwegen.

»Okay, also U2.«

Er nickte. »Siehst du, geht doch.« Er hob den Blick zur Anzeigetafel. »Kommt in fünf Minuten. Deswegen hast du sie genommen, oder? Weil sie als Erste kommt. Du bist so was von durchschaubar.«

»Na und? Ich habe keine Lust zu warten. Deswegen bin ich doch nicht gleich durchschaubar, ich bin einfach praktisch veranlagt.«

Jakob stellte sich vor mich und seufzte. »Wenn du meinst. Ich bin ja schon mal erleichtert, dass du eine Wahl getroffen hast. Das kann ja noch heiter werden.«

»Du jammerst wegen mir? Beschwer dich mal nicht, ich ...«

»Du was?«

»Ich war auch nachsichtig mit dir, immerhin warst du unpünktlich.«

»Das hatten wir doch schon. *Gegen* zwölf heißt nicht *Punkt* zwölf! Ich war also nicht unpünktlich.«

»Wenn du meinst.« Sollte er doch denken, dass er recht hatte.

Da standen wir nun also am Plärrer. Viele Leute fuhren hier die Rolltreppen auf und ab und warteten. Es roch irgendwie alt, nach einer Mischung aus Parfüm, Schweiß, modrigem Keller und noch irgendwas. Irgendwie nach ... Jakob. Ich rümpfte die Nase.

»Jetzt weiß ich, wie du riechst.« Ich trat an ihn heran und tatsächlich ... »Du riechst nach U-Bahn.«

»Okay, etwas, das man auf alle Fälle nicht im Bett hören will.«

Ich lachte und Jakob musterte mich einen Moment. »Warum riechst du nach U-Bahn?«, wollte ich wissen. »Doch nicht etwa, weil du so viel U-Bahn fährst.« Ich hielt mir die Hand vor den Mund. »Bist du etwa so ein U-Bahn-Surfer? Das kannst du gleich vergessen, so was mache ich nicht. Das ist illegal. Ach, deswegen bist du auch immer so dreckig!«

»Du hast es ja echt drauf mit Komplimenten.« Sein Blick haftete an meinem, ehe er schmunzelte. »Aber ihr Mädels mögt es doch dreckig. Der raue Kerl mit den harten Muskeln und dem Dreck an den Händen.«

»Vielleicht die Mädels, die du sonst so triffst, aber ich stehe da eher nicht drauf.«

»Was ist denn dann dein Typ? Ach, warte, ich weiß schon. Bloß keinen Fleck, der Saubermann von nebenan, Everybody's Darling. Aber ich sag dir was: Das sind oft die Schlimmsten.«

»Wenn du das sagst.«

»Aber um dich zu beruhigen, du Nervensäge, wir surfen sicher nicht U-Bahn. Da geb ich dir recht, wer so was macht, ist nicht ganz sauber.«

Ich musterte sein Shirt und deutete dann auf den Fleck. Jetzt musste Jakob lachen.

»Warum riechst du dann nach U-Bahn, wenn du nicht drauf surfst?«

»Ich rieche nicht nach U-Bahn. Aber ich gebe zu, ich mag U-Bahn-Stationen.« Jakob sah sich kurz um, dann wanderte sein Blick wieder zu mir.

»Echt? Warum? Ich mag das gar nicht so.«

»Für mich ist es einfach spannend, die Leute zu beobachten. Schau mal, der Kerl da drüben mit dem Handy wirkt megagestresst. Und er bemerkt nicht mal, dass sie da drüben ...« – er deutete auf ein Mädchen, das immer wieder den Blick zu ihm wandern ließ und sich dabei durch die braunen Haare fuhr – »... ihn gut findet. Er ist so vertieft in alles andere. Wie schade, wer weiß, vielleicht ist sie ja seine Traumfrau?«

»Dein Ernst? Das findest du spannend?«

»Absolut. Ich war früher oft an der U-Bahn, Lorenzkirche vor allem. Da fühl ich mich ein bisschen daheim.«

»Du weißt, dass das schräg klingt?«

Er zuckte mit den Schultern. »Ich habe da ein paar Erinnerungen mit meinem Opa. Und auch wenn du es nicht glaubst, U-Bahnhöfe sind Baukunst.«

Ich sah mich um. Was sollte hier denn bitte Baukunst sein?

»Du denkst vielleicht, die Fliesen sind einfach orange, langweilig. Aber es ist so, dass alle Umsteigebahnhöfe im Netz orange sind und dass die orangefarbenen Kacheln Pfeilmuster sind. Die Pfeile zeigen, wo das Bahnsteigende ist. Außerdem gibt es Lichtkuppeln, die eine Verbindung zwischen dem Untergrund und der Oberfläche herstellen. Damit es Tageslicht gibt und die Fahrgäste sich sicherer fühlen. Die Säulen sind mit Aluminium verkleidet. Und das Mosaik zeigt die Geschichte des Adlers. Du weißt, was der Adler ist?«

Er wollte offenbar gerade angeben. »Ähm, ein Greifvogel?«

Er lachte. »Nein, der Adler war die erste Dampflokomotive, die in Deutschland fuhr. Hier in Nürnberg. Nach Fürth.«

Ich sah Jakob an, der grinste. Ich musste zugeben, damit hatte ich nicht gerechnet. Wer kannte sich bitte mit U-Bahnen aus? Aber das war bestimmt auch wieder nur so eine Masche.

Die Schienen begannen zu rattern und die Luft brauste, als meine auserwählte U-Bahn einfuhr. Als sie zum Stehen kam, gingen die Türen auf und eine Schar Menschen verließ die Waggons. Viele blickten auf ihr Handy, die meisten wirkten angespannt. Wir betraten den Waggon, der vor uns gestoppt hatte, und setzten uns auf eine der Viererbänke. Ich sah mich um. Auch hier tippten die meisten Fahrgäste auf ihrem Handy herum.

»Und jetzt?«

»Jetzt fahren wir bis zur Endstation.«

Ich suchte den Plan, doch Jakob hielt mir die Augen zu. Sofort spürte ich wieder die Wärme seiner Haut, die mehr in mir hervorrief, als ich wollte.

»Nichts da, wir fahren jetzt einfach, okay? Von Station zu Station.« Er löste sich von mir, aber ich fühlte seine Berührung weiterhin. Ich musste den Gedanken mit Gewalt wegschieben.

»Und was ist das Besondere daran? Du wolltest doch meinen Puls in die Höhe treiben, oder? Ah, du gibst mir eine Führung. Hast du dein ganzes Wissen rund um den Plärrer auswendig gelernt, um Mädchen zu beeindrucken?«

Er lachte. »Genau. Ich stelle mich immer mit Mädchen an die U-Bahn-Stationen und erzähle ihnen etwas über die Baukunst. Damit schleppe ich sie reihenweise ab.« Jakob zwinkerte mir zu. »Quatsch, ich kenne mich einfach damit aus.«

Die Bahn setzte sich in Bewegung und ich lauschte, was die Ansage sagte, damit ich ungefähr wusste, wohin es ging.

Nächster Halt: Opernhaus.

»Dann erzähl mal«, sagte ich, als wir die Station anfuhren.

Jakob beugte sich über mich hinweg und deutete aus dem Fenster. Sein Gesicht war meinem ganz nah. Wieder löste das ein leichtes Kribbeln in mir aus. »Die Eisengitter stellen den Nachbau der Bahnsteigwand dar. Die darauf angebrachten Kugeln drehen sich beim Fahrtwind.«

»Echt?«

»Echt. Sie symbolisieren den Behaim-Globus. Der erste Globus, der je entworfen wurde. Von dem Nürnberger Martin Behaim. Schon mal gehört?«

»Langsam machst du mir Angst.«

»Oder mache ich dich eher an?« Er drehte sein Gesicht zu mir, sodass unsere Nasenspitzen nur noch wenige Zentimeter voneinander entfernt waren.

Wir fuhren die nächsten Stationen an. Jakob wusste tatsächlich zu jeder Station irgendwelche Details. Am Hauptbahnhof fielen mir die orangen Fliesen selbst auf. Umsteigebahnhof, wie ich jetzt wusste. Leute stiegen ein und aus. An der Haltestelle Wöhrder Wiese erklärte Jakob mir die Farben und eisernen Symbole. Eine Brücke, die die Verbindung der Stadtteile verdeutlichte. Blau und Grün wegen der Verbindung von Wasser und der großen Grünfläche. Ich hatte wirklich mit allem gerechnet, aber so was …

»Ich bin echt beeindruckt. Deswegen riechst du also nach U-Bahn. Weil du dich immer hier herumtreibst. Jetzt ist mir so einiges klar.«

Er lachte. »Das wird es sein.«

Ich war neugierig, was dieser Kerl mit mir vorhatte. »Aber Jakob, meinen Puls treibt es ja noch nicht wirklich hoch«, sagte ich und tippte ihn an. Ich wollte ihn ein wenig necken. »Jetzt sag schon, wohin geht's?«

Jakob grinste. »Ach, Kaia, was ich dir jetzt sage, wird dir nicht gefallen.« Sein Blick lag nun so intensiv auf meinem, dass ich tatsächlich ein merkwürdiges Gefühl im Bauch bekam.

»Was meinst du?«

»Du warst so aufgeregt, dass du das Wesentliche beim U-Bahn-Fahren vergessen hast. Es ist nicht wichtig, wohin es geht.«

Ich hatte keine Ahnung, was er meinte. »Warum soll das nicht wichtig sein?«

»Weißt du, was wichtig ist?«

Ich sah ihn fragend an.

»Hast du einen Fahrschein?«

Sofort klopfte es heftig in meiner Brust – diesmal lag es aber nicht an der Nähe zu Jakob – und ein mulmiges Gefühl stellte sich ein. Das konnte er nicht ernst meinen, oder? »Einen Fahrschein? Nein.«

Jakob schüttelte den Kopf. »Das ist schlecht. Jetzt kannst du die Fahrt gar nicht mehr genießen. Dabei habe ich noch so tolle Infos für dich. Aber da ist jetzt die Angst, weil an jeder Haltestelle Kontrolleure reinkommen könnten. Oder wer weiß …«, Jakob kam mir näher, »… vielleicht stehen sie schon irgendwo? Schwarzfahren ist kein Kavaliersdelikt … Es ist verboten«, flüsterte er jetzt.

Ach, daher wehte also der Wind. Um diesen Punkt meiner Liste ging es: *einmal etwas Verbotenes tun*. Nervös rutschte ich auf meinem Sitz hin und her. »Das ist die verbotene Sache?«

»Bist du jetzt enttäuscht und wärst lieber wieder mit mir in der Abstellkammer?«

Ich hätte ihn erwürgen können. »Wie kannst du so was nur machen? Wenn sie uns erwischen, hat das ernsthafte Konsequenzen!«

Er griff nach meiner Hand. »Ich besuch dich im Knast, keine Sorge.«

Ich schüttelte seine Hand ab. »Im Knast?«

»Schwarzfahren ist verboten. Es ist eine Straftat, die mit Bußgeld geahndet wird. Ich weiß das zufällig, ich wurde nämlich schon mal erwischt. Das war ziemlich blöd.«

In meinem Kopf entspann sich ein Kopfkino. Ich sah mich, wie ich festgenommen wurde, die Peinlichkeit vor all den Leuten, der Eintrag in meinem polizeilichen Führungszeugnis.

»Du spinnst! Wir müssen raus, sofort an der nächsten Station, hast du gehört? So was kann ich mir nicht erlauben. Ja, was Verbotenes tun, aber doch nicht so was!«

Ruckartig stand ich auf, doch er zog mich an der Hand zurück und ich fiel auf seinen Schoß. Kurz hielt er mich fest, dann ließ er mich los und ich schob mich hektisch auf den freien Sitz. Mein gesamter Körper war pure Anspannung.

Jakob schüttelte den Kopf. »Tut mir leid, da musst du jetzt durch. Deal ist Deal.«

»Nein!«

Er grinste. »Schau nicht so, du wirkst schon total auffällig.«

»Weil ich gerade echt sauer bin! Was ist überhaupt mit dir? Hast du einen Fahrschein?«

»Nö.«

»Das war ja klar, natürlich fährst du ohne Fahrschein.« Verzweifelt schüttelte ich den Kopf.

Ein Mann sah auf und musterte uns.

»Geht's vielleicht noch lauter?« Mein Herz raste, mein Puls war längst viel zu hoch.

»Der Kerl schaut schon und jetzt ... oh Gott ...« Tatsächlich beobachteten wir, wie er sein Handy zur Hand nahm. »Der ruft jetzt sicher bei der Polizei oder bei der VAG an.« Mein Herz klopfte immer heftiger. »Wir steigen jetzt aus, hörst du?«

»Wir bleiben. Das ist deine Aufgabe. Also musst du da durch.«

»Ganz sicher nicht.«

»Willst du, dass ich dich beruhige?«

Die Bahn hielt an und Jakob kam näher zu mir.

»Wie soll das gehen?«

Er grinste breit.

»Küssen sicher nicht! Da beiße ich dir auf die Zunge, ich sag's dir.«

»Bleib ruhig, es sind nur noch vier Stationen. Wenn du willst, erzähle ich dir ein bisschen was dazu.«

»Ganz toll! Nein, danke.«

Er lachte und wir fuhren noch zwei weitere Stationen. Die U-Bahn wurde ein wenig leerer und ich war total am Ende mit den Nerven. Es würde gut gehen, versuchte ich mich zu beruhigen. Ganz sicher. Noch zwei Stationen. Wir waren gerade *Herrenhütte* abgefahren, jetzt nur noch Station *Ziegelstein* und dann eine längere Strecke zum … zum Flughafen. Das war also das Ziel.

»Bald haben wir es geschafft. Ist es nicht cool, wenn die U-Bahn durch den Tunnel rauscht? Fühlst du es? So fühlt es sich an, wenn man rebellisch ist.« Jakob veralberte mich. Ich hätte ihn am liebsten erwürgt. *Rebellisch*. Der war doch total bekloppt!

»Du bist einfach ein Idiot, dass du mich in so eine Situation bringst. Erst bequatschst du mich mit deinem U-Bahn-Wissen und ja, das fand ich echt irgendwie nett. Aber das hier … Also wirklich. Ich rede nie wieder mit dir. Weißt du was, ich blase das alles einfach ab. Ich kenne dich nicht gut genug. Wir brauchen nicht mehr über die Liste zu reden.«

Er nickte anerkennend. »Wow, du kannst ja richtig leidenschaftlich sein!«

Ich hätte ihm am liebsten leidenschaftlich den Hintern versohlt. Aber wir hatten es gleich geschafft. Und dann würde ich ihm so was von den Marsch blasen. Was Verbotenes tun, ja klar, das hatte ich gewollt, aber doch nicht so was!

»Die Fahrscheine bitte«, ertönte da eine tiefe männliche Stimme ganz in der Nähe.

Ich hatte das Gefühl, schlagartig aufzuhören zu atmen. Von einer Sekunde auf die andere. Mein Herz raste dagegen noch schneller. Es war kurz vorm Explodieren. Ich sah zu Jakob. Griff nach seiner Hand. Das durfte doch einfach nicht wahr sein.

»Was jetzt?« Mein Blick glitt durch den Gang. Tatsächlich, zwei Kontrolleure gingen durch die Reihen. Die paar Fahrgäste, die noch da waren, hielten alle ihre Tickets hoch. *Na super.* Noch ein, zwei Sekunden und sie waren bei uns.

»Die Fahrscheine bitte.«

Ich würde mich gleich übergeben. »Also, ich ...« Hektisch fing ich an, in meiner Tasche zu kramen. »Moment, ich ...« Ich sah zu Jakob, der ... lächelte? Er war doch wirklich komplett verrückt. Der Gipfel war schließlich das, was er dann sagte und mein Herz dazu brachte, noch heftiger zu schlagen. Wie war das überhaupt möglich?

»Sie hat keinen Fahrschein.«

In mir zog sich alles zusammen. Mein Puls überschlug sich und ich spürte, wie die Hitze glühend heiß in meine Wangen stieg.

»Nicht?« Der Schaffner zog eine Braue nach oben.

Wie konnte Jakob das nur sagen? War er jetzt völlig durchgeknallt? »Doch, ich ... irgendwo muss er doch ... Und der da, den kenn ich eigentlich gar nicht, ich ...«

»Ich habe ihr Ticket.«

»Was?«

Jakobs Stimme schickte eine Welle der Erleichterung durch mich hindurch. Ich sah zu ihm auf. In der Hand hielt er ein Portemonnaie, in dem man eine Karte der VAG erkennen konnte. Eine MobiCard.

»Und sie? Sie fährt bei Ihnen mit?«

»Ich … ich kenne sie eigentlich gar n…«

Ich richtete mich auf und sah den Schaffner an. »Das ist Jakob Inzenhofer, mein Freund. Ein ziemlich dummer, weil er mich veralbert hat und gesagt hat, er … er …« Jetzt nur nichts Falsches sagen. »… Er hat mir die MobiCard in die Tasche gesteckt und ich konnte sie erst nicht finden und …«

Der Kontrolleur nickte. Er blickte zu Jakob, auf die Karte und mich. Dann packte Jakob alles wieder ein.

»Alles klar«, sagte der Kontrolleur und ging weiter.

Jakob schaute mich unschuldig an. Ich konnte nicht anders und boxte ihn.

»Na, war das ein Abenteuer? Klopft das Herz? Rast der Puls?«

»Du bist so ein … so ein dummer Idiot und …«

»… und dein Retter, nicht zu vergessen.«

Die Bahn hielt an. Wir waren da und ich stand auf. Jakob folgte mir und prustete los.

»Hahaha, du bist so lustig«, schnaubte ich.

»Nein, du. Wie du in der Tasche gewühlt hast, einfach köstlich. Und dein Blick … unbezahlbar!«

Die Türen öffneten sich. Ich trat aus der Bahn. Das Ganze war so was von bescheuert. Aber ja, ich musste zugeben, mein Herz und mein Puls hatten gerast wie noch nie.

KAPITEL 11

»Und, wohin fliegen wir jetzt?«, fragte mich Jakob, als wir am Flughafen vor dem Anzeigescreen mit den Abflügen standen.

»Was? Nirgendwohin. Also … ich … wir können doch nicht einfach wegfliegen.«

»Warum denn nicht?«

»Weil es nicht geht.« Ich schüttelte den Kopf.

»Warum?«

»Sag mal, bist du fünf? Warum, warum? Warum ist die Banane krumm?«

»Mal angenommen, du wärst nicht so ein Angsthase: Wohin würdest du dann fliegen wollen?« Er deutete auf die Liste der Destinationen.

»Keine Ahnung, ich war noch nie wirklich wo. Mein Vater ist da anders, er reist sehr viel und …« Ich stoppte.

»… und?«

»Ach, nichts. Das ist eine ziemlich persönliche Sache.« Ich schluckte. Es fiel mir immer noch schwer, darüber zu reden. »Er hat … uns verlassen, also meine Mama, als meine Schwestern und ich noch klein waren. Wir sehen ihn nur selten. Aber es ist okay. Mama ist jetzt glücklich. Sie hat einen neuen Freund, den sie bald heiraten wird. Was ich übrigens auch noch *planen* muss …«

»Klingt stressig. Ich hab schon gemerkt, wie oft du angerufen wirst oder Nachrichten bekommst.«

Ich sah ihn an. »Ja?«

»Ja.« Mehr sagte er nicht, dann blickte er wieder auf die Tafel. »Also, wohin?«

»Keine Ahnung, Mallorca vielleicht, da fliegt man nicht so lang, oder?«

»Dreh dich mal um.«

Ich sah zu Jakob. »Warum?«

»*Sag mal, bist du fünf? Warum, warum? Warum ist die Banane krumm?*«

Ich musste lachen und drehte mich artig um.

»So, und jetzt sag irgendeine Zahl zwischen eins und zwanzig. Und frag nicht, warum.«

»Na schön. Also dann ... vierzehn.«

»Okay, vierzehn. Wir fliegen nach – tadaaa! – London. Gute Wahl.«

Ich drehte mich zurück zur Tafel und sah zu Nummer vierzehn. London. Abflug um halb fünf. Daneben Jakobs strahlendes Gesicht.

»Jakob, jetzt mal im Ernst, das geht nicht. Wir ... Ich habe ...«

»Ich hol die Tickets. Kommst du?« Er ging einfach los.

Was bitte stimmte nicht mit dem Kerl? Hatte er zu viel krumme Bananen gegessen?

»Jakob!« Sofort nahm ich Tempo auf und folgte ihm. Er hielt inne und lachte. »Nein«, wiederholte ich noch einmal, »tut mir leid, es geht nicht. Ich fliege nicht, das musst du dann wirklich allein machen. Außerdem habe ich Höhenangst.«

»Ehrlich? Höhenangst?« Mit verblüfftem Gesichtsausdruck drehte er sich zu mir um.

»Ja, ein bisschen.«

»Okay, sonst noch was, was ich wissen sollte? Gibt es irgendwas, was du nicht gerne isst, zum Beispiel?«

Ich dachte nach und legte dabei einen Finger an meine Wange. Dann musterte ich Jakob. Was sollte das eigentlich? »Sag mal, fragst du mich jetzt etwa aus?«

Er runzelte die Stirn. »Na ja, für den Deal ist das sicher nicht ganz unwichtig.«

Ich überlegte weiter. »Okay, also, ich mag keine Oliven.«

»Oliven? Warum das denn?«

»Keine Ahnung, ich mag sie halt nicht.«

Jakob hob eine Augenbraue. »Hast du schon mal welche gegessen?«

Betreten schüttelte ich den Kopf.

»Und woher weißt du dann, dass du sie nicht magst?«

»Ich weiß es halt«, sagte ich und zuckte mit den Schultern.

»Wenn das mal keine konkrete Antwort ist. Aber gut, weiter im Text. Magst du lieber Sonne oder Schnee?«

»Sonne, ganz klar! Schnee kann ich nicht leiden. Er ist so …« Ich verzog das Gesicht. Allein schon beim Gedanken an Schnee wurde mir ganz anders.

»… kalt?«

»Ja genau. Ich käme nie auf die Idee, einen Schneeengel zu machen.« Abwehrend hob ich die Hände. »Ich meine, was soll das? Keine Ahnung, warum Leute so was machen.«

»Vielleicht, weil es Spaß macht?«

Ich schüttelte den Kopf. »Nein danke, nichts für mich.«

»Und gibt es was, das in deinen Augen total peinlich wär? Nackt in den Pool springen? Oder mit Klamotten? Ich erinnere mich noch an deinen Blick auf der Party …«

»Uah, beides schrecklich. Ich meine, man ist total nass, die

Kleidung auch … Und nackt, nein, sorry, das geht gar nicht.« Abwehrend hob ich die Hände.

Er lachte. »Okay, wie ist es mit zu schnell fahren? Bist du schon mal geblitzt worden?«

»Natürlich nicht.«

»Lieber Fahrradfahren oder Laufen?«

»Laufen. Ich mag Radfahren nicht.«

Jakobs Augen weiteten sich. »Was?«

»Weiß nicht, ist irgendwie nicht so meins.«

Wie er mich jetzt ansah … »Sag mal, veräppelst du mich gerade?«

»Nein, echt jetzt.«

Er schüttelte den Kopf. »Okay, also: keine Oliven, kein Fahrrad, Höhenangst. Na, dann machen wir uns mal auf den Weg.«

»Wohin?«

»Wir fliegen nach London, fahren dort mit dem Fahrrad zu einer Bar, bestellen Oliven …«

»Was? Nein.«

»Du hast gesagt, es wird nicht diskutiert. Deal ist Deal.«

»Und du hast gesagt, wir besprechen das erst noch. Außerdem würde ich …«

»Was würdest du?«

»Ich würde auch gern ein bisschen was über dich wissen.« Ich reckte ihm das Kinn entgegen.

»Ach ja? Aber ich stehe hier gar nicht zur Debatte. Außerdem weißt du doch eh schon alles von mir.«

»Du bist echt komisch«, rutschte es mir heraus. Der Kerl machte mich aber auch wirklich wahnsinnig.

»Sagt die, die nicht gern Fahrrad fährt«, entgegnete er und verschränkte dabei die Arme.

»Ich flieg echt nicht, Jakob, es geht nicht.«
Jetzt lachte er. »Bleib ganz ruhig, Kaia. Komm, wir trinken jetzt erst mal was und ich zeig dir einen coolen Ort, einverstanden?«
Ich atmete tief durch. »Einverstanden. Also fliegen wir nicht?«
»Zumindest nicht heute«, sagte er und ließ mich damit mit mehr Fragen zurück als zuvor.
Er ging auf den Aufzug zu. *Zumindest nicht heute,* von wegen. Niemals! *Ich würde mit ihm ganz sicher nicht irgendwo hinfliegen,* dachte ich. Der Aufzug kam, wir stiegen ein und fuhren in den vierten Stock.
»Komm, setzen wir uns raus, da kann man die Flugzeuge sehen.«
Ich nickte. Wir holten uns etwas zu trinken und setzten uns an einen der Tische. Alles besser, als selbst zu fliegen. Das Rollfeld lag direkt vor uns. Es war tatsächlich schön zu sehen, wie die Flugzeuge starteten und dann in den Wolken verschwanden. Irgendwohin. Aber selbst fliegen … Na ja, irgendwann vielleicht. London. Ich wollte die Stadt eigentlich schon immer gern einmal sehen. Und irgendwie … Ich musste den Gedanken mit Gewalt beiseiteschieben. *Kaia, worüber denkst du da gerade nach?*
»Kaia, worüber denkst du gerade nach?«
Konnte Jakob Gedanken lesen? »Darüber, dass du mich fast ins Gefängnis gebracht hättest.«
Er lachte. »War schon eine verdammt knappe Sache.«
»War es auch. Für mich zumindest. Lach du nur, aber ich dachte, mir springt das Herz aus der Brust. So was habe ich noch nicht erlebt.«
Er nickte schelmisch. »War gut, oder?«

»Natürlich nicht. Es war unvernünftig und gemein von dir und …«

Er unterbrach mich. »Ach komm schon, gib's doch zu, dass es gut war.«

Ich zwang mich dazu, tief durchzuatmen. Die Luft war frisch, ein Hauch Treibstoff lag darin und mischte sich mit dem Duft von Kaffee. »Na gut, aber nur minimal, und das auch nur, weil es gerade noch mal gut gegangen ist.« Ich nahm einen Schluck Kaffee.

Er legte den Kopf schief. »Von jetzt an wirst du jedenfalls immer ein Ticket kaufen, nehme ich an.«

»Ja, wunderbar. Vielen Dank.«

»Ich danke dir. Vor allem für dein Gesicht, wie du verzweifelt in der Tasche gewühlt hast …« Er musste bei der Erinnerung daran lachen.

»Haha, sehr witzig. Ich war wirklich richtig durch. Ich war mir absolut sicher, dass auch du keinen Fahrschein hast.«

»Tja, da habe ich dich wohl überrascht. Wer hätte gedacht, dass ich mich nicht nur mit U-Bahnen auskenne, sondern sogar einen Fahrschein dafür habe?«

Er wandte den Kopf ab und blickte zu dem Flugzeug, das gerade auf die Rollbahn fuhr. Ich folgte seinem Blick. Der Stahl der Maschine glitzerte in der Sonne, die Räder rollten über den Beton. Ja, so ein Flughafen hatte schon was. In mir spürte ich etwas Seltsames, ein Gefühl von Freiheit. Ich sah wieder zu Jakob hinüber. Er musterte die Maschine immer noch.

»Schon irgendwie cool hier«, gab ich zu.

»Noch cooler wäre es *in* der Maschine, aber ich finde es so auch ganz okay.« Er zwinkerte mir zu.

»Solche Orte ziehen dich irgendwie an, kann das sein?

U-Bahn-Stationen, Flughäfen ... Hast du auch Flughafen-Erinnerungen?«

»Wenn du so fragst: Ich war oft am Flughafen. Mein Vater war viel unterwegs. Wie ...« Er zögerte kurz. »Wie deiner«, vervollständigte er schließlich den Satz. »Immer, wenn er wieder mal länger weg gewesen ist, haben wir ihn hier abgeholt. Flughäfen haben was. Hier trifft sich die ganze Welt, es kreuzen sich die Wege von Menschen und ihren Schicksalen. Man kann sich alles Mögliche ausmalen. Wohin man in Zukunft fliegen könnte, zum Beispiel«, hörte ich ihn sagen.

»Man fühlt sich frei«, ergänzte ich. Es rutschte mir einfach so heraus. Und dann verstand ich. Der Punkt auf meiner Liste. »Es geht darum, sich die Zukunft auszumalen, richtig?«

Er sah mich an. »Du bist so klug, Kaia, aber das wusste ich ja schon.«

»Und jetzt?«

»Jetzt machen wir es ganz anders. Du malst nämlich schon viel zu viel in der Zukunft herum, um ehrlich zu sein. Jetzt sitzen wir mal nur da und genießen das hier, diesen Moment, okay?«

»Ich dachte, wir reden über die Liste, Regeln und all das?«

Mit einem Mal sah er mich intensiv an. »Nö, denk da mal gar nicht dran. Vergiss dieses Blatt Papier, schau dich einfach um und denk nur an das erste Wort, das dir einfällt. Was wäre, wenn alles möglich wäre? Kein Müssen, sondern ein Sein. Wann immer wir träumen, was tun wir?« Er schaute gedankenverloren durch mich hindurch ins Leere.

Ich sah ihn an. Hatte er mich oder eher doch sich selbst gefragt? Ich vermutete beinahe Letzteres, antwortete aber trotzdem etwas hilflos: »Keine Ahnung.«

Eindringlich lag sein Blick nun wieder auf mir. »Keine Ahnung heißt, wir müssen auf alle Fälle noch mal hierherkommen.«

»Was wäre es denn bei dir? Was wäre das erste Wort, das dir einfällt? Du hast dir ja anscheinend darüber schon Gedanken gemacht, oder?«

Er grinste. »Um mich geht es aber nicht.«

»Aber du warst schon öfter hier? Saßt vielleicht schon genau auf diesem Platz?«

»Na ja, das ein oder andere Mal.« Er zwinkerte mir zu.

»Jetzt verstehe ich. Das ist also deine Tour. *Wovon träumst du, Baby? Bla, bla, bla.*«

»Baby?«

»Ja, du nimmst doch Mädels mit hierher, oder?«

»Du hast mich durchschaut, Kaia. Du bist so klug. Was du alles über mich weißt. Du bist eine Hellseherin.« Er beugte sich zu mir vor. »Du solltest diese Gabe anbieten. Ich sehe es schon vor mir: *Kaia Magica liest die Zukunft in Ihren Augen.*«

Ich lachte. »Und ich werde die Fragen stellen: Wann immer Sie träumen, was würden Sie tun? Was fühlen Sie? Welche Person könnten Sie sein?«

Jakob schüttelte amüsiert den Kopf. »Du bist echt lustig, Kaia.«

»Danke.«

»Gern geschehen.«

Wir saßen da und die nächste Maschine rollte ein, bereit zum Start.

»Manchmal wäre ich gern mutiger«, sagte ich mit einem Mal.

Er nickte. »Mut braucht man, um etwas Neues zu entdecken.«

Kurz schwieg er und ich spürte etwas in mir, das ich nicht

deuten konnte. Was er sich wohl wünschte? Bestimmt nicht, mutiger zu sein. Ich beobachtete, wie seine Mundwinkel zu zucken begannen.

»Jetzt hatte ich dich, oder? Jetzt fragst du dich: Was ist sein Geheimnis? Warum sitzt er oft hier? Warum hat er vorhin nicht auf meine Fragen geantwortet? Was steckt hinter der chaotischen Schale? Mehr erfahren Sie in der nächsten Folge von *Wer ist Jakob Inzenhofer wirklich?*«

Ich rollte mit den Augen. »Eigentlich weiß ich schon, wer du bist.«

»Ach ja?«

»Du bist der chaotische Ziellose, der keinen Bock auf die Uni hat. Der gerne feiert und in Pools springt. Und der reihenweise Mädchen verführt. Mit seinen Zauberhänden. Und der – warum auch immer – nach U-Bahn riecht.«

Er lachte. »Zauberhände, köstlich. Und nicht zu vergessen: dem alle Regeln egal sind. Der keinerlei Träume und Ziele hat.«

»Genau. Das klingt nach einer tollen Kontaktanzeige: Mann ohne Ziel sucht Frau, die er mit seinen Zauberhänden verwöhnen kann. Wenn du U-Bahn-Geruch magst, dann melde dich unter der Nummer Punkt, Punkt, Punkt.« Jetzt musste ich selbst lachen.

»Und bei dir: Frau mit Organisationstalent sucht Mann, der gerne jede Minute plant. Dein Ziel ist es, all deine Pläne bis dreißig umgesetzt zu haben? Wenn du auch noch Oliven und Schnee hasst, dann melde dich unbedingt unter der Nummer Punkt, Punkt, Punkt.«

»Du bist doof!«

Er lachte schallend und mit einem Mal war sein Blick wieder intensiv. So intensiv, dass ich schlucken musste. Und dann war es plötzlich warm an meinem Fußknöchel. Jakob. Ich spürte seinen Fuß an meinem.

»Hör auf damit.«

»Füßeln magst du auch nicht? Oder macht es dich vielleicht ... heiß?«

»Sehr witzig.«

Mein Timer klingelte und ich zuckte zusammen. Daran hatte ich gar nicht mehr gedacht. Ich zog das Handy aus der Tasche und blickte auf die Meldung.

»Steht da jetzt ernsthaft, dass unser Treffen nun beendet ist?« Jakob hatte offenbar auf mein Handy gelinst.

»Ich hatte nur so einen groben Zeitrahmen reingeschrieben. Eigentlich war da auch die Sache mit den Fragebögen mit drin. Die sollten wir auch noch auswerten. Wann machen wir das?«

Jakob schüttelte den Kopf. »Das kannst du ja dann gleich fürs nächste Mal drinstehen lassen. Irgend so was in der Art war ja zu erwarten.«

»Tja, wir beide wissen einfach zu viel voneinander. Wir könnten diese Wahrsager-Show gemeinsam machen. Nennen wir uns doch *Jakai – die Wahrheit im Blick*.«

»Behalten wir das mal im Auge.« Jakob deutete mit einem leichten Lächeln auf unsere Getränke, die jetzt leer waren. »Dann würde ich sagen, fahren wir mal zurück, oder?«

Diesmal war die Fahrt in der U-Bahn entspannt, ich wusste ja, dass wir einen Fahrschein hatten. Als wir schließlich am Plärrer ankamen, gingen wir gemeinsam zu meiner Wohnung.

»Du hättest mich echt nicht heimbringen müssen«, sagte ich, als wir sie erreicht hatten.

»Weiß ich«, schmunzelte er.

»Vergiss es!«

»Was?«

»Ich weiß schon, was du dir erhoffst.«

»Klar, du Wahrsagerin. Was erhoffe ich mir denn? Einen Kuss?«

Ich schüttelte den Kopf. »Also, wie soll es jetzt die Tage laufen?«

»Ach, Kaia, Pläne, Pläne und wieder Pläne. Es wird so laufen: Ich steh vor deiner Tür, und los geht's.«

»Was? Nein, das geht nicht, weil ...«

Er lachte. »Also, wie wäre es gleich morgen?«

»Vormittag?«

»Nein, vormittags kann ich nicht. Geht später Nachmittag, so gegen fünf?«

»Das passt. Und was machst du am Vormittag, wenn man fragen darf?«

»Darf man nicht, das ist nämlich ein Geheimnis. Kann ich dir also leider nicht verraten.« Er trat ganz nah an mich heran. »Wenn du willst, verrate ich dir aber ein anderes Geheimnis von mir.«

»Und das wäre?«

Er grinste. »Grafit. Ich rieche nach Grafit.«

»Ist das der neue Duft von Hugo Boss?«

Jakob trat wieder einen Schritt zurück. »Finde es heraus.«

KAPITEL 12

immer

»Hast du mich schon vermisst?«, hörte ich Sophies Stimme.

Mein Handy hatte geklingelt, als ich gerade die Schuhe ausgezogen hatte. Erst war ich noch gar nicht so richtig da gewesen, so vieles ging mir durch den Kopf. Vor allem Jakobs letzter Satz. *Finde es heraus.*

Grafit. Okay. Keine Ahnung, was genau mir das sagen sollte. Doch Sophies Stimme zu hören, vertrieb diese Gedanken erst einmal. Sofort spürte ich eine Freudenwelle in mir.

»Hey, natürlich hab ich dich vermisst. Und wie. Was gibt's Neues? Erzähl! Bist du wieder da?«, fragte ich und lächelte ganz automatisch.

Wir kannten uns seit einigen Jahren. Eigentlich war Sophie komplett anders als ich, aber genau das hatte uns irgendwie angezogen. Sie wohnte nicht weit entfernt von mir und war für ein paar Wochen bei ihrer Familie im Allgäu gewesen.

»Ja, bin wieder da. Neues, ach, so dies und das, aber irgendwie nichts Spannendes. Wusstest du, dass Kühe alle Farben außer Rot sehen können? Ja, da staunst du. Ich kenne mich jetzt aus. Aber jetzt hat mich die Stadt wieder.«

»Wie schön, dass du wieder da bist«, freute ich mich und spürte, wie sich Wärme in meinem Magen ausbreitete.

Mit Sophie war es immer lustig. Sie konnte zwar sehr direkt sein – was ich mich so nie trauen würde –, aber genau das schätzte ich an ihr. Fragte man Sophie, ob ein Outfit gut aussah, konnte man sicher sein, ihre absolut ehrliche Meinung zu bekommen. Ich liebte unsere Gespräche, unsere Serien- und Kochabende und genoss es, wenn sie einfach auf einen Kaffee zu mir kam oder wir durch die Stadt schlenderten. Sie war eine dieser Freundinnen, die man auch mal eine Zeit lang nicht sehen oder hören konnte, mit der es aber sofort wie immer war, wenn man sich wiedersah oder miteinander sprach.

»Ich freu mich auch, Kaia. Es war wirklich schön bei meiner Familie und den Tieren, aber irgendwann ist es dann auch gut, wenn wieder Schluss mit Kühen und Schweinen ist. Zur Feier des Tages dachte ich, wir könnten zusammen ausgehen. So ganz spontan – ja?«

Mist, das passte mir eigentlich überhaupt nicht. Ich wollte mir die Bögen ansehen und ein paar Sachen für das morgige Treffen mit Jakob überlegen. Noch dazu spontan? Sie kannte mich doch. Wobei, nachdem Jakob erst am späten Nachmittag kommen würde, konnte ich ja auch etwas länger schlafen. Und ich würde Sophie wirklich gern sehen. Klar, es war viel zu erledigen. Mama hatte mir heute auch schon wieder einiges an Nachrichten, Ideen und Bildern geschickt. Lina und Nika wollten natürlich wissen, wie es gelaufen war. Und dann hatte ich noch für die Projektgruppe eine Liste zum Prüfen. Aber …

»Also du meinst heute?«

»Ja, heute. Hallo, es ist Freitag, Wochenende! Oder spricht irgendwas dagegen?«

Zum Beispiel die ganzen oben genannten Punkte, die wild durch meinen Kopf kreisten. »Na ja, also …«

Sophie sprach weiter. »Wir können in den Club gehen oder in eine Bar, was immer dir lieber ist. Hauptsache raus.

Ich war wirklich zu lange auf dem Land und muss spüren, dass ich noch am Leben bin.«

»Ich würde wirklich gern, aber ...«

»Aber was?« Ja was eigentlich? »Raus mit der Sprache, was ist wieder alles zu erledigen?« Sie kannte mich einfach zu gut.

»Es ist hier einiges passiert und da wären noch Mama, Nika, Lina, eine Liste, die ich abarbeiten muss, ein Kerl, der morgen vorbeikommt, und ...«

»Halt! Stopp! Ein Kerl? Okay, jetzt erst recht. Also, ich löse das Problem: Deine Schwestern kommen heute einfach mit, wenn sie am Start sind, ist es ja immer lustig. Deine Mama verschiebst du. Schick ihr einfach ein paar Herzchen und speichere alles. Hast du ja sicher eh. Die Liste hast du doch bestimmt auch schon durch, die musst du nicht noch mal prüfen, schick sie einfach weg, da stimmt sowieso schon alles. Und wegen dem Kerl ...«, in ihrer Stimme schwang eine große Portion Neugier mit, »... darüber reden wir ausführlich, und zwar in einer Stunde bei mir! Ich packe nebenbei aus.«

Mir war klar, dass ich mich geschlagen geben musste. Außerdem freute ich mich ja wirklich, sie zu sehen. »Und wann sollen wir uns mit Nika und Lina treffen? Um elf?«

»Machen wir elf, perfekt. Wie wär's, wenn wir uns am *Mach 1* treffen?«

Sofort musste ich lachen. »Wie unauffällig. Ich kenne deinen Plan. Du willst nicht zufällig schauen, ob Luca da ist?«

Sophie war genauso durchschaubar wie ich. Aber es war okay. Das mit den beiden war eine verworrene Sache: Sie mochten sich, aber stritten sich auch genauso viel.

»Schon, aber wir reden gleich. Also holst du mich ab? Ich freu mich.«

Gerade wollte ich das Handy weglegen, als es erneut klingelte. Es war Lina.

»Alles gut gelaufen heute? Du lässt uns echt ganz schön zappeln. Wir platzen vor Neugier«, sagte sie und ich lächelte.

»Pass auf, zuerst: Sophie ist wieder da«, erklärte ich. »Sie hat gefragt, ob wir heute mit ihr ins *Mach 1* gehen.«

»Von mir aus. Sagst du Nika Bescheid?«

»Ich bin gerade erst zur Tür rein. Wär super, wenn du das machen könntest. So gegen elf, hat Sophie gemeint.«

»Na schön, mach ich. Aber was war mit Jakob?«

»Eigentlich wollte ich es dann erst erzählen, aber ...«

Ich berichtete Lina kurz, was passiert war. Die Fahrt mit der U-Bahn, der Nervenkitzel mit dem Fahrschein, der Flughafen und dass er morgen bei mir sein würde.

»Das ist echt krass. Klingt lustig, aber nachher will ich alles ganz genau wissen, okay?«, sagte sie und wir beendeten das Telefonat.

Ich wollte wenigstens einmal kurz durchatmen, aber dafür blieb nicht viel Zeit. Mama hatte nämlich plötzlich auf WhatsApp eine Fragediskussion begonnen, woraufhin ich sie anrief und erklärte, wie wir das grüne Getränkethema organisieren könnten. Parallel dazu schickte mir Nika wie wild Sprachnachrichten, woraufhin ich ihr ebenfalls alles in Kurzform erzählte. Lina hatte wohl ein bisschen was angedeutet und sie war prompt beleidigt, dass ich ihr noch nichts erzählt hatte. Nebenbei warf ich einen Blick auf die Liste, prüfte sie und schickte sie weg. Und dann ... googelte ich. Nach Grafit.

Irgendwie war ich wirklich neugierig. Was hatte es damit

auf sich? Grafit war ein echter Allrounder. Zu diesem Kohlenstoff wurde mir einiges angezeigt, aber so richtig schlau wurde ich daraus ehrlich gesagt nicht. Was sollte das mit Jakob zu tun haben? Ich tippte doch eher auf ein Parfüm.

Ich suchte, fand einige Düfte und klickte sie an, bis ich den Kopf schüttelte. Was war nur los mit mir? War doch eigentlich echt egal, was er mit Grafit machte. Aber es ließ mich dennoch nicht los. Was wiederum dazu führte, dass ich die Uhr vollkommen aus dem Blick verlor. Gleich sollte ich bei Sophie sein, groß aufbrezeln war jetzt nicht mehr drin. Um Zeit zu sparen, schlüpfte ich nur schnell in eine blaue Jeansshorts, zog eine kurze weiße Bluse an, streifte mir Sandalen über, schnappte mir meine dunkle Tasche und ging los.

Als Sophie die Tür öffnete, leuchtete mir ein roter Haarschopf entgegen. Sie strahlte mich an.

»Wow, deine Haare sind ja jetzt richtig rot! Wann hast du das gemacht?«, fragte ich beeindruckt und sie grinste.

»Heute noch, ganz spontan. Ich habe auch vorhin erst eine Story hochgeladen. Luca hat sie übrigens gesehen und ... na ja, er hat mir eine Flamme geschickt.« Sie wurde leicht rosa um die Wangen, dann zog sie mich an der Hand. »Komm doch erst mal rein, damit wir über alles reden können.«

Sophies Wohnung war nicht groß, aber sie passte perfekt zu ihr. Der Flur war pink gestrichen, der Küchenboden schwarz-weiß gefliest. Das Wohnzimmer war klein, aber mit der großen grünen Couch und den beigen Wänden unglaublich gemütlich. Ebenso das Schlafzimmer, in dem alles hell war, vom Bett bis zum Schrank, und das nur durch die bunten Kissen belebt wurde. Während ich im Wohnzimmer Platz auf der Couch nahm, holte Sophie eine Flasche Prosecco, die sie sogleich köpfte.

Als sie so vor mir stand und uns eingoss, musste ich lächeln.

»Die Farbe steht dir echt gut.«

Sie reichte mir eines der Gläser, dann drehte sie sich einmal im Kreis. Sie trug einen roten Rock, dunkle Pumps und ein enges schwarzes Oberteil mit kurzen Ärmeln. »Danke, ich fühl mich auch wohl. So gar nicht mehr nach Land.« Sie grinste und wir stießen an. »Hat echt mal wieder gutgetan, bei der Familie zu sein, da kann ich einfach abschalten. Aber dich habe ich schon vermisst.« Kurz hielt sie inne, lächelte und sagte dann: »Und Luca auch.«

Fragend sah ich sie an.

»Klar habe ich dich vermisst.«

Ich grinste. »Ich meinte jetzt eher die Sache mit Luca.«

Sie seufzte. »Wir haben zwar regelmäßig geschrieben, aber meist nichts Besonderes.« Kurz machte sie eine Pause. Aber in ihren Augen war mit einem Mal ein Funkeln. »Okay, nur ein- oder zweimal hatten wir ein bisschen Sex per Chat. Nur ein bisschen. *Du bist so scharf. Was hast du an? Gehst du gleich duschen? Zieh dich aus. Ich würde dich gern küssen.* So was halt.«

Ich verschluckte mich an meinem Prosecco. »Klingt ja wirklich total unspektakulär.« Ich stieß ihr in die Seite.

Sophie zuckte mit den Schultern. Dann stupste sie mich ebenfalls an. »Und bei dir? Was ist da los? Du hast einen Kerl erwähnt. Was für ein Kerl? Ich bin echt gespannt. Erzähl, was läuft?«

Ich atmete tief durch. »Sophie?«

Ihre grünen Augen funkelten mich durch die roten Haare noch intensiver an.

»Ich glaube, ich habe was richtig Verrücktes gemacht.«

Sofort weiteten sich ihre Augen. »Du?«

»Ja, ich!«

»Hast du was mit dem Kerl? Und was meinst du mit verrückt? Ist er irgendwie ... merkwürdig? Wollte er irgendwas ... Perverses oder so?«

Ich musste lachen. Wie kam sie denn bitte schön auf solche Ideen? »Natürlich nicht.«

Und dann erzählte ich ihr alles. Von dem Abend mit meinen Schwestern. Der Idee mit der Liste, dem Treffen beim Professor. Dem Deal, dem heutigen Treffen mit Jakob und wie aufregend es gewesen war.

»Okay, dieser Jakob riecht also nach U-Bahn?«

»Dachte ich, aber er meinte, es sei Grafit«, erklärte ich und sie lachte.

»Schon irgendwie lustig und schräg. Und ihr zieht das jetzt gemeinsam durch? Die ganzen Punkte auf deiner Liste?«

Ich sah sie unsicher an. »Ist das bescheuert? Ich brauch deine ehrliche Meinung!«

Sie nickte. »Es ist nicht bescheuert. Für mich klingt das spannend. Wie sieht er denn aus? Wenn er sagt, du darfst dich nicht verlieben, ist er also ziemlich heiß?«

»Na ja, ich glaube, er findet sich heißer, als er wirklich ist. Also keine Ahnung, er ist nicht hässlich oder so. Er ist so, wie er eben ist. Wir haben uns heute spaßeshalber Kontaktanzeigen ausgedacht. Seine wäre: Mann ohne Ziel sucht Frau, die er mit seinen Zauberhänden verwöhnen kann. Wenn du U-Bahn-Geruch magst, dann melde dich unter der Nummer Punkt, Punkt, Punkt.« Wieder musste ich lächeln. Es hatte wirklich Spaß gemacht.

»Klingt nach einem Kerl, den man nicht gehen lassen sollte.« Sophie lachte. »Das mit den U-Bahnen ist echt schräg. Ich meine, wer kennt sich denn mit U-Bahnen aus? So, dass er sogar danach riecht.«

»Gute Frage«, sagte ich. Aber wenn ich darüber nachdachte: Ich mochte es, wie Jakob roch.

»Hast du ein Bild von ihm? Von Insta oder sonst wo?«, wollte sie wissen.

Ich überlegte. Tatsächlich hatte ich ihn noch gar nicht auf Instagram gesucht.

Das übernahm Sophie nun aber sofort, doch sie konnte ihn nicht finden. »Das ist ja schräg, jetzt hätte ich eher Angst. Ich mein, wenn er sich für so geil hält und nicht auf Insta ist. Seltsam. Was ist mit WhatsApp?«

»Warte, wegen der App haben wir ja auch die Nummern und Standorte verknüpft.«

Ich rief sein Profil auf. So genau hatte ich mir das noch gar nicht angesehen. Ich war wohl echt nicht normal.

Sophie hingegen versuchte, sein Bild größer zu ziehen. Aber allzu viel konnte man nicht erkennen. Er hockte irgendwo in einer ziemlich dunklen Umgebung. Steine oder so. Keine Ahnung, wo das sein sollte.

»Ich werde ihn ja hoffentlich bald in echt zu Gesicht bekommen. Was sagt denn sein Standort?« Sophie rief ihn auf und sah mich etwas konsterniert an. »Er ist … bei dir zu Hause?«

Ich betrachtete ebenfalls den Standort. »Komisch. Kann eigentlich nicht sein.«

»Los, schreib ihm!«

»Warum?«

»Vielleicht wartet er ja gerade auf dich?«

»Dann hätte er sich doch gemeldet, oder?«, sagte ich. Doch ich wusste, dass Sophie nicht lockerlassen würde, also tippte ich eine Nachricht an Jakob ein.

> Kann es sein, dass du bei mir zu Hause bist?

Es dauerte eine Weile, dann wurden die Haken blau.

> Kaia, Kaia, jetzt hatten wir heute doch schon so viel Zeit zusammen. Stalkst du mich etwa? Kannst du gar nicht genug von mir kriegen?

Ertappt spürte ich, wie meine Hände zu schwitzen begannen.

> Ich habe die Ortung ausgeschaltet, als ich dich abgeliefert habe. Jetzt ist Feierabend.

Als ich die Nachricht las, wurde mir irgendwie komisch im Bauch. Feierabend? Okay?

Sophie linste ebenfalls auf die Nachrichten. »Feierabend also ...«

»Ist ja irgendwie auch so. Wir haben nichts als einen Deal. Das ist alles.«

Sie kniff die Augen zusammen. »Und warum siehst du dann gerade nicht wirklich glücklich aus?«

»Alles gut.«

> Alles gut, wollte es nur wissen.

Ich verließ den Chat und der Gedanke daran nun hoffentlich meinen Kopf.

Sophie hatte recht. Ich war gerade nicht wirklich glücklich. Aber wir hatten einen Deal, mehr nicht.

Als wir uns dem Hauptmarkt in der Nürnberger Innenstadt näherten, standen meine beiden Schwestern schon da. Auch Linas Freundin Emma und deren neuer Freund Tim sowie Sissy, eine Freundin von Nika, waren mit dabei. Wir umarmten uns und redeten alle wild durcheinander. Meine Schwestern wussten ja schon über das Treffen mit Jakob Bescheid. Also war das mit der U-Bahn direkt ein Thema.

»Dass sich jemand so gut damit auskennt, ist schon verrückt, oder?« Nika sah fragend in die Runde.

Da waren wir uns alle einig. Für mich war das irgendwie aufregend, trotzdem wollte ich es nicht dauernd thematisieren. Ich musste noch einmal über den Spruch mit dem Feierabend nachdenken, was ziemlich bescheuert war. Also schob ich den Gedanken daran beiseite.

Wir waren inzwischen beim *Mach 1* angekommen. Man holte sich die Getränke dort selbst. Sie waren günstig und die Auswahl ausreichend. Am Platz vor dem Café war viel los, ein paar Leute saßen im Kreis und ein Kerl spielte Gitarre. Überall verteilt saßen Gruppen. Sophie entdeckte niemand, den sie kannte. Vorerst, denn nachdem wir am Ausschank angestanden und uns etwas bestellt hatten, änderte sich das. Ich wollte eigentlich nur eine Cola, denn ich spürte den Prosecco bereits, hatte mich dann aber doch mitreißen lassen. Und so hielt ich nun einen Aperol in der Hand. Sophie sah sich um, bis sich ihr Gesicht plötzlich aufhellte. Wir standen an einem der Tische, als sie an meinem Oberteil zupfte.

»Dahinten ist er«, sagte sie.

»Wer denn?«, wollte Emma wissen, schlug sich dann aber an die Stirn. »Ach, Luca, oder? Und übrigens, deine Haare. Hab ich schon gesagt, wie gut dir das Rot steht?«

Sophie lächelte. »Danke. Und ja genau, Luca.« Sofort veränderte sich ihre Stimme.

Wir blickten automatisch alle zu der Gruppe, in der Sophie Luca erkannt hatte. Und ... mir wurde warm. Das konnte doch jetzt nicht wahr sein. In der Gruppe stand nicht nur Luca, sondern auch Jakob, und die Wärme, die ich jetzt fühlte, kam sicher nicht von dem Schluck Aperol, den ich eben zu mir genommen hatte. *Verdammt!*

Lina hatte ihn gleich erkannt, ebenso Nika, die flüsternd fragte: »Ist da nicht auch Jakob?«

»Mist! Der denkt doch jetzt, ich stalke ihn wirklich total hart.«

»Wer denn, der Listenkerl?«, wollte Sophie wissen und stützte sich an meiner Schulter ab. Wir schauten schon alle dorthin, aber jetzt zeigte Lina auch noch mit dem Finger in die Richtung.

»Geht's vielleicht noch auffälliger?«, zischte ich sie an und zog ihre Hand nach unten.

Auch Emma war sofort interessiert. Kein Wunder, wenn hier alle so einen Wirbel veranstalteten. Zum Glück war es wie immer einfach nur voll im *Mach 1* und die meisten Gäste waren mit sich selbst beschäftigt.

»Welcher von denen? Jetzt will ich es auch wissen«, hakte Emma nach und ich seufzte.

Dann sah ich zu der Gruppe und musterte Jakob genauer. »Der da mit dem hellen Shirt und dem komischen Print«, nickte ich in seine Richtung.

Er trug nicht mehr das gleiche Shirt wie heute bei unserem Treffen. Das Shirt war weiß und mit irgendwelchen bunten Farben gespickt. Lila, Gelb und Grün.

»Das ist 'ne richtig coole Marke. Kennst du die nicht? Von PERO. Der ist voll der Künstler«, klärte mich Lina auf.

Ich zuckte nur unwissend mit den Schultern.

»Der Kerl hat 'nen richtig coolen YouTube-Kanal und die Mode gibt's nur total exklusiv und ... Egal, kennst du eh alles nicht, oder?« Lina winkte ab. »Wie auch immer, nicht schlecht, so vom ersten Eindruck her. Gut ausgesucht, Schwester.« Sie hielt mir ihre Faust hin.

»Quatsch, ich hab doch gar nichts gemacht, das war ja alles seine Idee und ...«

Sie hob eine Braue. »Schlag einfach ein.«

Es war albern, aber ich konnte nicht anders. Also boxte ich meine Faust gegen ihre.

In diesem Moment setzte sich ein Mädchen zu Jakob. »Und wer ist das Mädel da?« Emma sah uns fragend an.

Lina kam näher zu uns. »Das ist doch die von der Poolparty, oder? Ich glaube, sie heißt Eliza oder so.«

Sie hatte recht, das war sie. Ich blickte nochmals zu Jakob und dem Mädchen, das jetzt seine Hand auf Jakobs Oberschenkel legte.

»Oha, da geht wohl was! Muss ich mal aus der Nähe betrachten.« Nika blickte durch ihr Glas zu Jakob und der Gruppe.

»Was? Meint ihr echt?«

Mit einem Mal waren alle Augen auf mich gerichtet.

»Falls ja, ist es mir total egal.«

Sophie hob eine Braue. »Ja? Du wirkst aber nicht gerade so, als ob es dir total egal wäre.«

»Doch, klar.«

»Ist sicherlich nichts Ernstes. Vielleicht landen sie nur ab und zu miteinander im Bett.«

War ja klar, er und seine Zauberhände. Was mir aber egal war. Also wirklich. Wieso nur war mir dann mit einem Schlag nicht mehr warm im Bauch?

Sophie stupste mich in die Seite. »Er ist aber wirklich nicht schlecht.«

»Findest du?«

»Ganz ehrlich? Ja.«

»Wie auch immer. Er hat *Feierabend*. Er kann machen, was er will. Komm, lassen wir Jakob Jakob sein.« Ich drehte mich von der Gruppe weg.

»Jap, Jakob kann machen, was er will«, sie pikte mir erneut in die Seite, »aber Luca lasse ich nicht Luca sein.«

Sie nahm ihre Finger in den Mund und ein lauter Pfiff erklang. Mit einem Mal drehten sich alle zu uns herum. Luca hob seinen Kopf und grinste. Auch Jakob schaute kurz her, wurde aber sofort wieder von Eliza belagert.

»Mann, Sophie, das war total peinlich«, warf ich ihr vor.

»Wieso denn? Ich hab Luca gesagt, ich werde pfeifen, wenn ich ihn sehe. Er hat es nicht geglaubt – selber schuld. Jetzt muss er mir einen Aperol ausgeben. Das war der Deal. Los, kommt, gehen wir zu ihm.«

Darauf hatte ich absolut keine Lust. Was würde Jakob denken? Dass ich ihm nachstellte, oder was?

»Sophie, ich … ich warte lieber.«

Die Mädels sahen mich an. »Jetzt komm schon. Ich denke, dir ist egal, ob Jakob was mit Eliza hat?«

Ich hatte wohl keine Chance. Sophie ging schon voran und Emma schnappte sich meinen Arm, um sich einzuhaken. Nika tat das Gleiche bei Lina und so gingen wir zu der Gruppe.

Luca begrüßte Sophie überschwänglich.

Sie strich sich durchs Haar. »Du findest die Frisur also heiß?«

Luca lachte. »Und du hast gepfiffen! Du bist wirklich immer für eine Überraschung gut. Cool, dass du wieder da bist.«

Sophie legte den Kopf schief. »Na ja, so überraschend war das nicht. War ja schließlich ausgemacht, oder? Ich freu mich schon auf den Aperol.« Sie strich über seinen Arm. »Ach so, die Mädels kennst du ja, oder?«

Luca nickte und winkte in die Gruppe. Die anderen, die bei ihm standen, grüßten uns ebenfalls. Jakob war so vertieft in das Gespräch mit Eliza, dass er uns zunächst gar nicht beachtet hatte. Doch jetzt waren seine grauen Augen direkt auf mich gerichtet.

Ich wusste, ich sollte ihn nicht so anstarren, dann würde er erst recht denken, ich stellte ihm nach. Aber mein Blick wanderte wie magisch angezogen zu seinen Lippen, die er jetzt zu einem Lächeln verzog. Ob er meinen Blick bemerkt hatte? Schnell sah ich weg und unterhielt mich mit Sophie, Emma und meinen Schwestern. Wir redeten eine Weile über alles Mögliche. Luca spendierte statt Aperol für Sophie eine Runde Schnaps für uns alle. Ob das eine gute Idee war?

Was sicher keine gute Idee war, war, immer wieder zu Jakob und Eliza zu sehen. Jakob redete zwar nur mit ihr, aber sie berührte ihn andauernd. Strich ihm über das Shirt, lachte. Suchte Kontakt. Irgendwie schien da tatsächlich mehr bei den beiden zu laufen. Kurz betrachtete ich Jakob. An seinem Shirt war diesmal kein Fleck, aber an seinem Arm. Wo trieb sich dieser Kerl nur immer herum? Tatsächlich in der U-Bahn oder wo kam der Fleck her? Der Schnaps stieg mir wohl schon langsam zu Kopf. Es war doch völlig egal. Sollte es zumindest sein.

Mein Aperol war leer und ich sah fragend in die Runde. »Ich hol mir noch was zum Trinken, will sonst noch jemand was?«

Alle schüttelten den Kopf, also ging ich allein zum Ausschank. Während ich die Karte studierte, dachte ich nach. Es war verrückt, was war die letzten Tage nur mit mir los? Sollte ich wirklich noch was trinken? Eigentlich unnötig, aber … irgendwie …

»Einen Aperol, bitte«, bestellte ich und der Kerl hinter dem Tresen nickte routiniert. Dieses leckere Getränk wurde hier inzwischen öfter ausgeschenkt als fränkisches Bier und Weinschorle.

Ich hatte das Glas in der Hand, zahlte und wollte gerade wieder zurück zu meiner Gruppe gehen, als Jakob plötzlich vor mir stand. »Entweder du kriegst nicht genug von mir, oder …«

Ich musterte ihn. Die grauen Augen, die verstrubbelten Haare. Und spürte mit einem Mal doch wieder Hitze durch meinen Körper fluten. »Oder?«

Er lachte. »Oder wir haben mal wieder ein *Zeitmissverständnis*.«

Ich schüttelte den Kopf. »Ne, das war eine spontane Idee meiner Freundin. Also keine Angst, ich lass dir schon deinen *Feierabend*.«

»Okay, cool«, meinte er und überspielte meine Spitze.

»Und mach dir keine Sorgen, ich verderbe dir auch nicht die Tour.«

Jetzt musterte er mich. »Welche Tour?«

»Na, mit dem Mädchen, dieser Eliza. So heißt sie doch, oder? Ich glaub, die steht ziemlich auf dich.«

»Haha, ja, Zauberhände, weißt du doch.«

Ich stieg nicht in sein Lachen ein. »Und?« Jetzt wollte ich es doch genauer wissen.

»Was, und?«

»Na, seid ihr zusammen?«

Er tippte mich in die Seite. Sofort reagierte mein Körper und ich zuckte zusammen. »Du bist ja ganz schön neugierig. Aber nein, sie probiert es zwar immer wieder, aber ich habe kein Interesse.«

Ich straffte die Schultern. »Ah ja.«

»Ist echt so. Wenn ich nicht will, dann will ich nicht. Ich kenn das schon, wenn nur einer verliebt ist, gibt es immer nur Ärger und darauf habe ich keinen Bock. Ich bremse lieber ein bisschen, nicht dass sie sich noch Hoffnungen macht. Sie tut zwar cool, aber ich merke, dass sie ein bisschen verliebt ist, und dann dauert es nicht mehr lange und sie klebt an mir. Aber so was kann dir ja nicht passieren, deswegen macht es mir mit dir auch so viel Spaß.«

»Du bremst? Dafür lässt du dich aber ganz schön von ihr antatschen. Das solltest du dann vielleicht mal unterbinden, bevor sie deinen Zauberhänden heillos verfällt.«

Mit einem Mal lag eine gewisse Spannung in der Luft. Keine Ahnung, woher sie kam, aber sie war einfach da. Jakob sah mich intensiv an und wollte gerade etwas erwidern, doch dann ...

»Da bist du ja!« Nika stand vor uns. »Sorry, ich stör nur ungern, aber wir bräuchten dich mal kurz. Kommst du mit?«

Sie wartete meine Antwort gar nicht erst ab, sondern zog

mich an der Hand weg von Jakob und zurück zur Gruppe, direkt zu Sophie und Luca.

»Ich habe gerade gesagt: Wenn irgendjemand weiß, wie man hier etwas eingibt, dann bist das du«, erklärte Sophie, warum sie mich *mal kurz brauchten*.

Sie reichte mir ein Handy. Echt jetzt? Ich tippte auf dem Handy herum, erneuerte die Einstellungen, und zack, war ihr Problem mit der App gelöst.

»Oh Mann, danke, du IT-Nerd. Echt cool von dir.«

»Kein Problem«, sagte ich und sah im Augenwinkel, wie sich Jakob wieder zu Eliza setzte. *Idiot.* Erklärte mir, er habe keinen Bock auf sie, obwohl es überhaupt nicht so wirkte.

Während wir zusammensaßen, musste ich immer wieder zu Jakob und Eliza blicken. Auch wenn ich es nicht wollte. Sie flüsterte ihm gerade etwas zu und er grinste. Von wegen *keinen Bock*.

»Und was machen wir jetzt?«, wollte Nika wissen. »Wir könnten ja mal ein bisschen rumschauen und die Jungs hier checken.«

Lina lachte. »Ich checke gar nichts, ich habe Ben. Und du ... Heute wird nicht wieder wild mit irgendwem rumgeknutscht! Lass uns einfach chillen.«

Nika verzog unzufrieden das Gesicht. Bald kam der Vorschlag weiterzuziehen. Ich war darüber ganz froh. Wir gingen zum *Gemein & Gefährlich*, Sophie mit Luca im Schlepptau. Jakob sah ich nicht mehr und vielleicht war das auch besser so.

Das *Gemein & Gefährlich* war eine nette Bar, kleiner als das *Mach 1*. Hier tanzte man oder plauderte an der langen neonfarbenen Bar. Es gab auch hier eine gute Auswahl an günstigen Getränken. Wir bestellten uns was und gingen auf die

Tanzfläche. Ich trank sonst nicht so viel, aber heute war mir irgendwie danach. Und nach Tanzen. Weil auch alle anderen Lust darauf hatten, ließ ich mich leicht von ihnen mitreißen. Es tat gut. Ich ließ mich treiben. Der Sound der Musik fuhr mir direkt in Arme und Beine. Ich wirbelte gerade mit Nika herum, als ich im Augenwinkel schon wieder Jakob sah. Er war jetzt also auch hier. Nicht allein, natürlich. Er stand mit Eliza rum. Ich versuchte, sie nicht zu beachten, und gab mich der Musik hin. Aber auch Nika hatte die beiden bemerkt.

»Schon gesehen? Jakob ist da«, brüllte sie über die laute Musik hinweg.

Ich nickte. »Na und? Mir doch egal!«, brüllte ich zurück und meinte es in diesem Moment auch so.

Eine ganze Weile lang vergaß ich mich in der Musik, bis Jakob plötzlich dicht neben mir tanzte. Er war aus dem Nichts aufgetaucht und ich schluckte, als er mich an sich zog und ich seine Lippen an meinem Ohr spürte.

»Kannst du mir bitte einen Gefallen tun?«, hauchte er.

Sofort breitete sich eine heftige Gänsehaut über meinen gesamten Körper aus. Eigentlich wollte ich den Kopf schütteln und ihm sagen, dass auch ich *Feierabend* hatte. Aber ich kam nicht dazu, denn schon schmiegte sich seine Wange an meine und blieb dort eine Weile liegen.

Dieses Gefühl, ihm so nah zu sein. Merkwürdig, aber absolut berauschend. Mein Herz klopfte sehnsüchtig nach mehr von ihm. Ob es an der Musik lag, der Hitze, dem Alkohol oder wirklich an Jakob und der Situation, konnte ich überhaupt nicht einordnen. Wahrscheinlich an allem zusammen.

»Und der Gefallen wäre?« Meine Lippen suchten sein Ohr, um ihm die Frage zuzuflüstern.

Kurz verharrten wir in dieser Position, bis er mich leicht von sich drückte. Während unsere Lippen damit weiter voneinander entfernt waren, spürte ich nun seine Hände an meiner Taille. Zumindest, bis er sich wieder zu mir beugte.

»Kaia, du hast doch mal gesagt, du könntest dich nie in mich verlieben, oder?« Wieder war seine Stimme ein Hauch. Noch immer spürte ich ihn so nah.

»Richtig«, bestätigte ich ihm.

Er nickte. »Deswegen habe ich die Bitte, ob du mit mir tanzen könntest. Ganz heftig und innig, okay? Kriegst du das hin?«

Kurz hielt ich inne. »Warum sollte ich?«, wisperte ich an seinem Ohr.

Er trat zurück, um meinen Blick zu suchen, nur um seine Lippen dann wieder an mein Ohr zu legen. »Eliza. Sie lässt nicht locker«, meinte er fast schon verzweifelt.

Seine Worte verursachten abermals eine Gänsehaut auf meinem Körper. Ein heftiges Kribbeln erfasste zusätzlich jede Pore. »Ich soll dir helfen, sie loszukriegen?«

»Ja, dafür …« Er zog mich fester an sich.

Mein Becken presste sich an seines. Ganz automatisch, völlig unkontrolliert, ohne dass es mir bewusst war. Was tat ich hier eigentlich?

»… dafür wäre ich dir echt dankbar.«

Verdammt, wie eng wir zusammenstanden. Ich fühlte die Wärme seines Körpers und seine Finger noch immer an meiner Taille. Ich spürte den Beat der Musik, der bis in mein Herz drang. Es schlug schnell, mein Puls raste. Denken war nun gar nicht mehr so leicht, eigentlich schon fast unmöglich.

»Bitte«, hauchte er hinterher.

Ich nickte wortlos.

»Also bist du dabei?«, suchte er eine erneute Bestätigung in meinem Blick und schob mich daher leicht von sich.

Die Antwort war diesmal kein Nicken, stattdessen schlang ich meine Arme um seinen Nacken und begann mich zu bewegen. Seinen Körper mit meinem zu fangen und in unseren Bewegungen zu halten. Die Musik in den Beinen trieb uns immer mehr an. Unsere Körper suchten und fanden sich. Ich ließ mich ganz auf das Spiel ein. Schließlich tastete ich mich von seinem Nacken zu seinem Oberkörper vor, strich über die Muskeln unter seinem Shirt. Spürte, wie fest und warm sie waren.

Wir bewegten uns weiter zur Musik. Ich legte meine Hände wieder in seinen Nacken und warf den Kopf zurück, während wir uns dem Takt hingaben, mal leicht auf Abstand gingen, uns dann aber wieder dicht aneinander wiegten. Unsere Blicke verhakten sich. Ich hob meine Arme, legte sie zurück um seinen Nacken, und seine Wange berührte meine. Unsere Lippen waren nur noch wenige Zentimeter voneinander entfernt, während sich unsere Hüften wie von selbst aneinanderpressten.

Verdammt!

»Und?«, flüsterte ich Jakob zu.

Er blinzelte kurz zur Seite. »Sie ist noch da. Keine Ahnung, warum.«

Meine Hände legten sich an seine Wangen, wieder waren sich unsere Lippen ganz nah. »Du hättest sie eben nicht so anmachen dürfen.«

Er zog mich an sich. »Das stimmt so nicht, Kaia, ich habe sie nicht angemacht. Das war sie. Sie hat mich dauernd berührt.« Als er diese Worte aussprach, strich er mit seinen Fingern über meinen Rücken. Wie ein zarter Hauch fühlte es sich an und ich spürte, wie extrem meine Haut darauf reagierte.

»Ach, du Ärmster!«, bemitleidete ich ihn gespielt. Ich presste mein Becken an seine Hüfte. Und er biss sich auf die Lippe. Wieder sahen wir uns einen Moment lang intensiv an. »Was, wenn es nicht zieht? Wenn tanzen nicht reicht?«

In meinem Bauch begann es zu kribbeln. Das konnte er vergessen. »Was willst du mich damit fragen?«

Er neigte den Kopf. »Um mich zu retten, wärst du auch zu ... drastischeren Maßnahmen bereit?« Seine Hände lagen immer noch an meiner Taille, sein Blick war auf mich gerichtet. »Hätte dann auch nichts mit der Liste zu tun. Nur ein kleiner ...«, er flüsterte erneut in mein Ohr, »... Kuss?«

Ich schüttelte den Kopf.

Eine Hand löste sich von meiner Taille und wanderte an meine Wange. »Bitte, Kaia. Wenn ich weiß, dass irgendjemand die Kontrolle hat, dann du.«

Erneut verschmolzen unsere Blicke und er hielt mein Gesicht nun in beiden Händen. Ich vergaß alles um mich herum. Ob meine Schwestern da waren oder Sophie. Es war mir egal, was sie davon hielten. Irgendwie waren wir gerade ganz woanders.

»Komm mit«, sagte er mit einem Mal, zog mich von der Tanzfläche. Im Augenwinkel sah ich, wie uns Eliza mit ihren Blicken folgte.

Etwas abseits, neben der Bar am Rand der Tanzfläche, drückte mich Jakob schließlich gegen die dahinterliegende Wand.

»Wann?«

»Jetzt.«

Bevor ich auch nur noch eine Sekunde nachdenken oder Luft holen konnte, hatte er mein Gesicht schon mit seinen Händen umfasst und küsste mich. Erst war ich wie benebelt. Natürlich war es wunderschön, aber er sollte nicht denken, dass ich das hier wollte. Seine Lippen lagen auf meinen, ganz warm, und ich war noch immer wie benommen.

»Tu bitte wenigstens so, als würde es dir gefallen, okay?«

Ich wollte gerade noch widersprechen, da schmolz ich auch schon dahin. Wie Tausende kleine Blitze, die den Boden suchten, fanden meine Lippen seine. Während im Club der Beat aus den Boxen drängte, zogen wir uns an wie zwei Magnete. Ich erwiderte den Kuss mit brennender Hitze und seine Lippen pressten sich so sehnsüchtig gegen meine, dass ich irgendwo anders hindriftete, aber nicht mehr gegen die Wand gedrückt in einem Club stand.

Voller Verlangen reagierte alles in mir. Ich hielt mich an ihm fest, während sein Mund mein Herz zum Schweben und Fallen brachte. Ich glitt mit den Fingern durch sein Haar. Wieder und wieder pressten wir unsere Körper aneinander, die Lippen aufeinander. Dann stoppte er einen Moment, seine Lippen ruhten auf meinen.

»Ist sie weg?«, hauchte ich atemlos.

»Gehen wir lieber auf Nummer sicher«, flüsterte Jakob.

»Wenn es sein muss«, keuchte ich und schon lagen unsere Lippen wieder aufeinander.

Seine Hände strichen über meine Seiten. Ich wollte ihn noch näher. Sanft zog ich an seiner vollen Unterlippe. Unsere Zungen tanzten und mein Herz pochte gegen seines. Da waren nur noch wir, bis er sich langsam von mir löste und mich ansah.

»Kaia, danke, du bist genial. Sie ist weg.« Er grinste – und mein Herz? Das klopfte noch immer heftig. Unsere Blicke lagen aufeinander und seine Hände an meiner Taille.

»Du kannst mich jetzt wieder loslassen.«

Er nickte artig und zog seine Hände weg. »Sorry.«

»Schon gut. Sind wir dann fertig?«

Er strich sich durchs Haar. »Jap, du kannst gehen, wenn du willst.«

Wollte ich eigentlich nicht, nickte aber trotzdem. »Okay, dann bis morgen.«

Er lächelte und ich wandte mich ab. Verdammt. Was war das denn nur gewesen? Ich sah Sophie und meine Schwestern in der Menge. Sie hatten sich inzwischen an die Bar gestellt und als ich zu ihnen kam, grinsten sie mich an.

»Uuuh, was ging da denn bitte ab? Verdammt, ihr habt euch ja fast aufgefressen.«

Ich zuckte mit den Schultern. »Quatsch, da war null Leidenschaft. Ich habe ihm nur geholfen, wegen dieser Eliza.«

»Das scheint ja wirklich geholfen zu haben. Die ist so was von abgerauscht, als ihr euch gegenseitig die Zunge in den Hals gesteckt habt.«

Ich rollte mit den Augen, doch mit einem Mal tat sie mir leid. »Meint ihr, dass sie sehr traurig war?«, wollte ich wissen.

Lina wiegte den Kopf hin und her. »Begeistert war sie jedenfalls nicht. Keine Ahnung, was da zwischen den beiden lief, aber mit eurem kleinen *Schauspiel* habt ihr sie auf alle Fälle verscheucht.«

»Bitte sag jetzt nicht, du hast Mitleid«, warf nun Nika ein. »Ist doch total egal, ob sie traurig ist oder nicht. Ich feiere dich jedenfalls. Und jetzt weiß sie wenigstens auch, was Liebeskummer ist.«

Trotz meines schlechten Gewissens stimmte ich mit ein, als alle loslachten.

Wir standen noch eine Weile an der Bar. Jakob sah ich nicht mehr. Sophie hingegen schienen Jakob und ich animiert zu haben, sie knutschte in einer Ecke mit Luca. Was mich an unseren Kuss zurückdenken ließ. Noch immer hatte ich das Gefühl, Jakobs Lippen auf meinen zu spüren.

»Was meint ihr, sollen wir langsam gehen?«, fragte ich irgendwann. Ich fühlte mich nun doch etwas erschöpft von diesem aufregenden Tag.

Nika nickte und streckte sich wie zur Bestätigung.

Wir gingen in Richtung Ausgang. Als wir an der Garderobe vorbeikamen, sah ich Jakob. Mit Eliza. Das war doch nicht sein Ernst. Ich wollte gleich wieder wegsehen, aber dann bemerkte ich, dass sie ihn gar nicht berührte, sondern auf Abstand war. Sie wirkte ziemlich niedergeschlagen und ging schließlich von ihm weg. Und Jakob? Der kam zu mir.

»Das war's dann. Ich denke, sie hat's kapiert. Danke noch mal«, sagte er und ich nickte.

»Dafür kannst du mir wirklich so was von dankbar sein.«

Diesmal nickte er. »Bin ich auch. Und morgen zeig ich dir, wie sehr, ich hab mir nämlich was richtig Gutes für unser nächstes Abenteuer überlegt.«

»Dann bin ich ja mal gespannt.«

Gerade als ich gehen wollte, zog er mich unerwartet an sich. »Ich weiß, ich sollte das jetzt nicht sagen, aber ... du küsst ziemlich gut.«

Ich spürte Hitze in mir aufsteigen. »Danke ... Dein Kuss war auch ganz okay. Vielleicht noch nicht filmreif, aber doch, auf jeden Fall ganz okay.«

Er lachte und kam noch ein bisschen näher an mich heran.

Sofort überzog erneut eine Gänsehaut meinen Körper. Ich roch diesen Duft. Den Duft nach Jakob, nach U-Bahn oder nach Grafit oder wie auch immer, jedenfalls zog er mich magisch an. Wieder spürte ich seine Hände an meiner Taille.

»Eliza ist schon weg, das ist dir klar, oder?«

»Echt? Ich dachte, sie würde noch irgendwo stehen«, sagte er und jagte damit abermals ein heftiges Kribbeln durch mich hindurch.

»Gehen wir jetzt oder …?«

Als ich Linas Stimme hörte, löste ich mich von Jakob und nickte. »Ja, also …« Ich sah ihn an. »Bis morgen dann.«

»Bis morgen dann.«

Am Ausgang angekommen, sah mich Lina an und räusperte sich. »Und, was wollte er noch?«, fragte sie und auch Nikas Blick sprach Bände.

»Ach, nur noch mal wegen morgen reden. Wegen der Liste und so. Oder, keine Ahnung, mich vielleicht ein bisschen reizen und ärgern. Er ist einfach, ich weiß nicht, ziemlich …«

»… heiß?«, grinste Lina.

»Quatsch, der lässt mich total kalt«, sagte ich. Dabei spürte ich erneut diese warme Gefühlswelle in mir. Ich dachte an den Kuss und …

Meine Schwestern nickten und hakten sich bei mir ein. »Wenn das mal gut geht.«

Ich schluckte. Ja, wenn das mal gut ging …

KAPITEL 13

Als ich am nächsten Morgen um acht Uhr von meinem Wecker aufwachte, drehten sich in meinem Kopf tausend Gedanken. Ich dachte an Eliza, an den Abend, an Jakob, an den Kuss. Der Kuss. Verdammt.

Kaia, du hast doch mal gesagt, du könntest dich nie in mich verlieben, oder?, hörte ich Jakobs Worte in meinem Ohr. Ich spürte den Kuss noch immer auf meinen Lippen. Und mein Herz klopfte schon wieder heftig.

Mist, Mist, Mist.

Natürlich würde ich mich nie in ihn verlieben. Absolut niemals. Das durfte auf gar keinen Fall passieren. Auch nicht, dass ich *so* auf ihn reagierte. Oder war das am Ende vielleicht sogar normal? Dass ich ihn anziehend fand, weil ich ihn nicht anziehend fand? Ergab das irgendeinen Sinn?

Ich musste dringend mit Lina oder Sophie darüber reden und suchte mein Handy. Sophie war sicherlich noch nicht wach, also schrieb ich Lina.

> Bist du wach? Melde dich mal.

Wahrscheinlich schlief sie noch und ich würde auf ihre Antwort warten müssen. Ich beschloss, erst einmal aufzustehen und mir einen Kaffee zu machen. Ich war nervös und checkte in der Küche immer wieder WhatsApp, während der Kaffee durchlief. Dann legte ich das Handy weg. Es gab schließlich noch einiges zu erledigen, was wichtiger war. Uniarbeit stand auf dem Programm. Dann musste ich noch einen Termin mit Mama, Lina und Nika ausmachen. Wegen der Hochzeitsplanung. Mir graute es davor. Mama hatte schon wieder unzählige Bilder geschickt. Eigentlich konnte ich das heute mit Jakob gar nicht durchziehen. Zumindest nichts, was in Richtung der Liste ging.

Ich musste erst einmal nachdenken. Inzwischen war der Kaffee fertig und ich setzte mich mit der dampfenden Tasse ins Wohnzimmer. War das am Ende vielleicht alles völliger Quatsch? Die ganze Liste? Und der Kuss ... Wieder drängten sich seine Worte in meine Gedanken.

Was klar war: Ich durfte mein Ziel nicht aus den Augen verlieren. Die Uni war wichtig für mich. Das Studium würde meine berufliche Karriere fördern. Irgendwann wollte ich einmal in einem Unternehmen dafür sorgen, alles besser zu strukturieren. Mir machte organisieren, helfen, verbessern Spaß. Das war etwas, was ich gerne tat. Und das war wichtig, denn ich hatte einen Plan vom Leben. Es war eine schöne Vorstellung für mich, bis dreißig den richtigen Mann gefunden zu haben, verheiratet zu sein, vielleicht sogar Kinder zu haben, aber auch beruflich erfolgreich zu sein. Noch ab und an ein bisschen was von der Welt zu sehen, ansonsten war Karriere angesagt.

Deshalb sollte mich vorher auch nichts ablenken. So sah es aus, das perfekte Leben, oder? Das war mein Traum, richtig? Klar gab es Zufälle im Leben, aber ich wollte nichts dem Zufall überlassen. Eigentlich war das mit der Liste auch ein Zufall. Sie hatte nicht auf meinem Plan gestanden, und doch war ich jetzt überzeugt, dass sie für meine Zukunft wichtig sein könnte. Also hatte ich den Zufall wohl doch irgendwie geplant.

Langsam trank ich einen Schluck Kaffee, genoss die Wärme in meinem Bauch und blickte auf die Uhr. Kurz vor neun war es schon, also beschloss ich, vor der Dusche noch schnell den Termin zwecks der Hochzeit auszumachen, und schickte den Vorschlag an Mama und meine Schwestern. Dabei sah ich, dass ich etwas von der Lerngruppe bekommen hatte, die ich betreute, und dass Professor Winter ebenfalls einen Eintrag erstellt hatte. Es ging um die Abgabe unseres Projekts. In ein paar Wochen sollte sie sein. Bis dahin musste auch unsere Präsentation für die Stiftung stehen. Während das Projekt mit Jakob sich gut entwickelte, hatte ich das Gefühl, bei der App fehlte noch etwas. Ich glaubte, irgendetwas nicht ganz im Blick zu haben, mehr daraus machen zu können. Etwas ganz Besonderes.

Nachdem ich diesem Gedanken einige Momente nachgehangen hatte, bestätigte ich die Termine und überlegte, wann wir das nächste Mal im Altenheim vorbeisehen sollten. Zuerst mussten wir natürlich die vorhandenen Bögen auswerten. Das konnten wir ja heute Nachmittag machen und dann gemeinsam einen neuen Besuchstermin festlegen. In mir kribbelte es bei der Vorstellung, Jakob wiederzusehen. Ich musste mich zwingen, die Gedanken an ihn beiseitezuschieben. Es war einfach noch zu viel zu erledigen.

Ich beschloss, erst einmal die Fragebögen durchzugehen. Ich wollte nur kurz ein paar der Antworten lesen, doch schließlich verlor ich mich darin. Einige der Antworten rührten mich. Meist waren es nur Kleinigkeiten, die sich die Bewohner wünschten. Etwas, was man sicher gut organisieren konnte. Hier ein bisschen was am Ambiente verbessern, dort ein bisschen mehr Platz für Persönliches schaffen. Jakob hatte sich tatsächlich auf einem der Bögen Notizen gemacht. *Einen Raum dafür finden* stand dort. Er hatte sich also auch Gedanken gemacht, sehr schön. Ich war schon gespannt darauf, mit ihm darüber zu reden.

Als Stunden später mein Handy klingelte, fühlte es sich an, als seien bloß Minuten vergangen. Es war Lina.

»Na endlich, ich habe dir gefühlt vor drei Tagen geschrieben. Wenn ihr mich mal braucht, geht das immer schneller mit der Antwort.«

»Sorry, wir haben etwas länger geschlafen und dann halt noch ein bisschen gechillt. Was ist denn los, was gibt es so Dringendes? Geht es um Jakob?«

»Ja, wegen gestern. Ich habe vorhin ein bisschen gegrübelt.«

»Wegen eurem unbedeutenden *Wir-vertreiben-Eliza*-Kuss?«

»Auch.«

»Wie ist das überhaupt zustande gekommen? Ich habe noch gesehen, wie ihr getanzt habt wie verrückt, und dann seid ihr plötzlich in die Ecke verschwunden.«

»Jakob hat mich um Hilfe gebeten. Er meinte, er wird Eliza nicht mehr los, und weil ich mich ja auf keinen Fall in ihn verlieben würde, könnte ich ihm vielleicht helfen. Erst mit ihm tanzen und dann, na ja, nachdem das anscheinend nichts geholfen hat, kam die Sache mit dem Küssen. Das war sozusagen die letzte Instanz.«

»Und jetzt? Jetzt müsst ihr euch immer wieder küssen, damit Eliza nicht zurückkommt? Oder vielleicht auch einfach so?«

»Ich glaube, das sollte lieber gar nicht mehr vorkommen, weil … es war irgendwie nicht gut und so.«

Lina lachte. »Sah auch echt richtig schrecklich aus. Wie du dich an ihn geklammert hast und er dich an sich gezogen hat. Ganz grauenvoll muss das gewesen sein.«

»Sehr witzig. Ich will das Projekt nicht gefährden.«

»Aber der Kuss hatte doch nichts mit dem Projekt zu tun, oder? Er wollte nur, dass du ihm hilfst.«

»Stimmt schon. Aber wie auch immer. Ich habe keine Lust, die Sache zu wiederholen.«

Lina lachte. »Ich weiß, weil es so schrecklich war.«

»Eben«, antwortete ich kurz angebunden. »Apropos schrecklich: Hast du den Termin wegen der Planung für die Hochzeit gesehen?«

Lina seufzte. »Ja, machen wir meinetwegen Mittwoch. Gegen halb fünf passt?

»Dann mach ich mich mal fertig. Ich hab noch so viel zu tun und um fünf kommt Jakob.«

»Was habt ihr vor?«

»Für die Uni arbeiten. Und dann, keine Ahnung, er meinte, er hätte sich was richtig Gutes überlegt.« Mein Tonfall klang zweifelnd.

»Na dann, viel Spaß euch beiden!«

Wir beendeten das Gespräch und ich checkte noch einmal WhatsApp. Sophie hatte mir geschrieben, dass sie bei Luca war. Nika hatte mir ein Bild von Alex geschickt, wie er doof in die Kamera grinste. Ja klar, er sah auf dem Bild superblöd aus, aber sie musste echt aufhören mit diesem Stalken. Und dann noch Mama, die einen Link geschickt hatte. Ich klickte ihn an.

> Nudistenhochzeit. Absolute Sparsamkeit beim Outfit.

Ich betrachtete das Bild darunter. Da stand tatsächlich ein Paar nackt bei der Hochzeitszeremonie. Ich konnte es nicht fassen und musste ihr unbedingt sofort etwas dazu schreiben.

> Mama, nackt feiern kann echt kalt werden. Und du wolltest doch immer ein schönes Kleid.

Ich schickte die Nachricht ab.

> Aber das ist ein Statement: Wir beide haben nichts voreinander zu verbergen.

Ich rollte mit den Augen. Manchmal fragte ich mich, wer von uns beiden die Erwachsene war.

> Mama, tief in dir drin weißt du doch auch, dass das Unsinn ist. Passt dir Mittwoch?

> Perfekt. Aber ist eine Stunde nicht zu kurz?

> Ist ja nur, um alles mal grob zu besprechen.

> Okay.

> Ich muss jetzt duschen und dann noch einiges für die Uni machen.

> Wir haben auch gleich einen Tantra-Kurs.

Aha. So genau hatte ich das gar nicht wissen wollen. Schließlich sprang ich unter die Dusche. Die warmen Wasserperlen taten gut auf meiner Haut. Ich rasierte mich, wusch mir die Haare und als ich fertig war, stand ich mit meinem Handtuch vor dem Spiegel und betrachtete mich eine Weile. Keine Ahnung, was mich heute erwarten würde. Das war etwas ganz Ungewohntes für mich.

Was hatte sich Jakob wohl ausgedacht? Ich fragte mich schon wieder, ob das alles nicht der totale Unsinn war. Doch dann schob sich ein Lächeln auf meine Lippen. Das war es sicher, aber irgendwie machte es auch Spaß. Und dann der Kuss ... Der war natürlich mehr als nur *ganz okay* gewesen, aber das durfte unter keinen Umständen noch mal passieren.

Ich stieg aus der Dusche, föhnte mir die Haare und wollte mich gerade anziehen, als es an der Tür klingelte. Wer konnte das sein? Ich erwartete niemanden. *Noch nicht.* Lediglich mit Handtuch bekleidet ging ich zur Tür und drückte auf die Gegensprechanlage.

»Ja?«

Ich hörte eine männliche Stimme. »Post!«

Ich drückte den Öffner und wartete. Schritte hallten durch das Treppenhaus. Ich spitzte durch den Türspalt. Hoffentlich brauchte der Postbote keine Unterschrift.

»Überraschung!« Es war Jakob. Sofort klopfte es unter meiner Brust. Mit ihm hatte ich jetzt am allerwenigsten gerechnet.

»Wie kommst du denn hierher?«

Er lachte. »Mit dem Auto. Kann ich reinkommen? Ich bin schon gespannt. Casa de la Kaia. Klingt ziemlich gut, wenn du mich fragst.«

Ich musterte sein blaues Shirt, es spannte sich wie von selbst um seinen Oberkörper. »Ich habe noch gar nicht mit dir gerechnet. Ich komm gerade aus der Dusche und habe noch nichts an. Wir hatten fünf Uhr ausgemacht, du bist viel zu früh«, sagte ich, immer noch geschockt von seinem vorzeitigen Auftauchen.

Er schmunzelte. »Machst du dem Postboten eigentlich immer halb nackt auf?«

»Haha, sehr witzig.«

»Kaia, Kaia, bei dir erlebt man Sachen. Stille Wasser und so. Aber soll ich dir was sagen?«, flüsterte er gegen die Tür. »Stört mich gar nicht, wirklich. Lass mich ruhig rein. Wir werden uns irgendwann eh noch nackt sehen, warum nicht gleich die Hüllen fallen lassen?«

Wie bitte?

»Warum sollten wir uns irgendwann nackt sehen?«

»Die Liste, schon vergessen? Die Sache mit dem Pool.«

»Wer hat da jemals von nackt gesprochen?«

»Ich hab doch ein paar Punkte verfeinert, wollte ich dir heute sowieso noch sagen. Wenn schon, denn schon.« Sein Tonfall klang herausfordernd.

Er hatte was? Ich riss die Tür auf. »Sag mal, willst du mich veräppeln?«, rief ich.

Er sah mich mit großen Augen an. Ja klar, war nicht sehr clever von mir, denn jetzt sah Jakob, dass ich tatsächlich nichts weiter als das Handtuch trug. Immerhin war ich nicht nackt. Sein Blick glitt über meinen Körper. Mein Herz klopfte, weil ich so aufgeregt war. Das war echt nicht geplant. Dämlich, dieser Jakob, verdammt.

»Mist«, entfuhr es mir.

»Ach, du bist doch gar nicht nackt.«

Ich rollte mit den Augen. »Nein, aber …« Mein Herz raste. Schnell schlug ich die Tür wieder zu.

»Ähm, Kaia? Was hast du jetzt vor?«

»Nichts. Ich ziehe mir was an und du wartest so lange hier.«

»Im Treppenhaus?«

»Ja.«

»Kaia, echt jetzt?«

»Echt jetzt«, entgegnete ich und hörte ihn kurz lachen.

»Gegenvorschlag: Weißt du, was richtig mutig wäre? Wenn du mir jetzt wirklich nackt die Tür aufmachst. Dann streiche ich dafür einen Punkt deiner Wahl von der Liste. Deal?«

Ich presste Zeige- und Mittelfinger an meine Schläfen und atmete tief ein. Wäre irgendwie verlockend gewesen, aber … nein. Tapsend entfernte ich mich von der Tür, was er wohl auch draußen hörte.

»Das ist dann wohl eher ein Nein. Kannst du mich vielleicht trotzdem schon mal reinlassen? Ich habe Essen dabei. Ich dachte, wir könnten … na ja, ein bisschen chillen?«

Was? War er jetzt völlig daneben? Ich ging wieder zur Tür.

»Das ist also deine *richtig gute* Idee für unser heutiges Treffen? Du willst mich flachlegen?«

Er lachte. »Quatsch, das hab ich doch gar nicht gemeint. Los, komm schon, jetzt lass mich halt rein.«

»Nein, ich ziehe mich erst an.«

Damit stapfte ich nun wirklich davon und ging ins Schlafzimmer. Ich zog mir kurze dunkle Jeans-Shorts an, ein Top mit braunen Blumen, Sandalen und fertig war ich. Dann schlich ich zurück zur Tür.

»Ich mach dir jetzt auf.«

Keine Antwort.

»Jakob, bist du noch da?«
Keine Antwort.

Das konnte doch nicht wahr sein, war er echt weg? Ich öffnete die Tür und wollte gerade in den Flur treten, da stand er mit einem Mal ganz nah vor mir.

»Überraschung! Da bin ich.«

»Na super.« Unsere Blicke trafen sich und ich musste unwillkürlich grinsen. »Du brauchst wohl immer den ganz großen Auftritt, oder? Und was machst du eigentlich schon um diese Zeit hier? Du bist wirklich viel zu früh.«

»Ich dachte, ich komme lieber etwas eher, dann bin ich auf alle Fälle pünktlich. Unpünktlichkeit magst du ja, glaube ich, nicht so gern, oder? Also, kann ich jetzt reinkommen? Ich würde gerne mal sehen, wie so ein richtig aufgeräumter Mensch wohnt. Bei mir ist das eher nicht so. Geschirrberge, Pizzaschachteln, na ja, du kannst es dir sicher vorstellen.« Er zwinkerte mir zu. »Soll ich Pantoffeln anziehen? Oder mich noch desinfizieren?« Er hob die Schuhsohlen. »Eigentlich sauber.«

Ich wollte schon zurücktreten, doch dann kam mir eine Idee. Er wollte mich ärgern? Das konnte ich auch. Ich zog die Tür etwas auf, aber dann, als er gerade eintreten wollte, schlug ich sie ihm erneut vor der Nase zu. Einfach so.

»Ähm, Kaia? Was soll das jetzt?«

Ich lehnte mich an die Tür. »Ach, Jakob. Du meinst, du kannst mich ärgern? Pass auf. Wir hatten uns für fünf Uhr verabredet, jetzt ist es kurz nach halb. Du bist diesmal also wirklich unpünktlich. Und deswegen wartest du jetzt.«

»Ist das dein Ernst? Ich bin doch nicht unpünktlich, ich bin einfach schon da. Du kennst sicher den Spruch *besser zu früh als zu spät,* oder?«

»Ja, aber zu früh ist auch unpünktlich. Du kennst doch sicher den Spruch *zu früh gefreut,* oder? Außerdem muss ich erst mal die Pantoffeln raussuchen und du wartest schön.«

Kurz war Stille, dann hörte ich, wie er sich räusperte. »Das ist echt dein Ernst?«

»Hast du das Gefühl, dass ich Witze mache?«

»Ehrlich gesagt, nicht so.« Er klang verstimmt.

»Na dann, siehst du? Ich mach mir jetzt erst mal 'nen Kaffee, bis gleich.«

»Kaia?«

Ich antwortete nicht mehr, sondern beschloss, ihn zappeln zu lassen. Offenbar hatte er eine ganz klare Vorstellung von meiner Wohnung. Er wollte die Show? Die sollte er haben.

KAPITEL 14

immer

»Mensch, Kaia, echt jetzt? Es ist eine Minute vor! Eigentlich sollte ich gehen. Jetzt sofort, auf der Stelle. Keine Ahnung, warum ich es nicht tue. Ach ja, stimmt, weil wir einen Deal haben.«

Mit dem gestellten Handytimer in der Hand wartete ich hinter der Tür und hatte meinen Spaß. Ich wiegte den Kopf hin und her. Jakob ließ sich tatsächlich von mir ärgern. Auch wenn ich insgeheim das Gleiche dachte wie er, die Frage war, warum er noch da war. Ich wäre an seiner Stelle schon längst gegangen. Immerhin hatte ich ihn einfach so dort vor der Tür stehen lassen. Klar, um ihn ein bisschen zu ärgern, aber dass er jetzt immer noch so geduldig und brav im Hausflur stand, war in der Tat bescheuert. Gleichzeitig rechnete ich es ihm hoch an, dass er ausgeharrt hatte.

»Ach so, dann stehst du also nur wegen des Deals immer noch da draußen rum«, stellte ich fest.

»Warum sonst?«

»Weil du unbedingt meine Wohnung sehen willst? Und mit mir essen ... also, mich flachlegen? Chillen und so?«

»Das war nicht so gemeint, Kaia.« Mein Timer piepte laut und energisch. Das schrille Geräusch war auch für Jakob nicht zu überhören. »Jetzt ist es so weit. Auf den Punkt«, kommentierte er.

»Genau, auf die Minute«, antwortete ich, öffnete die Tür

und grinste ihn an. »Hey, Jakob, du bist ja pünktlich! Das freut mich aber«, sagte ich gespielt überrascht.

Er verzog den Mund. »Haha, das gefällt dir jetzt. Richtig lustig, oder?«

Er wollte gerade eintreten, da hielt ich ihn auf, indem ich meine Hand auf seine Brust legte. Sie war hart und warm. Sofort fühlte ich mich zum gestrigen Abend zurückversetzt, doch drängte den Gedanken schnell aus meinem Kopf.

»Stopp! Ich habe da noch was Schönes für dich. Einen Moment.« Ich legte Jakob Pantoffeln hin. Wenn schon, denn schon.

»Echt jetzt? Was soll ich damit?«

Ich räusperte mich.

»Na, was wohl? Anziehen!«

Murrend schlüpfte er aus seinen Sneakers und zog sich die Pantoffeln an. Ich hatte extra die rosafarbenen Hausschuhe gewählt, die ich einmal aus einer Laune heraus im Discounter mitgenommen hatte. Sollte er ruhig denken, dass ich immer damit herumlief.

»Bisschen klein, aber ...«, er stupste mich an, »... *me-ga-schick*.«

»Danke, freut mich, dass ich deinen Geschmack getroffen habe. Dann komm mal rein!«

Er folgte mir durch den kleinen Flur, in dem ich einige Bilder und Karten aufgehängt hatte. Ich liebte es, schön gestaltete Sprüche um mich herum zu haben, die mich motivierten. Jakob musterte sie, sagte aber nichts. Ich ging in die Küche, die vom Flur aus gleich links abging.

»Okay, du bekommst jetzt erst mal eine kleine Wohnungsführung. Also, gerade waren wir im Flur. Und hier haben wir die Küche.« Ich deutete auf den kleinen, aber hellen Raum, in dem ich morgens gern meinen Kaffee trank, kochte und auch das ein oder andere Mal an dem hübschen dunklen Holztisch saß, der einen wunderbaren Kontrast zu den hellen Schränken bildete. »Mir ist es ganz wichtig, alles gut organisiert zu wissen. Deswegen erstelle ich für jede Woche einen Speiseplan, damit ich nur einmal die Woche einkaufen muss. So kann ich immer alles vorbereiten, das spart Unmengen an Zeit.«

Jakob nickte. »Klingt ja richtig spannend.«

Ich sah ihn an und er legte den Kopf schief. Wie er so dastand in den rosafarbenen Plüschschuhen, die Zehen freigelegt – einfach köstlich.

»Ist es auch«, entgegnete ich mit einem selbstsicheren Lächeln auf den Lippen. Ganz sicher würde ich mich nicht verunsichern lassen. Nicht von ihm. »Dann hake ich hier ab, was an dem jeweiligen Tag zu erledigen ist. Das ist mein Wochenplan. Den schreibe ich mir, nachdem ich den Essens- und Einkaufsplan erstellt habe. Und damit ich das alles auch gut im Blick habe, klebt er am Kühlschrank. Aber er ist natürlich zusätzlich auch in meiner App. Ich drucke ihn nur noch mal zur Sicherheit aus, doppelt hält bekanntlich besser, richtig?« Ich lachte zufrieden.

Jakob zog eine Augenbraue nach oben, dann betrachtete er den Wochenplan etwas genauer. »Ouh, da hast du ja ganz schön was zu tun in der nächsten Zeit. Unser Projekt ist natürlich eingetragen, aber daneben auch noch die Kurse, und davon ziemlich viele, und ... eine Hochzeitsplanung? *Location finden?* Wer heiratet denn?«, wollte Jakob wissen. »Du etwa?«

»Was? Ich? Ja genau.« Gespielt genervt rollte ich mit den Augen. »Meine Mama heiratet und liegt mir dauernd in den

Ohren damit. Ich freue mich ja wirklich für sie, aber die Planung hat sie bei mir abgeladen und die ist ... nun, etwas anstrengender als gedacht. Meine Mutter ist nicht gerade gut darin, Entscheidungen zu treffen oder sich auf irgendetwas festzulegen.«

»Aber wen sie heiraten will, da hat sie sich hoffentlich schon festgelegt, oder?«, lachte Jakob.

»Haha, sehr witzig«, antwortete ich, dachte aber: *Irgendwie hat er recht.* »Mama ist etwas speziell, doch genau dafür liebe ich sie ja auch.«

Er musterte mich. »Dann bin ich anscheinend gar nicht so schlimm, wie du immer tust. Liebst du mich auch?«

»Ähhh, was?« Ich fühlte urplötzlich, wie mein Herz viel zu schnell pochte. Weiter im Thema, Kaia. »Wie auch immer. Kontrolle ist wichtig. Alles abhaken, Timer stellen. Dann funktioniert es schon. Nicht vom eigentlichen Plan abweichen.«

»Ist das so?«, wollte Jakob wissen.

Warum sollte das nicht so sein? Natürlich, war doch logisch. Also, wie machte ich jetzt weiter? »Klar, ich erledige wie gesagt alles und schaue, was sonst so ansteht. Ich füge neue Aufgaben hinzu oder streiche die erledigten, je nachdem. Dadurch habe ich viel mehr Freizeit. Zeit für Sport. Lesen, Serien, Filme. Oder ich schalte einfach mal ab. Was man halt so macht. Der Körper braucht schließlich ein gewisses Maß an Entspannung und die gebe ich ihm dann auch.«

»Was schaust du denn gerne?«, fragte er eher beiläufig.

Da musste ich nicht lange nachdenken. »Ich bin ein Serienfreak. Quasi die Definition von Binge Watching«, lachte ich. »Aber mein absoluter Lieblingsfilm ist *Titanic*. Sooo romantisch ...«

Jakob sah mich an. Ich war wohl ins Schwärmen geraten, versuchte aber gleich wieder, die Fassung zu wahren. Vor allem, als ich seinen verständnislosen Blick bemerkte. Was hatte er denn gegen diesen Film? Die Erklärung folgte prompt.

»Dein Ernst, du schaust zum Entspannen *Titanic*? Da geht doch einfach nur ein Schiff unter.«

»Na und? Außerdem stimmt *nur* nicht, der Film steht für so viel mehr. Er verbindet Geschichte mit Fiktion, er erzählt von Liebe und Zusammenhalt, immerhin verzichten so viele auf ihren Platz im Rettungsboot und – egal … ich mag ihn einfach. Und so ganz nebenbei, der Kuss ist für mich einer der besten Filmküsse überhaupt.«

»Da muss ich ja gleich wieder an deine Liste denken. *Einmal etwas wie im Film erleben*. Hattest du dabei etwa einen Hintergedanken?« Nachdenklich legte er den Kopf schief. »Ich frage mich nur, wie ich das mit dem Schiff und dem Eisberg hinkriegen soll.«

Sofort schob sich ein Lächeln über meine Lippen. Ich durfte nicht zu begeistert wirken. Obwohl ich die Vorstellung gerade irgendwie aufregend fand. »Du bist doch sonst immer so kreativ«, sagte ich herausfordernd und suchte seinen Blick.

Jakob funkelte mich schelmisch an. »Ich? Das unterstellst du mir bloß. Mit Kreativität habe ich eigentlich nichts am Hut.« Abwehrend hob er die Hände.

»Stimmt auch wieder.« Ich grinste schelmisch zurück. »Und du, was schaust du so?«

Auf Jakobs Gesicht schob sich nun ebenfalls ein Grinsen, seine Augen lagen ganz offensichtlich auf meinen Lippen. Sanft strichen sie darüber. »Ich schaue zum Entspannen am liebsten *Marvel*-Filme. Actionhelden und so, damit kann ich mich gut identifizieren.« Er klopfte sich an die Brust und sofort sah ich die Muskeln, die sich darunter leicht abzeichneten.

Jetzt nicht lachen, bloß nicht lachen. »Verstehe. Und wie nennst du dich als Superhero? Jakob Chiller? Und deine besondere Fähigkeit ist Abhängen?«

»Exakt, du hast es erraten. Und du? Du stehst also auf Filmküsse.« Prüfend sah er mich an und musterte wieder meine Lippen. Oder bildete ich mir das nur ein?

»Ich liebe Filmküsse.«

»Dann sollten wir auf alle Fälle mal einen nachspielen.« War das sein Ernst oder veräppelte er mich? »Echt jetzt?«

Er lachte und wackelte mit den Zehen. »Ist ja nichts dabei. Ich meine, wir haben uns doch schon geküsst. Und das hat schließlich überhaupt nichts in dir ausgelöst, oder?«

Nein, bis auf einen siedend heißen Schauer, wann immer ich daran zurückdachte, ganz und gar nichts.

»Stimmt. Überhaupt nichts. Du berührst mich leider ganz und gar nicht«, sagte ich, obwohl mich seine Nähe definitiv nicht kaltließ. Kurz atmete ich seinen betörenden Duft ein, dann lehnte er sich zurück und lächelte mich an. Eine ganze Weile.

»Leider?«

Meine Handflächen schwitzten, als er ganz unerwartet an mich herantrat. Schnell schüttelte ich den Kopf. »Wieso leider? Das ist mir nur so herausgerutscht. Ich will dich gar nicht küssen. Das war nämlich wirklich ... nicht so meins.«

Sein Blick lag nun auf meinem und ich fragte mich, was er gerade dachte. Dem Schmunzeln nach zu urteilen, glaubte er mir nicht.

»Ist so. War ja nur ein Gefallen, um den du mich gebeten hast. Wegen Eliza«, setzte ich nach.

»Schon klar, aber du hast doch damit angefangen. Also mit dem Thema Küssen.« So ein Spinner.

»Habe ich nicht und überhaupt, es ging gerade um einen schönen Filmkuss und ... wie gesagt, ist mir nur so herausgerutscht.« Ich rückte näher an ihn heran und deutete auf die Pantoffeln. »Die stehen dir übrigens richtig gut.«

»Natürlich. Ich seh damit aus wie eine Plastik-Barbie«, sagte Jakob und wackelte mit den Zehen.

Ohne dass ich es wollte, rollte ich mit den Augen. »Besser eine Plastik-Barbie als so ein ... keine Ahnung, so ein Höhlenmensch wie du.«

Er lachte und taxierte mich weiterhin. »Soso, ich bin also ein Höhlenmensch? Warum das denn?«

»Du riechst nach U-Bahn.«

Eine Braue wanderte nach oben. »Ja, das passt, ein düsterer Höhlenmensch aus der U-Bahn.«

Keinen Schimmer, weshalb, aber unter seinem Shirt zuckten die Brustmuskeln. Und ich musste auch noch hinsehen – schon wieder. Warum kribbelte es so in mir? Kurz blieb ich an seinen Lippen hängen, dann zwang ich mich aber wegzusehen. Er sollte bloß nicht denken, dass ich mit ihm flirtete.

»Weiter im Text. Ich zeig dir mal den Rest der Wohnung.«

Doch statt mir Platz zu machen, ging er einen Schritt auf mich zu. Für den Bruchteil einer Sekunde waren wir uns wieder viel zu nah, bevor ich mich abwandte und vorausging ins Wohnzimmer.

»Das hier ist meine – sehr gemütliche – Couch, sie hat superweiche Polster und ich liebe es, mich darauf zu entspannen. Oder zu lesen. Ich habe auch ein paar Bücher. Meine liebsten stehen dort in dem Regal.« Ich deutete auf das Bücherregal aus dunklem Holz. »Und an dem Tisch in der Ecke esse und arbeite ich.«

Interessiert sah er sich um. »Superweiche Polster? Also, falls mal alle Stricke reißen, kannst du ja immer noch Katalogtexte für Möbelhäuser schreiben.« Ach, er war einfach zu witzig. Und verstand offensichtlich nicht, dass ich ihm mit dieser Führung eine Show bot.

»Ist einfach gemütlich«, entgegnete ich, ging wieder in den Flur zurück und dann in mein Schlafzimmer.

»Und hier schlafe ich«, sagte ich, als wir den Raum betraten, und deutete auf mein Bett. Ich hatte es mit hellbrauner Bettwäsche bezogen und ebenfalls einige hübsche Kissen darauf drapiert. Braun und weiß gemischt.

»Gut, dass du es sagst. Ich dachte schon, du duschst hier. Danke für die Ausführung.«

Ich sah zu ihm hoch. »Witzig, Jakob, wirklich sehr witzig.«

Er schaute sich um. »Auch superschön ordentlich, dieses Bett. Alles akkurat aufgereiht.«

»Was heißt hier *akkurat*? Es ist eben aufgeräumt. Aber so was kennst du ja vermutlich nicht.«

Er schüttelte den Kopf. »Nein, in der Tat. Ich glaube, bei mir würdest du durchdrehen. Überall Dreck und Unordnung, wohin man sieht.«

Ich ignorierte ihn einfach, sah mich um und deutete dann auf die Wand, die ich wie die im Flur mit einigen Bildern und Karten verziert hatte. »Auch hier sind noch ein paar Fotos und Postkarten. Meist Sprüche, die mich schon beim Aufstehen motivieren sollen. Ich mag das. Viel mehr gibt es gar nicht zu zeigen. Da drüben ist noch das Bad und das war's. Jetzt bist du im Bilde. Welcome to my life.«

»Danke für die aufschlussreiche Führung. Die Fotos und Postkarten habe ich schon bemerkt, sind ja ganz schön viele. Da scheint jemand ziemlich gerne Glückskekse zu essen.« Jakob strich sich lachend durchs Haar und betrachtete ein paar Sprüche.

Was? Hatte er das jetzt echt gesagt? »Sehr witzig. Warum Glückskekse? Weil die Sprüche so flach sind, oder wie?«

Noch immer stand er an meiner kleinen Bilderwand. »Na ja ... *Die Zukunft ist jetzt. Verliere nie das Ziel aus den Augen.* Ja, schon ein bisschen flach. Wie gesagt, Glückskekssprüche halt.« Er sah sich um. »Hm, das gemachte Bett, diese Sprüche ... War hier eigentlich jemals ein Kerl?«

Wie meinte er denn das jetzt schon wieder? Ich fühlte, wie mir die Röte in die Wangen stieg. Ich war jetzt nicht diejenige, die andauernd Kerle bei sich hatte, am besten jede Woche einen neuen, aber Erfahrung mit Jungs hatte ich durchaus.

»Wie kommst du darauf, dass hier noch nie ein Kerl war?«

»Keine Ahnung, weil alles so sauber und akkurat drapiert ist. Da kriegt man ja Angst, die Laken zu zerwühlen.« Er strich sich eine Strähne aus der Stirn.

Mit einer hochgezogenen Braue schüttelte ich den Kopf. »Betten haben einen großen Vorteil: Man kann sie jederzeit wieder machen. Ist dir schon klar, oder?«

»Ja, superheiße Vorstellung: Wir machen rum und dann springst du auf. So nach dem Motto: Bist du fertig, kann ich das Bett machen?« *Blödmann.*

»Du bist so lustig, Jakob. Und wie kommst du überhaupt auf *wir*? Das kannst du ganz schnell wieder vergessen.«

Nun schob sich ein Grinsen über seine Lippen. »Ja, ich weiß, du findest mich unattraktiv und nervig. *Schon* klar. Und küssen kann ich auch nicht.«

Unsere Blicke verhakten sich einen winzigen Moment lang. Irgendwie hatte er es drauf, mich immer wieder an sich zu ziehen, auch wenn ich es gar nicht wollte. Schließlich betrachtete er noch einmal die Sprüche.

»Gab es denn wirklich keinen Spruch, der wenigstens ein bisschen was Persönlicheres aussagt? Hier stehen ja überall nur diese Klischeedinge: *Lebe den Tag! Heute ist jetzt!* Bla, bla, bla! Wenn du willst, schenke ich dir noch ein paar davon.«

»Du hast Sprüche für mich?«

»Genauso kreative wie die da.« Er fasste sich ans Kinn. »Warte mal, wie wär's mit: *Was du heute kannst besorgen, das verschiebe nicht auf morgen!* Oder: *Ene, mene, muh, und raus bist du!* Oder: *Abrakadabra, dreimal schwarzer Kater!*«

»Sehr witzig.« Ich stupste ihn in die Seite.

Jakob wich zurück und lehnte sich an die Wand. Sosehr er mich nervte, so anziehend war er auch. Auf eine irgendwie ... unanziehende Weise. Es war ja nicht so, dass Jakob aussah wie diese typischen Pumper. Aber er war doch so sportlich, dass man sah, dass er sich viel bewegte. Und das ein oder andere Mal erkannte man auch seine Muskeln.

»Das sind also deine Mottos, deine Mantras? Ziele, Ziele, Ziele?«

Ich nickte. »Klar. Wer keine Ziele hat, der kann auch nichts erreichen.«

Er lachte und deutete auf die Wand. »Liest du das jetzt ab?«

Ich schluckte. Na und, dann hing der Spruch da eben. »Nicht nötig, das fließt durch meine Adern.«

»Ach, Kaia, irgendwie schade.« Jetzt sah er mich gespielt mitleidig an.

»Was ist schade?«, wollte ich wissen.

»Wie wäre es denn, wenn du dir ein eigenes Lebensmotto

zulegen würdest? Ich meine, das klingt ja alles super, du bist wirklich top organisiert und so, aber irgendwie ... ist da nichts. Also nichts, von dem ich das Gefühl habe, dass du das *wirklich* bist. Also *du*, Kaia! Neulich am Flughafen, da hast du gesagt, du willst mutiger sein. Vielleicht wäre ein Spruch fürs Mutigsein besser. Ich hatte das Gefühl, da ist was in dir. *Mehr.* Verstehst du, was ich meine?« Mit einer fließenden Bewegung drückte er sich von der Wand weg.

»Ach, weil du mich ja so wahnsinnig gut kennst. Das *ist* mein eigenes Lebensmotto! Ich *bin* das! Das alles hier – bis auf dein *Abrakadabra*, mit dem du mich nur aufziehen willst. Und mutig wird man auch dadurch, dass man sich Ziele setzt, die man zu erreichen versucht.« Als müsste ich mich vor ihm rechtfertigen.

»Das nennst du mutig? Durch diese Glückskekssprüche willst du mutig werden? Du musst etwas erleben, etwas, woran du dich erinnerst. Aber dafür bin ja jetzt ich da. Diese Sachen, Ängste überwinden und so, die stehen doch auf deiner Liste. Und gib's zu, die Liste hast du gemacht, weil du es insgeheim satthast, immer nur nach diesen Sprüchen zu leben. Du willst doch mal richtig was erleben, oder?« Er kam zu mir und sah mich an. »Da ist eine Sehnsucht nach mehr in dir. Dein Herz will weg von diesem ewigen: mein Haus, mein Auto, mein Pferd. Mein Studium, mein Job, meine Karriere. Mein Erfolg, mein Mann, meine Kinder. Meine ...«, er blickte nach unten, »... meine Pantoffeln. Von allem immer mehr, alles größer, alles besser, und am besten alles bis dreißig. Weil man das halt so macht. Weil das *alle* so machen. Ist es das, was du wirklich willst?« Er rückte noch ein wenig näher, sodass sich unsere Nasenspitzen beinahe berührten. »Kaia, da ist mehr in dir, glaub mir. Genau deswegen hast du auch zugesagt, dass ich dich leite, dir was anderes zeige. Du hast es mehr oder weniger provoziert. Deswegen die Liste.«

Ich rückte ein wenig von ihm ab. »Du bist ja ein richtiger Blitzmerker. Es ging darum, etwas Besonderes zu erleben und später nichts bereuen zu müssen. Und klar, wenn du es so sehen willst, habe ich dich dafür sozusagen engagiert. Aber schließlich hast du auch was davon. *Manus manum lavat*, schon vergessen?« Der sollte sich bloß nicht so wahnsinnig schlau vorkommen.

»Eine Hand wäscht die andere – nein, das habe ich nicht vergessen. Deal ist Deal. Aber es geht doch um was ganz anderes. So wie du küsst ... da brennt ganz schön was in dir. So ein Feuer habe ich noch nie erlebt.«

So ein Idiot! Daher wehte der Wind also: Er versucht mich anzuflirten. »Schön, dass es dir so gut gefallen hat. Aber für mich war das jetzt echt nichts Besonderes, es war wie gesagt ... ganz okay.«

Er lachte und kam wieder ein bisschen näher heran.

»Was machst du da? Willst du schon wieder flirten? Verträgst du es nicht, wenn ich dir sage, dass ich darüber nicht in die größte Begeisterung meines Lebens ausgebrochen bin? Und außerdem ... wollten wir nicht über gewisse Regeln reden?«

»Regeln ... Ich würde sagen, Hauptsache, kein Gemecker.«

»Aber du musst genauso mitmachen. Pünktlich sein und all das.« Ich sah Bestätigung suchend zu ihm auf.

Er nickte. »Ich habe mir übrigens noch weitere Gedanken gemacht ...«, setzte er an, doch dann klingelte mein Handy. Ich blickte aufs Display. Es war meine Mama. Was wollte sie denn schon wieder? Ich hatte doch den Termin in die Gruppe geschickt. Und hatte sie jetzt nicht dieses Tantra-Zeugs?

»Sorry. Ich muss kurz ran.« Jakob nickte und ich drückte auf *Annehmen*.

»Ja?«, meldete ich mich.

»Kaia, ich habe noch mal darüber nachgedacht, wegen dem Termin und alledem. Können wir nicht ein bisschen mehr Zeit einplanen? Ich hab so viele Fragen und … ach, ich weiß auch nicht. Ich hatte da so eine tolle Idee. Wie wäre es, wenn es eine Location gäbe, mit Wasser und Wiese, etwas alt, aber doch neu und … Weißt du, was ich meine? Wie in dem Video, das ich dir neulich geschickt habe.«

Mit Wasser und Wiese? Ach, Mama. Welches von den gefühlt Tausenden Videos sie wohl meinte? »Nein, ich weiß es nicht mehr. Ich erinnere mich nur noch an den Link, den du mir vorhin geschickt hast. Da wolltest du noch nackt heiraten.«

Jakob sah mich an, hob neugierig eine Augenbraue und konnte ein leises Losprusten dabei nicht unterdrücken.

»Das habe ich wieder verworfen. Das ist vielleicht doch nicht ganz so optimal. Aber das Video, das ist wirklich toll. Schaust du es dir bitte mal an?«

»Mama, wir kriegen das schon hin. Aber ich muss jetzt auflegen, ich habe gerade Besuch.«

»Besuch? Wer ist denn bei dir? Dein Lernkreis?«

»Nein, ein …«, ich musterte Jakob, »… ein Kollege von der Uni.«

»Ein *Kollege* also. Sieht er gut aus?«

»MAMA!« Schrecklich, diese Mütter. Andererseits …

»Nein, er sieht … nicht wirklich gut aus.«

Jakob stemmte die Hände in die Hüften, blies die Backen auf und stierte mich mit bösem Blick an.

»Vielleicht ist er ja nett. Hat sich Nika eigentlich schon bei dir gemeldet? Ich mache mir echt Sorgen um sie.«

»Nein. Ich habe sie gestern gesehen und da war noch alles in Ordnung mit ihr.«

»Gestern ... Aber heute war wohl wieder irgendwas mit Alex und ich habe ihr gesagt, sie soll mal mit dir sprechen. Dann ist sie in ihr Zimmer abgerauscht und hat geheult wie ein Springbrunnen. Keine Ahnung, was da schon wieder los war.«

Ich erinnerte mich an das Bild, das mir Nika geschickt hatte. Was war das Problem? Alex sah darauf einfach nur komisch aus. Warum steigerte sie sich da schon wieder so rein?

»Sie meldet sich sicher noch, wenn es was Wichtiges ist. Ich muss jetzt wirklich auflegen.«

»Aber rufst du Nika mal an?«

Jakobs Blick glitt zu mir. Ich seufzte. »Mach ich, Mama. Bis dann.«

Ich wollte gerade auflegen, als sie sich räusperte. »Ach, Kaia, eins noch. Ich würde gerne was bestellen, aber ich weiß nicht, ob der Preis gut ist, und du bist doch da immer so genau mit dem Vergleichen. Kann ich dir den Link rüberschicken?«

»Mach das. Jetzt muss ich aber wirklich auflegen, okay? Ich melde mich dann.«

Wir beendeten das Gespräch und ich atmete tief durch.

»Deine Mutter?«, wollte Jakob scheinheilig wissen.

»Genau. Sie wollte wieder mal was wegen der Hochzeitsplanung. Und dann noch wegen Nika, die einfach nicht über die Sache mit ihrem letzten Kerl hinwegkommt. Ich bin daran gewöhnt. In unserer Familie bin meistens ich diejenige, die alles organisieren muss.« Ich steckte das Handy weg.

»Aber egal, wo waren wir stehen geblieben? Ach, richtig, du hast dir also Gedanken gemacht ...«

»Das muss ja manchmal richtig hart sein, oder?«

Ich sah ihn an und zuckte fragend mit den Schultern. »Was meinst du?«

»Wenn man immer alle Erwartungen erfüllen muss. Wenn man gefühlt die ganze Last immer nur auf den eigenen Schultern trägt. Und wenn das Ganze für die anderen dann auch noch selbstverständlich ist.«

»Ab und an ist es das schon, ja. Aber du musst mich deshalb nicht gleich so ansehen.«

»Wie sehe ich dich denn an?«

Die Tatsache, dass er sich offenbar Gedanken um mich machte, löste ein kleines Kribbeln in mir aus. Ich wollte es mir aber nicht anmerken lassen. »Mitleidig. Ist überhaupt nicht nötig. Außer es geht um dich, da fühle ich mich nämlich wirklich arm dran.«

»Vielleicht brauchst du einfach etwas mehr Entspannung. Ich meine ...«

Kurz fiel mein Blick wieder auf seine Lippen und dummerweise bemerkte er es.

»Hallooo. Dafür, dass das gestern nur ganz okay war, starrst du mir aber ein bisschen zu oft auf den Mund. Gib's doch zu, dass es dir gefallen hat«, stichelte er amüsiert.

Er wollte mich also wieder mal provozieren. »Ach, gib du mal lieber zu, dass du mich andauernd ziemlich aufdringlich anbaggerst. Außerdem, wo soll ich denn sonst hinsehen? Und vergiss nicht, wir haben uns nur geküsst, weil du mich darum gebeten hast. Mehr nicht.«

Trotzdem blieb mein Blick auf seiner Mundpartie liegen. Wenn ich ehrlich war, ganz ehrlich, dann hatte ich schon ein ziemlich heftiges Kribbeln gespürt bei unserem Kuss. Er wusste, was er tat. Mit seinem Mund, mit seiner Zunge, mit seinen Händen ... Seine Mundwinkel hoben sich zu einem hauchzarten, sexy Lächeln. So als wüsste er ganz genau, woran ich gerade dachte.

»Was ist denn? Ich schaue einfach nur in dein Gesicht, so wie man es macht, wenn man sich mit jemandem unterhält.« Er setzte sich aufs Bett. »Soso, einfach nur in mein Gesicht ...«

»Jakob, vergiss es.« Ich seufzte. »Zurück zum Thema: Wolltest du mir nicht gerade deine Gedanken mitteilen, bevor der Anruf kam?«

Er wurde den süffisanten Gesichtsausdruck einfach nicht los. »Stimmt, meine Gedanken. Also, ich dachte: Du und deine vielen Pläne und Ziele, wäre es da für dich nicht auch mal schön loszulassen? Wenn wir ohnehin schon dieses Spiel spielen. Und wenn du ja so oder so niemals was Ernsteres mit mir anfangen könntest. Ganz tief in dir drin willst du nämlich gar nicht alles so akkurat. Du willst Abenteuer und ...«

Ich unterbrach ihn. »Stopp! Kommt jetzt wieder diese Leier? Von wegen ... und deswegen willst du diese Liste mit all diesen Dingen, die bla, bla, bla ...«

Plötzlich ging es ganz schnell. Jakob griff nach meiner Hand, zog mich an sich, hielt mich zwischen seinen Beinen und tastete an meine Taille. »... die dein Leben durcheinanderwirbeln sollen, ganz genau.« Mit einem Satz rollte er mich auf den Rücken und lag jetzt über mir.

Mein Herz klopfte nun so schnell und heftig unter der

Brust, dass ich kurz keine Luft mehr bekam. Damit hatte ich nicht gerechnet. Seine Lippen, sein Blick. Verdammt, viel zu nah. Sein Duft, sein Atem, der sich mit meinem verband. Ich packte ihn und schaffte es, ihn auf den Rücken zu drehen. Nun saß ich auf ihm und grinste.

»Aber wenn man dabei die Oberhand behält, wird schon nichts zu sehr durcheinandergewirbelt. Und genau die behalte ich. Besonders weil ich langsam das Gefühl bekomme, dass du mehr von mir willst. Pass lieber mal auf, dass ich dich nicht rausschmeiße, wenn du so frech wirst.«

Wie er mich nun ansah. »Übertreib mal nicht so mit deinen Ansagen, Kaia. Aber gefällt mir. Also du so auf mir.«

Ich stach ihm leicht in die Seite. Seine Muskeln waren spürbar und er zuckte zusammen. Ich ebenfalls, denn ein kleiner Blitz zog nun durch meinen Körper. Mist, was war das denn jetzt schon wieder?

»Dann präge es dir gut ein, das wird nämlich niemals wieder passieren«, sagte ich und tat so, als würde mich das alles kaltlassen.

»Wir werden sehen.«

»Werden wir. Ist schon klar, du bist anderes gewohnt. Alle wollen sie dich und reißen sich die Kleider vom Leib, sobald du in der Nähe bist. Alle, nur ich nicht.«

»Dafür hast du dich heute aber ganz schön freizügig vor mir gezeigt. Offenbar habe ich also selbst in dir diesen Drang ausgelöst.«

Ich sah ihn fragend an.

»Ich meine, wenn du mich nackt im Handtuch empfängst.«

Ich ließ meinen Blick schweifen. Dieses Gesicht mit dem süffisanten Grinsen auf den vollen Lippen. Dieser Körper mit den definierten Muskeln. Das Shirt spannte sich um seinen Brustkorb und seine Oberarme und darauf war ... wieder ein kleiner Fleck. Hatte er denn keine Waschmaschine? Und was war da nun mit dem Grafit? Der Duft, nach dem ich sogar gegoogelt hatte.

»So? Du bildest dir ja ganz schön viel ein. Bei mir kommen die Leute pünktlich und nicht so viel zu früh, dass ich noch unter der Dusche stehe.«

»Einbilden? Das hat sich aufgedrängt. Es geht schließlich darum, dass du Entspannung suchst.«

Ich lachte. »Und du denkst, ich will dich dafür haben? Zum Entspannen? Weil du so unwiderstehlich bist? Weil du so gut küsst und all das?«, fragte ich.

»Na ja ...«

»Das sind also die Gedanken von Jakob Inzenhofer? Ich verstehe.« Ich rappelte mich auf und zog ihn mit mir. »Das würdest du wollen?«

Was tat ich da bloß? Aber es gefiel mir irgendwie. Denn jetzt hatte ich seine volle Aufmerksamkeit. Seine Augen funkelten mich grau an. Aber das würde ich ihm schon noch austreiben.

»Also wenn du so fragst ...«

Er lächelte und ich strich ihm kurz über die Brust. Erwartungen spiegelten sich in seinem Blick. Ich beugte mich zu ihm vor. Unsere Lippen waren sich ganz nah und mein Herz klopfte. Doch dann, anstatt meine Lippen auf seine zu legen, stieß ich ihn zur Tür.

»Wie sagt man so schön: *Das Leben ist kein Wunschkonzert.* Kann ich dir gern einrahmen. So als deinen persönlichen Spruch.«

Er lachte und schob sich in den Flur. Ich hingegen spürte noch immer Aufregung in mir. Verdammt, dieser Kerl.

»Kaia, Kaia. Ich glaube, ich hatte nicht ganz unrecht mit dem Feuer.«

»Was du schon wieder glaubst. Kommen wir doch lieber mal wieder zurück zu dem, was wir wissen«, sagte ich, als ich ihm in den Flur folgte. »Warum bist du heute eigentlich noch mal da? Ich erinnere dich dezent an einen gewissen Deal und eine gewisse Liste.«

»Die Liste ... dann würde ich sagen: Wir fahren weg.«

»Was? Wir fahren weg? Wohin?«

Er zuckte nur mit dem Schultern.

»Komm, sag schon!«

»Wirst du gleich sehen. Nur so viel: Wir erleben jetzt was und überwinden eine deiner Ängste. Also keine Fragen, Kaia, die beantworten sich nämlich gleich von selbst. Aber zuerst noch was anderes: Ist dir eigentlich was aufgefallen?«

Fragend sah ich ihn an. »Was denn?«

»Du musst jetzt ganz stark sein: Du hast dein Bett nicht gemacht.«

KAPITEL 15

»Sag schon, wohin geht es denn?«, fragte ich erneut, nachdem wir die Wohnung verlassen hatten und vor dem Haus standen. »Was erleben wir heute Spannendes? Fahren wir statt U-Bahn diesmal Zug oder Straßenbahn oder … mit dem E-Scooter?«

Jakob lachte. »Da ist aber jemand übermütig. Bist du vielleicht so überdreht, weil du dein Bett nicht gemacht hast?«

»Ach, Jakob. Das war nur Spaß, schon klar, oder?«

»Ach, Kaia. Du kannst es einfach nicht lassen, oder? Du kannst so viel fragen, wie du willst, ich sage dir nicht, wohin es geht. Du hast mich draußen warten lassen und jetzt spanne ich dich auf die Folter. Ein bisschen was verrate ich aber doch schon mal: Wir fahren, da hast du recht. Aber nicht mit der U-Bahn und auch nicht mit dem Zug, sondern …« Er deutete auf ein kleines schwarzes Auto, das vor uns auf der Straße parkte. Ein Golf.

Ich musterte es kurz und nickte. »Na schön, wir fahren also Auto … Willst du jetzt zu schnell fahren? Damit wir geblitzt werden? Meinetwegen, ist ja dein Auto und du sitzt am Steuer.«

Er rollte mit den Augen, als wir auf den Wagen zugingen. »Alles falsch. Setzen, sechs!«

Mit diesen Worten entriegelte er das Schloss, hielt mir die Beifahrertür auf und ich stieg ein. Als ich im Auto saß, sah ich mich um. Zu sehen war nicht viel, das Auto war sauber. Jakob lief um das Auto herum, nahm auf der Fahrerseite Platz und steckte den Schlüssel ins Zündschloss.

Ich hielt es vor Neugier kaum noch aus. »Jetzt sag schon, Jakob. Wohin fahren wir denn? Nur ein kleiner Tipp. Bitte.«

Er lachte und schüttelte den Kopf. »Wichtig ist nur, dass ich es weiß. Also: nein, kein Tipp. Nicht mal ein mikroskopisch kleiner.«

Dezent angefressen hob ich die Hände. »Dann eben nicht. Dann warte ich halt.«

Jakob wandte mir sein Gesicht zu. »Weißt du, Kaia, ab und an ist es auch mal ganz gut, nicht die Kontrolle zu haben, okay? Also entspann dich einfach.«

Wie intensiv er mich dabei ansah. *Gänsehaut.* Ich musste an den Kuss denken, an den ganzen gestrigen Abend und wie aufregend alles gewesen war. Oh mein Gott, Kaia, stopp! Es war okay gewesen, mehr nicht. Okay und mehr nicht, verdammt noch mal.

»Also schön, ich entspann mich«, sagte ich und Jakob startete den Motor.

Gekonnt lenkte er das Auto auf die Straße und wir fuhren in Richtung Hauptbahnhof, dann weiter in die Nähe des Nürnberger Tiergartens im Stadtteil Zerzabelshof. Keine Ahnung, wohin er wollte. Höchstwahrscheinlich war es nicht sein Plan, mit mir die Tiere anzusehen, aber ich fragte nicht noch einmal nach. So wie wir es ausgemacht hatten. *Entspann dich einfach.*

Es ging noch eine ganze Weile weiter, bis er schließlich in einen kleinen Waldweg abbog. Okaaay? Jetzt musste ich aber wirklich mal nachfragen, wohin er mich brachte, das wurde mir nun doch ein wenig zu unheimlich. Wir waren am Tiergarten vorbeigefahren.

»Ich weiß schon, ich soll mich entspannen, aber dieser Waldweg ... hm, das ist irgendwie ... creepy? Willst du mir nicht doch langsam sagen, wo es hingeht?«

»Das wirst du gleich sehen. Es dauert nicht mehr lange, versprochen«, erklärte Jakob.

Ich nickte, aber es kribbelte vor Aufregung in meinem Bauch. Was hatte er bloß vor? Ich kam nicht dazu, weiter darüber nachzudenken, denn da parkte er schon. Um uns herum waren kaum Autos, nur ein Hotel ragte in den Himmel und direkt vor uns befand sich eine alte Halle.

»Wir müssen etwa eine halbe Stunde laufen, aber ich bin mir sicher, das, was du dann siehst, wird dir gefallen.«

»Weil du so genau weißt, was mir gefällt ...«

Er zog den Schlüssel aus dem Zündschloss und sah mich an. »Ich würde sagen, ein kleines bisschen zumindest.«

Ich spürte die Röte auf meinen Wangen. *Idiot!*

Wir stiegen aus und ich sah mich um. »Und, wo geht's lang?«

Jakob schloss das Auto ab und deutete in die Richtung des Waldes, der vor uns lag. Seine Augen waren intensiv auf meine gerichtet und für einen Moment erwiderte ich seinen Blick, bevor ich den Kopf wegdrehte und erneut die Umgebung erkundete. Zugegeben, kurz hatte ich seine Lippen betrachtet und daran gedacht, wie es war, sie zu küssen, doch dann ... Kontrolle, Kaia! Das war bloß seine Masche. Einfach mitmachen.

Das Wetter war schön, die Sonnenstrahlen flackerten durch das dichte Laub der Bäume und Jakob ging voran. Ich sparte mir meine Fragen und folgte ihm. Wir liefen einen sandigen

Weg entlang. Es war irgendwie besonders, das musste ich zugeben, ein wenig geheimnisvoll. Kaum zu glauben, dass wir gar nicht so weit von der Innenstadt entfernt waren. Aber soweit ich wusste, war Nürnberg vor Hunderten von Jahren von vielen Wäldern umgeben gewesen und der ein oder andere schien bis heute ziemlich unverändert erhalten geblieben zu sein.

Der Weg wand sich immer weiter und die Luft roch nach Laub und Sommer. Es ragten zwar einige Wurzeln aus dem Boden und hügelig war es auch etwas, aber wirklich anstrengend war der Fußmarsch nicht. Irgendwann deutete Jakob nach links und ich erkannte Stufen aus Holz, die in der Erde verankert waren.

»Gleich sind wir da. Nur noch die paar Treppen und dann siehst du auch schon, was ich dir zeigen wollte.«

Also folgte ich ihm. Die Stufen waren hoch, wie für Riesen gemacht, aber wir schafften es dennoch mit überraschend wenig Mühe nach oben. Ich sah zu Jakob hoch, er hatte das Ziel schon fast erreicht. Nur noch drei Stufen. Noch zwei. Noch eine. So. Mein Herz klopfte nun doch ein wenig mehr. Ob von der Aufregung oder vom Aufstieg, konnte ich nicht genau sagen.

»So. Und was machen wir jetzt hier?«

Ich sah mich um und dann spürte ich mit einem Mal ein heftigeres Pochen unter meinem Brustkorb. Denn einfach so, mitten im Wald, ragte ein Turm aus Sandstein in die Höhe. Es sah zauberhaft aus. Wie im Märchen von Rapunzel. Ich mochte die Geschichte, vor allem die neue Verfilmung. Sie war lustig, ich hatte sie schon ein paarmal mit Lina und Nika angesehen.

»Das ist ja total ...«

»… total was? Passt dir wieder mal was nicht? Wahrscheinlich, ich überlege mir ja immer nur ganz schlimme Sachen für dich«, fuhr er mir über den Mund und wirkte dabei tatsächlich ein wenig geknickt.

Ich kam neben ihm zum Stehen und boxte ihn leicht in die Seite. »Ich wollte sagen, es ist total schön. Wirklich.«

Verwundert hob er eine Braue. »Ach ja?«

»Ach ja«, antwortete ich.

»Na dann … dann bin ich ja für mindestens eine Minute mal kein Idiot. Hat doch zur Abwechslung auch mal was«, scherzte er.

»Ach, du Idiot.« Ich konnte einfach nicht anders.

Lachend stupste er mich in die Seite. »Weltrekord, das war deutlich unter einer Minute. Aber wenn du dich damit besser fühlst, dann bin ich halt doch wieder ein Idiot.«

Ich legte den Kopf in den Nacken und ließ meinen Blick ganz nach oben schweifen. »Jakob, da wollen wir jetzt aber nicht hoch, oder?«, fragte ich vorsichtig nach, als mir bewusst wurde, wie hoch der Turm war. Leise Panik stieg in mir auf.

Jakob grinste. »Ich dachte, wir machen nur ein Foto und fahren dann wieder. Warum sollten wir da auch hoch? Das wäre doch totaler Quatsch, oder?«

Für einen kurzen Moment entspannte ich mich, als er sein Handy zückte, die Kamera aktivierte und eine Aufnahme machte. Ich musste plötzlich daran denken, dass er auch bei unserer U-Bahnfahrt und am Flughafen immer wieder Bilder geschossen hatte.

Jakob drehte das Handy in meine Richtung. »Schön, oder?«

Ich betrachtete das Bild und nickte. »Dann bin ich ja beruhigt, ich hatte schon befürchtet, du würdest da wirklich …«

Lachend steckte er das Handy weg und unterbrach mich. »Kaia, was ist nur mit dir los? Hast du jetzt echt gedacht, ich mache ein Bild und das war's? Klar wollen wir hier hoch, was denn sonst?«

Reflexartig schüttelte ich den Kopf. *Nein, bitte nicht.* Natürlich hatte ich geahnt, dass er auf den Turm hinaufwollte, aber wie sagte man so schön: *Die Hoffnung stirbt zuletzt.* Mir traten Schweißperlen auf die Stirn, zugleich begann ich zu frösteln.

»Die Sache ist: Es ist wirklich total schön. Von unten. Von oben ist es sicherlich auch ganz interessant, aber ich glaube, ich erwähnte bereits, dass ich Höhenangst habe. Und das solltest du akzeptieren. Klar haben wir diesen Deal, aber Höhenangst ist etwas, was man nicht einfach so von einer auf die andere Sekunde überwinden kann. Es ist echt nicht so, dass ich da nicht hochwill, aber ... ich *kann* nicht.«

Er sah mich an. »Genau das ist doch der Punkt. Das Übersich-Hinauswachsen. Du solltest es zumindest versuchen.«

Vielen Dank auch. Ich seufzte und betrachtete den Turm erneut mit viel zu schnell klopfendem Herzen. »Nein, ich mach das nicht. Wirklich nicht. Tut mir leid.«

Da spürte ich seine Hand in meiner und zu dem unangenehmen Herzklopfen gesellte sich ein angenehmes Flattern in meinem Bauch. Seine Hand fühlte sich warm an, die Fingerkuppen etwas rau. Sein Daumen fuhr ganz langsam und zart über meinen. Erneut wurde mir heiß und kalt zugleich und ich hatte das Gefühl, dass das diesmal nicht von der Höhenangst kam.

»Komm, Kaia, du schaffst das. Ich weiß es. Vertrau mir. Vertrau *dir*«, sagte er leise und sah mich dabei mit einem hypnotisierenden Blick an.

Schließlich ging er voran und ich ließ mich willenlos und mit wackligen Knien von ihm mitziehen. Seine Berührung löste ein kleines Surren in meinem Kopf aus. Ich hatte gesagt, dass ich mich nicht traute, und er hatte nicht einmal diese Grenze akzeptiert. Eigentlich hätte ich darüber sauer sein müssen, die Panik in mir schwoll nämlich stetig an, aber vielleicht ... sollte ich ihm wirklich vertrauen. Vielleicht sollte ich *mir* vertrauen.

»Kannst du wenigstens nicht so schnell gehen?«, bat ich, seine warme Hand noch immer in meiner, und er verlangsamte tatsächlich seine Schritte.

Vor einer schmiedeeisernen Tür stoppten wir. Sie stand offen und kleine Steintreppen wanden sich von unten bis nach oben in die Höhe. Prüfend legte ich den Kopf in den Nacken. Verdammt, war das hoch. Und es gab keine wirklichen Möglichkeiten, sich festzuhalten. Gut, eine Eisenstange führte an der Seite entlang, aber das war's dann auch schon.

Jakob löste seine Hand aus meiner und ging los. Nach ein paar Schritten drehte er sich um und blickte mich verblüfft an, als hätte er erwartet, dass ich fröhlich pfeifend hinter ihm herlief. »Na los, worauf wartest du?«

»Keine Ahnung? Darauf, dass du plötzlich keine Lust mehr hast und dir das Foto doch reicht?«

Das entlockte ihm immerhin ein kleines Schmunzeln. Kopfschüttelnd wollte er weitergehen, stoppte dann aber abrupt. »Oder willst du vielleicht lieber vorgehen?«

Ich blieb einfach stehen. Regungslos. »Passt schon. Geh du ruhig vor.« So hätte ich immerhin noch die Möglichkeit abzuhauen. Das war doch ein guter Plan, oder?

Jakob runzelte die Stirn. »Soso. Ich weiß ganz genau, was

du denkst. Aber ich bin schließlich dazu da, dass du deine Aufgaben alle ordentlich erfüllst, also …«

Er kam zu mir und griff erneut nach meiner Hand. Was sollte denn das jetzt?

»Du darfst mich nicht ziehen oder zwingen oder so was! Ich habe meinen eigenen freien Willen!«

Er lachte und wollte weitergehen, aber – ich zog ihn einfach wieder zurück.

Er drehte sich zu mir. »Ach, Kaia. Du schaffst das wirklich. Es sind ja nur ganz kleine Schritte. Du musst nichts weiter tun, als deine Füße hochzuheben und dann jede Stufe vor dir einzeln zu nehmen. Das ist wie im Leben. Warte …« Gespielt nachdenklich sah er mich an. »Ach ja, das ist, wie jeden Tag ein neues Ziel zu haben und es zu erreichen. Das passt doch, oder?«

Am liebsten hätte ich ihn in die Seite geboxt, aber irgendwie war mir dazu zu schwummrig. »Du hältst dich wohl für saukomisch, nicht wahr?« Trotzdem musste ich an seine Worte von vorhin denken. *Vertrau mir. Vertrau dir.* »Okay, ich mach ja schon.«

Noch einmal atmete ich tief durch, dann hob ich meinen rechten Fuß, setzte ihn auf die erste Stufe und zog vorsichtig den linken nach. Nun stand ich auf gleicher Höhe wie Jakob.

»Perfekt! Hab ich doch gesagt: Du schaffst das. Und das Ganze jetzt noch ungefähr zweihundertmal und schon sind wir oben. Und wer zuletzt ankommt, wird geküsst.« Er löste seine Hand abermals aus meiner und ging einfach los.

»Jakob! Vergiss es! Du …« Er blickte sich um und grinste zu mir zurück, dann erst merkte ich auch selbst, dass ich ihm einfach hinterhergelaufen war. »Sehr witzig!«

»Du kannst ja immer noch vor mich, wenn dir das lieber

ist.« Ein vergnügter Unterton schwang in seiner Stimme mit, den ich einfach mal überhörte.

»Ne, danke, lauf ruhig los«, sagte ich gönnerhaft.

Schließlich nahm auch ich die steinernen Stufen nach oben. Weiter, immer weiter. Ja, es strengte mich an. Und ja, ich hatte Angst. Irgendwie war mir das noch nie so ganz geheuer gewesen, oben die Höhe, unten die Tiefe. Ich stoppte. Jakob hatte mich zwar durch diesen Trick dazu bekommen loszugehen und kurzfristig hatte ich mich auch etwas überwinden können, aber je höher es ging, desto mulmiger wurde mir zumute.

»Kommst du, Kaia? Es lohnt sich wirklich.«

»Ja-ha, bin ja schon fast da.«

Er kam ein paar Stufen herunter und reichte mir seine Hand. Es war diesmal anders. Er wollte mich nicht ziehen oder zu irgendetwas zwingen, sondern spürte, dass ich unsicher war. Ich spürte, dass er es spürte. Zumindest fühlte es sich so an.

»Gleich sind wir da.«

Seine Stimme war in diesem Moment auch viel weicher als zuvor. Was war mit ihm los? Er konnte ja richtig einfühlsam sein … Ich griff nach seiner Hand, spürte erneut die Wärme seiner Haut, die ein Schaudern über meine Haut schickte, und tat einen weiteren Schritt.

»Wir haben es wirklich gleich geschafft und du wirst sehen, was ich meine.«

Am liebsten hätte ich geflucht. Wir hätten so viel anderes zu erledigen gehabt. Die ganze Arbeit für das Uniprojekt lag unberührt zu Hause herum, während wir hier auf irgendwelchen Türmen herumkraxelten. Das war gegen jegliche Vernunft. Diese Ausflüge, dieser Deal. Alles. Und dann noch diese schwindelerregende Höhe. Ich hätte wirklich geflucht ... wenn nicht plötzlich ein absolut berauschendes Gefühl durch mich hindurchgeflossen wäre, als ich die letzte Stufe genommen hatte. Es war bereits beeindruckend gewesen, den Turm von unten zu sehen. Aber jetzt, hier oben ... Der leichte Wind, der die Schweißperlen auf meiner Stirn kühlte. Die frische Luft, die hier oben ganz anders roch. Das hölzerne Gerüst, das auf der Plattform stand. Die Aussicht, die ... Diese Aussicht! Sie war atemberaubend. Atemberaubend schön. Unter uns lag die ganze Stadt, auch wenn es in Wirklichkeit natürlich nur ein Teil davon war. Wir hatten eine so weite Sicht, dass ich mich darin verlor.

Noch immer hielt ich Jakobs warme Hand und ließ sie auch nicht los, als er meine drückte. Es war ein unglaubliches Gefühl, das ich mit einem Mal spürte. War das ... Freiheit? Der Himmel war ganz nah. Die Bäume, die um uns herum schillerten, deren Blätter raschelten und die ihre ganz eigenen Geschichten erzählten. Ich sog diese Stimmung regelrecht in mir auf.

»Hab ich zu viel versprochen?« Die Zufriedenheit in Jakobs Stimme war kaum zu überhören.

Ich schluckte und ließ den Blick weiterhin über die Welt vor und unter uns gleiten, sagte aber nichts.

»Als ich das erste Mal hier war, konnte ich auch nicht glauben, wie schön es hier oben ist«, drängte er sich zwischen meine Gedanken und die tosenden Gefühle hinein. »Als ich noch ein kleiner Junge war, hat mein Opa mal das Tor da unten repariert. Damals bin ich zum ersten Mal hier hochgegangen. Und ich tue es bis heute immer wieder gerne.«

Nun erst merkte ich, wie nah mir Jakob noch immer war. Seine grauen Augen, die etwas vom Himmel hatten, zumindest ein bisschen. Von einem dunkleren Himmel kurz vor einem Regenguss.«

»Ja, ich ... Es ist echt ...«

Er drückte abermals meine Hand. »Sag es ruhig: schön. Ganz einfach *schöön*.« Er spitzte dabei die Lippen.

»Ich hau dich gleich! Wie in dem Film *Rapunzel*.«

»Ach, du hast also irgendwo eine Bratpfanne versteckt? Wo denn? Hinter deinem Rücken etwa?« Er löste seine Hand von meiner und ging einmal um mich herum.

»Ach, Jakob.«

Er stoppte und unsere Blicke verhakten sich. »Ach, Kaia.« Kurz stupste er mich an. »Also bist du mir nicht böse, dass ich dich hier hochgeschleppt habe?«

»Doch. Aber nur ein ganz klein wenig.«

Sein Lächeln war ziemlich breit. »Ich dachte, es ist gut, wenn du auch mal rauskommst. Nachdem ja immer so einiges in deinem Kopf abgeht. Es ist nicht böse gemeint, aber da ist ja mehr Action drin als in einem ... einem ...« Er suchte nach dem passenden Wort.

»Tja, schöner Mist, wenn man einen treffenden Vergleich sucht und ihn einfach nicht findet, oder? Wie gut, dass es in deiner Kontaktanzeige nur *Mann ohne Ziel sucht* ... hieß und nicht *Kreativer Mann ohne Ziel sucht* ...«

»Verdammt, dabei war ich gerade so nah dran, das richtige Wort zu finden.«

»Egal. Ist aber wirklich ab und an so mit der Action in meinem Kopf. Auch wenn mir das oft gar nicht so bewusst ist. Aber meine Mama strapaziert meine Nerven momentan wirklich sehr. Auch meine kleine Schwester. Und die Uni. Dann haben wir da ja auch noch dieses Projekt, das ich gut meistern will. Und für das wir eigentlich gerade etwas tun sollten, statt die Türme in der Umgebung unsicher zu machen. Trotzdem ...« Ich hielt kurz inne und er sah mich neugierig an.

»Trotzdem was?«

»Trotzdem danke für diesen Moment. *Daaankeee*«, betonte ich die Buchstaben so wie er eben.

Wir genossen die Aussicht. Ich beobachtete die Vögel, die ihre Schleifen am Himmel zogen. Wie elegant sie waren, wie leicht sie durch die Luft schwebten. Wie sie dahinglitten und sich fallen ließen, um dann wieder aufzusteigen. Sie waren frei. Ich wurde nachdenklich.

»Seit ich denken kann, habe ich schon dieses Gefühl, dass in unserer Familie immer ich diejenige bin, die sämtliche Angelegenheiten regeln und alles zusammenhalten muss. Ich war schon immer die Bodenständige und ab und an, wenn mir alles etwas zu viel wurde, habe ich mir die Vögel angesehen und mir gewünscht, auch mal ein bisschen loslassen zu können. Ganz selbstverständlich die Flügel spannen und wegfliegen zu können. Einfach mal ein bisschen ... frei zu sein.« Tief atmete ich die frische Luft ein.

»Das kann ich nur zu gut verstehen. Frei zu sein, ist etwas, wonach sich jeder sehnt.«

Ich blickte in sein Gesicht und dann in seine Augen. »Schon«, gab ich zu und meinte es ernst.

»Mal ganz ehrlich, Kaia: Magst du das, was du tust, eigentlich wirklich? Also dein Studium und all das? Das würde mich echt interessieren.«

Ich sah ihn an. »Natürlich. Planen liegt mir einfach und es erfüllt mich, wenn ich helfen kann, wenn ich irgendwo etwas verbessern kann. Aber ab und an fühlt es sich auch komisch an, dass alles so selbstverständlich ist. Alles, was ich tue. Und dann wird es mir manchmal schon ein bisschen zu viel. Die ganzen Termine, meine Schwestern, meine Mama, auch die Uni und alles, was eben sonst immer noch so ansteht. Ich habe es zwar unter Kontrolle, aber ...«

»... du willst auch mal keine Kontrolle haben?«

Ich sah zu Boden. »Kann sein.«

»Dann musst du aber auch ab und zu mal Nein sagen – zu den belastenden Dingen, nicht immer nur zu den guten«, lachte er.

»Worauf spielst du an? Auf dich etwa?«

Er hob eine Braue. »Vielleicht? Aber Spaß beiseite. Wenn man einmal damit anfängt, sich ein bisschen zu wehren, ist es gar nicht mehr so schwer.«

»*Dir* fällt das nicht schwer, das ist mir schon klar.«

Unsere Blicke trafen sich erneut und ruhten einen Moment aufeinander, ehe er entgegnete: »Hab da mal keinen falschen Eindruck von mir. Auch ich kann nicht immer Nein sagen, so gern ich es auch würde.«

»Ach ja?«

»Ach ja.«

Unsere Blicke lösten sich voneinander und eine Weile lang sahen wir nur nebeneinander in den Himmel.

»Dann tust du also wirklich genau das, was du dir immer gewünscht hast? Du lebst deinen Traum?«, fragte Jakob schließlich.

Diese Frage ... Irgendwie hatte ich mir tatsächlich noch keine Gedanken darüber gemacht. Ob das alles wirklich *mein Traum* war. Man hatte ja immerfort irgendwelche Träume, aber ob man sie lebte? Im Großen und Ganzen tat ich das schon, fand ich.

»Aber natürlich ist da noch mehr. Ich weiß, du findest das

lächerlich, Familie und erfolgreich im Beruf zu sein, als ob das ein Traum ist. Aber für mich bedeutet es tatsächlich, glücklich zu sein mit dem, was man sich erarbeitet hat.« Ich atmete kurz durch, ehe ich zurückfragte: »Und du? Welche Träume hast du?«

Jakob schien zu grübeln. Kurz hatte ich das Gefühl, als wäre da mehr. Als er gerade zu einer Antwort ansetzte, klingelte sein Handy. Er zog es aus der Tasche und sein Blick veränderte sich. *Papa* konnte ich auf dem Display lesen, als ich neugierig hinüberlinste. Jakob packte das Handy wieder weg.

»Träume ... Da gibt es schon ein paar, aber ich würde sagen, genug geträumt. Wir müssen los, das Leben wartet.«

Das Leben wartet. Ich verstand den Spruch nicht so ganz. Meinte er ihn auf sich bezogen? Auf die Situation? Auf den Anruf seines Vaters? Keine Ahnung. Ich nickte nur und dann machten wir uns auf den Weg zurück zum Auto.

KAPITEL 16

Die Stufen nach unten zu nehmen, war leichter. Eben waren wir gefühlt noch ganz woanders gewesen – und jetzt? Jakob hatte völlig recht: Das Leben wartete.

Auf dem Weg zum Auto blickte ich ebenfalls auf mein Handy. Ich war zwar nicht angerufen worden, hatte aber mehrere Nachrichten erhalten. Mama wollte wissen, ob ich mich schon bei Nika gemeldet hätte. Lina fragte mich nach einem ganz bestimmten Buch, das sie suchte. Und ob ich eventuell noch etwas wegen der Location für Mamas Hochzeit heraussuchen könnte, Mama hätte nachgefragt. Sie meinte, es sollte langsam vielleicht wirklich mal alles festgelegt werden. Klar, eine Location musste her. Nika hatte ebenfalls geschrieben. Dass sie traurig sei und es ihr nicht so gut ginge. Was so viel bedeutete wie: Ich sollte nachhaken, was los war.

Als wir wieder beim Auto waren, sah ich Jakob an. Das mit dem Turm war – abgesehen von meiner Höhenangst – ein ziemlich tolles Erlebnis gewesen. Er hatte es wirklich verdammt gut raus, mich aus dem Alltag in die Welt zu entführen. Lag es vielleicht daran, dass er so locker war? So in den Tag hineinlebte? Irgendwie machte Jakob diesen Eindruck. Und doch hatte er in seinem Blick auch einen Ausdruck, der wirkte, als würde ihn hin und wieder etwas belasten. Und dann sein Kommentar, ihm fiele es manchmal auch schwer,

Nein zu sagen. Ihm? Das konnte ich mir so gar nicht vorstellen. Ich dachte an sein Shirt, die Flecken darauf und überhaupt seine ganze Art. Mir brannten so viele Fragen auf der Zunge, die ihn betrafen.

Wir stiegen ein und er ließ den Motor an. Einen Moment lang hingen wir beide unseren Gedanken nach, ehe ich meine aussprach. »Und, was machen wir heute sonst noch so?«, fragte ich gespielt unschuldig.

Er sah mich verblüfft an. »Was sollten wir denn *sonst noch so* machen? Für heute sind wir fertig, oder? War das nicht schon aufregend genug, erst das ungemachte Bett, dann der Turm?«

Ich räusperte mich. »Es ging mir jetzt eher um die Planung fürs Projekt und die Auswertung der Bögen.«

Zögerlich grinste er. »Daher weht der Wind. Klingt so, als würdest du mich heute gar nicht mehr loswerden wollen. Aber mir ist es ehrlich gesagt schon ein bisschen zu spät dafür.«

Was? Es war Samstag und so spät war es nun auch wieder nicht, im Gegenteil. »Wenn du meinst … Wir sollten dann aber auf alle Fälle festlegen, wann wir weitermachen, nicht dass es in Vergessenheit gerät. Und du bist sicher, dass es nicht doch heute geht?«

Jakob schüttelte den Kopf. »Ich würde ja gern, aber ich muss unerwartet los. Ich muss noch was klären.«

»Mit deinem Vater?«

»Wie kommst du denn darauf?«

»Wegen dem Anruf vorhin auf dem Turm.«

»Aha«, sagte er nur und ich fühlte mich ertappt, da ich auf sein Display geschielt hatte.

Aber ich wollte es auch von ihm genauer wissen. »Warum studierst du eigentlich etwas, worauf du offensichtlich keine

Lust hast? Hast du vorhin bei mir nachgefragt, weil du dachtest, es könnte bei mir ähnlich sein?«

Er zuckte mit den Schultern. »Keine Ahnung, es hat mich halt interessiert. Und bei mir ... na ja, ist nun mal so.«

»Ich versteh's nicht. Du interessierst dich doch gar nicht dafür, oder? Also für das Studium an sich.«

Er nickte langsam. »Ist das jetzt ein Verhör, oder was?«

»Sorry. War nur so ein Gedanke, weil wir uns doch darüber unterhalten hatten. Also über Träume und so. Deswegen dachte ich ...« Ich ließ den Satz unvollendet in der Luft hängen.

»Du lässt ja eh nicht locker, bevor du mich nicht ausgequetscht hast, oder? Also gut. Es interessiert mich nicht wirklich, wie du schon richtig vermutet hast. Findest du wahrscheinlich doof, ist aber eben so.«

»Doof? Weiß nicht. Auf jeden Fall aber schade. Warum machst du dann nicht einfach was in Richtung Kunst?«

Jakob hob eine Braue. »Kunst? Wie kommst du darauf?«

»Na ja, als wir in der U-Bahn waren, da meintest du, dass die U-Bahnhöfe Baukunst sind. Und weil du was davon verstehst, gehe ich davon aus, dass du dich dafür interessierst. Und vielleicht auch eine künstlerische Ader hast und deswegen was in die Richtung machen solltest. Also, für mich ist das offensichtlich.«

»Das ist also offensichtlich?«

»Ich habe zumindest so ein Gefühl, ja.«

»Vielleicht ist dein Gefühl falsch. Vielleicht mag ich U-Bahnen einfach, weil sie mein Opa mochte und weil ...« Er brach mitten im Satz ab und es entstand eine kurze Stille.

»Stimmt, dein Opa ...«, griff ich das Gesagte schließlich auf. »Wieso wart ihr denn so viel mit der U-Bahn unterwegs?«

»Du verhörst mich, Kaia! Das mag ich nicht«, grummelte er, als er an einer roten Ampel stoppte.

Warum reagierte er denn gleich so genervt? Das waren doch nur ein paar interessierte Fragen. »Ich verhöre dich gar nicht, ich bin nur etwas neugierig. Ich wollte einfach ein bisschen mehr über dich wissen, wenn wir schon so viel Zeit miteinander verbringen. Das ist doch normal, oder? Ich weiß jedenfalls, dass es keinen Sinn macht, etwas zu studieren, für das man sich nicht interessiert. Für die Zukunft und so.«

»Ist das so?«

»Würde ich sagen.«

»Ich weiß noch nicht genau, was ich wirklich will. Grund genug, oder?«

»Also so gar kein Plan?«

»Nope. Null. Niente.«

»Aber ...«

Auch auf die Gefahr hin, dass ich ihn nervte, wollte ich nicht lockerlassen, als Jakobs Handy aufs Neue klingelte. Auf dem Display konnte ich erneut *Papa* lesen. Jakob seufzte.

»Willst du nicht rangehen?«

Er schüttelte den Kopf.

»Vielleicht ist es ja wichtig?«

»Nein. Gerade nicht.«

»Sicher?«

»Sicher.«

Was war da wohl los? War sein Vater am Ende der Grund, weshalb er mir das ein oder andere Mal das Gefühl gab, als würde hinter allem viel mehr stecken? Als ob da noch mehr war, hinter seiner Fassade?

Jakob drehte die Musik so laut, dass ein Gespräch nicht mehr möglich war. Na schön, wenn er meinte, dann eben nicht. Zumindest fürs Erste. Doch während der gesamten Heimfahrt ließ mich dieser Gedanke nicht mehr los, bis wir schließlich vor meiner Wohnung standen.

»So. Wir sind da«, sagte er überflüssigerweise, nachdem er die Musik leiser gedreht hatte.

»Jakob ... keine Ahnung, was dein Problem ist. Hast du Streit mit deinem Vater?«

Er wirkte sofort wieder genervt. »Kannst du das nicht endlich mal lassen, Kaia? Schließlich bin ja nicht *ich* das Thema bei unserem Projekt, oder?«

Damit hatte er schon irgendwie recht, aber was war denn bitte schön dabei? Konnte man sich nicht einfach normal austauschen?

»Sorry, ich wollte keinen wunden Punkt berühren.«

»Schon passiert.«

»Entschuldige ... Könnte ja sein, dass du darüber reden willst, und eventuell kann ich dir ja sogar helfen«, schlug ich schließlich vor.

»Nein, danke, du brauchst mir nicht zu helfen. Ich komme schon zurecht. Du musst keinen Jakobs-Leben-in-Ordnung-bringen-Plan machen.«

Ich schluckte. »Echt jetzt, so schlimm? Also gibt es doch ein Problem.«

Er stöhnte und verdrehte die Augen, ehe er zum Glück vorsichtig lächelte. »Schon gut. Vergessen wir's, okay? Du kannst wahrscheinlich einfach nicht anders. Und vielleicht ist genau das auch dein Problem und der Grund, warum alles auf dich abgewälzt wird. Du reißt die Probleme der anderen ja förmlich an dich. Und ich kann mir vorstellen, warum das so ist: um von deinen abzulenken. Weil du dich dann nicht mit deinen eigenen Ängsten auseinandersetzen musst. Das kannst du auch gern bei deiner Mutter und deinen Schwestern so machen, aber wir haben einen Deal und deswegen – so läuft das hier nicht, okay?«

Irgendwie traf mich seine Aussage. Riss ich wirklich immer alles an mich? So war es doch gar nicht. Und ich lenkte auch von nichts ab.

»Jakob, ich habe keine Probleme, von denen ich ablenken müsste. Diese Liste habe ich nur erstellt, weil … ich es interessant finde. Nicht, weil ich mich unbedingt mit etwas auseinandersetzen muss.«

»Wenn du meinst.«

Wenn ich irgendetwas hasste, dann, wenn jemand genau diesen Satz zu mir sagte: *Wenn du meinst*. Wo lag sein Problem?

Ich wollte gerade die Tür öffnen, als ich mich noch einmal zu ihm zurückdrehte. »Kann ich nur noch eine Frage stellen?«

»Nein.«

Erneut klingelte sein Handy.

»Willst du echt nicht rangehen?«

»Gerade nicht. Ich rufe später zurück.«

Das Klingeln verstummte, doch schon Sekunden später kam prompt eine Nachricht. Ich wollte wirklich nicht hinsehen. Wirklich. Aber ich konnte nicht anders.

> Wo warst du heute?

»Also hast du doch Stress daheim?«

Er musterte mich streng. »Pass auf, Kaia, ich habe es gerade schon mal gesagt: Wir haben einen Deal und dabei geht es um dich, nicht um mich. Um deine Probleme, okay? Scheiße bauen, das kann ich in deinen Augen, deswegen wolltest du, dass ich dir helfe, und du kannst dafür planen, deswegen hilfst du mir, ganz einfach. *Malus marum lavam* ... äh ... *mavas larum* ... ach, du weißt schon, was ich meine. Das zwischen uns ist etwas rein Geschäftliches. Belassen wir es einfach dabei. Du musst nicht in die Tiefen meiner Seele blicken, okay? Wir können Spaß haben. Wenn du irgendwelche Ideen in Bezug auf die Liste hast, dann ist das okay, aber alles andere ... nein. Ich bin wie gesagt nicht dein Projekt. Du bist dein eigenes Projekt, und das mit Sicherheit aus vielen Gründen. Also mach mich bitte nicht zu deinem, um von deinen Problemen abzulenken. Damit fährst du schon viel zu lange durchs Leben.«

Mir blieb der Mund offen stehen. Das hatte gesessen. Keine Ahnung, warum er plötzlich so gemein war. Das war nicht fair von ihm. Immerhin hatte ich ihm so viel über mich erzählt und er konnte mir nicht mal eine oder zwei Fragen beantworten? Und was noch schlimmer war: Er stellte es jetzt so hin, als hätte ich irgendwelche Probleme. Aber ich machte ihn doch ganz sicher nicht zu meinem Projekt. Oder?

»Weißt du was? Ich sehe das ganz anders. Wo soll denn das Problem sein, wenn du mir auch ein wenig über dich erzählst? So wie ich dir über mich. Wir machen was zusammen und da darf man doch auch etwas über den anderen wissen, oder? Und wer weiß, am Ende kann ich dir sogar wirklich irgendwie behilflich sein, auch wenn du das natürlich niemals zugeben würdest.«

Jakob sah mich abweisend an. »Sorry, aber wir sind keine Freunde oder so. Ich brauche deine Hilfe nicht.«

In mir spürte ich einen tiefen Stich. So etwas war ich nicht

gewohnt. Die Art, wie er mit mir redete und mich wegschob.
»Klar, wir sind keine Freunde. Ich hab's kapiert. Sorry, dass ich es nur gut gemeint habe.«

Intensiv lag sein Blick nun auf meinem. »Du wirst nicht immer recht kriegen im Leben und auch nicht jeden von dem überzeugen, was du für gut hältst. Ich möchte gerade nicht reden, ich will keine Hilfe oder Analyse und ich muss jetzt echt los. Also, wegen der Bögen: Trag du mal was in der App ein, einen Termin. Und dann bestätige ich oder eben nicht. Alles klar? Also dann ...«

Er schmiss mich gerade aus seinem Auto. *Ganz toll.*

»Alles klar. Dann mal noch einen schönen Abend.« Mit diesen Worten stieg ich aus und knallte die Tür zu.

KAPITEL 17

immer

Ich war ziemlich genervt. Ich hatte nur wissen wollen, warum er dieses Studium durchzog, obwohl er so gar keine Lust darauf hatte. Ich wollte nicht mehr, als ein wenig über ihn zu erfahren und ihm zu helfen. Und dann kam er mir damit, dass ich irgendwelche Probleme hatte? Dass ich mich nicht mit mir auseinandersetzen könnte oder wollte? Das tat ich täglich. Und dann noch dieser Spruch: *Wir sind keine Freunde.* Das brachte mich zum Nachdenken.

Nachdem Jakob mich abgesetzt hatte, hörte ich den ganzen Abend über nichts mehr von ihm. Ich hatte zwar noch den Termin eingetragen, aber bestätigt hatte er nichts. War er vielleicht wirklich sauer auf mich? Konnte das sein? Ich grübelte und ging irgendwann in einer Stimmung zwischen wütend und traurig ins Bett.

Nach einer unruhigen Nacht versuchte ich, mich am nächsten Tag abzulenken. Ich schickte Lina alles, was sie brauchte. Den Link zu dem Buch, das sie gesucht hatte. Und für Mama hatte ich noch ein paar infrage kommende Locations recherchiert. Nika schickte ich eine Nachricht, in der ich sie ermutigte, nicht immer in Selbstmitleid zu versinken. Anschließend gab ich Mama Bescheid, dass ich Nika geschrieben hatte. Alles erledigt also. Zumindest für den Moment.

Gleich darauf musste ich wieder an das Gespräch mit Jakob denken. Hatte er vielleicht doch recht? Riss ich wirklich alles an mich, um von dem abzulenken, was mich eigentlich beschäftigte? Ich war schon immer diejenige gewesen, die alles gut durchdachte. Also meistens zumindest. Bei Jakob fiel mir das zum ersten Mal nicht ganz so leicht. Weil es mich aus meinem normalen Alltag herausriss. Es war etwas, was ich nicht geplant hatte – zumindest nicht so.

Ich brauchte einen Rat und verabredete mich mit Sophie. Wenn mir jemand eine ehrliche Antwort geben konnte, dann sie. Denn so ein bisschen nagte da doch die Frage an mir, ob ich es tatsächlich übertrieben hatte. Sophie war gerade in der Stadt unterwegs gewesen, als ich sie angerufen hatte.

»Ich wollte nur spontan wegen des einen Bikinis nachsehen, den ich online entdeckt habe, aber dann ist es völlig eskaliert«, meinte sie, als sie mit einigen Tüten in der Hand vor mir stand.

Wir setzten uns auf eine Bank in der Innenstadt und holten uns einen Kaffee. Auch ich hatte das Treffen nur dazwischengeschoben. Schließlich stand die Planung mit Mama noch auf dem Programm. Sie hatte in der WhatsApp-Gruppe so lange nicht lockergelassen, bis wir letztlich alle nachgegeben hatten. Ich schilderte Sophie kurz die aktuellen Ereignisse und sah sie fragend an.

»Dein Problem ist ganz offensichtlich: Du kannst die Dinge nicht einfach mal laufen lassen. Jakob hat schon recht, du musst tatsächlich immer alles an dich nehmen. Und was genauso klar ist: Er will das nicht, also dieses Nachhaken. Oder deine Hilfsangebote. Und wenn er es nicht will, dann musst du das sein lassen.« Sie streckte sich und blinzelte in die Sonne.

Während sie redete, sortierte ich die Mappe für die Hochzeitsplanung, die ich zu Hause angelegt hatte, damit nicht wieder alles im totalen Chaos versank. Ich hatte sogar eine Location herausgesucht, die Mama sicherlich gefallen würde. Ich hatte versucht, all ihre Wünsche zu berücksichtigen. Wiese und Wasser. Alt und neu.

Als Sophie fertig war und ich die Mappe wieder verstaut hatte, sah ich sie an. Sie gab Jakob also recht. Ich verstand schon, was sie meinte, aber …

»Weil ich das Thema bei Jakob angesprochen habe? Wegen seinem Vater und so … Aber deswegen lenke ich doch noch lange nicht von mir ab, ich habe es ja nur gut gemeint. Seine Aussagen waren unpassend und gemein.«

»Ach, Kaia.« Sophie nahm noch einen Schluck von ihrem Kaffee und fuhr dann fort. »Du hast nichts nur angesprochen, du wolltest gefühlt alles von ihm wissen. Dabei kannst du wirklich locker sein. Du musst doch nicht immer alles kontrollieren. Oder verbessern. Schon gar nicht, wenn er es überhaupt nicht will. Du willst immer sämtlichen Geheimnissen auf den Grund gehen. Lass doch einfach mal laufen. Lernt euch erst mal kennen und das meiste ergibt sich dann sowieso von selbst.« Sie stellte ihren Kaffee ab. »Pass auf, ich mach dich mal nach: *Was willst du denn? Warum studierst du dieses und nicht jenes? Was wollte dein Vater? Geh doch ran!* Verstehst du? Wenn du irgendwas mit ihm machen willst, dann küss ihn doch lieber. Nutze die Sache mit der Liste, euer Gespräch mit dem Filmkuss, das fand ich viel interessanter. Es soll doch ein Abenteuer werden. Also hab Spaß, denn er hat recht, er ist ja nicht das Thema, sondern du. Du wolltest schließlich diese Liste durcharbeiten und was Spannendes erleben. Was Spontanes. Aber das überdeckst du mit deinem inneren Zwang, alles zu ändern und zu verbessern.«

Oha. Könnte sie nicht wenigstens einen Tick einfühlsamer sein? Sie sollte mir ja nicht nach dem Mund reden, aber dass sie so hundertzehnprozentig Team Jakob war, traf mich. Andererseits … Das war eben Sophie und wenn sie das so sagte, dann meinte sie es auch so. Das brachte mich nun doch ein wenig ins Grübeln.

»Vielleicht war das Ganze auch einfach ein Fehler. Also die Idee mit der Liste. Ganz ehrlich, es sollte sicher nicht so rüberkommen, als ob ich Probleme hätte. Ich war bisher eigentlich ganz zufrieden mit allem.«

Sophie hob eine Augenbraue und sah mich skeptisch an. »Ach ja? Wirklich? Aber wenn du mal ganz ehrlich zu dir selbst bist und alles analysierst – was du ja gerne machst und auch gut kannst –, dann weißt du ganz genau, was dein Antrieb war. Natürlich wolltest du mehr. Du wolltest was erleben, du wolltest das fühlen, was andere fühlen. Wenn Nika dir zum Beispiel sagt, es war spannend, einen Fremden zu küssen. Oder wenn es jemand ganz locker nimmt, in einen Pool zu springen. Oder wenn dieser Jakob eben nichts plant und Dinge spontan macht. Du hast eine Gelegenheit gesehen auszubrechen und das ist völlig okay, aber dann mach es jetzt gefälligst auch. Wie sagt Astrid Lindgren so schön: *Sei wild und frei und …*«, sie zwinkerte mir kurz zu, »*… mutig.*«

»Das sagt sie sicher nicht. Es heißt: *Sei frech und wild und wunderbar.*«

Sie grinste. »Ja, das kommt mir leider auch so vor, als ob du nicht mutig sein willst. Was wirklich sehr schade ist. Leb doch einfach mal nicht nur nach dem, was richtig ist, sondern lass es auch mal prickeln. Denn genau so muss das Leben doch sein. Weswegen sonst diese Liste? Komm, sei mutig! Immerhin zieht er dich ja ganz offenbar an. Also, go, girl!«

»Was? Tut er nicht!«

Sie hob abermals eine Braue. »Ach, Kaia, lüg mich doch nicht an.«

»Na gut, ein bisschen was hat er schon.«

»Na also. Wenn da auch nur ein Hauch von Anziehung bei euch war, ein Anflug von prickelnden Gefühlen, dann hast du das mit deinen nervtötenden Fragen jetzt allerdings so was von erstickt. Verstehst du, was ich dir damit sagen will? Das war doch dein ursprünglicher Plan: Spaß haben.«

»Aber dazu gehört nicht unbedingt, mit diesem Kerl rumzumachen.«

»Kaia, jetzt mal so ganz unter uns: Was ist schon dabei? Wir dürfen uns doch auch mal holen, was wir wollen, wenn uns danach ist. Jeder darf das. Wenn du ihn küssen willst, dann küss ihn. Wie im Film oder sonst irgendwie. Regeln brechen war doch das Ziel, oder? Du hast mit dem Kerl ja quasi 'nen Freifahrtschein, besser geht's gar nicht. Also, schaffst du das? Nicht dauernd allem auf den Grund zu gehen? Sondern lieber mehr ... na ja, du weißt schon. Mehr Mut, weniger Angst.«

Ich schüttelte den Kopf.

»Oh Mann, Kaia! Also, wenn das hier ein Buch wäre, dann würde ich jetzt echt gähnen. Wo bleibt denn das Prickeln der Protas? Wann geht es endlich zur Sache? Wir sind doch sicher schon auf Seite ... ach, was weiß ich.« Sie nahm den Kaffee wieder in die Hand.

Mein Timer piepte. »Oh, sorry, ich muss los. Meine Familie wartet.«

Sophie nickte. »Und ich muss meine hübschen neuen Sachen nach Hause bringen.« Sie hob die Tüten an und schwenkte sie fröhlich in der Luft.

Kurz musterte ich Sophie. Sie war sichtlich bester Laune. »Weißt du was: Du hast recht. Und ich versuche, daran zu arbeiten.«

Wir standen auf und Sophie grinste mich an. »Das will ich auch hoffen, sonst kannst du das Ganze nämlich gleich lassen.«

KAPITEL 18

immer

Vielleicht hatte Sophie wirklich recht. Vielleicht war ich zu verkopft. Tief in mir drin wusste ich, dass ich einfach nur mal aus allem rauswollte. Und diese Liste war tatsächlich ein perfekter Deckmantel dafür gewesen. Ich sollte mir wohl tatsächlich öfter mal nehmen, was ich wollte. Was ich brauchte. Einfach so, zumindest ab und zu mal. Auch wenn das mit Jakob so nicht geplant war, genau das machte es so spannend. Es war eine Herausforderung. Eine Herausforderung an mich.

Sofort kreisten wieder Tausende Gedanken durch meinen Kopf. Verdammt, es stimmte, ich machte mir wirklich viel zu viele Gedanken über alles.

Jakob hatte den Termin immer noch nicht bestätigt. Das war schade, aber ich hatte ja auch noch genug anderes zu tun. Erst einmal musste ich mich darum kümmern, Mamas Hochzeit zu planen. Beziehungsweise endlich mal mit ihr zusammen eine Location festzulegen, um überhaupt weiterplanen zu können. Was echt alles andere als einfach war.

Als wir gerade einmal zehn Minuten in dem kleinen Café *Neustart* in der Stadt zusammensaßen, war ich schon kurz davor, mich in dem Wasser zu ertränken, das ich mir bestellt hatte.

»Also, die Blumen sollen alle blau sein. Oder nein, wartet, lieber rot. Rot ist ja die Farbe der Liebe. Ja, das passt besser.

Wobei, wenn die Getränke alle grün sind, beißt sich das dann nicht schon wieder?«

Ich sah erst Mama an, dann meine Schwestern, wobei ich ein Augenrollen nicht unterdrücken konnte. Wenigstens hatte sie die schwachsinnige Sache mit der Nudistenhochzeit verworfen.

»Lina? Kaia? Nika? Was meint ihr?«

Ich atmete tief durch. Endlich ergab sich für mich die Chance, ihr vorzustellen, was wirklich sinnvoll war. »Mama, fangen wir doch erst mal ganz von vorne an. Im Prinzip brauchen wir zunächst mal eine Location, in der du dich wohlfühlst, oder? Wir reden hier über so viele Dinge, die zu dem Zeitpunkt noch gar keinen Sinn machen. Wir sollten … äh, du solltest als Allererstes einmal wissen, wo ihr euch überhaupt trauen lassen und anschließend feiern wollt.«

Mama sah mich an und lächelte verlegen. »Da hast du recht.« Sie hatte wirklich ein großes Herz, aber ab und an wünschte ich mir doch, sie wäre ein wenig konsequenter und entscheidungsfreudiger.

Ich kramte die Mappe aus meiner Tasche heraus. Und was taten meine Schwestern? Ich sah unauffällig zu ihnen hinüber. Nichts. Sie schauten mir beim Öffnen der Mappe zu und lehnten sich entspannt zurück. Sie hätten sich ruhig einmal etwas mehr einbringen dürfen, anstatt nur mit ihrer Anwesenheit zu glänzen, dabei stand ihnen ein Gedanke förmlich ins Gesicht geschrieben: *Kaia wird sich schon darum kümmern.*

»Ich habe hier mal ein paar Vorschläge. Eine freie Trauung, zum Beispiel am Dutzendteich. Da gibt es das Bootshaus, da ist es sehr schön. Es gibt eine Wiese, es gibt Wasser und alles kann so gemacht werden, wie ihr es euch wünscht. Und damit meine ich jetzt im Speziellen die Deko. Aber alles andere natürlich auch.«

Mama betrachtete die Mappe, in der ich meine Vorschläge zusammengestellt hatte. Damit sie es sich noch besser vorstellen konnte, klickte ich zusätzlich auf meinem Handy herum, um ihr ein paar weitere Bilder zu zeigen.

»Das ist wirklich hübsch«, sagte Mama, während sie die Fotos betrachtete.

»Essen und Trinken wäre sogar auch mit dabei. Und wenn du nicht gerade darauf bestehst, dass alles grün sein soll …«, ich sah zu meinen Schwestern und erhoffte mir Unterstützung, doch sie grinsten nur, »… dann wird die Cateringfirma sicher auch selbst eine ganz tolle Auswahl an Leckereien zusammenstellen. Und davon haben sie wirklich einige auf der Karte. Zum Beispiel Ravioli mit Spinat, etwas ganz Einfaches, oder man könnte grillen, alles ist möglich. Dazu gibt es dann erlesene Weine oder leckere Biere und andere Getränke, die alles abrunden. Aperol, Schorlen, wirklich alles ist machbar.«

Mama nickte. »Das finde ich gut, so auf Anhieb. Was sagt ihr dazu?« Sie sah zu Lina und Nika.

Die nickten ganz eifrig. Die gesamte Zeit über hatten sie gar nichts gesagt und ich hatte mich schon gefragt, warum sie überhaupt da waren. Alibimäßig, oder was? »Sieht sehr schön aus. Wirklich«, brachte Lina schließlich hervor und Nika nickte noch eifriger als zuvor. Na danke, wenigstens irgendetwas.

Mama atmete tief durch. »Ich bin gerade vielleicht ein bisschen anstrengend. Aber mit eurem Papa war das damals alles ganz anders und jetzt wollte ich es so schön wie möglich haben, wisst ihr? Und ich bin echt froh, dass du das alles immer so gut machst, Kaia. Und dass ich dich mit meinen Fragen löchern kann. Also, das mit dem Grillen finde ich total super, überhaupt die ganze Sache mit dem See. Also, ja doch, ich mag es.«

Ich lächelte sie an und spürte die Erleichterung wie eine Welle durch mich schwappen. Es gab doch kaum etwas Schöneres als das Gefühl, wenn etwas klappte wie am Schnürchen. »Prima, dann frage ich dort mal an, ja? Dazu solltest du dir aber auf alle Fälle sicher sein, okay?«

»Ja ... also ... darf ich noch ein bisschen darüber nachdenken?«

Mein Lächeln gefror. »Natürlich«, sagte ich schließlich und nickte.

Mama strahlte mich an und Lina tätschelte ihr die Hand. »Ich verstehe dich sehr gut, Mama. Ist ja auch logisch, das muss alles wohlüberlegt sein. Man heiratet schließlich nicht jeden Tag, da soll schon alles perfekt sein. Ich selbst bin da ja leider nicht ganz so kreativ, aber falls es dir hilft, könnte Kaia sicher noch ein paar weitere Locations heraussuchen. Nur damit du ein bisschen Auswahl hast.«

Waaas? Hatte sie das jetzt wirklich gesagt? Ich warf ihr einen tödlichen Blick zu, den sie hoffentlich verstand. Anscheinend nicht, denn sie lächelte zuckersüß zurück.

Mama sah mich glücklich an. »Ach, das wäre mir sehr recht. Wirklich. Weißt du, an was ich auch schon gedacht hatte? Wenn es so einen ganz leer stehenden Ort geben würde, ein Haus mit Garten oder so, vielleicht etwas verwachsen, das würde gut zu uns passen. Weil wir beide ja irgendwie verloren waren, und dadurch, dass wir uns gefunden haben, ergibt ja alles Sinn und ...«

Noch immer sah ich Lina düster an. Waren denn hier alle verrückt geworden? »Mama hat die Location eben doch total gut gefallen«, unterbrach ich meine Mutter mit Blick auf Lina. »Lass sie doch erst einmal in Ruhe darüber nachdenken. Wenn wir jetzt über tausend Alternativen sprechen, dann verwirrt das alles nur«, sagte ich mit dominantem Unterton in der Stimme.

Lina zuckte mit den Schultern. »Wie meinst du das?«

»Genau so, wie ich es eben gesagt habe.«

»Ich hab's doch nur gut gemeint«, meinte Lina nun entschuldigend.

Ich schüttelte verständnislos den Kopf über sie. Und doch verstand ich gerade in diesem Moment etwas. Ich war genervt, weil ich es mit Jakob auch nur gut gemeint und damit offenbar etwas kaputtgemacht hatte. Vielleicht musste man ab und an auch mal vom Plan abweichen und durfte nicht immer alles zu verbissen sehen. Selbst wenn mir das schwerfiel. Oder war das am Ende das Problem?

»Also, Mädels, ich danke euch so sehr für eure Unterstützung. Lina, Kaia, Nika, ihr seid einfach ganz toll. Und wie engagiert ihr seid ... mich macht das echt stolz.«

Ich war immer noch etwas angefressen, aber ich hatte es ja so gewollt. Ich *wollte* immer alles planen, also musste ich vielleicht auch mal lernen, entspannter zu werden, wenn jemand andere Pläne hatte. Ich sah zu Nika, die nur ins Leere hinein nickte. Irgendwie war sie heute ziemlich abwesend. Ob es immer noch um Alex ging? Nachdem sie sich nicht auf meine Nachricht gemeldet hatte, hatte ich auch nicht weiter nachgefragt.

»Wäre das okay? Kaia?«, riss mich Mama aus meinen Gedanken.

»Die Location ist doch schon wirklich ziemlich gut, oder?«, versuchte ich es noch einmal. Doch schließlich nickte ich. »Aber klar, mach ich.«

»Super. Eventuell findest du ja so ein Haus?«

Ich wollte erneut nicken, doch dann hatte ich eine andere Idee. »Ich versuch's, aber warum schaust du nicht einfach zusätzlich, Lina?« Ich blickte zu Lina.

Die sah mich entsetzt an. »Weil ... keine Ahnung, weil du das doch immer machst.«

»Ich habe gerade echt viel um die Ohren. Oder was ist mit dir, Nika? Warum schaut ihr nicht beide zusätzlich? Ich bin mir sicher, ihr könnt das auch ganz prima.«

Das tat gut. Vielleicht sollte ich tatsächlich öfter mal Dinge loslassen. Nur bei meinen Schwestern kam das nicht so gut an.

Lina schnaubte. »Jetzt mach mal halblang, Schwesterlein. Nur weil du dir das mit der Liste aufgehalst hast, musst du nicht gleich so genervt sein. Dazu hat dich doch keiner gezwungen. Schade, dass du auf einmal alles andere wichtiger findest.«

»Stimmt. Ich hab gestern ja auch nichts mehr von dir gehört«, pflichtete ihr Nika jetzt bei.

»Wie bitte?« Das hatte sie gerade nicht wirklich gesagt, oder?

»Worum geht's denn, von welcher Liste redet ihr?« Mamas Neugier war geweckt. Na toll.

»Ach, nichts«, sagte ich, um das Thema zu beenden, aber auf Geschichtenerzählerin Lina war wieder mal Verlass.

»Kaia macht gerade so ein paar Dinge, von denen sie glaubt, sie tun zu müssen, weil sie es sonst später bereuen könnte. Und deswegen hängt sie gerade öfter mit einem Kerl rum, der sie da ein bisschen anleitet.«

Petze!
Mama hob eine Augenbraue. »Ah, der Kerl, der nicht so gut aussieht?«
»Genau der«, sagte ich.
»Und was sind das für *ein paar Dinge*?«
»Alles Mögliche eben«, beeilte ich mich zu erklären. »Mal was ohne Plan erleben und was Verbotenes tun, ist aber alles nicht so wild. Vielleicht ist es auch einfach nur albern. Es ist ... ein Experiment. Ich muss mit dem Typen so oder so ein Projekt für die Uni machen und da hat es sich einfach so ergeben.«
»Jetzt bin ich aber neugierig. Erzähl mal genau.«
Ich stöhnte, doch weihte Mama schließlich in die Details unseres Deals ein, bis sie schließlich lächelte. »Und du magst ihn?«
Ich rümpfte die Nase. »Nicht wirklich. Außerdem hatten wir gestern eine kleine Reiberei.« Ich sah zu meinen Schwestern. »Er meinte, ich würde zu viel an mich reißen. Deswegen habe ich ja eben auch vorgeschlagen, dass ihr ruhig mal zusätzlich nach der Location für Mama schauen könntet.«
Nika sah mich mit großen Augen an. »Deswegen bist du also so gereizt. Also mich stört es nicht, wenn du dich um so viele Sachen kümmerst. Erstens war es ja schon immer so und zweitens bist du sonst unleidlich, wenn es am Schluss nicht so ist, wie du es für perfekt hältst.«
Ich sah sie wütend an. »Jetzt reicht's aber, ich bin überhaupt nicht gereizt! Und wenn ihr was aussucht, dann bin ich auch nicht unleidlich. Sonst hätte ich ja gerade kaum vorgeschlagen, dass ihr auch suchen könnt, oder?«
Mit einem Mal sahen mich alle etwas skeptisch an. Was hatten sie denn jetzt?

»Es ist wirklich so, mein Herz«, sagte Mama nun. »Du hilfst echt gerne, aber du willst dabei auch immer die Kontrolle haben. Also ist es manchmal schwer, sich einzumischen, wenn alles nur nach deinen Vorstellungen laufen soll. Vielleicht tut es dir tatsächlich ganz gut, wenn du auch mal die Kontrolle verlierst.«

KAPITEL 19

immer

Von wegen. Ich verlor überhaupt nicht die Kontrolle. Es war alles wie immer. Es gab so vieles zu tun und ich meisterte alles. Und die Sache mit Jakob ... Zugegeben, sie hatte mich etwas aus der Bahn geworfen. Ich dachte daran, was ich gesagt hatte, als er mich aufs Bett gezogen hatte. *Wenn man dabei die Oberhand behält, dann wird schon nichts zu sehr durcheinandergewirbelt.* Aber war das auch immer richtig? Nach dem Gespräch mit Sophie war ich mir da plötzlich gar nicht mehr so sicher.

Als ich zu Hause auf dem Sofa lag, schaltete ich *Titanic* ein. Ich musste echt mal entspannen und runterkommen, zumindest für eine kleine Weile. Doch schon nach wenigen Minuten klingelte mein Handy. Erst dachte ich, dass es vielleicht Jakob sein könnte, der den Termin immer noch nicht bestätigt hatte. Doch dann sah ich, dass es Sophie war, und hätte mir am liebsten eine Ohrfeige dafür verpasst, dass ich kurzzeitig fast ein wenig enttäuscht war.

»Hi.«

»Hi. Was machst du gerade?«, wollte sie wissen und ich stoppte den Film.

»Ich schau 'nen Film. Und du?«

»Wie war's mit deiner Mama?«, überging sie meine Gegenfrage.

»Frag nicht. Es war alles total anstrengend und ... na ja,

meine Schwestern haben dann auch noch behauptet, dass ich so unleidlich bin, weil ich die Kontrolle verliere und … ach, keine Ahnung. Und was ist bei dir so los?«, fragte ich nochmals.

»Ach, mit Luca war es ein bisschen komisch und überhaupt habe ich gerade irgendwie so eine Weltuntergangsstimmung. Weißt du, was ich meine?«

Ich lächelte. »Dann würde ich sagen, du bist bei mir perfekt aufgehoben.«

»Schon echt traurig, wenn das Schiff untergeht«, schniefte Sophie wenig später auf meiner Couch und war damit mein emotionales Spiegelbild.

Wir hatten getrunken. Und zu viel *Titanic* angesehen. Okay, wir hatten den Film nicht wirklich ganz angesehen, wir kannten ihn ja in- und auswendig, sondern immer nur zu den Liebesszenen geskippt. Nebenbei hatten wir das Treffen mit Mama, Lina und Nika erörtert. Sophies Meinung dazu blieb gleich. Ich sollte mal loslassen, ich sollte nicht alles so verbissen sehen, ich sollte mich nicht in der Arbeit verlieren.

»Und du meinst wirklich, ich steigere mich zu sehr rein?«

»Ich habe es dir doch vorhin schon erklärt. Es ist *deine* Liste und *du* wolltest all diese Dinge. Warum nutzt du sie dann nicht einfach?«

Gerade küssten sich Rose und Jack und ich nickte. Ich musste an den Kuss mit Jakob denken. Irgendwie wollte ich es schon. Ihn küssen. Noch mal. Und dann noch mal und noch mal und noch mal.

Wir klickten uns weiter durch die Szenen. Der Sex im Auto, Rose auf dem Brett im Wasser. Das Schiff war schon untergegangen und sie bibberte vor sich hin. Jack hatte neben ihr keinen Platz mehr.

»Sie könnte doch ein bisschen rutschen«, schluchzte Sophie. Ich nickte. »Aber dann wäre der Film nur halb so schön.«

»Nur halb so schön? Warum?«

»Weil sie nur wegen ihm ihre Träume lebt. Weil er ihr gezeigt hat, dass alles möglich ist, dass sie aus der Gesellschaft ausbrechen kann, in der sie gefangen ist. Und jetzt stell dir mal vor, sie wäre gerutscht, also auf dem Brett. Dann wären sie zusammen gefunden und gerettet worden. Und am Ende hätten sie sich dann nur noch gestritten, sich vielleicht getrennt, was weiß ich. So hat sie sich durch ihn entwickelt, verstehst du?«

Sophie wischte sich über die Augen. »Wenn du das sagst. Aber ich finde, du denkst zu kompliziert.« Sie lachte kurz auf, dann sah sie mich mit großen Augen an. »Das ist ja fast ein bisschen wie bei dir, oder? Ich meine, du suchst bei Jakob ja auch gerade nach irgendwas, es fühlt sich jedenfalls so an. Dabei könnte es doch so einfach sein. Ich habe deine Liste gesehen, auch diesen einen Punkt. Du willst was erleben wie im Film und bist gerade mittendrin in diesem Film, in einem richtig coolen sogar, und zwar mit dir als Regisseurin. Aber statt deine Träume fliegen zu lassen ... stutzt du ihnen die Flügel.«

Ich dachte daran, wie Jakob und ich auf dem Turm gestanden waren. Wie ich die Vögel beobachtet hatte. Sophie hatte recht: Statt über mich nachzudenken, dachte ich immer daran, was ich bei anderen verbessern könnte.

»Du hast ja recht«, kam es mir über die Lippen.

»*Du* gibst mir recht? Wie viel Sekt hattest du denn?«, lachte sie.

Ich stimmte mit ein. »Keine Ahnung, wahrscheinlich zu viel. Ich konzentriere mich tatsächlich immer darauf, bei den anderen alles zu regeln. Und keine Ahnung, ich … ich verstecke alles, was ich selbst will, weil ich mich nicht traue, spontan aus der Reihe zu tanzen.«

»Tu's doch einfach mal. Trau dich, tanz spontan aus der Reihe.« Sie stand auf und griff nach meinen Händen, um mich zu einem Tanz von der Couch zu ziehen.

Doch der kurze Motivationsschub verebbte genauso schnell, wie er gekommen war, und so zog ich meine Hände zurück. »Ach, ich weiß nicht so recht …«

»Ich habe eine Idee.« Sophie setzte sich wieder hin. »Wenn du Jakob küsst wie im Film, dann rede ich mit Luca und sage ihm, dass ich ihn mag.«

»Du *magst* Luca? Also vielleicht sogar ein bisschen mehr? Hast du das eben etwa zugegeben?«

»Ähm, ja schon.« Herausfordernd sah sie mich an und mit einem Mal war ich zu allem bereit.

»Okay, dann mach ich es«, sagte ich mit fester Stimme und Sophie lachte. Sie glaubte mir sicher nicht, aber ich hatte es satt, immer unterschätzt zu werden.

»Echt jetzt? Cool, dann mach es, aber ich will einen Beweis.«

»Das krieg ich hin. Pass auf.« Ich zückte mein Handy.

»Was machst du?« Sophies Augen weiteten sich.

»Ich schreib ihm, er soll mich spontan abholen. Und zwar jetzt gleich, weil es echt dringend ist. Und dass ich was mit ihm vorhabe, wegen der Liste.« Ich rief seinen Kontakt auf und begann zu tippen.

Sophie rutschte zu mir heran. »Wow, ich hätte nie gedacht, dass du das echt bringst. Sehr cool. Ich hoffe, du hast das gut durchdacht.«

»Ich dachte, ich soll nicht denken?«

»Stimmt, denken schadet manchmal. Also mach weiter. Und was hast du mit ihm vor? Willst du ihn etwa küssen wie im Film? Der Punkt auf der Liste als Abrundung zum Thema?«

»Schön, dass du das noch mal so kompakt zusammenfasst. Ja, genau so.«

»Aber solltest du nicht irgendwie einen Plan haben?« Sie klang überrascht.

Mein Blick glitt zu Sophie. »Also was jetzt? Plan, kein Plan? Erst soll ich keinen haben, dann soll ich doch einen haben ...«

»Vielleicht kannst du ja wenigstens mal kurz was dazu recherchieren. Ich meine, willst du den *Titanic*-Kuss? Oder einen anderen? Es gibt ja so viele Filmküsse.«

»Stimmt, warum nicht. An den *Titanic*-Kuss kommt zwar meiner Meinung nach kein anderer Filmkuss ran, aber wenn du meinst ...« Ich rief Google auf, gab *Berühmte Filmküsse* in die Suchleiste ein und klickte anschließend auf das erste Ergebnis.

»*My Girl?*«, las ich Sophie vor.

»Ach ja, der Film ist süß, aber zu kindlich. Und was ist das für ein Film?« Sie zeigte auf das nächste Ergebnis, Bella und Edward aus *Twilight*. »Ach, der mit den Vampiren.«

Ich nickte. »Stimmt, der Film war echt süß und der Kuss auch.«

»Ja, aber ... den willst du doch nicht nachspielen. Schauen wir mal weiter.« Sie verschluckte sich fast, als das nächste

Bild angezeigt wurde. »Ist das *E.T.*? Was soll das denn?« Sophie verzog angewidert das Gesicht.

Ich nickte. »Keine Ahnung, was das soll. Das ist ja mal so was von gar nicht heiß. Also, nächster.« Ich klickte weiter und Sophie lachte auf.

»*Susi und Strolch,* wie süß ist das denn? Du kannst Spaghetti kochen, und los geht's. Eigentlich gar nicht so dumm, oder? Das wird sicher lustig.«

Ich schüttelte den Kopf. Wir waren über zwanzig, war sie jetzt total irre geworden? »Das ist echt bescheuert. Weißt du was, ich glaube, ich lass das Ganze lieber doch.«

Ich wollte gerade das Handy zur Seite legen, als Sophie sagte: »Ha, wusste ich's doch. Aber gut für mich.« Sophie stand auf, streckte sich und gähnte. »Ich muss nämlich dringend ins Bett.« Sie beugte sich vor und gab mir ein Küsschen auf die Stirn.

»Gute Nacht, *E.T.*«, verabschiedete ich sie.

Sie hob den Finger. »Muss nach Hause«, sagte sie mit verstellter Stimme.

Ich boxte ihr in die Seite. »Hör auf, das ist voll unheimlich.«

Sie kicherte, ging zur Tür und zog sich an. »Gute Nacht«, verabschiedete sie sich.

Ich winkte Sophie noch nach, dann ging ich zurück ins Wohnzimmer und lümmelte mich wieder aufs Sofa. Eine ganze Weile lag ich da und überlegte. Die Idee war lustig und im Prinzip ging es nur um den Deal. Mehr nicht. Damit konnte ich Jakob doch zeigen, dass ich mich ausschließlich um das kümmerte, was ich wollte. Genau, so war es. Ich war jetzt dran.

Ich griff wieder nach dem Handy, rief erneut seinen Kontakt auf und sah, dass Jakob online war. Bestimmt war er unterwegs. Feiern. Party. Egal. Ich begann zu tippen.

> Unterwegs?

Es dauerte keine Sekunde, da hatte er meine Nachricht schon gelesen.

> Nö, bin daheim. Was ist los?

> Allein?

> Jetzt schon.

Jetzt schon? Was sollte das denn heißen? Was wollte er mir damit sagen?

> Du hattest Besuch?

> Ja, ziemlich heißen.

So ein Idiot.

> Schön für dich ;)

> War nur Pizza. Eifersüchtig?

Hahaha, er war ja so lustig.

> Wohl kaum.

> Was gibt's denn? Soll ich bei irgendwas helfen? Liste?

Ich starrte den Text an. Helfen? Liste? Ja, irgendwie schon. Aber wie sagte ich das am besten?

> Ich soll ja lockerer sein und sagen, was ich will. Also, das tu ich hiermit. Geht nicht um dich, weil mir total egal ist, was mit dir ist. Ich soll nichts an mich reißen, also in Bezug auf andere. Nur in Bezug auf mich.

Das war gut, oder? Oder machte das keinen Sinn? Ich war total verwirrt, der Sekt stieg mir wirklich zu Kopf. Das war Quatsch, ich musste damit aufhören. Ich hätte die Nachricht nicht schicken sollen, löschen konnte ich sie jetzt nicht mehr. Doch dann kam ... ein Smiley.

> :) Ach ja? Jetzt bin ich aber gespannt.

Sollte ich vielleicht das mit den Spaghetti durchziehen? Wäre vielleicht wirklich lustig.

> Hast du Hunger? Auf Spaghetti?

> Spaghetti? Ich hatte gerade Pizza, schon vergessen? Geht's dir gut? Du wirkst etwas merkwürdig.

Pizza. Stimmt. Ups. Das war dumm.

> Sorry. Aber generell, magst du Spaghetti? Sag bitte nicht, dass du keine Spaghetti isst.

> Doch, voll gerne. Spaghetti mag schließlich jeder. Ich mag sie am liebsten mit Oliven.

> Sehr witzig. Ich hab vorhin übrigens *Titanic* angesehen.

> Okay ... und?

> Na ja, und jetzt fand ich ...

> Was fandest du?

> Wir könnten ...

> Was denn? Boot fahren?

> So was in der Art.

> Mit Spaghetti und Oliven?

Er konnte es einfach nicht lassen.

> Nein, natürlich ohne.

> Jetzt sag schon, was du willst.

> Dich.

> Was?

> Sorry, vertippt. Wollte schreiben: Das musst du schon selbst rausfinden.

> Ich hab gesagt, du sollst sagen, was du willst, wenn du also willst, dass ich es selbst rausfinde, passt das nicht so ganz, aber okay. Ich komm vorbei, dann werd ich es schon rausfinden. Ich komm aber mit dem Rad, also wenn du jetzt noch Boot fahren willst, dann nur mit dem Rad.

Boot fahren mit dem Rad? Wie meinte er das schon wieder?

> Wie willst du mit dem Rad auf dem Wasser fahren?

> Lass dich überraschen. Vielleicht kann ich mehr, als du glaubst ;)

> Okay, das will ich sehen. Also gut, dann bis gleich.

KAPITEL 20

immer

Ich war aufgeregt. Keine Ahnung, was in mich gefahren war. Sekt, Sophie, *Titanic*. Mein Wille. Meine Verwirrtheit? Eisberg direkt voraus.

Ich stand vor dem Spiegel und betrachtete mich. Ich sah ein wenig müde aus, gleichzeitig aber fest entschlossen. Ich spürte den Sekt noch ein bisschen, doch durch die Aufregung war ich fast schon wieder klar. Ich hatte mir einen Hoodie und eine dunkle Jogginghose angezogen. Nicht unbedingt Kate Winslet, aber wir waren ja auch nicht mehr im Jahr 1912, oder?

Als ich nach draußen trat, um auf Jakob zu warten, war ich mir plötzlich unsicher. Ich sollte das Ganze vielleicht doch besser lassen. Das war alles so nicht geplant gewesen und deshalb auch keine gute Idee. Oder war es das doch geplant und eine ganz tolle Idee? Schließlich sollte er merken, dass mir das mit der Liste ernst war. Und die Initiative übernahm ich damit auch. Ich war nervös. Aber ich würde das jetzt durchziehen.

Jakob, geh mit mir auf die Titanic.

Nein, das würde ich ganz sicher nicht sagen.

Jakob, ich ziehe das jetzt durch wie im Film und du küsst mich.

Ne, auch falscher Ansatz, ich hatte ja überlegt, ihn zu küssen.

Jakob, ich küsse dich jetzt wie auf der Titanic*, also müssen wir zum Wasser.*

Wie auf der ... Was war das denn für ein Satz, dachte ich noch, bevor ich zusammenzuckte, weil ich Jakobs Stimme hörte.

»*Das* ist also dein Plan?«

Erschrocken wandte ich mich zur Seite. Wie war er nur so leise an mich herangekommen?

Jakob sah mich an und hob eine Augenbraue. Er trug eine dunkelblaue Jeans, Sneakers, ein beiges Shirt und musterte mich von oben bis unten. Dann grinste er.

»Was hast du denn vor? Willst du eine Bank ausrauben?«

Ich starrte ihn an. »Warum?«

Er stellte das Rad ab. »Na ja, du siehst aus, als hättest du genau das vor. Aber ich habe eh noch nicht ganz gerafft, was du jetzt eigentlich willst. Küssen? *Titanic*?« Er deutete auf mich. »Ich meine, so dunkel vermummt ... ich weiß ja nicht. In diesem Aufzug willst du Boot fahren? Schwimmen? Spaghetti essen? *Mich*? Bist du sicher, dass du die Kontrolle hast?«

Ich hustete augenblicklich los. Jakob dagegen lächelte noch immer und ich musste zugeben, ich mochte sein Lächeln ziemlich. Für einen Moment betrachtete ich seinen Mund. Verdammt. Das sollte ich nicht. Oder doch?

Er räusperte sich und ich schaute schnell weg. »Du willst mich also küssen wie im Film *Titanic*? Richtig?«

Ich sah ihn wieder an und ein kleiner, aber heftiger Ruck schob sich durch meinen Körper. »So ist es. Für die Liste, also nicht wegen irgendwas anderem, klar.«

Er nickte. »Also gut, wenn du das willst. Natürlich nur für die Liste, nicht wegen irgendwas anderem, klar.«

Die Ironie in seiner Stimme war kaum zu überhören. Blödmann! Wieso lächelte er dabei? Ich spürte augenblicklich wieder diese Hitze in mir. Mein Herz klopfte schneller und meine Beine wurden weicher. Und noch weicher, als er auf mich zukam. Und dann war er mir mit einem Mal ziemlich nah. Sehr nah sogar.

Schluss damit, er provozierte mich doch bloß wieder. »Also, können wir dann mal los?«, befreite ich mich mit einem kleinen Schritt zurück aus dieser Situation.

Er legte wieder einmal dieses unverschämte Grinsen auf. »Okay, fahren wir.«

»Fahren?«, rutschte es mir heraus und ich konzentrierte mich darauf, ihm fest in die Augen zu schauen. Nicht auf die Lippen. So ganz und gar nicht. »Okay, fahren wir«, sagte ich schließlich und schwor mir innerlich, dass ich mich jetzt sicher nicht weiter von ihm und seinen Lippen oder seinem Duft beeindrucken lassen würde. Es war ein Deal und den wickelten wir ab. Wieder ein Punkt mehr von der Liste und fertig.

Er reichte mir seine Hand. Zögernd betrachtete ich sie einen Augenblick. Was war das jetzt? »Händchenhalten steht aber nicht auf der Liste.«

Er lachte. »Kaia, was ist nur los mit dir? Kannst du einfach mal entspannt bleiben?«

»Bin ich doch. Du sollst nur merken, dass ich dich nicht mit deinem Zeug nerven will und so. Wir sind keine Freunde.«

Er seufzte. »Ach, darum geht es also?«

»Was? Nein, es geht nur um den Deal.«

Er blickte skeptisch drein, erwiderte aber nichts weiter dazu. »Dann mach mit. Vertraust du mir?«

Ich rollte mit den Augen. »Machst du echt einen auf *Titanic*? Jetzt schon?«

»Das wolltest du doch, oder? Soll es wie im Film sein oder nicht? Dann zieh es nicht ins Lächerliche, sondern steig lieber auf die *Titanic* auf.«

»Auf die …?« Ich sah ihn fragend an.

Er lachte, dann deutete er auf das Fahrrad. »Auf die *Titanic*. Los, rauf jetzt!«

»Ist das deins?«

»Ich bin zumindest damit hergekommen, also offenbar schon. Außer ich habe es geklaut, wer weiß das schon …«

Ich musste schmunzeln. »Und wohin wollen wir dann? Und wie …?«

Er stieg auf das Rad, hielt es zwischen seinen Beinen fest und sah mich an. »Stopp! Keine Fragen mehr. War doch so ausgemacht, oder? Lass mich mal machen. Los, auf die Stange.«

»Dein Ernst?«

»Kaia? *Du* hast *mich* angetextet. Also, nicht dauernd meckern, hinterfragen und …«

Ich hob abwehrend die Hände. »Schon gut, du hast ja recht.«

»Frau Schiffner gibt mir recht, wow. Den Tag sollte ich mir rot im Kalender anstreichen«, lachte er kopfschüttelnd.

Ich trat an das Fahrrad heran und strich über den silbernen Lack. »Und damit fahren wir jetzt herum?«

»Wieso herumfahren? Nein, wir stehen jetzt hier, bis wir Wurzeln schlagen, und betrachten ehrfürchtig dieses Wunderwerk der Fahrradbaukunst.«

Nun musste ich auch lachen. »Okay, hab's schon verstanden.«

Ich schwang mich auf die Fahrradstange, Jakob hatte auf dem Sattel Platz genommen. Ich atmete seinen Duft ein, nahm seinen Körper an meinem wahr und fühlte, wie mein Herz klopfte. Es war schön. Irgendwie.

»Festhalten und … bereit?«, flüsterte er von hinten in mein Ohr und ich nickte.

Seine Stimme war angenehm warm und ich spürte seinen Atem im Nacken, während sein Kinn meinen Kopf berührte. Keine Ahnung, was er vorhatte, aber es fühlte sich gut an, aufregend und anders.

»Also dann«, sagte er und es ging los.

Jakob trat in die Pedale und der Wind wehte mir augenblicklich um die Nase, vermischt mit seinem Duft. Ich hielt mich am Lenker fest, seine Hände waren ganz unmittelbar an meinen. Während wir in Richtung Altstadt fuhren, fand ich zunehmend Gefallen an der Situation. Auch wenn ich noch nicht wusste, wohin er uns bringen würde. Bis wir schließlich den Wöhrder See erreichten. An dieser Haltestelle waren wir auch mit der U-Bahn vorbeigefahren. Ich erinnerte mich an die Station. *Blau und Grün wegen der Verbindung von Wasser und der großen Grünfläche.* Wir befanden uns an einem aufgeschütteten Strand, neben dem See hatten Enten die Köpfe bereits in das Gefieder gesteckt. Die Lampen, die alles umrandeten, leuchteten hell und zeigten, wie der Steg vom Wasser umspült wurde.

Jakob stoppte das Fahrrad. »So, runter mit dir«, sagte er und ich hüpfte von der Stange.

Als er das Rad an einen Baum lehnte, fragte ich: »Ich dachte, das Fahrrad ist das Boot?«

Ein belustigtes Schmunzeln strich über sein Gesicht. »Klar. Oder wir nehmen den Steg? Ist vielleicht einfacher, hm?«

Ein Lächeln huschte mir über die Lippen. »Das geht natürlich auch.«

Jakob kam auf mich zu und griff sachte nach meiner Hand. Sie war warm und die Finger etwas rau. »Komm, Kaia, lass uns nach vorne zum Steg gehen.«

Jakob zog mich mit sich und ich spürte ein sanftes Trommeln unter der Brust. »Das sagen die im Film zwar ein bisschen anders, aber okay.«

Ich wollte ihn nur aufziehen, aber er verlangsamte seinen Schritt, blieb einen Moment stehen und sah mich durchdringend an. »Kann gut sein. Aber eben hattest du dich noch beschwert, es sei zu sehr wie im Film. Deswegen mache ich es jetzt anders und bestimme, dass das hier unser ganz eigener *Titanic*-Film ist, okay?«

Wie echt und ernsthaft er diese Worte aussprach! Sofort spürte ich ein Kribbeln, wo meine Finger seine berührten. Der Moment fühlte sich wahr und rein an.

Zusammen gingen wir zum Steg. Umgeben von dem flackernden Lichterspiel wirkte alles zauberhaft. Man konnte sich tatsächlich vorstellen, irgendwo auf einer Insel im Meer zu sein, ja vielleicht sogar auf einem Schiff.

»Die See ist ganz ruhig«, flüsterte er, als wir das Ende des Stegs erreichten.

Ich streckte einen Finger in die Höhe. »Stimmt, es weht kein Lüftchen.« Jakob stupste mich in die Seite und ich zuckte zusammen. »He, was soll das? Schubst du mich jetzt unerwartet ins Wasser?«

Anstelle einer Antwort legte er seine Hände auf meine Schultern. »Wenn du das so willst. Also für unseren Film«, meinte er schließlich.

Ich schüttelte vehement den Kopf. »Natürlich nicht. Wehe!«

Er lachte und wir blickten über das Wasser. Er löste seine

Hände von meinen Schultern, doch die Wärme blieb. Ich stand mit dem Rücken dicht an seinen Bauch gelehnt, den Blick auf den See gerichtet.

»Ist das nicht filmreif?«, flüsterte er und ich spürte, wie sich meine Lippen zu einem Lächeln verzogen.

Ich gab ihm einen kleinen Schubs in die Seite. »Ein bisschen schon. Ich bin richtig baff.«

»Wie beim U-Bahn-Fahren. Oder beim Turmbesteigen. Mittlerweile kenne ich dich ein bisschen, Kaia. Erst ist immer alles mies und dann wirst du doch positiv überrascht von meinen Ideen. Ich denke, den Zusatz *kreativ* hätte ich in meiner Kontaktanzeige durchaus verdient.«

Ich sah ihn an. »Okay, es heißt ab sofort *Kreativer Mann ohne Ziel sucht ...*«, schmunzelte ich. »Ehrlich gesagt, hab ich so was noch nie erlebt«, gab ich schließlich zu und schluckte, weil es irgendwie auch peinlich war. Was war schon Besonderes dabei, sich auf einen Steg zu setzen und über den See zu blicken? Gar nichts. Und trotzdem hatte ich es noch nie gemacht.

»Wirklich nicht?«, hakte Jakob nach und drehte mich zu sich um.

Zaghaft wendete ich ihm mein Gesicht zu, mein Herz klopfte dabei spürbar. Ich lächelte, doch mir blieb nur ein Kopfschütteln.

»Und nichts zu meckern?«

Ich nickte und richtete den Blick wieder auf das Wasser und die Lichter, die es beleuchteten. »Es ist sehr schön hier. Hier auf der *Titanic*. Wie wir so still übers Meer treiben.« Er trat noch enger hinter mich und ich lehnte mich zurück. »Schubst du mich jetzt doch rein? Bitte nicht«, flüsterte ich.

»Quatsch. Vertraust du mir, Kaia?«, drangen seine Worte zärtlich in mein Ohr.

Ich sah seine Hand vor meinem Bauch, unsere Finger verhakten sich. »Na ja.«

Jakob lachte. »Du musst *Ja* sagen, wir sind hier schließlich im Film. Um genau zu sein, in deinem Lieblingsfilm. Wegen dem du mich hergeholt hast. Also, sag lieber Ja, bevor ich es mir anders überlege.«

Ich grinste. »Ich dachte, wir schreiben unseren eigenen Film. Die Alternative wäre *Susi und Strolch* gewesen.«

Es dauerte einen Moment, dann machte es bei ihm klick. »Ah, verstehe, deswegen die Spaghetti.«

»Ganz genau.«

Noch immer lag seine Hand in meiner, noch immer waren unsere Finger verwoben. »Tja, wir sind jetzt aber auf der *Titanic*. Also stell dir einfach vor, das hier ist ein Schiff und wir fahren damit über den Atlantik.«

Ich lachte, wandte mich kurz zu ihm um. »Ach ja? So einfach geht das?«

»Natürlich. Fantasie ist doch alles, oder?«

Er hatte recht. Schließlich breitete er meine Arme aus, der Wind, der inzwischen eingesetzt hatte, wehte sanft und Jakob begann zu summen. Aber nicht wie erwartet das melodische Lied, das bei Jack und Rose im Film im Hintergrund spielte und den Filmmoment romantisch untermalt, sondern …

»Ich bin tausendmal cooler …«

»Ach, Jakob, du bist doof!«

Ich wandte mich um und dann … Der Wind wehte durch sein Haar und ich atmete die bedeutungsschwere Luft ein, die uns umhüllte. Seinen Duft. Unsere Lippen waren nur noch wenige Zentimeter voneinander entfernt.

Eine ganze Weile verharrten wir so, dann trat er zurück und sah mich an. »Du küsst mich jetzt doch ...« Er grinste, umfasste meine Hüften und – hob mich hoch.

»Vergiss es! Wehe!« Ich begann zu zappeln und mein Herz pochte dabei.

»Was denn? So könnten wir gleich mehrere Punkte auf deiner Liste abhaken. Etwas wie im Film erleben und mit Klamotten schwimmen, oder?«

Noch immer zappelte ich in seinen Armen und hielt mich an ihm fest. »Das steht da aber gar nicht.«

Er lachte. »Nicht? Ich dachte, schon.«

»Nein, bitte nicht! Lass mich sofort runter, Jakob! Bitte ...«

»Und was, wenn nicht?«

»Ganz einfach ... dann schreie ich.«

Eine Sekunde später ließ er mich herunter, ganz langsam, sodass sich unsere Körper berührten. Dann standen wir da, über uns der Himmel mit dem Mond, der sein Licht ganz sanft über den See fließen ließ. Jakobs Lippen waren meinen näher als gedacht. Verboten nah.

»Müssten wir uns nicht eigentlich anders hinstellen, also wie im Film oder so?«, flüsterte ich gegen Jakobs Mund, ehe seine Lippen meine Worte verstummen ließen.

Keine Sekunde länger kam ich dazu, darüber nachzudenken. Alles, was sich in meinem Kopf abspielte, war, wie weich seine Lippen sich auf meinen anfühlten. Wie gut es tat, seine Finger an meiner Wange liegen zu haben. War das echt? Oder war es nur ein Punkt auf der Liste? Ich war jedenfalls nicht mehr in der Lage, die Kontrolle zu behalten und auch nur im Entferntesten etwas zu analysieren.

Ich erinnerte mich, wie er im Club gesagt hatte, ich solle wenigstens so tun, als würde es mir gefallen. Auch dort war es gut gewesen. Aber hier und jetzt war es anders, da war noch mehr von diesem Kribbeln, von meinem pochenden Herzen, von dem Ziehen im Bauch. Von allem war es ein bisschen mehr.

»Du hast mich geküsst«, flüsterte Jakob, als wir uns kurz voneinander lösten.

»Du hast mich ausgenutzt«, grinste ich.

»Und jetzt?«

»Noch einen?«

Jakob lachte und wieder küssten wir uns, eine ganze Weile lang. Ich war nur noch Hitze, Kribbeln und Herzschlag. Irgendwann zog mich Jakob hinunter auf den Steg und setzte sich hinter mich, die Arme um mich geschlungen.

»Also gut, dann können wir diesen Filme-Punkt ja schon mal abhaken«, hauchte er mir ins Ohr.

Ich rückte etwas von ihm ab und drehte mein Gesicht zu ihm. Ich hob eine Braue. »So einfach machst du es dir also?«

»Klar. Und wenn wir schon dabei sind, könntest du ja auch gleich ...« Er blickte in den Himmel. »Nein, doch nicht. Ich wollte sagen, du könntest auch gleich die Sterne zählen, aber dazu ist es bewölkt, so viele Sterne sind gar nicht zu sehen.«

»Dann ist es doch einfacher«, grinste ich.

Er zog mich wieder fester an sich. »Wir könnten hier auch warten, bis die Sonne aufgeht, und einfach reden.«

Ich räusperte mich. »Reden? Worüber? Ich meine, von mir aus schon, aber nicht, dass du wieder genervt bist.«

»Ach, ich war damals nur in dem Moment ein bisschen genervt. Und ich habe dir auch erklärt, weswegen.«

»Jakob, mal ganz ehrlich. Findest du mich wirklich so schlimm? Weil ich nach deinem Vater gefragt habe und wegen dem Studium und allem ...«

»Ganz ehrlich? Ein ganz klein wenig vielleicht. Ich habe dir erklärt, dass es nicht um mich geht. Ich wollte im Auto einfach nicht darüber sprechen und … es fällt dir wohl irgendwie schwer, mal lockerzulassen. Etwas mal einfach so hinzunehmen. Aber … ich wollte dich nicht so angehen.«

Jakob sah mich durchdringend an. Die Sekunden verstrichen, während unsere Blicke dunkel aufeinanderlagen. Lang. Länger. Noch länger. Mir wurde ganz warm. Ich musste dringend aus dieser Situation raus.

Ich stupste ihn an. »Und jetzt? Willst du reden?«

Erneut boxte ich ihn spielerisch in die Seite, als er unerwartet nach meinem Handgelenk griff. »Übertreib's nicht, Kaia, sonst landest du doch noch im See. So was kann ganz schnell gehen.«

»Okay, okay, ich sag ja schon nichts mehr. Keine Freunde und so, ich hab's verstanden.«

Jakob sah mich eindringlich an. »Ich wollte das nicht sagen, okay? Es tut mir echt leid, das war fies. Ich habe darüber nachgedacht. Ich kann tatsächlich nicht erwarten, dass du mir alles über dich verrätst, ich dir aber gar nichts sage. Da hast du schon irgendwie recht.«

Ohne es zu wollen, musste ich lächeln. »Herr Inzenhofer gibt mir recht, wow. Den Tag sollte ich mir rot im Kalender anstreichen.«

Jakob musste mitlächeln, ehe er wieder ernst wurde. »Auch wenn ich möchte, dass du für dich im Fokus stehst … Also, in Bezug auf meinen Papa, das ist eine ganz spezielle Sache. Und wenn er anruft, habe ich nicht immer Bock auf ihn.« Er atmete tief durch.

»Und warum?«

»Da gibt es einige Gründe, aber der Hauptgrund ist wohl

das Studium. Ehrlich gesagt, mache ich das nur wegen ihm. Eigentlich würde ich viel lieber etwas anderes machen, das hast du ja selbst schon gemerkt. Nur ... ach, egal ...«

»Warum machst du es dann nicht? Das, was du viel lieber machen würdest? Und was wäre das?«

»Hm ... das erzähle ich dir mal wann anders, okay? Ich wollte dir nur das jetzt schon mal sagen, also dass es mir leidtut, okay?«

»Okay«, flüsterte ich, dann legte ich den Kopf zurück an Jakobs Schulter und blickte in den Himmel. Er war wirklich etwas verhangen, sodass so gut wie keine Sterne zu sehen waren. »Schade, wir können tatsächlich keine Sterne zählen.«

»Ach, den Punkt erledigen wir schon auch noch. Aber für heute reicht die Sache mit dem Film, oder? Und morgen kann es damit weitergehen, wenn du willst. Schließlich geht es um dich.«

Ich nickte. Er hatte recht, es ging ausnahmsweise mal um mich. Und doch ... Ich wollte wirklich gern wissen, was Jakob bewegte. Nicht nur, weil ich ihn mochte. Oder doch ... vielleicht vor allem deswegen.

KAPITEL 21

»Also dann ...«

Jakob sah mich an, nachdem er mich auf dem Fahrrad zurückgebracht hatte und wir vor meiner Wohnung standen. Warum starrte ich schon wieder auf seine Lippen? Vielleicht, weil es aufregend war. Vielleicht, weil es gut gewesen war. Vielleicht, weil ... Keine Ahnung, das war einfach verrückt. Aber ich war sehr glücklich damit, heute mal ein wenig verrückt gewesen zu sein.

»Also dann ...«, erwiderte Jakob.

»Also dann ...«, wiederholte ich.

Er grinste. »Soll das jetzt ewig so weitergehen? Oder kann es sein, dass du noch was auf dem Herzen hast?«

Ich schluckte. Vielleicht war es tatsächlich so und er hatte mich ertappt. Aber sollte ich meine Gedanken wirklich aussprechen? Ich schluckte abermals und entschied mich, es zu tun. »Nur eine ganz kleine Sache.«

»Und die wäre?« Jakob wirkte gespannt, also beschloss ich, mit der Sprache rauszurücken.

»Ich ... ich habe übrigens nach Grafit gegoogelt«, sagte ich.

Er hob eine Braue. »Und das fällt dir jetzt gerade ein?«

»Ja, weil ... wegen deinem Geruch. Der Duft heißt doch so, oder? Also das Parfüm, das du trägst. Grafit, oder?«

»Da war jemand wohl neugierig«, bemerkte er amüsiert.

»Ein ganz kleines bisschen vielleicht«, gab ich zu. »Und, habe ich recht?«

»Mhm, teilweise.«

»Wie, teilweise? Erzähl! Bitte«, fügte ich an und hoffte, Jakob würde mir verraten, was das alles zu bedeuten hatte.

»Du willst also wirklich wissen, was es mit dem Grafit auf sich hat? Mit dem Duft?«

»Ja, und warum du immer diese Flecken hast.« Er sah mich fragend an und ich deutete auf sein T-Shirt. »Die auf deinen Shirts. Ich vermute ja, das hat etwas mit der Sache zu tun, die du lieber machen würdest, als zu studieren.«

Jakob musterte mich. »Ach, Kaia, du kannst es einfach nicht lassen, oder? Aber das kriegen wir auch noch hin.« Mit einem Mal trat er näher an mich heran. Ich überlegte noch, was er damit meinte, bis … »Also gut, ich erzähle es dir. Halt dich fest, es wird jetzt ziemlich ernst.«

Stirnrunzelnd sah ich ihn an. »Schieß los.«

»Ich habe gar kein Parfüm zu Hause, ich kann mir das nicht leisten. Deswegen schleiche ich immer in der U-Bahn herum, um diesen Duft anzunehmen, damit ich wenigstens nach irgendwas rieche. Ist das schlimm?«

Ich ging etwas vor und schubste ihn leicht. »Vergiss es! Ach, komm schon, rück raus mit der Wahrheit. Du bist echt ein …«

Ich schlug sanft gegen seine Brust, als er lachte, mein Handgelenk umfasste und mich an sich zog. Augenblicklich beschleunigte sich mein Herzschlag. Was hatte er vor? Was hatte ich vor?

Er atmete tief ein, neigte sich zu mir und flüsterte: »… eine Sünde wert? Wolltest du das sagen? Gib's ruhig zu, du starrst mir doch andauernd auf die Lippen. Warum tust du das?

Kriegst du nicht genug von mir? Ist der Film für dich heute noch nicht zu Ende?«

Etwas in mir zuckte auf angenehme Art zusammen, als ich seine Stimme so nah an meinem Ohr spürte. Sie entfachte einen wohligen Schauder und sofort schob sich ein heißes Kribbeln durch meinen Bauch. »Keine Ahnung, warum. Irgendwie …«

»Also, denkst du daran? Mich jetzt noch mal zu küssen?« Er grinste schelmisch.

»Nein … also ja … also vielleicht. Das hat aber nichts mit dir zu tun, ich bin heute einfach aufgeladen oder so. Keine Ahnung, in mir hat irgendwas anderes die Kontrolle übernommen, nachdem alle gesagt haben, ich soll mir nehmen, was ich will.«

Er hob eine Braue. Sein Blick wanderte über mein Gesicht, weiter nach unten zu meinen Brüsten und ich verfluchte mich, dass es in mir schon wieder so sehr kribbelte, dass ich kurz davor war, ihm zu verfallen. Zumindest für den Moment. Wäre das denn so schlimm? Vielleicht. Vielleicht auch nicht. Wenn ich ihn jetzt noch einmal kontrolliert küssen würde, wäre das sicher okay. Ich wollte ihn nur noch einmal küssen.

»Wer hat das gesagt?«, unterbrach Jakob meine wirren Gedanken.

Ich winkte ab. »Ist nicht so wichtig. Aber …« Ich hatte kurz die Eingebung, ihn spontan zu fragen, ob er noch mit reinkommen wolle. Moment. Hatte ich das wirklich gerade gedacht? Puh, das sollte ich wohl lieber lassen.

»Aber was?«

»Aber … zurück zum Thema. Wolltest du mir nicht gerade erzählen, was es mit dem Grafit auf sich hat?«, bekam ich gerade noch die Kurve.

»Nein, wollte ich eigentlich nicht.«

»Wolltest du. Ich wollte wissen, warum du so riechst und was es mit den Flecken auf sich hat, und du hast gesagt: *Also gut, ich erzähle es dir.* Und dann kam diese Quatschgeschichte und jetzt ... Will. Ich. Die. Richtige. Hören. Punkt.«

Kurz war es still. »Mein Opa ist Schmied. Er hat eine eigene Schmiedewerkstatt und ich helfe ihm dort, sooft es geht. Deswegen rieche ich nach U-Bahn, weil Grafit etwas ist, was man auch in einer Schmiede benutzt.«

Ich legte den Kopf schief. »Und das ist echt, das ist die ganze Geschichte?«

»Was glaubst du denn? Eine von meinen beiden Geschichten ist jedenfalls wahr. Such dir aus, welche.«

Meine Augen strichen über seinen Oberkörper. »Dann stimmt es auch, dass du oft in der U-Bahn warst? Weil er dort gearbeitet hat, dein Opa?«

»Jap, er hat dort so einiges geschmiedet. Aber nicht nur für die U-Bahn, er hat zum Beispiel auch die Buchstaben an der Lorenzkirche gemacht. Oder kaputte Sachen wieder in Ordnung gebracht, wie das Tor unten am Turm neulich, du erinnerst dich?«

»Stimmt, das hast du erzählt.« Ich blickte zurück zu seinen Augen. »Und du kannst das auch? Also das Schmieden?«

Er zuckte mit den Schultern. »Ich probiere es hin und wieder. Aber wie in allem bin ich ziemlich schlecht darin.«

Ohne dass ich es wollte, streichelte ich über seine Brust. »Ups, sorry, wollte ich nicht. Das war ... aus Mitleid.«

»Schon gut«, lachte er, »das bin ich gewohnt. Also das Mitleid, weil ich so dumm bin, nicht dass mir jemand die Brust streichelt«, fügte er augenzwinkernd hinzu.

Verdammt, warum konnte ich mich bei ihm kaum kontrollieren? Warum fiel mir das in seiner Nähe nur so schwer?

»Du bist gar nicht so dumm, wie ich dachte«, sagte ich jetzt auch noch augenzwinkernd.

Jakob lachte abermals. »Ich weiß nicht, ob das gerade eben das beste oder doch eher schlimmste Kompliment meines Lebens war.«

»Nimm's, wie du willst, aber ich persönlich würde mich eher für das beste Kompliment entscheiden.« Oh Mann, was war nur los mit mir? Ich hatte eindeutig zu viel *Titanic* in mich aufgenommen. Zu viel Romantik. Zu viel Steg am See. Ich war völlig unkontrolliert, wie benebelt.

»Wenn du das sagst, dann glaube ich dir mal. Du bist übrigens auch nicht so nervig, wie ich dachte. Und viel tapferer und mutiger.«

Mein Herz machte einen kleinen aufgeregten Hüpfer. »Ja?«, wollte ich wissen.

»Du hast eine halbe Nacht am See mit mir über dich ergehen lassen. Und dabei noch einen Punkt auf deiner Liste abgehakt. Respekt.«

Ich pikte ihn leicht. »War ein echtes Opfer.«

»Hat man gemerkt. Aber glaub jetzt bloß nicht, dass da mehr hinter meiner faulen Fassade steckt. Wäre ja sonst wie in einem kitschigen Liebesroman oder wie in deinem *Titanic*-Film. Du bist Rose und ich helfe dir, deine Träume zu finden, deine wirklichen, echten Träume. Und ich, der arme Jack, gehe zugrunde, während du dich selbst findest.«

Ich lachte. »Das wäre wirklich sehr dramatisch, aber ich habe ja meine echten Träume schon.«

»Wenn du das sagst.«

»Ach Mann, du bist echt dumm.«

»Na, was nun? Nicht dumm. Dumm. Langsam solltest du

dich mal festlegen.« Er legte seine Hand auf meine, die noch immer auf seiner Brust verharrte.

Ich merkte, wie ich immer müder wurde. »Aber nicht mehr heute. Morgen ist auch noch ein Tag.«

Jakob nickte. »Wie wahr.«

»Also dann ...«, sagte ich.

»Also dann ...«, erwiderte er.

»Gute Nacht, Jakob.«

»Gute Nacht, Kaia.«

Ich kramte den Schlüssel heraus und sperrte die Tür auf. Als ich mich noch einmal kurz umdrehte, sah ich, wie Jakob auf sein Rad stieg und davonfuhr. Irgendwie wirkte er dabei ziemlich beschwingt.

KAPITEL 22

»Du hast das echt noch gemacht?« Sophie blickte mich mit großen Augen an. »Krass.«

Ich konnte es selbst kaum glauben. »Ja, einfach so. Deswegen habe ich jetzt auch so fiese Augenringe.«

»Unsinn, man sieht gar nichts.«

»Aber selbst wenn ... Ich hab's gern getan.« Ich grinste sie an. »Du weißt ja, was das bedeutet, oder?«

Sophie nickte. »Ich muss mit Luca reden. Vielen Dank auch.«

»Tja, musst du wohl. Das war auch der einzige Grund, warum ich Jakob noch mal geküsst habe«, zwinkerte ich Sophie zu, die mich staunend und neugierig zugleich anblickte.

»Du hast ihn ...? Also los, jetzt erzähl mal alles.«

Wir saßen im Café *Luftsprung*, das nicht weit von der Uni entfernt lag und sehr beliebt war. Der Kaffee vor uns dampfte und noch während meiner Zusammenfassung der gestrigen Nacht bestellten wir uns die zweite Tasse.

»Und dann hat er dir gesagt, dass es ihm leidtut, wegen dem Spruch und so?«

Meine Gedanken schweiften zur gestrigen Nacht zurück, als wir am Steg gestanden, uns geküsst hatten. »Hat er. Wir haben sonst anschließend nichts mehr groß besprochen. Er meinte nur, dass es um mich geht.«

Ich musste zugeben, solche Empfindungen kannte ich

nicht. Das waren Gefühle, die ich mir vielleicht mal erhofft hatte, die ich mir vorgestellt hatte. Jetzt empfand ich sie tatsächlich. Dieses Loslassen und Schauen, was passiert. Sich einfach mal was trauen. Es war ... Es war einfach schön.

»Krass. Da erlebst du die tollsten Abenteuer, während ich ganz unschuldig im Bett liege«, lächelte Sophie mich an.

»Mhm, ich bin auch noch Fahrrad gefahren.«

»Boah, du Mutige!«

Ich rollte mit den Augen, musste aber trotzdem lachen.

»Und, wie war er so? Also in allem?«

»Es war einfach gut. Anders als im Club, zärtlicher. Echt irgendwie. Das lag sicher an den Umständen.«, sagte ich, tastete an meine Lippen und war kurz zurückversetzt. Und *wie* echt es sich anfühlte.

»Na ja, ich weiß nicht. Und ...« Sie zögerte kurz.

»Was denn?«

»Die Sache mit seinem Vater. Er macht das Studium also nur wegen ihm?«, wollte Sophie wissen.

»Hat er gesagt. Damit habe ich ehrlich gesagt gar nicht gerechnet. Also dass er sich mir doch noch so weit öffnet.«

Dennoch fiel mir auf, dass er sich heute noch nicht gemeldet hatte, obwohl ich ihm geschrieben hatte. Es war zwar nur wegen der Bögen, aber trotzdem, der Termin war eingetragen.

Nachdem ich mich von Sophie verabschiedet hatte, checkte ich noch einmal fix alle Termine. Ich musste zur Uni, um einen Kurs zu besuchen und noch etwas abzuholen. In ein paar Stunden würde dann schon Jakob kommen, damit wir endlich zusammen die Bögen auswerteten. Vorausgesetzt, er würde langsam mal den Termin bestätigen. Okay, es war gestern Nacht ziemlich spät und auch ein bisschen verrückt geworden, das war aber noch lange kein Grund, heute nicht konzentriert an dem Uniprojekt weiterzuarbeiten. Also …

Ich zuckte zusammen, als ich eine Meldung auf die App bekam. *Was?* Er hatte doch tatsächlich den Termin storniert. War das ein Versehen? Doch da blinkte zusätzlich eine Nachricht von ihm auf.

> Sorry, muss heut noch was anderes erledigen. Wird leider nichts.

Ich betrachtete die Nachricht und spürte dabei einen kleinen Stich in der Magengegend. Und jetzt? Er hatte also abgesagt. Na toll, weil er *was anderes erledigen* musste. Ich hakte nach.

> Und wann willst du dann das mit den Bögen machen?

Er war noch online, doch ich bekam keine Antwort mehr. Dabei wusste er genau, dass wir langsam an dem Projekt weiterarbeiten mussten. So ein Idiot!

Eine tiefer liegende Unsicherheit beschlich mich. Lag es am Ende vielleicht daran, dass ich ihm zu viel Privates entlockt hatte und er sich nun zurückzog? Ich machte mir viele Gedanken, bis ich schließlich damit aufhörte, mich zu fragen, was *ich* falsch gemacht haben könnte. Stattdessen rief ich mir etwas anderes in den Sinn. Ich hatte gewusst, wie dieser Kerl tickte, dass er nichts durchzog. Warum hätte es also ausgerechnet bei mir anders sein sollen? Ich konnte nichts anderes tun, als weiterzumachen. Die Bögen alleine auswerten, weil das sonst wohl nie etwas werden würde. Mehr war im Moment wohl einfach nicht drin. Aber die Liste …

Mein Timer klingelte. Es war Zeit für den Kurs. Ich machte mich auf den Weg zur Uni, suchte mir einen Platz im Hörsaal und lauschte dem Thema. Es ging um Management in Unternehmen, was halbwegs interessant war, und ich notierte mir einige Stichpunkte. Mein Kopf war wieder da, ich war fokussiert. Zumindest fast. Ab und an musste ich doch an Jakob denken. Daran, was sein Problem sein könnte, auch wenn ich wusste, dass ich es nicht lösen konnte. Außer ich redete mit ihm. Aber da hatte ich irgendwie nicht so viel Lust drauf. Zumal er das ja offenbar nicht unbedingt wollte. Das war also nicht die Lösung. Ein bisschen Abstand war immer gut und wenn er sich nicht von sich aus meldete, konnte ich ihm immer noch irgendwann eine Ansage machen.

Während dieser ganzen Überlegungen war der Rest des Kurses ziemlich an mir vorbeigezogen. Ich musste mich unbedingt wieder besser auf die Uni konzentrieren. Unzufrieden verließ ich den Saal und trat ins Freie … als ich Jakob sah. Er ging mit dem Handy am Ohr nur wenige Meter vor mir.

Ich war neugierig. Klar, ich sollte nicht andauernd alles kontrollieren. Klar, es sollte mir völlig egal sein, was er trieb. Klar, aber trotzdem … Ich beschloss, ihm zu folgen.

KAPITEL 23

Es gab sicherlich genug andere Dinge, um die ich mich kümmern sollte, aber ich ging Jakob hinterher. Wenn er schon *was anderes erledigen* musste, dann wollte ich wenigstens wissen, was.

Er ging zum Handwerkerviertel. Schließlich stoppte er in der Weißgerbergasse. Ich beobachtete, wie er einen Schlüssel aus der Hosentasche zog und in einem der Häuser verschwand.

Mein Herz klopfte vor Neugier. Was sollte ich tun? *Weggehen natürlich,* es war total bescheuert, ihm nachzugehen. Doch ich wollte wissen, was er da tat. Also schlich ich mich zum Fenster und sah hinein. Im Inneren des Raumes hingen Werkzeuge an Haken. Was trieb der Kerl da?

Ich ließ meinen Blick durch den Raum gleiten. Von Jakob war keine Spur, nur komische Geräusche drangen nach draußen auf die Straße. Ich duckte mich, atmete tief durch und verharrte einen Moment unter dem Fenster. Nach einer Weile sah ich wieder nach oben, hielt mich am Rahmen fest und zuckte heftig zusammen, als mit einem Mal Jakob vor mir stand, den Blick auf mich gerichtet. Mist! Ob er mich gesehen hatte? Ich hoffte mal nicht, als … die Tür aufging.

»Was bitte tust du hier, Kaia?«

Verdammt, er hatte mich bemerkt. Ich musste auf alle Fälle ruhig bleiben. Ich stand auf und klopfte mir über die Bluse.

»Hey, ja so ein Zufall.«

Er hob eine Braue. »Was willst du hier?«

»Ich? Was ich hier will? Spazieren, mehr nicht. Warum?«

»Kaia!«

»Na schön. Ich hab dich zufällig an der Uni gesehen und nachdem du den Termin mit mir abgesagt hast, wollte ich wissen, was wichtiger sein kann, als die Bögen auszuwerten. Also wichtiger als das Projekt.«

Er musterte mich. »Das waren aber nicht die Regeln. Ich hab dir doch gesagt, dass ich nicht dauernd kann«, sagte er erkennbar sauer.

Ich bemerkte die Luft, die aus dem Inneren des Hauses zu uns heraus auf die Straße kroch. Es roch ... nach Rauch und Feuer und U-Bahn. Schlagartig wurde es mir klar: Hier war er also immer, wenn er nicht konnte. Das musste die Werkstatt seines Opas sein.

»Ist das die Schmiedewerkstatt?«, hakte ich vorsichtshalber nach.

Er seufzte – und lächelte dabei überraschenderweise. »Kaia, Kaia, du wirst einfach nicht lockerlassen, du Kontrollsüchtige.«

Ich schüttelte ertappt den Kopf.

»Oh Mann, was hab ich mir da nur angetan?« Gespielt theatralisch schüttelte er den Kopf. »Okay, komm rein. Ich zeige dir alles.«

Ich folgte Jakob durch die Tür. An den Wänden prangten Hufeisen, Schlösser, Eisen, kleine Gitter und alte Bilder. Eines davon zeigte einen Mann mit Schürze vor einem Amboss. Ich sah auch noch einige Lampen und Räder und alles wirkte, als wäre man in der Zeit zurückgereist.

»Das ist also die Schmiede?«, fragte ich überflüssigerweise.

Jakob zwinkerte mir zu. »Du bist so klug.«

Ich sah mich um, entdeckte noch einige Skulpturen und Rahmen und blickte Jakob an. »Hast … du das gemacht?«

Er nickte verlegen. »Nicht alles davon, aber ich probiere immer wieder mal was aus. Eine Verbindung der alten Schmiedekunst mit modernen Elementen. Digitale Bildschirme, Lichtinstallationen, so Sachen halt.«

Ich konnte meine Überraschung nicht verbergen. »Und das gehört alles deinem Opa?«

Er deutete zu dem Bild von dem Mann mit der Arbeitsschürze, dann wandte er sich wieder zu mir um. Ich sah mir das Foto genauer an und erkannte erst jetzt, dass sich darauf auch ein kleiner Junge befand, über und über mit Ruß beschmiert, aber mit einem breiten Lachen. Er sah glücklich aus.

»Und jetzt arbeitest du bei ihm? Immer wenn du nicht in den Kursen bist oder nicht kannst, so wie heute?«

»So ist es. Mein Opa ist nicht mehr der Jüngste und ich mache mit ihm die Aufträge fertig. Er könnte eigentlich schon längst in Rente gehen, aber er hat so viele Stammkunden und es macht ihm noch Spaß. In letzter Zeit habe ich mit ihm zum Beispiel ein altes Gitter restauriert. Überhaupt sind viele Auftragsarbeiten dabei, meist Reparaturen, aber auch Neuanfertigungen. Ich mache sozusagen eine Lehre bei ihm. Ich habe von ihm das Handwerk von Grund auf gelernt. Und … na ja, es ist das, was ich gerne tue. Komm mit, ich zeig dir noch was.«

Ich folgte ihm in einen weiteren Bereich. Dort war die Werkstatt. In ihr befanden sich kleine Skulpturen und Figuren. Zudem sah ich das restaurierte Gitter. Es war sehr hübsch, verdreht und verschnörkelt und sah besonders aus.

Mich zogen aber vor allem die Skulpturen an. Ein Paar hielt sich an den Händen, verbunden durch einen Lichtpunkt. Meist waren es Menschen, allein oder in Paaren. Ein Paar saß auf einer Bank, ein anderes lief Hand in Hand. Ein Mann stand alleine, in der Hand eine leuchtende Kugel. Dann sah ich eine Art Rahmen, darauf das Gesicht einer Frau auf der einen und ein kleiner Vogel auf der anderen Seite.

»Die sind ja total schön, diese Skulpturen«, sagte ich beeindruckt.

Jakob wurde rot. Das hatte ich noch nie an ihm gesehen. »Danke schön. Und das aus deinem Mund ...«

Ich stupste ihn in die Seite. »Was hat es denn mit den Lichtern auf sich?«

»Das sind teils Lampen, teils Projektionen, die ich gebaut habe.

»Wow.«

Er atmete tief durch. »Ich wollte irgendwie eine Schnittstelle schaffen. Zwischen neu und alt.«

»Das ist total ... besonders, wirklich.«

Ich betrachtete den Vogel und verstand, dass es eine Art Bilderrahmen war. Im Gegensatz zu den anderen Figuren war hier alles flach. Ich sah mich weiter um. So viele unterschiedliche Eindrücke prasselten auf mich ein, ich wusste nicht, wie ich beschreiben sollte, was ich gerade fühlte. Außer dass ich Jakob das nicht zugetraut hatte.

»Ich weiß gar nicht, was ich sagen soll, es ist ...«

»... schrecklich?«

Ich boxte ihn. »Nein, es ist wunderschön. Du ...« Mit einem Mal konnte ich eins und eins zusammenzählen. »Das hier ist dein Traum, oder? Und dein Vater will genau das nicht.«

»Du bist ein kluges Mädchen, Kaia. Also fast, er weiß es nämlich gar nicht so ganz genau. Er und mein Opa ... haben immer wieder Streit und, keine Ahnung, es ist einfach kompliziert. Aber das sagte ich dir ja schon.«

»Aber warum sagst du es nicht einfach und lebst deinen Traum?«

»Weil ich keinen Wind drum machen will. Bei niemandem.«

»Besonders nicht bei deinem Vater?«

»Er hält nichts davon. Er ist, wie er ist. Und ich habe keinen Bock auf Stress, weißt du?«

»Aber du bist fleißig. Schau, was du hier schon alles auf die Beine gestellt hast. Du musst dich wirklich nicht verstecken. Wenn du das Studium nicht machen willst, dann lass es einfach. Ich meine, gerade machst du zwei Sachen gleichzeitig, das kann auf Dauer nicht gut gehen. Du solltest dich entscheiden: die Uni, die dir keinen Spaß macht, oder das hier, was du offensichtlich ziemlich draufhast.«

»Das hättest du nicht gedacht, oder? Der *Mann ohne Ziele* ... halt, nein, der *kreative Mann ohne Ziel* schreit ja förmlich nach einer neuen Kontaktanzeige.«

Ich spürte die Röte nun auch auf meinen Wangen und wandte den Blick ab. »Anscheinend. Vielleicht gibt es ja doch ein Ziel. Das hier willst du also machen, Schmied sein?«

»Ja, ich mag es, mir Sachen auszudenken oder zu entwerfen und diese dann umzusetzen. Besondere Stücke, weißt du? Stücke, die die Kunden mit Freude erfüllen.

Als ich als Kind hier mit im Laden war, habe ich oft beobachtet, wie verträumt manche Leute stehen blieben. Wie sie die Werke betrachteten. Als hätten sie in dem Augenblick eine Art Tagtraum. Oder wenn sie an der U-Bahn standen.

Klar, die meisten haben kein Auge dafür oder keine Zeit oder was weiß ich. Aber ab und zu habe ich doch ein paar Leute dabei beobachtet, die sich die Verzierungen mal wirklich angesehen haben. Und die freuten sich dann, wenn sie was Schönes entdeckten. Ich mag das.«

Da beugte ich mich vor und küsste ihn. Einfach so legte ich meine Lippen auf seine.

»Wofür war das jetzt?«, lächelte er, als ich mich von ihm löste.

»Einfach so. Weil du das so schön gesagt hast.«

»Okay«, lachte er, »einfach so. Das gefällt mir.«

»Weißt du, was? Wir sind gar nicht so verschieden, wie ich dachte«, sagte ich dann.

Er nickte. »Scheint so«, flüsterte er und ich wollte noch etwas sagen, doch das gelang mir nicht mehr, denn mit einem Mal zog mich Jakob an sich und küsste mich. Diesmal fing er an. Mein gesamter Körper zerfloss wie flüssiges Eisen im Feuer in seiner Nähe. Überall war Hitze, als ... wir etwas an der Tür hörten.

»Jakob?«

»Opa?« Wir rückten auseinander.

Ein Mann mit grauen Haaren trat ein und verzog seine faltigen Lippen zu einem Lächeln. »Lasst euch nicht stören. Ich merke schon, hier schmilzt mehr als nur Eisen ...«

Ich spürte, wie meine leicht geröteten Wangen dunkelrot wurden. »Ich bin Kaia«, stellte ich mich vor und reichte ihm die Hand.

»Das dachte ich mir schon. Der Kerl da«, er nickte zu Jakob und zwinkerte mir verschwörerisch zu, »erzählt andauernd von dir.«

Erstaunt sah ich zu Jakob. »Tut *der Kerl* das?«

»Von dir und von dem Projekt und ... na ja, ich bin jedenfalls froh, dass er dir jetzt mal gezeigt hat, was er sonst noch so tut. Der Junge ist nämlich talentiert. Wie er Modernes und Altes kombiniert ... richtig gut.«

»Ich bin auch sehr froh, dass er es mir gezeigt hat. Und ich bin begeistert, von allem hier. Ich meine, was Sie sich da aufgebaut haben und was Sie mit Ihrem Enkel zusammen schaffen – wirklich toll.«

»Jakob hat mir früher schon gern geholfen, damals als kleiner Junge. Wir waren viel unterwegs. Ich habe hier in der Umgebung so einiges geschmiedet und repariert. Jakob wollte das Handwerk lernen. Er war ganz verbissen und na ja ...« Er machte eine kurze Pause und seine fröhliche Miene wirkte etwas sorgenvoller. »Ich wünschte, mein Sohn würde begreifen, dass Jakob einen anderen Plan vom Leben hat als er. Ich würde gern mal mit ihm drüber reden, aber das will Jakob nicht.«

Ich drehte mich zu Jakob. »Aber warum denn nicht? Was wäre denn, wenn du deinem Vater zeigen würdest, was du kannst? Dann wird er sicher alles verstehen.«

»Das habe ich auch schon oft vorgeschlagen. Jakob, erzähl doch mal von der Messe, von dieser Ausstellung. Wie beliebt deine Figuren jetzt schon sind. Aber er sträubt sich einfach«, erklärte sein Opa.

Jakob hatte den Blick fest auf seinen Opa gerichtet. »Inwiefern sträuben?«

»Ich habe ein paar von seinen Modellen bei einem Wettbewerb eingereicht. Und nun ist er eingeladen worden, will aber partout nicht zu der Ausstellung auf der Messe fahren. Dabei hat er meiner Meinung nach gute Chancen zu gewinnen. Es wird dort einen ziemlich attraktiven Preis geben.«

Ich sah zu Jakob hinüber. »Stimmt das?«

»Ja, aber ...«

»Das ist doch toll! Also, wann ist die Messe? Ich trage sie gleich in der App ein«, kündigte ich überschwänglich an und zückte mein Handy.

»Nein.«

»Am Freitag in zwei Wochen.«

»Opa!«, rief Jakob empört.

»Danke«, grinste ich und gab den Termin ein.

»Gern geschehen«, nickte mir Jakobs Opa lachend zu.

»Verbündet euch nur gegen mich, aber ich gehe eh nicht hin. Weil es Unfug ist. Und weil Papa so oder so nichts davon halten würde. Im Prinzip ist mir das zwar egal, es ist schließlich mein Leben, aber ... aber überhaupt.«

Ich sah zu Jakobs Opa und dann wieder zu Jakob. Vielleicht war es für den Moment wirklich besser, es erst einmal darauf beruhen zu lassen. Aber die Idee, die ich eben gehabt hatte, schob ich nicht ganz weg, ich behielt sie für alle Fälle im Hinterkopf.

»Ich habe da einen Gedanken, und zwar in Bezug auf die Bögen. Etwas, was wir für das Altenheim konzipieren könnten. Wie wäre es, wenn man einen Raum ausstattet, der voll mit Erinnerungen ist? Einen Raum zum Abschalten. In der Mitte könnte irgendwas sein, keine Ahnung, ein ...« Mir fiel nichts ein.

»... ein Baum«, ergänzte Jakob meinen Satz.

»Ein Baum?«

»Ja. Er könnte digital beleuchtet und bespielt werden. Eine Art *Baum der Träume*. Oder ein *Baum der Geschichten*, dessen Blätter das tragen, was die Bewohner in dem Heim an irgendetwas erinnert. An etwas, was bleiben soll.«

»Oh mein Gott!«, rief ich freudig.

»Du kannst ruhig Jakob zu mir sagen«, zog er mich auf.

»Blödmann! Jakob, das ist ja ...«

»... bescheuert?«

Bescheuert? Was redete er da? Ich konnte nicht anders, ich nahm sein Gesicht in beide Hände und küsste ihn. Wieder. »Jakob, genial ist das! Hörst du? Genial!« Als mir bewusst wurde, dass ich ihn vor seinem Opa geküsst hatte, schob ich noch ein kleines »Ups« hinterher.

Aber Jakob grinste nur.

Und sein Opa grinste auch.

Den weiteren Nachmittag planten wir. Jakob fertigte Entwürfe an und zeigte mir, wie er sich den Baum vorstellte. Er war so voller Motivation, ich sah ihm wie gebannt zu. Wie talentiert er war! Wie schnell er das, was er bauen wollte und in seinem Kopf sah, umsetzte und schon erste Entwürfe vorzeichnete! Gegen Abend hatte er tatsächlich alles schon detailliert skizziert.

»Das ist sehr gelungen.« Jakobs Opa musterte den Baum, der einen Stamm aus verdrehtem Eisen bekommen sollte und dessen Blätter nach links zeigten und wie ein etwas schräges Dach wirken sollten. »Da habt ihr euch etwas sehr Hübsches ausgedacht«, klopfte er Jakob auf die Schulter.

»Danke schön«, bedankten Jakob und ich uns gleichzeitig für das Lob aus seinem berufenen Munde.

»Ich will ja nicht unromantisch sein, aber es ist schon ziemlich spät und ich würde dann mal gehen und zusperren.

Außer ihr wollt noch bleiben?«, wollte sein Opa mit hochgezogenen Augenbrauen wissen.

»Wir gehen auch. Genug für heute.« Jakob sah mich an und ich nickte zustimmend.

»Hat mich sehr gefreut, dich kennenzulernen, Kaia. Ich hoffe, wir sehen uns bald wieder. Du bist jederzeit willkommen.«

Ich freute mich unheimlich über seine Worte. Generell schwebte ich seit heute Mittag wie auf Wolken. Zu dritt verließen wir das Haus, Jakobs Opa sperrte hinter uns zu und verabschiedete sich mit einem Winken.

Bevor wir losliefen, bat mich Jakob, noch einen Moment auf ihn zu warten. Er ging noch mal kurz ins Haus und als er zurückkam, schloss er erneut ab und stellte sich unschuldig neben mich.

»Und jetzt?«, wollte ich wissen.

»Jetzt weiß ich, was wir machen«, sagte Jakob verschmitzt. Ich sah ihn neugierig an. »Und was machen wir?«

»Lass dich überraschen.«

»Ach komm, sag schon. Warum schaust du mich so an?«

»Wie schaue ich dich denn an?«

»Als ob du irgendwas vorhast. Wieder einmal ...«

Er lachte. Und dann, mit einem Mal, wurde sein Blick tiefer. »Also gut, ich will dir was zeigen. Ist zwar etwas ... na ja, romantisch, aber ...«

»Was? Romantisch?«

Er sah mir tief in die Augen. »Ja, romantisch. Und peinlich. Also, wenn du jemals jemandem davon erzählst, muss ich dich leider im Wald aussetzen.«

Ich hob die Hände. »Ich sage nichts. Ich schwöre.« Ich hob Daumen, Zeige- und Mittelfinger zum Schwur.

»Gut, dann fahren wir los.«

KAPITEL 24

»Willkommen in der *Casa de la Jakob* – oder so!«, sagte er und ich trat ein.

Der Flur war nicht besonders lang. Ein schwarzer Spiegel hing rechts von mir und eine Garderobe links.

»Soll ich dich jetzt auch so durch die Wohnung führen wie du mich?«, fragte er neckend.

Ich schmunzelte. »Ich bitte darum.«

»Also schön. Da rechts hätten wir gleich die Toilette. Dann geht es durch den Flur. Dieses Zimmer da ist das von meinem WG-Kumpel Robert, der ist momentan unterwegs. Hier links wäre die Küche. Da ist zwar nichts vorgekocht, aber bei Bedarf gibt es Kaffee und etwas zu essen. Und das hier ist mein Zimmer.«

Als ich einen Blick in den Raum warf, sah ich ein Bett mit grauem Bezug und ein paar wenige Bilder an der Wand. Dazu eine schwarze Lampe aus Metall, die so ähnlich aussah wie die in der Werkstatt.

»Die ist von dir, oder?«

Eine hauchzarte Röte zog sich über seine Wangen. »Ja, das war einer meiner ersten Entwürfe.« Er schob mich aus dem Zimmer. »So, weiter geht's. Das ist das Wohnzimmer.«

Gleich links stand ein großer Holztisch, mittig eine graue Couch. Auch hier gab es viele Eisenrahmen mit abstrakten Bildern und eine Lampe. Auf dem Tisch stand ein Laptop.

»Das war's dann auch schon.«

»Ich bin beeindruckt. Und all diese Modelle von dir … wirklich besonders, Jakob.«

»Da staunst du, was?«

Ich nickte, bevor ich mich lächelnd umsah. »Und jetzt?«

»Jetzt machst du es dir auf dem Sofa bequem«, schlug er vor.

Während ich mich aufs Sofa setzte, ging er zu einem der großen Fenster, es machte klick und die Jalousien gingen herunter.

»Vergiss es, Jakob.« Ich sprang vom Sofa auf und er drehte sich zu mir um.

»Nicht, was du schon wieder denkst. Kannst du vielleicht mal entspannt bleiben?«

»Na schön.«

Ich setzte mich wieder und sah Jakob dabei zu, wie er die anderen Fenster verdunkelte. Dann schlenderte er zum Tisch und klickte auf dem Laptop herum. Er nahm ihn hoch, stellte ihn auf den kleinen Beistelltisch neben dem Sofa und sah mich mit funkelnden Augen an.

»Bin gleich wieder da, dann geht's los.«

Während ich mit klopfendem Herzen dasaß, ging er aus dem Zimmer. Was hatte er vor? Doch ehe ich weiter darüber nachdenken konnte, kam er auch schon wieder zurück. In der Hand hielt er einen kleinen Kasten aus Eisen, aus dem ein Kabel hing, in der Mitte befand sich Glas. Zumindest soweit ich das im fahlen Licht des Laptops erkennen konnte. Er stellte den Kasten auf den Tisch, steckte das Kabel in einen Adapter am Laptop und sah mich an.

»Augen zu!«

Fragend hob ich eine Braue. »Äh, warum?«

»Schon wieder Diskussionen ... Warum wundert mich das nicht? Ganz einfach, weil ich es sage. Also, bitte mach die Augen zu und ...«

»Und was?«

»... und leg dich hin.«

»Was? Jetzt übertreibst du aber ein bisschen.«

Er lachte. »Nein, tu ich nicht. Bitte leg dich hin.«

»Na gut.« Ich tat, was er sagte, und als ich mich ausgestreckt hatte, schloss ich die Augen.

Etwas klickte wieder und dann spürte ich, wie sich Jakob neben mich aufs Sofa legte. »Augen schön zulassen, okay?«

»Okay«, sagte ich leise und atmete seinen Duft ein, den ich inzwischen so gern mochte, auch wenn es bescheuert war. Schließlich roch er nach U-Bahn! Aber noch mehr nach ... Jakob.

»Denk daran, du hast versprochen, mich nicht auszulachen und es niemandem zu verraten.«

»Versprochen. Ich will ja nicht im Wald ausgesetzt werden.«

Ich spürte, dass sich Jakob zu mir drehte: »Als du gesagt hast, du willst noch was von der Liste machen, hatte ich eine Idee. So, du kannst die Augen wieder aufmachen.«

Und dann öffnete ich die Augen und sofort ging ein Kribbeln durch mich hindurch. Über uns strahlte ein unglaublich klarer Sternenhimmel. Es war, als hätte Jakob die Nacht über uns gezaubert. Mein Herz begann ziemlich heftig zu klopfen.

»Das ist ... das ist ... das ist so ...«, stotterte ich.

»... schrecklich?«, fragte Jakob mit gespielt panischer Miene.

Ich stupste ihn in die Seite. »Es ist wundervoll, Jakob. Es ist so unglaublich schön.«

Es war kaum zu glauben. Um uns herum funkelte es atemberaubend schön. Unzählige Sterne glitzerten und schienen genau über uns zu pulsieren. Wie kleine Herzschläge sahen manche davon aus.

»Was ... was ist das? Hast du das gemacht?«

Er sah mich an. »Ja, ich habe da mal ein bisschen herumprobiert. Das ist eher ein Prototyp und es ist auch schon etwas länger her. Die Idee dahinter war, Bilder zu animieren und Erinnerungen lebendig zu machen. Das geht eigentlich mit fast allen Bildern, aber manche ...«

Ich sah zurück zum Sternenhimmel und prompt zog eine Sternschnuppe über uns hinweg. »Das ist so was von schön«, unterbrach ich ihn, »als hättest du wirklich den Nachthimmel hier hereingeholt. Und diese Idee mit den Erinnerungen ... ich meine, wie wundervoll ist das denn bitte? Das sind doch bestimmt Hunderttausende Sterne hier drin.«

»Übertreib mal nicht. War alles ganz einfach. Viel Spaß beim Zählen!«

Ich sah ihn an, als sich seine Mundwinkel hoben. Unsere Blicke verhakten sich und dann ... keine Ahnung, ob es die Sterne waren, diese schöne Idee, dieser traumhafte Moment, den er mir schenkte, ich legte meine Hand wie von selbst an seine Wange.

»Was wird das jetzt, Kaia?«

»Ich weiß nicht. Es ist einfach so schön.«

»Es ist aber sehr romantisch, wenn du meine Wange streichelst. So romantisch wie ein Filmkuss und der war dir *zu* romantisch.« Er lächelte keck, aber es war mir egal, ob es romantisch oder *zu* romantisch war. »Ich glaube, das müssen wir anders machen.«

Jakob griff nach meinem Gesicht und unsere Lippen trafen

hart aufeinander, während um uns herum die digitalen Sterne schwirrten. Sofort war da eine unglaubliche Hitze, die er in mir entfachte. Wir küssten uns innig und sehnsüchtig, hitzig und drängend. Und während unsere Zungen sich miteinander verbanden, keuchte ich.

Kurz löste sich Jakob von mir, stand auf und zog mich an sich. Mit einem Ruck hob er mich hoch. Ich umschlang seine Hüfte mit meinen Beinen und ließ mich von ihm unter Küssen in sein Zimmer tragen. Die graue Bettwäsche sank ein, als er sich aufs Bett setzte. Ich saß noch immer auf ihm, die Beine fest um ihn geschlungen, mein Becken an seinem.

»Das ist nicht *zu* romantisch. Das ist nur, weil wir uns nicht mögen, oder?«, hauchte ich.

»Klar, nur deshalb.«

»Und vielleicht ein bisschen«, keuchte ich gegen seine Lippen, »wegen der Sterne.«

Er nickte, während seine Hand an meine Taille wanderte. »Ein ganz kleines bisschen höchstens«, seufzte er, ehe er schwerer atmete. Eine Hand schob sich unter mein Shirt und strich über die nackte Haut an meinem Rücken. »Der muss leider weg«, flüsterte er und öffnete den BH.

Dann wirbelte er mich herum und legte mich auf den Rücken aufs Bett, er über mir. Unsere Lippen verbanden sich, tanzten miteinander. Jakob packte mich leicht an meinen Seiten und vertiefte den Kuss, während er sich an mich drückte. Er umfasste meinen Oberschenkel, drückte sich näher an mich, sodass ich ihn hart durch den Stoff meiner Shorts spüren konnte. Ich wollte mehr und er wusste es. Kurz löste sich unser Kuss, aber nur, damit er mir und sich das Shirt über den Kopf ziehen konnte. Verdammt. Es war so gut. Was war das nur? In seiner Nähe verlor ich völlig die Kontrolle. *Mein Körper* verlor sie.

Er beugte sich vor, drückte sich erneut an mich und küsste eine heiße Spur von meinen Lippen zu meinem Ohr. Ich reckte den Hals, genoss seinen heißen Atem und Gänsehaut kroch durch jeden Winkel meines Körpers, als er an meinem Ohrläppchen knabberte und ich seine Zunge auf meiner Haut fühlte. Ich keuchte, hielt mich an ihm fest, an seinem Rücken, an den Muskelsträngen, die darüberliefen, und Lust beherrschte alles in mir.

»Gut?«, keuchte er.

»Kein bisschen«, raunte ich.

»Dann gebe ich mir mehr Mühe.«

Er löste sich von mir, ging vor mir auf die Knie und ließ seine Finger am Rand meines Hosenbundes entlangtanzen. Danach ging es ganz schnell. Er öffnete die Knöpfe und zog mir die Shorts von den Hüften. Nur wenige Sekunden später lag ich im Slip vor ihm und der Gedanke daran, was er hoffentlich gleich mit mir anstellen würde, machte mich verrückt. Ich stützte mich auf die Unterarme auf.

»Leg dich zurück«, befahl er und ich ließ mich wieder nach hinten sinken.

Seine Hand glitt nach oben, über meine Brüste, knetete sie abwechselnd leicht und ich seufzte erwartungsvoll. Er war nicht nur sanft, er war eine Mischung aus sanft und fordernd, und als er erst zart über die empfindliche Haut strich und anschließend fest an meiner Brustwarze zog, ging meine Atmung schneller. Das Verlangen, das er in mir auslöste, ging durch meinen ganzen Körper.

»Soll ich aufhören, Kaia? Sag mir, wenn es dir zu viel wird.«

»Untersteh dich!«

Er lächelte, dann hob er meine Beine an, legte sie auf seine Schultern, senkte den Kopf auf meinen Bauch und biss leicht in meine Haut, um sie dann wieder mit Küssen zu bedecken. Heftig rollte Hitze in meinen Unterbauch. Sein Kuss und die leichten Bisse glitten tiefer, zu den Innenseiten meiner Schenkel, ehe er kurz stoppte. Sanft strich er mit dem Finger meine Haut auf und ab, vom Bauch seitlich links und rechts bis zur Innenseite, dann über den Stoff meines Slips. Ich wurde fast wahnsinnig, als er ihn mir langsam nach unten rollte.

»Gefällt dir das? Soll ich weitermachen?«

Ich seufzte und rang mit mir. Der eine Teil von mir wollte sofort alles, der andere wollte es noch ein wenig hinauszögern. Ich entschied mich für Letzteres. »Und wie du weitermachen sollst. Nachher. Aber vorher …« Ich setzte mich auf und sah ihn an. »Ausziehen!«

»Was?«

»Du hast mich schon verstanden. Ausziehen!«

Ich zog ihn am Hintern zu mir her und legte meine Hände an seine Hüften. Dann beugte ich mich nach vorn und küsste seine Haut seitlich über den Leisten, strich schließlich den Bund seiner Hose entlang. Meine Finger ruhten kurz auf den Knöpfen, ehe ich sie sehnsüchtig öffnete. Ganz langsam, mit Bedacht, zog ich ihm die Hose von den Hüften. Seine Shorts kamen zum Vorschein und darin seine ganze Erregung. Ich grinste und ließ meine Hand an ihr entlangwandern. Als ich über seine Härte strich, legte er den Kopf in den Nacken und stöhnte.

»Gefällt dir das? Soll ich weitermachen?«

»Und wie du weitermachen sollst«, keuchte er.

Langsam zog ich ihm nun auch die Shorts von den Hüften. Zusammen mit der Jeans hingen sie nun an seinen Knien. Jakob stand auf und zog beides aus. Er stand nun nackt vor mir, ehe er sich wieder aufs Bett legte. Ich beugte den Kopf vor, küsste zaghaft seine Seiten und umschloss dann mit meiner Hand seine Härte. Einmal, zweimal ließ ich meine Hand auf und ab fahren und suchte seinen Blick. Jakob keuchte und ich stoppte.

»Soll ich aufhören?«

Als er lächelte, drückte ich sanft mit der Hand zu und er stöhnte als Antwort leicht. »Kaia, verdammt.«

Noch einmal schob ich meine Hand auf und ab, richtete mich auf und senkte meinen Mund auf ihn nieder. Leicht leckte ich mit der Zunge an seiner Eichel entlang. Zart und voller Hingebung. Mein Puls raste. Er schmeckte *so* gut. Es erregte mich, ihn mit dem Mund zu verwöhnen. Ein ganz und gar neues Gefühl von Kontrolle. Immer wieder liebkoste ich ihn. Meine Lippen umschlossen sanft alles von ihm. Jakob keuchte immer heftiger und ich spürte das Beben durch meinen Mund wandern.

Mit den Händen hielt ich mich an seinen Hüften fest, während ich ihn weiter neckte, immer und immer wieder seine Härte in mich aufnahm. Ich fühlte seine Hände in meinem Haar, während ich ihn verwöhnte. Ich ließ mich von der Lust leiten, von den Gefühlen, die ich für ihn empfand und die seine Nähe in mir auslöste. Ich wurde etwas schneller, dann wieder langsamer, dann wieder schneller. Ich spürte, wie seine Atmung immer hitziger wurde, dass ich ihn an die Grenze getrieben hatte, bis er mich schließlich einfach nur noch festhielt – und mit einem tiefen, lang gezogenen Stöhnen über diese Grenze kam.

Das Pulsieren verebbte allmählich und ich wartete, bis sich

das Heben und Senken seines Brustkorbs ebenfalls verlangsamte. Dann löste ich mich leicht und sah zu ihm auf. Und ehe ich mich's versah, hatte er sich hochgezogen und mich auf den Rücken gelegt. Schwungvoll legte er meine Beine erneut über seine Schultern.

»Na warte, jetzt bist du dran«, hauchte er.

»Aber ...«

»Kein Aber.«

Er nahm meine Beine von den Schultern, stellte sie ab und spreizte sie. Dann sah er mich an. Tief war sein Blick, ehe er seinen Kopf zwischen meinen Beinen verschwinden ließ. Ich streckte ihm mein Becken entgegen und konnte es kaum erwarten, als er seine Zunge zwischen meine Beine senkte. Prompt schmolz ich dahin. Ich krallte mich fest. Es fühlte sich unglaublich heftig an, denn er strich nicht nur seine Zunge immer wieder über *den* Punkt, der mich fast um den Verstand brachte, ich spürte auch seinen Finger in mir. Er küsste, zog und biss ganz leicht.

Was stellte er nur mit mir an? Ich würde jeden Moment zerspringen. Er umfasste mit den Händen meinen Hintern und seine Zunge ließ jeden Winkel in mir brennen. Es war ... unglaublich. Ich keuchte und stöhnte und griff fiebrig nach Jakobs Haar. Ich warf den Kopf in den Nacken und dann ... dann brannte ich lichterloh. Mein Herz klopfte wie wild und ich hatte keine Ahnung, was mit mir geschah.

Aber es war gut.

Es war gut.

Es war so verdammt gut.

KAPITEL 25

Als ich am Morgen aufwachte, waren es Jakobs Finger, die ich fühlte. Zaghaft strichen sie über meinen Nacken, meine Schultern, meinen Rücken. Ich zuckte wohlig zusammen, als ich die Berührungen spürte. Ich fühlte mich wohl, irgendwie wie in einem Traum, einem Film. Ein klein wenig war es wirklich so. Kurzzeitig hatte ich das Gefühl, mir das alles nur eingebildet zu haben. Die Sterne, die Nacht, die Berührungen. Aber nein, alles war real gewesen. Und alles war schön gewesen.

»Kaia?«

Langsam drehte ich mich zu Jakob herum. Seine grauen Augen waren auf meine gerichtet, die dunklen Haare leicht zerzaust.

»Guten Morgen«, flüsterte er jetzt und ich lächelte, als er mich an sich zog.

Seine Brust an meine gelehnt, lagen wir da. Meine Wange an seiner. Es war ein gutes Gefühl. Ein unvergleichliches. Eine ganze Weile lagen wir noch so da, bis ich Jakob gegen mein Ohr flüstern hörte.

»Dass wir heute zusammen aufwachen, war so eigentlich nicht geplant.«

Ich nickte. »Nicht wirklich.«

»Hast du gut geschlafen?«, erkundigte er sich.

»Wie ein Stein. Wenn ich ehrlich bin«, ein Glücksgefühl

durchflutete mich beim Gedanken an gestern, »dann habe ich in meinem ganzen Leben noch nicht so gut geschlafen.«

Jakob küsste mein Haar und zog mich noch etwas enger an sich. Das alles war so echt und so irreal zugleich. Wir mochten uns oberflächlich betrachtet nicht, dazu waren wir zu verschieden, und doch zogen wir uns immer wieder magisch an. So wie jetzt. Ich fühlte, wie seine Hände an meinem Rücken auf und ab strichen. War das alles wirklich richtig? Oder war es bescheuert, vielleicht sogar gefährlich, dass wir uns mit einem Mal gegenseitig so nah an uns heranließen?

»Wir beide … Was ist das nur mit uns?«, fragte ich, als sich unsere Nasenspitzen berührten.

»Ich denke, wir finden das gerade heraus, oder?«

Ja, er hatte recht, irgendwie war es so. Auch wenn es niemals so geplant gewesen war.

»Und um es noch besser herauszufinden, könnten wir was unternehmen, was meinst du? Einfach so.« Jakob zwinkerte mir zu. »Ganz ohne Plan.«

Ich nickte. Keinen Plan zu haben, klang gerade wirklich gut.

»Einen Cappuccino und ein Bamberger?«

»Gern«, stimmte ich zu und sah Jakob hinterher, wie er zu dem kleinen Kiosk ging.

Schon nach wenigen Momenten kam er mit den Getränken und dem Gebäck zurück. »Wohin willst du jetzt?«, wollte ich wissen.

Er lachte. »Herrlich, noch immer die gleichen Fragen. Komm, gehen wir einfach, du wirst es gleich sehen.«

Wir schlenderten durch die kleinen Gassen und weiter in Richtung der alten Burganlage. Als Jakob nach oben nickte, wurde mir ein wenig mulmig, aber der Weg zum Aussichtspunkt war kein Vergleich zu der engen, steilen Treppe des Turms und Jakob hielt mich den ganzen Weg über zärtlich an der Hand. Als wir oben waren, lag uns Nürnberg zu Füßen und ich lächelte glücklich. Von der Burg aus war der Blick einfach atemberaubend. Der Kaffee, das Gebäck, Jakob, alles zusammen wirkte leicht und locker auf mich ein.

Lange Zeit lang rührten wir uns nicht vom Fleck und genossen die Aussicht, Jakobs Hand in meiner, bis wir uns schließlich auf eine Bank setzten, die gerade frei geworden war.

»Mein Opa hat übrigens auch hier an der Burg einige Scharniere an den Toren geschmiedet. Natürlich nicht die originalen, aber er hat ein paar durchgerostete und kaputte erneuert.«

Ich stupste ihn in die Seite. »Dein Opa ist ein echter Künstler.«

Stolz strich er sich durchs Haar. Es dauerte einen Moment, bevor er antwortete. »Weißt du was? Ich könnte dir noch ein paar coole Dinge in der Stadt zeigen. Hast du Lust?«

Jakob hatte mich bereits mit seinem Wissen über die U-Bahnhöfe überrascht, aber was er mir nun alles zeigte, beeindruckte mich noch mehr. Er wusste viel über die alten Gassen. Mir war neu, dass in der Schmiedegasse ein kleiner geschmiedeter Schlüssel versteckt war, als kleine Hommage an die Handwerker von damals. Im magischen Brunnen der Stadt war ein goldener Ring eingearbeitet und ein schwarzer, der ursprünglich der echte gewesen war. Doch das war noch nicht alles. Jakob machte eine richtige kleine Stadtführung mit mir. Ich war nicht nur begeistert von seinem unglaublichen Wissen, sondern auch von der charmanten Art, wie er mich daran teilhaben ließ. Irgendwann hatten wir die Runde zu Ende und machten uns auf nach Hause.

»Du bist genauso talentiert wie dein Opa. Das ist dir schon klar, oder?«

Unsere Blicke trafen sich. Ich wollte, dass er es wusste. Der Tag hatte mir so viel Spaß gemacht, dass ich dabei sogar das Handy vergessen hatte.

Jakob schüttelte den Kopf. »Nicht wirklich.«

»Natürlich bist du das«, bestätigte ich vehement. »Und wenn wir erst mal das mit dem Projekt durchhaben und es bei Professor Winter vorstellen, dann werden das alle sehen. Ich kann es kaum erwarten, bis wir morgen alles abchecken und es losgeht.«

Er schloss die Augen und es dauerte, bis er mich wieder ansah. »Ach ja, darüber wollte ich mit dir auch noch irgendwann reden, aber wenn wir jetzt schon mal dabei sind ... Ich will das ehrlich gesagt nicht. Also dass das Projekt ein Thema wird, ist schon klar, aber dass ich damit irgendwas groß am Hut habe oder mich mordsmäßig reingehängt habe, muss nicht unbedingt so rüberkommen, okay?«

Damit hatte ich nicht gerechnet. »Warum?«, fragte ich verblüfft.

Er räusperte sich. »Weil ich nicht will, dass jemand davon weiß. Zumindest jetzt noch nicht.«

Ich sah ihn an und konnte nicht verstehen, was der Grund dafür war. Er konnte sich doch mit dem Projekt absolut beweisen. »Aber du bist fleißig, du studierst und du bist kreativ, ich verstehe das Problem nicht.« Ich räusperte mich. »Auch die Sache mit der Messe ist wirklich eine Chance. Wieso willst du sie verstreichen lassen? Ich finde, du musst da unbedingt hin, verstehst du? Du wirst dort die Anerkennung bekommen, die du verdienst«, argumentierte ich voller Energie.

Doch Jakob schüttelte nur lahm den Kopf. »Momentan nicht, okay?«

»Hm, und wie wird es dann, wenn wir morgen ins Seniorenheim gehen? Das Konzept vorstellen?«

»Das geht doch irgendwie auch so. Wie schon gesagt, da muss man kein Riesending draus machen.«

»Weißt du, was ich nicht verstehe? Es geht irgendwie auch für dich darum, dich mal mehr zu trauen. Warum tust du es nicht einfach? Das wäre die perfekte Gelegenheit.«

Er sah mich an. »Weil es meine Entscheidung ist. Ich weiß noch nicht so genau, was ich will, okay? Und mir ist das mit der Anerkennung nicht so wichtig wie …« Er machte eine Pause, ehe er den Satz schließlich doch vollendete. »… wie dir.«

Ein kurzer, aber merklicher Stich durchfuhr mich. Wie kam er denn darauf? Mir war das überhaupt nicht wichtig. Oder etwa doch?

»Jakob, das ist Unsinn.«

Doch dann stoppte ich. Denn als mittlere von drei Schwestern hatte ich mich tatsächlich oft darüber definiert. Über Anerkennung. Das wurde mir in diesem Moment klar. Es war nicht immer leicht für mich gewesen. Ich war nie diejenige, die besonders mutig war. Oder besonders lustig. Aber ich hatte schnell gemerkt, wenn ich viel lernte und etwas leistete, dann konnte ich mithalten und bekam sie. Die Anerkennung.

Ich schluckte. »Vielleicht ist das bei mir wirklich ein bisschen so, manchmal zumindest«, gab ich zu. »Aber Jakob, trotzdem, ich meine, du kannst wirklich so viel und …«

»Kaia!« Er sah mich durchdringend an. »Bitte akzeptier das einfach. Wenn ich dir sage, dass ich das nicht will, dann ist es so. Okay? Also, wir sehen uns dann morgen im Altenheim, ja? Wir sollten uns wieder auf das Wesentliche konzentrieren, Kaia. Ein paar Punkte haben wir schließlich noch auf der Liste. Okay?«

Ich nickte etwas bedröppelt. Jakob beugte sich vor. Ein sanfter, warmer Kuss landete auf meiner Wange. Nicht auf meinen Lippen. Auf meiner Wange. Und auch wenn mir das hätte egal sein sollen, so war es mir plötzlich doch ganz und gar nicht egal. Vielleicht steigerte ich mich auch nur hinein. Wir waren kein Paar oder so. Es war immer noch nicht mehr als ein Deal. Doch so fühlte es sich nicht mehr an.

KAPITEL 26

immer

Um Viertel vor zwei stand ich bereits vor dem Eingang zum Seniorenheim. Die ganze Nacht über hatte ich mir Gedanken gemacht. Schließlich war ich aufgestanden, hatte die Bögen allein ausgewertet und dabei einiges für unser Konzept aufgeschrieben. Es hatte mich einfach nicht losgelassen. Ich war beeindruckt, was Jakob entwickelt hatte. Die Sterne waren unheimlich romantisch gewesen. Ich verstand nicht, warum er nicht wollte, dass jemand davon wusste. Es war einfach, aber ganz wundervoll, und ich hatte das Gefühl, dass noch viel mehr in Jakob steckte. Auch die Führung durch die Stadt hatte mir viel Freude gemacht. Bis auf den Abschied ...

Trotz der Müdigkeit und des faden Beigeschmacks der merkwürdigen Verabschiedung war ich überraschend beflügelt. Ich blickte erneut auf die Uhr und bemerkte, dass das Gefühl Freude war. Freude darauf, ihn zu sehen. Ich wollte, dass er mehr aus sich herausholte. Weil er es konnte. Weil er auch aus mir einiges herausgeholt hatte.

Oder war der Gedanke bescheuert? Irgendwie war das doch alles nicht normal. In meinem Leben war vieles gerade nicht normal, aber genau das mochte ich irgendwie. Zum ersten Mal war ich auf eine Art anders. Auf eine gute Art.

Ich klickte ein bisschen auf dem Handy herum, als ich aus

dem Augenwinkel eine Gruppe Leute vorbeigehen sah. Ich sah kurz auf und entdeckte sie – Eliza. Was machte sie denn hier? Das war jetzt genau das, was ich brauchte. *Nicht.* Für einen Moment trafen sich unsere Blicke und schlagartig versteinerte ihr Gesichtsausdruck, während sie zu dem Café gegenüber ging.

Schnell schaute ich weg. Es war mir nicht entgangen, dass sie etwas zu den anderen gesagt hatte. Es hätte mir eigentlich egal sein sollen. Doch als ich nochmals zu der Gruppe sah und bemerkte, dass auch sie zu mir blickten und tuschelten, wurde ich unruhig. Redeten sie etwa über mich? Wahrscheinlich. Worüber sonst? Ich schluckte und hoffte, dass ich mir das vielleicht nur einbildete. Und dennoch ließ mich dieses ungute Gefühl nicht mehr los.

Es hätte mich kaltlassen sollen. Ich war es gewohnt, die Leute hatten immer wieder über mich geredet. Schon in der Schule, weil ich diejenige gewesen war, die aufgepasst hatte und im Unterricht oder danach nicht jeden Blödsinn mitgemacht hatte. Und dennoch, auch wenn ich dieses Gefühl schon länger kannte, hatte ich mich bis jetzt nicht daran gewöhnt.

Kein Zweifel, sie redeten über mich. Wegen Jakob. Weil Eliza eifersüchtig war. Sie war sauer auf mich und ja gut, ich konnte sie sogar ein bisschen verstehen. Sie stand offenbar auf ihn und hatte sich bestimmt mies gefühlt, als sie ihn mit mir gesehen hatte.

Ich versuchte, sie nicht weiter zu beachten, und blickte auf mein Handy. Es war nun fünf vor zwei. Um mich abzulenken, beschloss ich, im Kopf noch mal alles durchzugehen, was wir gleich machen wollten. Die Fragebögen hatten wir – also eigentlich ich – fertig, die Ideen standen. Nun wollten wir uns umsehen, um zu schauen, wie man das umsetzen könnte, vor allem die Sache mit dem Baum. Wir wollten die Bewohner zu den Ideen befragen und herausfinden, was ihnen besonders wichtig war, um dies dann im Endkonzept zu verarbeiten. Unsere Ideen waren richtig gut und ich wollte, dass Jakob das auch erkannte. Ich hatte ein paar Fragen an ihn und hoffte, er würde darauf eingehen.

Ich blickte erneut auf und da sah ich ihn die Straße entlangkommen. Mein Herz klopfte, in meinem Kopf zogen Tausende Bilder vorbei und ein zartes Flattern machte sich in meinem Bauch bemerkbar – bis ich sah, wie er statt zu mir geradewegs auf die Gruppe zuging. Er stoppte tatsächlich vor Eliza. Warum das denn? Sie redeten. Eine ganze Weile, ehe Jakob nickte. Es versetzte mir einen tiefen Stich. Schnell senkte ich den Kopf, um so zu tun, als hätte ich das Ganze nicht mitbekommen. Doch … wenn sie ihn nervte, warum war er dann wieder bei ihr? Weil er freundlich war?

»Hey, da bin ich. Und auch noch so gut wie pünktlich«, sagte er stolz, als er schließlich vor mir stand.

Ich nickte. Ohne es zu wollen, musste ich kurz zu Eliza sehen, die gerade schon wieder irgendetwas tuschelte. Toll.

Jakob runzelte die Stirn. »Ach, ich habe ihr nur eben Bescheid gegeben. Es gibt da so eine Party und ich habe ihr gesagt, dass ich mit dir hingehe.«

Mit mir? »Was für eine Party?«

»Eine, auf die man nur mit einer speziellen Einladung kommt. Ich dachte, das ist perfekt für deine Liste. Etwas Verbotenes haben wir zwar schon, aber ein paar andere Punkte sind ja noch offen. Schau, hier ist es, wirkt sehr cool. Aber psst.« Er hielt mir sein Handy hin und ich betrachtete kurz den Standort. Irgendwo mitten im Wald.

»Und wann soll das sein?«

»Am Freitag. Aber reden wir später drüber, wir müssen jetzt rein – Pünktlichkeit und so.«

Ich nickte abermals. Eine Party also. Mit Jakob – okay. Mit Eliza – nicht okay. Darauf hatte ich, ehrlich gesagt, gar keine Lust. Außerdem war für Freitag endlich mal wieder ein Treffen mit meiner Projektgruppe geplant. In den letzten Wochen war es schwierig gewesen, einen gemeinsamen Termin zu finden. Aber die Testphase unseres Prototyps war jetzt bald vorbei und wir mussten dringend die Präsentation für den Wettbewerb vorbereiten.

Als wir den Eingang passierten, empfing uns die gleiche nette Dame wie beim letzten Mal. »Ich habe schon gehört, dass Sie heute noch mal kommen. Hatten Sie ein paar Ideen?« Sie sah uns fragend an.

Ich nickte. »So einige. Wir wollen heute schauen, inwieweit sie auch wirklich umsetzbar sind. Ich hoffe, das ist okay und wir stören den Betrieb nicht? Es geht nur um die Besichtigung und vielleicht noch um ein paar Gespräche.«

»Natürlich. Sie kennen sich ja aus, oder? Also, machen Sie sich gern an die Arbeit. Und Sie stören bestimmt nicht, es ist ja zum Wohle der Bewohner.«

Ich ging voran und hatte dabei tausend Gedanken im Kopf. Leider nicht zu unserem Projekt, sondern zu der Party am Freitag mit Eliza. Was war nur los mit mir? Worauf hatte ich mich da eingelassen? Und wie konnte Jakob so bescheuert sein, mit mir auf eine Party zu wollen, auf der sie auch war? Klar, ich hatte kein Recht dazu, ihm etwas zu verbieten oder auszureden, aber trotzdem. *Er* wollte sie doch schließlich damals loswerden, oder? Was für einen Sinn machte das also bitte?

»Hey, hast du irgendwas?«, riss mich Jakob aus meinen Gedanken und hob eine Augenbraue.

»Nein«, gab ich leicht abwesend zurück.

»Sicher?«

Ich fing mich wieder und sah ihn an. »Ganz sicher. Wir arbeiten hier gerade, also konzentrier dich ruhig auf die Arbeit und nicht auf mich. Geh lieber noch mal zu Frau Mirtenberg, die war beim letzten Mal ja so scharf auf dich. Hör ruhig noch mal in sie rein, was wir hier noch verbessern könnten.«

Er verengte die Augen zu Schlitzen, sagte aber nichts. Ich bemerkte, wie er im Weggehen den Kopf schüttelte, so etwas wie ein scharfes *Ts* murmelte und ein leises Kichern hinterherschickte. Ich erinnerte mich daran, wie wir uns beim ersten Mal hier geneckt hatten. Arbeit und Vergnügen.

Als er mit zwei Kaffeebechern zurückkam, stand ich gerade im Eingang zur Bibliothek.

»Okay, Schluss jetzt.«

Er stellte die Becher ab, griff nach meiner Hand und zog mich mit Schwung in den kleinen Raum. Wieder mal stand ich mit dem Rücken zur Wand. Sein Duft in meiner Nase, die Gefühle spielten verrückt. Beim ersten Mal schon ziemlich, nun noch mehr.

Ich sah ihn an. »Hey, was soll das? Schluss jetzt womit? Und kannst du gefälligst mal nicht gar so nah an mich ranrücken?«

Er trat einen Schritt zurück. »Schluss jetzt mit diesen Spielchen. Sagst du mir jetzt endlich mal, was los ist?«

»Was soll denn los sein? Nichts ist los. Alles gut.«

Er seufzte. »Ach ja? Kommt mir aber nicht so vor. Ist es wegen gestern?«

Ich spürte, dass ich wütend wurde. »Du küsst mich im Club, weil ich dir helfen sollte, Eliza loszuwerden. Und jetzt? Jetzt gehen wir zu ihr auf 'ne Party. Was soll das? Was ist da zwischen euch?«

Er runzelte die Stirn. »Echt jetzt? Es geht um Eliza? Bist du etwa eifersüchtig?«

»Was? Nein! Wie kommst du darauf?«

»Na ja ... Was ist es dann? Wir gehen nicht *zu ihr* auf 'ne Party, sondern sie ist einfach auch dort. Aber selbst wenn wir zu ihr gehen würden und selbst wenn ich dort mit ihr reden würde oder keine Ahnung was, selbst dann ...«

Ich hob eine Braue. Jetzt wurde es interessant. »Selbst dann?«

»Na, selbst dann bräuchtest du nicht eifersüchtig sein.«

»Bin ich auch gar nicht. Du kannst machen, was du willst.« Ich winkte ab. »Ach, das machst du ja eh.«

Er ging einen Schritt auf mich zu. »Und wo ist dann dein Problem? Oder magst du mich etwa ... doch ein bisschen mehr?«

Sein Blick lag auf meinem. Wahnsinnig intensiv. Klar hätte ich ihm sagen können, dass ich ihn ... *doch ein bisschen mehr* mochte. Aber das Schlimme an der Sache war, dass ich gedacht hatte, es würde ihm auch so gehen. Gedacht? Gehofft jedenfalls, wenn ich ehrlich zu mir selbst war. Und deshalb sagte ich nichts. Mir war, als würde jemand die Luft aus meinen Lungen pressen. Ich fühlte mich plötzlich so klein.

Unsicher suchte ich seinen Blick. »Nein«, sagte ich schließlich.

Eine Weile starrten wir uns wortlos an, ehe er sich räusperte. »Besser so. Dann frage ich mich jedoch, wo dein Problem ist. Du hast gesagt, alles, was ich dir vorschlage, wird durchgezogen. Und jetzt willst du wegen Eliza nicht auf diese Party? Das ist doch Quatsch, es geht um die Liste.«

»Pff, die Liste. Okay, also ja, ich habe keine Lust darauf. Versteh's oder versteh's nicht.«

»Echt mal, Kaia. Sieh das Ganze mal als das, was es ist. Du kannst Mut beweisen und einfach ein bisschen feiern, mehr nicht. Aber nein, Frau Schiffner muss der Sache natürlich aus dem Weg gehen. Wär ja noch schöner. Mensch, Kaia, ist doch scheißegal, was mit Eliza ist. Weißt du, was mir dieses feige Ausweichen zeigt? Dass du das Ganze gar nicht wirklich willst. Immer wieder muss diskutiert werden, über jeden einzelnen Punkt. Aber ab und an muss man im Leben auch mal ins kalte Wasser springen. Irgendwas machen, was unangenehm ist.«

Genervt stieß ich die Luft aus. »Ich habe schon so viele Sachen erlebt, die mir unangenehm waren. Wahrscheinlich deutlich mehr als du. Ich musste schon oft mutig sein«, sagte ich angesäuert. »Was denkst du denn, wie es ist, wenn man immer wieder die Außenseiterin ist, weil man lieber lernt und versucht, alles richtig zu machen? Da ist man nicht so beliebt wie du, glaub mir. Also sag *du* mir nicht, dass *ich* den unangenehmen Sachen aus dem Weg gehe.«

»Tust du aber. Oder etwa nicht?«

»Und du? Was ist mit dir? Solltest du nicht mal lieber bei dir selbst anfangen? Oder was ist mit deinem Vater, du Held? Mit der Sache mit dem Studium? Dass du es abbrechen willst? Du bist ja sogar zu feige, bei diesem harmlosen Projekt hier zuzugeben, dass du was kannst. Warum darf das denn niemand wissen?«

»Das habe ich dir oft genug gesagt. Weil ich es nicht will. Punkt. Warum akzeptierst du das nicht einfach?«

»Sehr gerne. Dann musst du nur noch akzeptieren, dass ich die Sache mit der Party nicht will. Und nicht nur, *weil ich es nicht will*. Punkt. Sondern weil es einfach bescheuert ist.«

»Es gehört aber zur Liste. Du hast gesagt, du machst mit, ohne zu meckern, und jetzt willst du da nicht hin? Kaia, wir haben einen Deal. Es geht um dich. Es geht darum, dass du herausfindest, was *du* willst, es geht nicht um mich. Das hatten wir doch alles schon mal. Also lass es einfach gut sein, okay? Ich bin nicht der Typ, hinter dessen Fassade du blicken musst, auch wenn du das offenbar gern tätest. Du wolltest, dass ich dir helfe, weil du das allein nicht hinkriegst. Scheiße bauen, das kann ich. Und du kannst planen, deswegen hilfst du im Gegenzug mir. Also sind wir perfekt füreinander, das hat sogar der Prof gesagt. Belassen wir es doch einfach dabei, ja? Ich meine, es war von Anfang an klar, was ich wollte, okay? Ich helfe dir, du hilfst mir, fertig. *Malum*, äh ... Ach, einfach Spaß haben. Aber alles andere ...«

»War von Anfang an klar, was du wolltest. Spaß haben. Sehr schön! Mit mir rummachen war aber überhaupt nicht auf der Liste, du ... du ... Idiot!« Wütend verschränkte ich die Arme vor der Brust.

Jakob sah mich irritiert an. »Wo ist daran das Problem? Du fandest das Rummachen im Club doch nicht mal besonders gut, hast du gesagt. Wobei ich bei mir in der Wohnung ein bisschen einen anderen Eindruck hatte ...«

Er grinste fies und ich stand reglos da. Ich blickte kurz zu Boden, ehe sich unsere Blicke wieder trafen.

Plötzlich weiteten sich seine Augen. »Du hast dich jetzt aber nicht in mich verliebt oder so was?«

Die Worte donnerten auf mich ein. Ich spürte förmlich, wie sie mir um die Ohren flogen. Ich atmete tief durch.

»Vergiss es! Ich könnte mich nie in dich verlieben. Und weißt du was? Das mit der Liste, vergiss das ebenfalls. Da kümmere ich mich in Zukunft alleine drum. Ich brauch dich nicht mehr. Nicht für diese Scheißliste und auch nicht für dieses Scheißprojekt hier. Ich brauche dich für gar nichts. Ich nehme alles zurück, auch, dass du kreativ bist. Weißt du, wie deine neue Kontaktanzeige lautet? *Unkreativer U-Bahn-Stinker ohne Ziel sucht Frau ohne Gefühle zum Rummachen.*«

»So? Dann nehme ich auch alles zurück. Und deine Anzeige lautet jetzt: *Kontrollsüchtige Perfektionistin mit Planungswahn sucht Kerl ohne eigenen Willen zum Herumkommandieren.*«

Ich schnaubte, dann wandte ich mich ab und ging.

KAPITEL 27

Wie sollte ich mich jetzt bitte konzentrieren? Ich hasste dieses Gefühl, denn eigentlich war ich immer fokussiert. Gerade wenn es um etwas so Wichtiges wie die App ging. Schließlich hatten wir ein Ziel. Wir wollten gewinnen, damit die Testversion in die Realität umgesetzt werden und viele Menschen davon profitieren konnten.

Aber gerade schwirrten in meinem Kopf nur Jakob und dieser blöde Streit. Nachdem ich ihn stehen gelassen hatte, holte ich in meiner Wohnung meine Notizen für die Präsentation und den Laptop und machte mich auf den Weg zur Uni, wo ich mich mit meiner Projektgruppe verabredet hatte.

Ich blickte auf den Karamell-Latte vor mir, den ich mir noch schnell im Unicafé besorgt hatte. Eigentlich sollte er mir Energie liefern, aber das funktionierte gerade nicht wirklich.

»Was meinst du dazu, Kaia, sollen wir das Design ändern oder noch andere Funktionen hinzufügen?«

Ich räusperte mich und sah zu Nico, der mich ungeduldig anblickte. »Das Design ... also ja, warum nicht«, entgegnete ich, ohne wirklich zu wissen, wovon er sprach. Ohne wirklich da zu sein. Die ganze Zeit über hatte ich mehr an dem Etikett meines Kaffees geknibbelt, als mich in die Diskussionen einzubringen, die während der Arbeit an der Präsentation entstanden. Die ganze Zeit über dachte ich an nichts anderes als die Party, daran, was ich jetzt tun sollte.

Katharina, die ihre leuchtend grüne Mappe geöffnet vor sich liegen hatte, hob eine Augenbraue. »Ich finde die Idee gut und es ist ja nicht viel, nur etwas angepasst. Wenn wir uns also einig sind, kann Luis das so programmieren?« Sie sah zu Luis, der wie immer einen Hut trug und nickte.

»Ja, kein Problem, krieg ich hin.«

»Klingt doch gut«, hörte ich mich sagen und merkte dabei selbst, wie wenig enthusiastisch meine Stimme klang. Ich nahm einen Schluck von meinem Latte und spürte, wie das Koffein endlich zu wirken begann.

Irgendetwas stört mich, dachte ich da mit einem Mal. Ja, die App war super, die Funktionen gut durchdacht, aber irgendwas fehlte. Ich konnte es nur nicht benennen.

»Meint ihr nicht, dass noch irgendetwas fehlt, also irgendetwas, was Spaß bringt? Was nicht immer nur zur Kontrolle gut ist? Also eine Funktion in einem anderen Bereich?« War das gerade wirklich aus meinem Mund gekommen? Aus Kaia Schiffners Mund, deren Namen im Duden zwischen Organisation und Statistik stand?

Drei fragende Augenpaare bestätigten, was ich fühlte. Der Erste, der sich zu Wort meldete, war Nico: »Ja, du hast recht, wir sollten darüber diskutieren. Also dann, fassen wir zusammen: Mit der App kann man Termine koordinieren, Meetings planen und To-do-Listen erstellen – alles, was man braucht, um sich gut zu organisieren. Das ist super, es macht Spaß und die Testversion kam gut an. Was willst du ändern?«, wollte er wissen.

»Ich weiß nicht, irgendwie …«, ich versuchte, das Gefühl in mir in Worte zu fassen, »ich denke darüber nach.«

»Gut, dann sind wir uns erst mal einig. Unser Design wird bearbeitet und Kaia denkt noch mal drüber nach, was sie als *spaßige Funktion* gerne in der App hätte«, erklärte Nico und betonte *spaßige Funktion* dabei besonders.

»Wir können ja alle noch mal die Köpfe einschalten und überlegen, was eine gute Zusatzfunktion wäre. Ganz allgemein betrachtet«, fügte Luis hinzu, doch ich hörte schon gar nicht mehr richtig zu.

Mein Handy hatte geblinkt und zeigte eine Nachricht von Nika an.

> Alles okay bei dir?

Wie man es nimmt, dachte ich und packte meine Sachen zusammen. Die anderen verabschiedeten sich und ich blieb allein im Projektraum zurück. Die letzten Tage gingen mir durch den Kopf. Ich dachte an Eliza und Jakob, an Eliza auf Jakobs Schoß, ihre Hand an seinem Körper.

Dann: An Jakobs Lippen an meinem Ohr, auf meinem Mund, an meiner Brust. Jakob und … ich.

Doch es gab kein Jakob und ich. Es war genau so, wie ich es ihm an den Kopf geworfen hatte: Ich könnte mich nie in ihn verlieben. Was bildete er sich überhaupt ein?

Und da wusste ich, was zu tun war.

> Wir treffen uns um neun bei dir, sag Lina Bescheid. Und zieh dir was Schickes an.

KAPITEL 28

immer

»Machen wir das jetzt wirklich?«, flüsterte ich.

Ich war verwundert über meinen eigenen Mut, als wir aus dem Auto stiegen, das wir am Waldrand geparkt hatten. Wobei Wald übertrieben war, wir befanden uns noch immer in der Stadt, nur eben etwas abseits am nordöstlichen Rand in Erlenstegen, das an den gleichnamigen Forst grenzte. Wenn man genau hinhörte, war bereits gedämpfte Musik zu hören.

Lina hielt Ben an der Hand und sah mich an. »Du hast doch zu uns gesagt, du willst das jetzt alles allein durchziehen, ohne Jakob, weil er bescheuert ist. Warum auch immer. Und wir haben dich begleitet, ohne weitere Fragen zu stellen.«

Das stimmte, ich hatte allerdings auch gesagt, dass ich wütend auf ihn war. Und dass ich keine Lust mehr auf seine Unzuverlässigkeit hatte. Was zwar korrekt war, aber nur einen Teil der Wahrheit ausmachte. Ich hatte gerade auf so vieles mehr als nur keine Lust, was ihn betraf. Doch meinen Schwestern und Sophie hatte ich nicht mehr gesagt, denn ich hatte auch keine Lust, irgendwelche Beurteilungen von ihnen zu hören. Zudem hätte ich dann auspacken müssen, was ich gerade einfach nicht wollte. Dass wir uns geküsst hatten, mehrmals sogar, und ja ... auch noch mehr.

Es hatte mich wirklich getroffen, als Jakob mich gefragt hatte, ob ich *mehr* für ihn empfand. Der Ausdruck in seinem

Gesicht ... So ein Idiot. Sollte er doch machen, was er wollte, und ich würde machen, was ich wollte. *That simple.* Ich brauchte ihn nicht. Für gar nichts. Ich würde mich jetzt nur auf diese Sache konzentrieren. Wenn ich etwas anfing, dann brachte ich es auch zu Ende. Das würde er schon noch merken.

»Da geht's hoch und dann sind wir auch schon da.« Zum Glück hatte ich meine Entschlossenheit schnell wiedergefunden.

Nika strich sich durchs Haar. Sie hatte einen kurzen beigen Rock und ein helles Oberteil an und biss sich auf die Lippe. »Das ist so spannend und aufregend. Was für eine tolle Idee! Und dass sie dann auch noch von dir kommt, Kaia ... Respekt.« Ja, es war tatsächlich meine Idee gewesen. Ich konnte das mit der Liste alles gut und gern auch selbst machen.

Während wir weitergingen, wurde die Musik in der Ferne immer lauter. Wir schienen richtig zu sein. Mit einem Mal stand ein Typ mit Käppi vor uns.

Nika zuckte zusammen. »Oh mein Gott, was erschreckst du uns denn so?«, stieß sie hervor.

Der Kerl grinste. »Sorry, ihr kennt die Regeln?«

»Ich denk schon«, sagte ich unsicher.

Er schüttelte den Kopf. »Also nicht. Erstes Mal?«

Ich nickte kleinlaut.

»Okay. Also, das ist eine geheime Veranstaltung, darum keine Bilder, auf denen irgendwas zu erkennen ist. Nichts posten, keinen Standort, keine weiteren Leute einladen. Gecheckt?«

Wir nickten alle. »Gecheckt.«

»Dann viel Spaß.«

Er deutete auf die Tür. Nachdem wir durch sie durchgegangen waren, standen wir in einem kleinen Durchgang, einer Art Tunnel. Wir hörten die dumpfe Musik immer lauter, während wir ihn durchquerten, und schließlich kamen wir auf einem Platz im Freien an, der von einem Segel überspannt war. Alte bunt bemalte Bauwagen und kleine Hütten gab es dort, rund um einen Baum war mit Brettern eine Tanzfläche zusammengenagelt worden.

»Wem das alles wohl gehört?«, wollte Lina wissen.

»Keine Ahnung. Aber es ist richtig cool, oder? Ich weiß nur, dass ein paar Leute das alles hier selbst gebaut haben.« Ich war regelrecht begeistert.

Um uns herum tanzten Menschen, standen beisammen, tranken. Ein paar in den Boden gesteckte Fackeln und aufgehängte Laternen leuchteten. In bestimmten Bereichen waren zusätzlich einige Leuchtstrahler aufgebaut worden. Ja, es war schon ziemlich aufregend hier. Diese Atmosphäre elektrisierte mich, ich war zu allem bereit. Ich fühlte mich gut, weil ich mutig war, weil ich das allein durchzog. Für mich und für niemanden sonst.

»Sollen wir was trinken?« Sophies Frage klang nicht nach einer Frage, sondern eher nach einer Aufforderung.

»Na klar«, erwiderte Nika sofort.

Lina stupste mich in die Seite. »Was ist mit dir?«

»Ich brauch auf alle Fälle was zum Trinken, sonst ...«

Ben lächelte Lina an, die nachhakte. »Sonst was?«

»... sonst bin ich zu nervös.«

»Da wird schon keiner kommen, Kaia«, beruhigte mich Nika.

Trotzdem spürte ich mit einem Mal dennoch ein komisches Gefühl im Bauch. Was, wenn die Polizei hier auftauchen würde? Wäre das Hausfriedensbruch? Oder, keine Ahnung, durfte man das hier überhaupt? Ich schüttelte den Kopf, um die Gedanken daraus zu vertreiben.

Ob Jakob wohl auch hier war?

Oh nein. Auch diesen Gedanken sollte ich ganz schnell aus meinem Kopf bekommen. *Jakob,* flüsterte es stattdessen in mir. *Jakob, Jakob, Jakob.*

Stopp, Kaia, darüber denkst du jetzt gefälligst nicht nach! Du beweist heute ausnahmsweise mal, dass du spontan bist. Und zwar von dir aus! Ich musste so weit kommen, dass es mir egal sein würde, was Eliza und ihre Clique über mich dachten. Dass es mir egal wäre, ob Jakob da war. Oder ob er sogar mit ihr … Egal. *Kopf aus, Kaia!*

Ich sah mich nach der Bar um und entdeckte sie schnell. Ein paar Tische waren dazu umfunktioniert worden. Ein Kerl spielte dahinter den Barmann und verteilte gerade Bier an eine Gruppe. Als er fertig war, schaute er zu uns.

»Was darf's sein? Bier, Wein, Wasser, Schnaps? Mehr ist nicht da. Beim Schnaps müsst ihr euch überraschen lassen, welchen ihr kriegt. Ich nehm, was offen ist.«

Ich hatte das Gefühl, dass das heute genau mein Ding war. Spontan sein. Auch wenn ich sonst überhaupt nicht so drauf war. Heute fühlte es sich genau richtig an.

»Ein Wasser, bitte«, sagte Ben zum Barmann und dann zu uns: »Ich fahr euch heut heim, Mädels, lasst es ruhig krachen.«

Damit rannte er bei mir offene Türen ein. »Was sagt ihr zu einer Runde Schnaps zum Start? Ich könnte heute gut einen vertragen.«

Sophie sah mich erstaunt an. »Wenn du schon mal einen Schnaps willst, dann zieh ich natürlich mit.«

Perfekt. Wenn, dann wollte ich heute gleich richtig einsteigen. Ich musste mich ja nicht vollkommen abschießen, aber so ein kleiner Rausch konnte vielleicht nicht schaden. Das stand ja schließlich auch auf meiner Liste ...

Nika grinste. »Okay, bin auch dabei. Lina? Klar, oder?«

»Ich? Auf gar keinen Fall!«

Unsere fragenden Augenpaare richteten sich auf sie.

»Spaß!«, prustete sie. »Wenn unsere geliebte Sandwichschwester schon mal so drauf ist, lass ich mir das doch nicht entgehen!«

Wir lachten und ich bestellte die Runde Schnaps sowie für jeden noch ein Bier zum Nachspülen. Wenn schon, denn schon. Der Barkeeper goss uns grinsend eine undefinierbare braune Flüssigkeit in die Schnapsgläser und stellte vier Bier und ein Wasser dazu.

Ich zahlte und rief: »Also, auf uns!« Dann hob ich das kleine Glas und wir alle tranken das Teufelszeug in einem Zug aus.

Sofort brannte es in meinem Hals, aber es war ein gutes Brennen. Heute würde ich feiern, trinken und tanzen, als ob es kein Morgen gäbe. Einfach Spaß haben. Und so ganz nebenbei einen Punkt auf der Liste erledigen. Genau das war der Plan. Oder noch besser: Heute gab es mal keinen Plan, heute wollte ich spontan tun, wozu ich Lust hatte. Und das Allerbeste war: Jakob war mir so was von egal.

Wir tranken unser Bier, quatschten, lachten, stießen immer wieder an, und als ich das Glas geleert hatte, hob ich die Hand, um noch eine Runde Schnaps zu bestellen.

Lina sah mich leicht sorgenvoll an. »Ui, ui, ui, wenn du so weitermachst, bist du in einer Stunde so was von blau.«

Ich zuckte mit den Schultern. »Na und? Vielleicht will ich das heute mal? Denk dran, die Liste!«

»Bist du sicher, dass du das wirklich willst? Mir kommt es

gerade eher so vor, als wolltest du irgendwem irgendwas beweisen. Ganz besonders lustig sein oder so.«

Ich wollte gerade etwas erwidern, als … Scheiße! Ich bemerkte, wie Eliza in einer Ecke tanzte. Und natürlich hatte sie ihre gesamte Clique dabei. Und wer war auch da? Jakob. War ja klar. Natürlich saß er bei ihren Leuten rum, dieser Idiot. Sofort hallten seine Worte durch meinen Kopf. Nein, nein, nein, ich empfand gar nichts für ihn.

Jakob lümmelte auf dem durchgesessenen braunen Sofa und wischte auf seinem Handy herum. Immerhin beachtete er Eliza nicht. Ob ich zu ihm gehen sollte? Ihm zeigen, dass ich auch da war, ohne ihn? Nein, ganz sicher nicht. Ich machte hier mein eigenes Ding. Ich leerte das Schnapsglas, das vor mir stand, in einem Zug und nahm mir vor, nicht mehr zu ihm zu sehen.

Und doch tat ich es immer wieder und mein heuchlerisches Herz klopfte dabei schnell unter meiner Brust. Sein Anblick löste eine Unmenge in mir aus. Ich dachte an alles, was wir zusammen erlebt hatten. Die Fahrt in der U-Bahn. Der Flughafen. Der Turm. Wir beide am Steg. Seine Lippen auf meinen. Wir in der Schmiede. Auf der Burg. Ich musste daran denken, wie ich in seinen Armen aufgewacht war. Nach dieser wundervollen Nacht unter dem Sternenhimmel an der Decke. Es war so schö… Ich schluckte. Nein, es war nicht schön gewesen. Ganz und gar nicht.

Du bist so eine Lügnerin, sagte ich mir. *Quatsch, du magst ihn gar nicht,* wehrte ich mich gegen mich selbst. Ich hatte keine Gefühle für ihn, er half mir ausschließlich bei der Liste, ermahnte ich mich. Er hatte mir so viele Augenblicke geschenkt, nur deswegen empfand ich so. Nur deswegen projizierte ich alles auf ihn.

Ich zwang mich erneut dazu wegzusehen und wünschte, ich hätte es schneller getan. Denn mit einem Mal wandte sich Eliza ihm zu und – wow, sie setzte sich auf seinen Schoß. Erst wirkte er tatsächlich überrascht, doch dann legte er langsam seine Hände um ihre Taille. *Dieser Idiot.* Ich fragte mich, was seine Tour dann damals sollte, von wegen: *Bitte hilf mir, ich krieg Eliza nicht mehr los, sie lässt nicht locker, ich wär dir ewig dankbar. Idiot! Idiot, Idiot, Idiot!* Eilig wandte ich meinen Blick ab. Der Typ war doch bescheuert!

Ich musste mich dringend ablenken. »Gehen wir ein bisschen tanzen?«, fragte ich die Mädels.

»Hey, Kaia, heute gefällst du mir«, lachte Nika. »Da muss ich ja aufpassen, dass du mir nicht noch Konkurrenz machst.«

Sie nahm meine Hand und griff mit der anderen nach Linas. Auch Sophie strahlte zustimmend und so gingen wir alle auf die Tanzfläche. Ben blieb stehen, er unterhielt sich gerade mit einem Kerl, den er wohl kannte. Lina nickte ihm zu und er zwinkerte zurück. Süß, die beiden. Ein neues Lied erklang, als wir auf der Tanzfläche angekommen waren. Die Luft war warm, wir hatten Bier, ich mochte das Lied, auch wenn ich es nicht kannte. Ich wollte einfach nur tanzen.

Ich sollte doch immer Spaß haben, also wollte ich das jetzt auch. Zusammen mit den Menschen, die ich lieb hatte, fiel es mir leicht, alles zu vergessen. Ich dachte nicht mehr an das, was gewesen war. Einfach nur im Moment leben, das war jetzt viel wichtiger. Mit einem Mal war es mir auch total egal, was mit Jakob war. *Er ist nicht das Thema,* flüsterte meine innere Stimme und irgendwann verstummten die Gedanken an ihn tatsächlich völlig. Das nächste Lied erklang – Apache – und ich fühlte mich plötzlich zurückversetzt in den Garten auf der Party mit meinen Schwestern. Alle warfen die Hände hoch, ich spürte den Beat, den Takt der Musik und verlor mich darin. Alle tanzten und ich dachte an nichts mehr. Nur an Musik und Spaß, aber nicht an morgen. Losgelöst tanzten wir danach zu jedem neuen Lied. Auch Lina hatte erkennbar ihren Spaß, Nika und Sophie sowieso.

Irgendwann stupste mich Sophie an. »Na, noch eine Runde?«

Ich nickte, Nika stimmte sofort mit ein und Sophie wandte sich an Lina. »Und du, Lina? Gehen wir an die Bar und trinken noch was?«

Lina nickte ebenfalls, sah sich aber um. Dann huschte ein Lächeln über ihr Gesicht. »Ah, da drüben ist Ben.«

Ich blickte hinüber und erkannte, dass er noch immer mit dem Kerl von vorhin redete. Wir gingen auf die beiden zu und Lina küsste ihn.

Ben strich ihr durchs Haar und meinte: »Holt ihr euch noch was zu trinken? Ihr seid ja richtige Partyqueens.«

Wir lachten und der Kerl hinter der Theke stimmte mit ein, ehe er uns eine Flasche hinstellte.

»Noch was zu trinken? Könnt ihr haben. Zwanzig.«

Ich zog einen Schein aus der Tasche und legte ihn auf den provisorischen Tresen. »Perfekt«, rief ich und sah zu meinen Schwestern. »Ich würde sagen, der Abend geht jetzt erst richtig los.«

Wir tranken eine Runde, dann noch eine und ich fühlte mich … keine Ahnung, irgendwie gut. Zumindest bis ich einen Schubs spürte und mich umdrehte. Eliza.

»Kaia, *du* hier?«

Ich nickte. »Wie du siehst.«

Nika lehnte sich über meine Schulter. »Warum sollte sie auch nicht?«, fragte sie.

Eliza grinste, es war ein merkwürdiges Grinsen. »Na, ich dachte nur ... Ihr hattet doch Streit wegen mir. Also Jakob und du?«

»Nicht dass ich wüsste. So wichtig bist du auch wieder nicht.« Ich hielt ihrem Blick stand. Sie konnte mich mal.

»Na ja, ich habe das ein bisschen anders mitbekommen. Zumindest hat Jakob so was in der Richtung gesagt.«

Oh Mann, Jakob, du Idiot! »Ach so? Jakob und ich diskutieren. Wir streiten nicht.«

»Kommst du, tanzen wir wieder?«, wollte Nika jetzt von mir wissen. Lina stand abwartend neben mir, ebenso wie eine ziemlich genervt dreinblickende Sophie.

»Machen wir. Ich bin hier eh fertig.« Ich sah Eliza an. »Also dann ...«

Ich wollte gerade gehen, als sie mich an der Schulter berührte. »Nur ein kleiner Tipp: Du und er – keine Chance. Alles klar? Du bist ein kluges Mädchen, das solltest du verstehen. Jakob ist ein cooler Typ und ... nichts gegen dich persönlich, du bist sicher *ganz nett*, aber halt ... eine Langweilerin. Steif ... verklemmt. Also, lass es einfach gut sein.«

Ich blickte sie mit ungläubigem Staunen an und konnte überhaupt nicht fassen, was sie mir da gerade um die Ohren gehauen hatte. Doch dann riss ich mich zusammen und stierte sie böse an. Sollte sie ruhig wissen, wie ernst es mir mit dem war, was ich ihr jetzt sagte.

»Ich mag vielleicht von außen wie eine *Langweilerin* wirken, die nicht lockerlässt, aber dich stecke ich noch tausendmal in die Tasche. Weil ich nämlich ... im Gegensatz zu dir Leute nicht beurteile oder in Schubladen stecke. Alles klar?«

Ich war am Ende wohl etwas lauter geworden. Als ich mich umsah, hatten jedenfalls einige zu tanzen aufgehört und blickten gespannt zu Eliza und mir. Darunter auch Jakob.

Nun flüsterte ich fast. »Und wenn du denkst, ich sei *verklemmt* ...« Ich nahm ein Glas und schenkte es mir voll. »... dann pass mal auf, dass du dich da nicht täuschst.« Ich kippte meinen Schnaps hinunter, griff unter dem Shirt hinter meinen Rücken, öffnete gekonnt meinen BH und zog ihn heraus. Als sich Elizas Augen vor Staunen weiteten, warf ich ihr den BH mitten ins Gesicht. Nun wurde ich wieder laut. »Schenk ich dir! Willst du sonst noch was? Meinen Slip vielleicht? Oder reicht der BH?!«

Die Leute um uns herum kreischten und johlten angesichts dieser Szene. Meine Augen fanden die von Jakob. Kurz verhakten sich unsere Blicke, während Eliza dastand, meinen BH in ihren Händen, und mich völlig entgeistert anstarrte. Ich wandte mich ab und fühlte mich ziemlich gut. Unheimlich befreit irgendwie.

KAPITEL 29

»Das hast du nicht wirklich gemacht!«

Nika konnte es immer noch nicht glauben und ich ... ja, ich ehrlich gesagt auch nicht. Ich dachte an Jakobs Blick, nachdem ich es getan hatte. Er hatte bis dahin nicht einmal gewusst, dass ich da war. Und dass ich das durchgezogen hatte – war krass. Das war mutig, richtig mutig gewesen. Und mit einem Mal war ich ... keine Ahnung, ich wollte mehr, ich war bereit für den nächsten Punkt auf der Liste.

»Dooooch«, sagte ich lang gezogen. »Und wisst ihr, was ich jetzt noch mache?«

Nika und Sophie sahen mich an. »Nein, aber ich hab so das Gefühl, heute ist bei dir alles drin, Kaia.« Sophie feierte mich regelrecht und ich lachte.

»Kann gut sein. Ich küsse jetzt irgendwen. Den Punkt auf der Liste habe ich nämlich eigentlich vorgehabt. Schauen wir mal, wen's erwischt. Und zwar ...« Ich drehte mich im Kreis, streckte die Hand aus und als ich stoppte, nickte ich. »Der mit dem roten Shirt da.«

Zu allem entschlossen, ging ich auf den Kerl zu. Sophie und meine Schwestern riefen irgendetwas hinter mir, doch ich blendete es aus. Nur noch wenige Schritte. Drei, zwei, eins. Dann stand ich vor ihm. Ich wandte mich noch einmal kurz um, die vier hoben die Daumen. Anschließend musterte ich meinen Auserwählten. Er hatte kurze dunkle Haare, seine Augen waren braun, soweit ich das erkennen konnte. Aber es war eh egal. Ich kannte ihn nicht, er kannte mich nicht. Es war perfekt und ich war zu allem bereit.

»Hey«, sagte ich und er sah mich nun auch an.

»Hey, alles klar?«

»Ja, sehr sogar.« Ich trat näher an ihn heran, denn die Musik war mittlerweile so laut, dass man sich sonst kaum verstand. »Nette Party, nicht wahr?«, fragte ich und legte meine Hand auf seinen Unterarm.

Er ließ es geschehen und grinste. »Ja, echt cool hier.«

Ich schob meine Hand etwas höher, bis sie auf seinem Oberarm zum Liegen kam. »Du ... ich müsste da mal was machen ...«

Ich wollte gerade meine Arme um ihn schlingen, als ich völlig unerwartet weggezogen wurde. Ich stolperte zurück, drehte mich um und ... da stand Jakob vor mir.

»Was hast du da bitte gerade vor?«

Was sollte das? »Nach was sieht es denn aus? Meine Liste vervollständigen, natürlich. Es gibt da so einen gewissen Punkt, schon vergessen?«

»Nein, aber ich ...«

»Du was? Du störst! Und zwar gewaltig!«

Er sah mir tief in die Augen. »Aber ich bestimme doch, wen du küsst.«

Der hatte ja wohl einen an der Waffel. Das war vielleicht mal, inzwischen bestimmte er ganz sicher gar nichts mehr. »Spinnst du? Wer sagt das?«

»Na, ich. Ich bin schließlich derjenige, der dich bei dieser Listensache anleitet, also entscheide ich auch, wann und wo und wie und mit wem du welchen Punkt abhakst. Und ich will nicht, dass du den da küsst.«

Der da wusste überhaupt nicht, was gespielt wurde, und guckte halb belustigt, halb fragend.

Mein Herz raste mit einem Mal heftig. »Wir haben aber keinen Deal mehr, also bilde dir mal nichts ein. Du wolltest zu Eliza und deswegen kannst du das jetzt auch. Los, hau ab, geh zu ihr. Ich muss mich um meine Liste kümmern. Und zwar allein. Selbst ist die Frau!«

Ich hatte mich ein bisschen in Rage geredet. Um uns herum spielte die Musik noch immer laut und Jakobs Lippen waren meinen ganz nah. Warum sah er mich nur so an?

»Ich habe den Deal nicht abgebrochen. Und ich will auch nicht zu Eliza.«

Ich hob eine Braue. »Ach ja? Komisch. Das sah für mich aber anders aus.«

Da strich er mir ganz unerwartet eine verirrte Haarsträhne aus dem Gesicht. Mir wurde warm.

»Warum hast du mich gerade gestört?«

Nun legte er auch noch eine Hand an meine Taille und beugte sich nah zu mir. Näher. Noch näher. »Weil ... weil ich ... Kaia, Scheiße, ich will nicht, dass du einen anderen küsst als mich.«

Mein Herz schlug mit einem Mal doppelt so schnell. Hart pochte es gegen meinen Brustkorb. Inzwischen stand Jakob noch dichter bei mir. »Aber warum?«, hakte ich heiser nach.

»Weil du nervig bist, weil du immer tausend Fragen stellst, weil es mit dir einfach schrecklich ist. Du bist kontrollsüchtig und echt neben der Spur. Aber genau das alles mag ich an dir. Und wenn dich irgendwer küsst, dann will ich das sein.«

Als die Buchstaben sich in meinem Kopf zu Worten zusammensetzten, breitete sich ein Grinsen auf meinem Gesicht aus, ich schlang meine Arme um seinen Nacken und zog ihn an mich. Und er mich an sich. Und dann verschmolzen unsere Lippen miteinander. Wir küssten uns inmitten der Menge und mein Herz raste, klopfte wie wild, überschlug sich. Verdammt. Ich wollte mehr. Mehr küssen. Und mehr Jakob.

»Leute.« Irgendwer tippte mir auf die Schulter.

Jakob und ich traten auseinander. Es war Ben.

»Wir müssen abhauen, die Polizei ist auf dem Weg.«

Ich sah Jakob ratlos an, doch der grinste nur teuflisch und nahm meine Hand. »Na, dann komm, Kaia, nichts wie weg hier.«

KAPITEL 30

»Deine Schwestern halten uns jetzt sicher für bescheuert, oder?«

Ich sah Jakob an. »Ich denke, sie halten nicht *uns* für bescheuert, sondern *mich*. Von mir sind sie so ein Verhalten ja nicht gewohnt. Erst das, was ich auf der Party gemacht habe. Oh Mann, ich habe echt Eliza meinen BH ins Gesicht gepfeffert!« Bei der Erinnerung an ihr Gesicht musste ich unwillkürlich lachen.

»Das war schon ziemlich mutig.« Jakob stieg in mein Lachen ein und ich stupste ihn leicht in die Seite.

»Ich weiß gar nicht, was da in mich gefahren ist. Aber als sie mich so angesehen und gemeint hat, dass ich keine Chance bei dir habe, da dachte ich wirklich: Was will sie eigentlich von mir? Sie meinte, ich sei eine Langweilerin, und na ja …«

Er grinste. »Dabei bist du ganz und gar nicht langweilig. Und als du ihr an den Kopf geworfen hast, dass du sie in die Tasche steckst … Ich habe mit allem gerechnet, aber damit sicher nicht.« Er strich sich durchs Haar, setzte einen frechen Blick auf und lächelte anschließend.

»Nein, sie wohl auch nicht«, grinste ich nun ebenfalls. Wenn ich so daran zurückdachte, tat sie mir fast ein bisschen leid.

»Das war echt ein Abend … Und dann wollte ich auch noch diesen Typen kü…«

»Halt! Wolltest du überhaupt nicht. Wenn überhaupt, wolltest du einen Punkt auf deiner Liste abarbeiten, sonst gar nichts. Nur darum ging's. Küssen wolltest du eigentlich mich.« Mit diesen Worten legte er seine Hände an meine Wangen, zog mich sanft zu sich und hauchte mir einen Kuss auf die Lippen.

»Okay, das lass ich jetzt einfach mal so stehen.« Ich lächelte ihn glücklich an. »Tja, und dann bin ich auch noch mit dir vor der Polizei abgehauen statt mit ihnen.«

Lina und Nika hatten mich natürlich gleich mit Nachrichten bombardiert, ob ich okay und in Sicherheit sei. Ich schielte unauffällig zu Jakob, der jetzt ein wenig gedankenverloren in den Himmel starrte. Ich war mehr als okay. In Sicherheit war ich auch. Zumindest fast. Wenn nur diese verdammte Höhenangst nicht wäre. *Nicht runterschauen, Kaia, nicht runterschauen.*

Wir saßen auf dem Dach der Schmiede, aßen Pizza und tranken Wasser. Gleich nachdem wir von der Party geflohen und in Jakobs Auto gestiegen waren, merkte ich schlagartig, dass ich es mit dem Alkohol doch ein wenig übertrieben hatte. Ich bekam Hunger und einen irrsinnigen Durst. Glücklicherweise stieß ich bei Jakob mit meiner Frage, ob wir uns noch irgendwo was holen könnten, auf Zustimmung, er hatte nämlich ebenfalls noch nichts gegessen. Allerdings im Gegensatz zu mir auch keinen Alkohol getrunken, weil er mit dem Auto da war. Er kannte natürlich einen Imbiss, der noch offen hatte, und er kannte natürlich auch den perfekten Ort zum Pizzaessen. Und so saßen wir nun mit unseren Pappkartons auf dem Dach der Schmiede seines Opas, jeder mit einem Stück Pizza in der Hand, und mümmelten zufrieden vor uns hin.

»Jakob?«, durchbrach ich die Stille.

»Hm?«

»Es ist wunderschön.«

»Ich kenne dieses Dach, seit ich ein kleiner Junge bin, aber ich könnte jeden Tag wieder hier raufkommen, so gern mag ich es. Es hat mich schon das ein oder andere Mal getragen. Wie ein Flugzeug irgendwie.«

Ich lachte. »Getragen? Das ist ein schönes Wort. Und jetzt trägt es uns. Das Dach ist wirklich ...« – *nicht runterschauen, Kaia, nicht runterschauen* – »... es ist wirklich toll. Man fühlt sich so frei. So muss sich wohl ein Vogel fühlen, bevor er einfach losflattert. Also ein Vogel ... ähm ... ohne Höhenangst.«

Jakob verzog die Lippen zu einem Lächeln und ich sah ihn an. Wie er es immer wieder schaffte, diese Gefühle in mir heraufzuholen. Dieses *Sich-wirklich-frei-Fühlen*.

»Ich habe mir oft vorgestellt, hier oben in einem Flugzeug zu sitzen«, sagte er und stupste mich sanft an.

Ich nickte. »Warum nicht? Könnte ja sein. Ich bin übrigens noch nie geflogen und hatte am Flughafen tatsächlich kurz Angst, dass du gleich Tickets holst.«

»Du bist schon mutig, hier zu sitzen mit deiner Höhenangst. Und soll ich dir was sagen? Irgendwann, wer weiß, da wirst du noch mutiger sein. Warst du heute schon. Der Himmel steht dir offen, Kaia.«

Ich lachte. »Fliegen, irgendwann mal ...«

Mit einem Mal grinste er. »Würdest du mit mir fliegen? Jetzt?«

Verwundert sah ich ihn an. »Jetzt? Wie sollen wir jetzt fliegen, ohne Flugzeug?«

Er lachte. »Das lässt sich vielleicht ändern. Ich habe da eine Idee. Du weißt, ich bin gut darin, Dinge zu bauen.«

Er griff nach den Pizzaschachteln und dem Flyer, den wir eingepackt hatten. Was hatte er vor?

»Mach bitte mal kurz die Augen zu, ja?«

»Ist das dein Ernst?«

Er sah mich an. »Es war mir nie ernster.«

Ich sah ihn an, nickte und schloss die Augen. Still hörte ich dem Rascheln von Papier zu. Mitten auf einem Dach, umgeben von der Stadt, die ich liebte. Ich wartete, bis ich seine Stimme hörte.

»Du kannst die Augen wieder aufmachen.«

Kaum hatte ich sie geöffnet, musste ich lächeln. Jakob hatte ein Flugzeug gebaut. Aus Papier. Er reichte es mir.

»Jetzt stellst du dir vor, wir beide sitzen dadrin, und dann wirfst du es.«

Ich betrachtete den Flieger, die Kanten, die er perfekt aufeinandergelegt hatte, und mein Herz klopfte.

»Komm, lass uns fliegen.«

Mein Herz klopfte noch schneller, dann nickte ich, holte aus und schickte das Papierflugzeug in den Himmel. Es flog! Tatsächlich segelte dieses kleine Flugzeug kurz durch die Luft. Nicht hoch, nicht weit, aber die Geste allein fand ich unheimlich süß. Ich konnte nicht anders, als mich an ihn zu drücken, an Jakobs Brust. Sie fühlte sich so gut an.

»Das war eine total süße Idee von dir«, flüsterte ich und er hielt mich fest. »Danke, Jakob.«

»Ich danke dir.«

»Du mir? Wofür?« Überrascht sah ich zu ihm auf.

»Dafür, dass wir hier sind. Weißt du, am Flughafen hast du mir gesagt, dass du immer die Bodenständige sein musstest, aber du darfst auch mal abheben. Du darfst fliegen wie die Vögel oder wie dieses kleine Flugzeug.«

Unwillkürlich musste ich an meinen Vater denken. War es das gewesen, was er gebraucht hatte? Freiheit? Losfliegen, einfach so? Vielleicht ...

»Was denkst du gerade, Kaia? Da ist so ein bestimmter Ausdruck in deinem Gesicht.«

Er hatte mich durchschaut. »Keine Ahnung, ich denke an so vieles. Gerade auch an meinen Papa. Ob er deswegen gegangen ist, weil er diese Freiheit gebraucht hat. Jeder hat wohl seine Träume.«

Jakob sah mich an. »Das war sicherlich nicht einfach für dich, oder?«

»Das war es für keine von uns. Er hat uns zwar versichert, wie sehr er uns liebt, aber als Kind fragt man sich natürlich trotzdem, warum er nicht bleiben konnte. Das hat uns ziemlich geprägt. Inzwischen haben wir ein gutes Verhältnis und ich weiß, er liebt uns. Er wollte einfach anders leben. Seine Träume haben ihn weggetrieben. Ab und an ist das im Leben so. Aber dennoch ...« Ich atmete tief durch und verscheuchte den Gedanken.

»Habt ihr noch Kontakt?«

Ich nickte. »Ja.«

Jakob drückte mich noch enger an sich. »Irgendwann heilt alles. Das Leben ist eben nicht nur Hochfliegen, es ist auch Segeln und Fallen. Und nichts davon ist schlecht.«

Ich nickte und schmiegte mich enger an ihn. Wir saßen noch eine ganze Weile so da, vor dieser unheimlich schönen Kulisse, die Stadt unter uns wie ein hingezaubertes Bild, und tauschten unsere Gedanken miteinander.

»Es ist schön, mit dir hier zu sitzen. Und mit dir zu reden. Über alles.«

Er erwiderte mein leises Lächeln. »Mit dir auch.«

Wer hätte gedacht, was diese Nacht noch bringen würde? Niemals hatte ich mit so etwas gerechnet. »Kaum zu glauben, wie entspannend es nach der lauten Party vorhin jetzt hier ist.«

»Unglaublich, dass wir beide hier zusammensitzen. Ich meine, dass du auf der Party aufgetaucht bist, damit habe ich wirklich nicht gerechnet. Aber ich bin froh darüber. Sehr froh. Ich ... ich wollte diesen ganzen blöden Streit nicht, ich war einfach von allem überfordert. Ich habe bisher noch nie jemandem so viel von mir erzählt wie dir. Und ... ich mag dich, Kaia.«

Jakob zog die Arme fester um mich und ich fühlte mich unglaublich wohl. »Ich mag dich auch, Jakob. Und mir geht es genauso. Ich habe bisher kaum über meinen Papa geredet. Aber es tut gut. *Du* tust mir gut. Mit deinen Ideen, mit allem, was man nicht plant. Bisher habe ich immer alles geplant, habe funktioniert und nur das gemacht, was alle von mir wollten und erwartet haben. Aber mit dir ist es anders. Das hat mir erst mal ziemlich Angst gemacht. Es war alles neu und ungewohnt, aber jetzt ... Ich mag es. Alles. Was wir so erleben und überhaupt ... wie es ist. Mit dir.«

Ich hielt ihm spontan ein Stück Pizza hin. Jakob biss lachend hinein und hielt mir eines von seinen hin. Ich biss ebenfalls davon ab und alles war perfekt. Es war noch dunkel, aber am Horizont war schon ein ganz leichtes Dämmern zu erkennen.

Schließlich drehte Jakob mein Gesicht seinem zu. »Ist das hier jetzt romantisch?«

Ich lächelte. »Ziemlich.«

»Ich hoffe, nicht zu romantisch.«

»Doch, ich fürchte, schon. Es ist entsetzlich.«

»Werd bloß nicht übermütig. Ich glaube, du brauchst ein bisschen Abwechslung.«

»Abwechslung?«

»Jep. Also, bereit für noch ein bisschen mehr Abenteuer?«

»Was hast du denn jetzt schon wieder vor?«

»Lass dich überraschen. Wir fahren einfach los. Handy aus, keine Nachrichten, keinen Plan. Wir fahren einfach der Sonne entgegen, okay?«

KAPITEL 31

»Wir sind da, du Schlafmütze.«
Ich spürte etwas an meiner Wange. Warme Finger, die mich meine Augen langsam öffnen ließen. Erst nahm ich nur Umrisse wahr und dann ... erkannte ich Jakob. Was war noch mal los gewesen? Allmählich dämmerte es mir. Ich hatte ihn überraschend auf der Party getroffen, wir hatten uns geküsst, dann die Flucht vor der Polizei, die Pizza, die unheimlich schöne Stimmung auf dem Dach der Schmiede, wo wir uns unsere Gefühle offenbart hatten. Und schließlich – typisch Jakob – wieder mal eine seiner Überraschungen. *Wir fahren einfach los. Handy aus, keine Nachrichten, keinen Plan. Wir fahren einfach der Sonne entgegen, okay?*

Ich konnte mich dunkel erinnern, dass wir kurz zu ihm gefahren waren und er einen Rucksack gepackt hatte, aber danach, als wir wieder in sein Auto gestiegen waren, musste ich wohl ziemlich schnell in einen Tiefschlaf gefallen sein, der bis vor wenigen Sekunden angedauert hatte.

Ich sah mich um und erkannte im Dämmerlicht einen Parkplatz, bedeckt mit Schotter. Und Jakobs Auto stand mittendrin.

»Jetzt hast du alles verpasst. Kaum im Auto, hast du auch schon geschnarcht wie ein ... ein ... keine Ahnung.« Er lachte. »Da fällt mir echt kein vergleichbares Wesen ein.«

Ich sah ihn immer noch etwas schlaftrunken an. »Also

doch nicht *Kreativer Mann ohne Ziel sucht ...*? Streichen wir den Zusatz wieder. Was hab ich denn verpasst?«

»Den Sonnenaufgang. Aber wir genießen jetzt einfach den Tag.«

Ich rieb mir die Augen, musterte zuerst Jakob, dann die Umgebung. Vor uns lag ein schöner, klarer See, dahinter Berge. Hohe Berge. Wo zum Teufel hatte er uns nun schon wieder hingebracht?

»Wo sind wir denn?«

»Hast du echt keine Idee?«

Langsam schüttelte ich den Kopf.

»Dann verrate ich es dir: in meinem Auto.«

Ich verdrehte die Augen, musste aber trotzdem lächeln. »Du bist ja so lustig, Jakob.« Erst jetzt bemerkte ich den schrecklichen Geschmack in meinem Mund. War gestern wohl doch ein bisschen zu viel braunes Teufelszeug gewesen. »Oh Gott«, stöhnte ich. »Ich bin völlig fertig.«

»Das ändern wir jetzt. Glaub mir, gleich bist du wach. Los, gehen wir, die erste Gondel müsste bald fahren.«

Wie bitte? Die erste *was*? Hatte er da eben tatsächlich *Gondel* gesagt? Allein bei dem Gedanken daran wurde mir ganz flau im Magen.

Jakob stieg aus, aber ich blieb noch einen Moment im Auto sitzen und schnappte mir mein Handy. Es waren ein paar Nachrichten darauf. Von Lina, Sophie und Nika. Sie hatten mir geschrieben und wollten wissen, ob alles okay sei. Ich schickte allen dreien nur schnell wortlos einen Daumen hoch, damit sie beruhigt waren. Dann klickte ich auf *Google Maps* und suchte nach dem aktuellen Standort. Und ... Scheiße, war der Typ komplett durchgedreht? Meine Handflächen begannen zu schwitzen.

Ich stieg nun ebenfalls aus und sah Jakob vorwurfsvoll an. »Wir sind jetzt aber nicht echt auf der Zugspitze, oder?« Das konnte doch nicht wahr sein. Wie heftig!

Er schüttelte den Kopf. »Wir sind nicht auf der Zugspitze. Wir sind unterhalb der Zugspitze, aber wir fahren gleich hoch. Also, fertig?«

»Was? Nein, ich sehe aus wie ...«

Er öffnete die Kofferraumtür, holte den Rucksack heraus und schulterte ihn, nachdem er mir einen seiner Hoodies gereicht hatte. »Du siehst super aus, Kaia.« Er beugte sich vor und ich spürte für wenige Sekunden seine Lippen auf meinen. »Du stinkst nur ein bisschen, aber das ist schon okay.«

Ich schubste ihn. »Idiot!«

Er griff nach meiner Hand. »Gehen wir.«

Panik. Das war bescheuert. Total bescheuert. In mir und um mich drehte sich alles, doch schließlich gab ich seinem Ziehen nach und wir gingen los.

Wir liefen über den Parkplatz, überquerten eine Straße und Schienen und steuerten dann auf ein großes Gebäude aus Stahl und Glas zu. Dort würden wir in eine Gondel steigen, erklärte er mir noch mal.

»Jakob«, sagte ich und blieb stehen. »Das schaffe ich nicht.«

»Deine Höhenangst, ich weiß. Aber du hast den Turm neulich geschafft, jetzt schaffst du auch die Gondel, selbst wenn sie auf den höchsten Berg Deutschlands fährt. Du schaffst das, glaub mir.«

Mein Herz hämmerte nun so heftig unter meiner Brust, dass ich kaum noch Luft bekam. »Aber liegt da oben nicht Schnee und es ist kalt?«

Er nickte. »Deswegen auch der Hoodie. Du siehst, ich habe an alles gedacht.«

Ich hob mein Gesicht dem Himmel entgegen. »Das ist zu heftig, ich kann da nicht hoch. Wir …«

Vorsichtig trat Jakob näher an mich heran. »Du schaffst das. Sicher. Ich bin doch bei dir.«

Jetzt lachte ich. Aber es klang eher hysterisch. »Und das soll mich beruhigen?«

Er zwinkerte mir zu und ich spürte, wie der Widerstand in mir dahinschmolz. Er nahm meine Hand. Sie war warm und weich, nur an den Knöcheln ein bisschen rau, und vermittelte mir ein Gefühl von Sicherheit. *Okay, Kaia, du schaffst das.*

Wir betraten das Gebäude und gingen zum Informationsschalter. Dort holte Jakob zwei Tickets und anschließend ging es den Aufzug nach oben zu den Gondeln. In meinem Bauch wurde es immer mulmiger, als … mein Handy klingelte. Es war Nika.

»Was hältst du davon, wenn das Handy heute ausnahmsweise mal ausbleibt? Wenn du einfach mal nicht erreichbar bist?«

Ich sah ihn an. »Glaubst du, das ist eine gute Idee?«

»Nach alldem, was du mir gesagt hast, die beste. Sie wissen, dass gestern alles okay war, warum sollte es jetzt anders sein? Also komm, einfach aus.«

Ich blickte auf das Gerät in meiner Hand. Nika wusste nicht nur, dass gestern alles okay gewesen war, ich hatte ihr vorhin auch den Daumen hoch geschickt. Jakob hatte recht. Ich schaltete das Handy aus.

»Sehr gut, Kaia. Wirst sehen, es geht auch ohne.«

»Also dann, fahren wir.«

Ich nahm seine Hand und wir traten durch eine Glastür. Ein paar Leute warteten dort bereits, sodass wir uns in die Schlange hinter ihnen einreihten. Als die Gondel kam, sah mich Jakob zuversichtlich an, ich biss mir aber trotzdem auf die Lippe.

»Was ist, wenn wir abstürzen oder so? Dann ...«

»Dann was?«

»Dann sind wir tot.«

»Ja, blöd. Und was machst du dann?«

»Dann dreh ich dir den Hals um.«

»Das ist ein Deal«, grinste Jakob.

Ich hielt seine Hand ganz fest, als wir die große Gondel betraten. Sie war fast ganz aus Glas, sodass man zu allen Seiten hinausschauen konnte. Die Türen schlossen sich. Scheiße, es war zu spät. Die Gondel ruckelte ganz leicht und setzte sich in Bewegung.

»Es ist so ... so schrecklich. So ...«, flüsterte ich, als ich den Druck in den Ohren und in meinem Magen spürte, während es immer weiter nach oben ging. »So grausam.«

Was war das denn für eine bescheuerte Idee gewesen? Das war doch der reinste Wahnsinn! Wer machte denn so was freiwillig? Alles wurde kleiner, mein Herz raste und dann ... dann sah ich den türkis schimmernden See unter uns. Ganz klein war er aus dieser Höhe, die Insel darin wurde von klarstem Wasser umspielt.

»So schön«, seufzte ich zitternd.

Jakob lachte. »So ... schrecklich. So ... grausam. So schön«, machte er mich nach.

Er zog mich auf seinen Schoß und es ging weiter, immer weiter, bis durch die Wolken. Einmal ruckelte es noch heftig, als wir noch höher stiegen, aber es war ... trotzdem schön und unglaublich.

Nachdem wir oben angekommen und ausgestiegen waren, konnte ich meinen Augen kaum trauen. Es war, als wären wir in einer anderen Welt. Der Sommer war verflogen und die Gipfel waren mit Schnee betupft. Trotz der frühen Uhrzeit waren schon ein paar Leute mit uns in der Gondel gewesen. Manche fotografierten die Umgebung und sich selbst auf einem Aussichtssteg, der wohl zu diesem Zweck gebaut worden war. Andere fuhren mit dem Schlitten, ein Paar bewarf sich gerade mit dem Schnee, der überall lag.

»Wehe, du machst das auch! Ich mag Schnee nicht«, mahnte ich Jakob.

»Mal sehen …«, meinte er nur mit einem verschmitzten Lächeln.

Ich atmete die kühle Luft ein. Ich hatte schon befürchtet, in meinen kurzen Shorts und den Sneakers trotz Hoodie frieren zu müssen. Aber die Sonne stand inzwischen schon etwas über dem Horizont und spendete ein bisschen Wärme. Kühl war es dennoch, aber zum Glück waren wir weit entfernt vom Frieren.

Wir liefen los und stapften mit unseren kurzen Hosen und Turnschuhen durch den Schnee. Es war lustig, ich fühlte mich wie der erste Mensch auf dem Mond. Irgendwann bückte sich Jakob, sah mich an und formte mit den Händen einen Schneeball.

»Untersteh dich!«, schrie ich noch, da landete die Kugel bereits auf mir. »Na warte!« Ich bückte mich nun ebenfalls, presste in den Händen einen Schneeball zusammen, warf ihn Richtung Jakob und … »Treffer!«, lachte ich triumphierend.

Jakob kam breitbeinig auf mich zugestapft. »No worte, dör Yeti würd süch rääächen!«, stieß er mit verstellter Stimme hervor.

Ich konnte mich vor Lachen ohnehin schon kaum noch auf den Beinen halten, aber als er mich dann auch noch hochhob und ich zu zappeln begann … stolperten wir und plumpsten in den Schnee.

Jakob kam halb auf mir zum Liegen. »Na, du kleiner Schneeengel«, hauchte er und sah mir tief in die Augen.

Wow, dieser Blick. Ich hätte darin versinken können. Am liebsten hätte ich Jakob für immer so angeschaut, aber … im Schnee war es saukalt.

Ich boxte ihn in die Seite. »Geh runter von mir! Ich erfriere.«

»Runter von dir? Das war nicht der Plan …«

Unsere Lippen waren sich ganz nah. Und auch wenn mir kalt war, spürte ich diese Hitze. Es war furchtbar schön. Jakob und ich waren zusammen furchtbar schön. Wie Feuer und Eis. Wie Sonne und Regen. Professor Winter hatte recht gehabt: Wir waren perfekt füreinander.

»Danke, Jakob«, hauchte ich.

»Wofür?«

»Für alles.«

»Wir frühstücken auf der Zugspitze, ich glaub's nicht«, schwärmte ich und zupfte an dem Croissant, das wir uns eben im Restaurant hoch oben auf dem höchsten Berg Deutschlands geholt hatten. Da saßen wir nun also, einfach so, völlig ungeplant, an irgendeinem Tag.

Jakob zwickte mich leicht in die Hand.

»Aua.«

»Entschuldige. Ich dachte, es hilft dir vielleicht, dass du es doch glaubst.«

»Ach, du Blödmann«, lachte ich, wurde aber gleich wieder ernster. »Weißt du, was ich gerade denken musste?«

Jakob sah mich so durchdringend an, dass mir ganz warm wurde. Er schien es bemerkt zu haben, denn er setzte ein Grinsen auf und meinte: »Ich kann mir schon denken, was du gerade denken musstest ...«

»Jakob!«

»Was denn? Hätte ja sein können.«

»Ach, dass du nie ernst sein kannst ... Nein, ich dachte, hier oben ist sicher alles möglich. Es ist so ... Alles ist so groß und wir sind so klein.«

»Da hast du recht.« Mit einem Mal wirkte auch Jakob nachdenklich. »Wir sind so klein. Winzlinge. Winzlinge mit Zielen, Winzlinge ohne Ziele. Winzlinge mit den falschen Zielen, weil wir uns nicht trauen, die richtigen zu verfolgen. Es wäre wirklich schön, wenn alles möglich wäre.«

Ich verstand, worauf er hinauswollte, und legte sanft meine Hand auf seine. »Jakob. Das mit deinem Vater wird schon, da bin ich mir ganz sicher. Ein bisschen liegt es ja auch an dir.«

Er umschloss mit seinen Fingern meine. »Ich weiß, dass ich mich entscheiden muss. Entweder ziehe ich das mit dem Studium durch oder eben nicht und konzentriere mich gleich auf das, was ich will. Eigentlich steht die Entscheidung auch schon längst. Nur ... sie auszusprechen, ist nicht so leicht.«

»Du schaffst das, Jakob. Ich meine, wenn ich hier oben auf der Zugspitze sitze, dann schaffst du es erst recht, deine Entscheidung auszusprechen. Ganz sicher.«

»Kaia. Weißt du, am Anfang, da dachte ich, der Professor ist verrückt, als er meinte, wir sind perfekt füreinander. Aber irgendwie hatte er damit nicht ganz unrecht, oder?«

Ich schüttelte leicht den Kopf und sah Jakob dann ganz tief in die Augen. »Im Gegenteil: Er hatte damit sogar so was von recht.«

Wir saßen noch eine Weile an dem kleinen Tisch, bis wir uns mit der Gondel wieder auf den Weg nach unten machten. Ich saß auf Jakobs Schoß und als die Gondel durch die Wolken brach und einen atemberaubenden Blick auf den See freigab, war ich einfach nur glücklich. Unglaublich glücklich, diesen Augenblick erlebt zu haben. Man wusste nie, ob man irgendetwas im Leben später einmal bereuen würde, aber in diesem Moment war ich sicher: Es sind Augenblicke wie dieser, die uns erst vollständig machen. Und da wusste ich, was der App noch fehlte.

KAPITEL 32

»Jakob Inzenhofer, was hast du vor?«, fragte ich skeptisch, als er das Auto in ein Waldstück lenkte und es kurz darauf abstellte.

»Ich dachte, wir halten da mal für einen Moment. Da soll es eine tolle Aussicht auf die Berge und den See geben.«

»Woher weißt du das?«, wollte ich wissen.

»Auch wenn du es nicht glaubst: Ich habe mir natürlich ein paar Gedanken wegen der Liste gemacht. Aber komm, sieh selbst.«

Er stieg aus, ging um das Auto herum, öffnete mir ganz gentlemanlike die Tür und hielt mir seine Hand hin. Ich legte meine hinein und ließ mich von ihm hinausziehen, ehe er die Tür hinter mir wieder schloss. Wir gingen los. Es war nicht weit zu laufen, nur um die Ecke, und tatsächlich – eine wunderschöne Aussicht offenbarte sich uns. Die Sonne beschien die Berge, sodass die Schneekuppen leuchteten, und der See darunter glitzerte idyllisch. Es war ein traumhaft schöner Tag.

»Das ist wirklich wunderschön«, sagte ich und sah zu Jakob, der jetzt leicht lächelte.

»Ich habe da übrigens noch was für dich.« Er griff in seine rechte Hosentasche und zog einen kleinen Vogel aus Metall daraus hervor.

»Der ist für mich?«, fragte ich fassungslos.

Er sah sich gespielt suchend um. »Also ich sehe hier kein anderes Mädchen, dem ich was schenken könnte. Aber ich kann mal ein bisschen rumschauen, vielleicht finde ich ja eins.«

Ich stupste ihn leicht in die Seite und griff dann nach dem kleinen Vogel. Er war schwarz, aus Eisen und ich spürte, wie mein Herz einen Satz machte.

»Als du damals gesagt hast, dass du die Vögel bewunderst, da habe ich ihn für dich gemacht. Er soll dich an alles erinnern, was wir zusammen erlebt haben.«

»Das ist jetzt aber wirklich romantisch«, flüsterte ich und Jakobs Blick verwob sich mit meinem. Ich sah die Freude in seinen Augen darüber, dass sein Geschenk bei mir so gut ankam, aber da war noch etwas anderes ... Er blinzelte verdächtig oft.

»Ich glaube, wir sollten langsam fahren, du bist sicher müde. Immerhin hast du heute Nacht keine Minute geschlafen und bist schon den ganzen Weg hierhergefahren.«

»Eigentlich geht es noch ganz gut, aber du hast recht, vielleicht sollten wir jetzt wirklich fahren.«

Wir genossen noch einen letzten Moment lang diesen wunderbaren Ausblick, bevor wir schließlich zurück zum Auto gingen. Als wir wieder drinsaßen, ruhte der kleine Vogel noch immer in meiner Hand.

»Jakob, danke für den Ausflug. Es war unglaublich schön«, sagte ich und meine Hand tastete nach seiner.

»Ich fand es auch schön.«

Seine Augen leuchteten noch immer und mein Herz klopfte heftig unter meiner Brust, als sich seine Hand langsam aus meiner löste und sanft über mein Bein strich.

»Ich würde dich jetzt gerne küssen, Kaia.«

Seine Worte lösten ein Kribbeln in meinem Bauch aus. Lächelnd biss ich mir auf die Lippe, als ich seinen sehnsuchtsvollen Blick bemerkte. Das Kribbeln in mir breitete sich weiter aus, umfasste meinen gesamten Körper. Ich umschloss seine Hand, die nun auf meinem Oberschenkel ruhte. Ich wollte sie nicht halten oder gar wegschieben, im Gegenteil, ich schob sie ein kleines bisschen weiter nach oben. Sofort war da ein kleines Zucken in mir und als sich unsere Blicke wieder fanden, wartete ich nur darauf, dass sich auch unsere Lippen endlich berührten.

Jakob schluckte und sah über seine Schulter nach hinten. »Sollen … ich meine …?«

Ich nickte wortlos und wir krabbelten nach hinten auf die Rückbank. Jakob zog mich zu sich und leicht kichernd ließ ich mich auf seinem Schoß nieder. Meine Hände griffen an seinen Nacken, unsere Lippen waren nur noch wenige Zentimeter voneinander entfernt. Ich spürte seine Muskeln, die Wärme, die von ihm ausging, und seine Hände, die nun meine Taille umfassten. Eine löste er, um mir eine Haarsträhne aus dem Gesicht zu streichen. Dann legte er sie an meine Wange. Hitze fuhr durch meinen Körper und ich atmete zitternd ein.

»Du weißt schon, dass es verboten ist, wenn wir das hier machen?«, hauchte ich.

»Ich weiß. Verboten ist gut.«

Sein heißer Atem traf auf meine Haut und dann löste er seine Hand von meiner Wange. Zärtlich hob Jakob mein Kinn und sah mich wieder mit diesem unglaublich intensiven Blick an. Es kribbelte so sehr in mir, überall, und dann fühlte ich endlich seine Lippen auf meinen. Sie suchten sich, sie verschmolzen miteinander, sie ließen sich nicht mehr los und ich verlor mich in diesem Augenblick mit ihm. Darin, wie sich sein Mund immer wieder auf meinen legte. Ich fühlte, wie sein Herz gegen meine Brust schlug. Ich hörte, wie sein Atmen schwerer wurde. Ich schmeckte, wie seine Zunge über meine strich.

»Davon kann ich gar nicht genug bekommen«, hauchte ich.

Ich küsste ihn und fühlte mich auf eine ganz besondere Art mit ihm verbunden. Langsam ließ ich meine Hände unter sein Shirt gleiten, ich wollte seine Haut an meiner spüren. Ich streifte sein Shirt nach oben und spürte, wie sich seine Hand unter den Saum meiner Shorts schob. *Mein Gott,* ich würde gleich wahnsinnig werden. Jakobs Atem war nun ganz dicht an meinem Ohr, er ... Er hielt inne. Was war los?

»Scheiße! Hörst du das?«

Ich lauschte angestrengt. Stimmen. Da waren Stimmen. Viele Stimmen. Und sie kamen näher. Ich blickte durchs Heckfenster.

»Ach du Scheiße! Da kommt eine ganze Reisegruppe!«

Hektisch kletterten wir zurück nach vorn auf die Sitze. Wir schafften es gerade noch so, uns halbwegs manierlich hinzusetzen und die Klamotten gerade zu ziehen, als tatsächlich ein ganzer Schwung Leute ziemlich nah an Jakobs Auto vorbeiging. Einige grüßten sogar freundlich in unsere Richtung und wir nickten ebenso freundlich zurück. Wir mussten wahrscheinlich völlig bescheuert dreingeblickt haben, aber das schien niemandem aufgefallen zu sein, jedenfalls zog die Gruppe fröhlich plaudernd in Richtung des Aussichtspunktes weiter. Oh Mann, wir waren kurz davor gewesen, Autosex zu haben, und dann das ...

»Puh, schöner Mist«, schnaufte Jakob laut aus. »Ich glaub, das wird hier nichts mehr, aber ...«

»Ja?«

»Was hältst du davon, wenn wir zu Hause weitermachen?«

»Blöde Frage. Fahr schon los, ich kann's kaum erwarten, zu Hause zu sein. Aber ...«

»Aber?«

»Reisegruppen gibt's in deiner Wohnung hoffentlich keine, oder?«

Jakob musste schallend lachen und ließ den Motor an.

KAPITEL 33

immer

Die Rückfahrt war die reinste Tortur. Jakob musste sich auf den Verkehr konzentrieren, während ich mit meinen Händen am liebsten jeden Zentimeter seines Körpers erkundet hätte. Irgendwann schob ich sie tief unter meine Oberschenkel, um sie besser bei mir behalten zu können. Sicher war sicher. Meine Augen konnte ich jedoch während der gesamten Fahrt kaum von seinen Lippen fernhalten. Aber das beeinträchtigte ja seine Fahrtüchtigkeit nicht.

Als Jakob das Auto endlich vor seiner Wohnung abgestellt hatte, warfen wir uns einen Blick voller Verlangen zu, ehe wir ausstiegen, nach oben in die Wohnung gingen und direkt in sein Zimmer.

»Geht's dir gut nach der langen Fahrt? Bist du nicht zu müde?«, fragte ich, während ich ihm zärtlich über die Brust strich.

»Seh ich so aus, als ob ich zu müde wäre für … dich?«, gab er mit rauer Stimme zurück. »Wollten wir nicht da weitermachen, wo wir im Auto aufgehört haben?«

»Ich wüsste nichts, was ich lieber täte«, hauchte ich in sein Ohr.

Langsam zogen wir uns gegenseitig aus, berührten uns, küssten uns und ließen uns dann auf die Matratze fallen. Ich wollte nur noch seine Nähe spüren. Ganz pur, ohne mir Gedanken darüber zu machen. Und er ganz offensichtlich auch meine.

»Dass du jetzt da bist, ist alles, was ich will«, flüsterte er und ich atmete seinen Duft ein. Diesen typischen Jakob-Duft. Den, der alles für mich verändert hatte.

Unsere Küsse wurden inniger, drängender, seine Hände auf meiner Haut machten mich beinahe verrückt. Ich spürte, wie er mit seiner Hand über meinen Rücken streichelte und seufzte.

»Ich mag es, wie du mich berührst«, flüsterte ich.

Er schaute lächelnd auf meine Lippen. »Hast du das jetzt echt gesagt?«

Ich rückte näher an ihn heran, spürte ihn, mein Becken an seinem, seine Hand an meinem Rücken. Seine Erregung zwischen meinen Beinen. »Ja, es ist so schön. Furchtbar schön.« Wieder suchten sich unsere Lippen. »Wirklich, Jakob, mich hat bisher niemand so berührt.«

»Und ich will nichts mehr als dich immer weiter fühlen.«

Ich hob den Kopf und sah ihm in die Augen. »Das lässt sich machen, denke ich.« Ich spürte, wie sein Herz heftiger schlug. Heftig gegen meines pochte.

»Ich dachte, du stehst nicht auf mich. Niemals.«

»Das dachte ich auch. Aber so kann man sich täuschen. Ich glaube, ich stehe mehr auf dich, als mir lieb ist. Und gerade eben besonders«, sagte ich neckend und ließ meine Lippen sanft über seine streichen.

Jakob legte eine Hand an meine Wange und sah mich an. Einen Moment, eine Sekunde, dann drückte er seine Lippen auf meine. Er küsste mich ohne weitere Worte, leidenschaftlich und innig. Und ich küsste ihn ebenso brennend zurück. Seine Zunge prickelte in meinem Mund, während sich seine Hüften voller Verlangen gegen mein Becken pressten. Tief saugte ich den Atem ein und fühlte mich schwerelos in seiner Nähe. Er verstand es, mich zu verführen wie niemand zuvor. Seine Küsse an meinem Hals zu spüren, war ein unbeschreibliches Gefühl.

Binnen Sekunden hatte er eine unbändige Lust in mir entfacht. Und er vergrößerte sie noch, als er mir das Shirt über den Kopf zog, mir geschickt den BH öffnete und mit seiner Zunge tiefer glitt, über meine Brüste, über meinen Bauch. Schon kurz darauf streifte er langsam meine Shorts samt Slip nach unten und begann, mich zwischen meinen Beinen zu verwöhnen. Ich keuchte und krallte mich am Laken fest, während sich seine Zunge auf und ab bewegte, mal langsam, mal schneller, mal sanfter, mal fordernder. Mit Hingabe rief er die wildesten Gefühle in mir hervor, bis ich erneut zu zerspringen glaubte. Eine hitzige Welle an abertausend Gefühlen, die meinen Körper umfasste, die meinen Atem beben ließ. Und es wurde noch heftiger, als er sich wieder zu mir nach oben küsste, von den Innenseiten meiner Oberschenkel über meinen Bauchnabel zu meinen Brüsten, an denen er zärtlich saugte. Ein Keuchen ging durch mich hindurch und ich griff an seinen Nacken. Kurz verwoben sich unsere Blicke – ich wollte mehr. Jetzt. Genau jetzt. Genau hier.

»Geht es dir gut?«, fragte er zärtlich und ich nickte.

»Es geht mir so gut wie noch nie.«

Ein sanftes Lächeln umspielte seinen Mund, mit dem er mich unendlich verrückt gemacht hatte. »Willst du mehr?«, wollte er wissen und ich nickte abermals.

»Unbedingt«, seufzte ich und umschlang ihn mit meinen Beinen. Wenn ich ehrlich war, hätte ich ihn am liebsten nie mehr losgelassen.

Doch er rückte von mir ab und tastete ans Nachtkästchen

neben dem Bett. Ich beobachtete, wie er ein Kondom herauszog und das kleine Päckchen geschickt öffnete. Als er sich das Kondom überstreifte, wartete ich voller Anspannung darauf, seinen Körper wieder ganz nah zu fühlen. Alles war so leicht und kribbelnd, als ich seine Muskeln im leicht dämmrigen Licht betrachtete. Jakob kam zurück zu mir, legte sich zwischen meine Beine, senkte einen Kuss auf meine Lippen und ließ sich erneut von meinen Beinen umschlingen. Aufregung überkam mich, ein völliges Loslassen. Mir gelang es, die Kontrolle komplett abzugeben. Ich konnte es kaum erwarten, ihn zu spüren. Voll und ganz. Ich drückte ihn noch fester an mich, während er begann, sich langsam auf mir zu bewegen. Augenblicklich erkannte ich, dass ich mehr wollte, noch mehr von ihm. Er schien das zu spüren, denn er intensivierte seine Bewegungen. Es war ein Spiel aus Gefühlen, ein Verschmelzen von Haut auf Haut. Wir waren zusammen und gaben uns nichts als Wärme. Hitze. Feuer. Ich klammerte mich an Jakob, hörte, wie er stöhnte.

Sein Körper war mit meinem verbunden, die Haut heiß, weich und doch hart, und dann spürte ich, wie er sich langsam in mich schob. Ich keuchte auf. Konnte gar nicht richtig begreifen, was um mich herum und mit mir geschah. Jakob küsste mich und ich fühlte so viel Neues. Etwas, was ich noch nie mit einem Mann gefühlt hatte. Mit ihm war es anders als alles, was ich bisher erlebt hatte. Wie alles perfekt passte, einfach so, ohne Mühe. Wie unsere Körper harmonierten, miteinander verschmolzen. Wie er diese intensiven Gefühle in mir hervorholte, die ich niemals geglaubt hatte spüren zu können. Ein Loslassen und Festhalten. Es war wie das Prickeln und Pulsrasen, als wir in der U-Bahn gewesen waren. Es war wie die schönste Aussicht, die wir auf dem

Turm genossen hatten. Seine Küsse waren feurig wie die Luft in der Schmiede. Und ich wünschte mir, dass es niemals enden würde.

Um ihn noch mehr zu fühlen, hob ich mein Becken an, sog die Bewegungen in mich auf und stöhnte gegen seinen Mund. Wir brauchten keine Worte, unser Stöhnen verschmolz mit dem Geräusch unserer aneinandervibrierenden Körper. Wieder und wieder. In mir wurde es immer heißer und prickelnder, bis ich schließlich noch einen heftigen Schauer durch mich hindurchjagen spürte. Nur Sekunden darauf stöhnte Jakob auf und wir sanken zusammen. In uns und mit uns.

Mein Herz klopfte, wie es noch niemals zuvor geklopft hatte, und mein Puls raste, so voller Leben, so voller Liebe. Ja, ich hatte die Kontrolle verloren. Komplett. Und genau das war gut so.

KAPITEL 34

immer

»Hey, Mann, ich sag's dir, das war eine Rei… Oh, Shit! Sorry!«

Gerade eben war ich noch irgendwo im süßen Land der Träume gewesen, doch nun befand ich mich schlagartig im Hier und Jetzt. Ohne jegliche Vorwarnung war die Tür aufgerissen worden und im Türrahmen stand ein Kerl mit hellen Haaren und halb offenem Mund, sein Gesichtsausdruck lag irgendwo zwischen erschrocken und betreten. Ich kreischte vor Überraschung kurz auf. Träumte ich oder was war hier los? Wer war dieser Kerl?

Neben mir regte sich etwas. Jakob blinzelte aus müden Augen heraus und richtete sich leicht auf. Er hielt mich noch immer im Arm und lachte nun kurz auf. Sicherlich weil ich so erschrocken war und mich fest an ihn klammerte, die Nase an der Haut seiner Brust vergraben. Ich liebte es, wie sie roch.

»Wer ist das?«, fragte ich Jakob leise.

»Hey, was machst du denn schon wieder hier, Mann? Mit dir habe ich erst nächste Woche gerechnet«, meinte Jakob an den Typen gewandt. Dann an mich: »Kaia, das ist Robert, mein Mitbewohner.« Dann wieder an ihn: »Robert, das ist Kaia, meine … Kommilitonin.« Er küsste mein Haar.

»Kommilitonin … okay, ich seh schon.« Robert lachte. »Sorry noch mal, Bro.«

»Kein Thema. Kaia, Robert war bei seinen Eltern und auf Reisen und jetzt ist er offenbar wieder da, wie du unschwer erkennen kannst.«

Ich nickte und drehte mich nun endlich zu ihm. »Ähm, hi.«

»Auch hi. Echt, sorry, Leute, ich wollte euch nicht beim … also … stören. Jakob, ich erzähl dir später alles. Ich pack erst mal aus. Euch noch viel Spaß …«

»Danke, werden wir haben«, grinste Jakob. Als sich die Tür schloss, zog er mich an sich. »Sorry, ich wusste nicht, dass er heute schon wiederkommt.«

Ich kuschelte mich an ihn, atmete den Duft seiner Haut ein und lächelte. Irgendwie war es ja auch witzig gewesen und würde irgendwann sicher eine gute Anekdote abgeben. »Macht nichts und du kannst ja nichts dafür. Er scheint ganz lustig zu sein.«

Jakob lachte. »Er kann wirklich sehr lustig sein. Aber er ist ein noch …« Er schien kurz zu überlegen, dann schüttelte er den Kopf. »Okay, nein, er ist doch kein schlimmerer Chaot als ich. Aber fast.«

Ich kicherte und kuschelte mich fester an Jakob. Ich mochte es, ihn so nah bei mir zu spüren. Wir beide, die Nacht, dieser verrückte Tag, ich konnte nicht mal genau sagen, was es war. Irgendwie war es alles. Die ganze Zeit zusammen. Mit ihm fühlte ich so vieles. Wer hätte gedacht, was dieses Experiment in mir auslösen würde? Mir hatten so viele Dinge etwas bedeutet, so vieles war mir wichtig gewesen, aber das war alles nichts gegen die Momente, die ich mit Jakob gehabt hatte. Die Momente, die tatsächlich alles verändert hatten.

»An was denkst du gerade?«, wollte Jakob wissen.

Ich küsste ihn. »Nur daran, wie schön es war.«

»Ach so, nur daran«, lachte er. »Okay, wie geht's weiter, was machen wir noch?«

»Was du willst. Aber irgendwann müssen wir auch noch mal ins Seniorenheim. Tut mir leid, dass ich dich daran erinnern muss, aber letztes Mal …« Ich musste an unseren schrecklichen Streit zurückdenken. »Letztes Mal waren wir ja leider nicht so erfolgreich.«

»Stimmt. Das sollten wir unbedingt machen.«

Mein Blick suchte seinen. »Hast du dich entschieden?«, wollte ich wissen, während sich unsere Finger miteinander verwoben.

»Ich weiß, ich muss das ganze Thema endlich angehen. Und das mit dem Uniprojekt bin ich dir auch irgendwie schuldig.«

»Vielleicht sollten wir jetzt erst mal aufstehen?«

Jakob zog mich enger an sich. »Vielleicht. Vielleicht aber auch nicht. Vielleicht haben wir ja noch ein paar Minuten? Also nur ein paar wenige?« Er küsste mich sanft.

»Nur ein paar wenige Minuten also? Soso. Was hast du denn vor?«

Ich legte meinen Kopf in den Nacken und spürte seine Lippen auf meiner Stirn. Er küsste sie, glitt weiter hinunter an meinen Hals und sofort war da wieder diese Hitze in mir. Diese Sehnsucht nach mehr. Nach so viel mehr.

»Gegen ein paar Minuten mehr hätte ich überhaupt nichts einzuwenden«, hauchte ich.

Jakob küsste meine Schultern und ich genoss es so sehr, von ihm berührt zu werden. Sofort wirbelten die Gefühle durch mich hindurch, die Erinnerungen daran, als wir von dem Ausflug zurückgekommen waren …

»Bleiben wir doch einfach noch ein paar Minuten hier«, schlug ich vor.

»Also ich mag ja ansonsten bekanntlich keine Pläne. Aber das ist ein guter Plan. Ein richtig guter Plan.«

Unsere Lippen trafen aufeinander. Und dann, so schnell konnte ich gar nicht reagieren, lag ich schon auf dem Rücken und Jakob über mir. Erneut küsste er mich und ich seufzte gegen seinen Mund. Dann senkte er seine Lippen auf meinen Hals, ließ sie darüberwandern. Wieder wurde es mir warm. Wärmer als warm. Ich seufzte tief, als seine Lippen über den Rand meiner Brüste glitten und er mit seiner Zunge über die empfindliche Haut strich. Ich stöhnte, berührte seinen Nacken, hielt mich an seinem Rücken fest und spürte erneut dieses heftige Ziehen im Bauch. Wir küssten uns, berührten einander. Ich hatte mich schon wieder völlig verloren, als ...

Es klopfte an der Tür. »Jakob? Ich stör euch ungern schon wieder, aber kannst du bitte mal schnell kommen?«

Jakob legte seine Stirn auf meiner ab und ich strich ihm durchs Haar. »Oh Mann, dieser Kerl. Tut mir leid, ich komm gleich wieder.« Er küsste mich noch einmal, dann löste er sich von mir und sah mich an. »Bin gleich wieder da, lauf bloß nicht weg in der Zwischenzeit«, grinste er und sprang auf. Ich sah, wie knackig sein Hintern war, ehe er sich notdürftig anzog.

Jakob öffnete die Tür und ich hörte außer seiner und Roberts Stimme noch eine dritte, tiefere Stimme. Offenbar war jemand gekommen und wir mussten in unserer Erregung völlig überhört haben, dass es geläutet hatte.

»Was machst du hier?« Diese Stimme war eindeutig die von Jakob, nur ihr Klang war verändert. Unfreundlich, fast wütend.

Sofort beschlich mich ein komisches Gefühl. Mein Herz klopfte augenblicklich viel zu schnell. Langsam schob ich die Decke weg, griff nach meinen Klamotten, schlüpfte hinein und schlich zur Tür. Dann hörte ich die dritte Stimme genauer. Sie war ernster, dunkler.

»Jakob, so geht das nicht weiter. Wirklich nicht. Wann gedenkst du auf meine Nachrichten zu reagieren? Oder einen meiner Anrufe anzunehmen? Das wäre ja schon mal was. Aber solange sich der gnädge Herr dafür zu fein ist, muss ich wohl herkommen.«

Dieser Mann konnte wohl niemand anderes sein als Jakobs Vater. Warum tauchte er einfach so hier auf?

»Was willst du von mir?«, fragte Jakob aggressiv.

Ich schob die Tür einen Spalt auf und wollte erst nur lauschen, entschied mich dann aber, ebenfalls hinaus auf den Flur zu gehen. Vielleicht konnte ich Jakob irgendwie zur Seite stehen. Vielleicht konnte ich seinem Vater sagen, was Jakob alles machte, was er alles konnte. Ich räusperte mich vorsichtig und alle wandten sich zu mir um.

»Du hast Besuch?« Der Mann sah erst mich an, dann Jakob. Er war groß, seine Haare hatten dieselbe Farbe wie Jakobs, seine Augen waren allerdings dunkler.

Auch Jakob blickte mich an. »Alles gut, Kaia, ich komme gleich wieder.«

»Sehr erwachsen. Anstatt dich um die wirklich wichtigen Dinge in deinem Leben zu kümmern, hast du nur Mädchen im Kopf. Dabei gibt es so viel zu klären, deine ganze Zukunft steht auf dem Spiel. Ich versteh dich einfach nicht, Jakob, was ist nur mit dir los?«

Jakob fuhr sich durchs Haar. »Echt jetzt? Du fragst mich tatsächlich, was mit mir los ist? Das ist mit mir los: Du zwängst mich da verdammt noch mal in irgendwas rein, was mir überhaupt ...«

Er wandte sich um und sah mich an. Aufmunternd nickte ich ihm zu. Das war doch *die* Gelegenheit. Er konnte seinem Vater endlich sagen, was ihn wirklich bewegte. Aber Jakob schüttelte den Kopf, dann wandte er sich wieder zu seinem Vater um.

»Ich rede jetzt nicht mit dir. Es passt nicht.«

»Und wann passt es dem Herrn Sohn mal?« Jakobs Vater seufzte. »Wirklich, ich kann das nicht nachvollziehen. Du kriegst diese Chancen von mir und alles, was du tun müsstest, wäre, dein Studium ordentlich abzuschließen und zumindest ein-, zweimal in der Woche in der Firma aufzutauchen. Aber nein, du tust es einfach nicht. Die ganze Welt würde dir offen stehen. Du könntest überall hin, nach Florenz, nach New York, das ist eine Riesenchance. Aber du bist stinkfaul und liegst lieber im Bett rum mit ...« Jakobs Vater musterte mich. »Nichts gegen Sie persönlich. Aber so läuft das nicht.«

»Stinkfaul? Jakob ist überhaupt nicht faul!«, rutschte es mir heraus.

Jakob sah mich über seine Schulter hinweg an.

»Lass gut sein, Kaia. Und Papa«, er drehte den Kopf langsam wieder vor, »ich habe dir schon ein paarmal gesagt, dass ich nicht will. Aber ein Nein akzeptierst du offenbar nicht. Ich denke, du solltest jetzt gehen.«

Sein Vater sah uns an, dann schüttelte er den Kopf. »Alles klar, wie du meinst.« Damit wandte er sich ab, öffnete die Tür und verließ die Wohnung.

Jakob sah mit einem Mal unfassbar fertig aus. Ich näherte mich ihm vorsichtig und schlang liebevoll meine Arme von hinten um seinen Körper.

»Sorry, was für eine Szene. Die hätte ich dir gern erspart«, flüsterte er. Dabei war das völlig unnötig.

»Unsinn. Woher solltest du wissen, dass dein Vater hier aufkreuzt? Tut mir leid, was er über dich denkt. Ich weiß, dass du alles andere als faul bist.«

Ich trat zurück, sodass er sich zu mir umdrehen konnte. Jakob versuchte, ein fröhliches Gesicht zu machen, aber es gelang ihm erkennbar nicht.

»Sorry, aber ich glaube, ich muss das mit dem Altenheim verschieben. Ich muss erst mal über alles nachdenken.«

Fragend musterte ich Jakob. »Was meinst du mit *über alles nachdenken*?«

»Vielleicht ist das ja echt alles bescheuert. Ich weiß nicht, was ich will. Oder was ich machen soll. Zumindest nicht wirklich.«

»Jakob, das ist Unsinn. Du weißt genau, was du willst.«

»Kaia, ich weiß, du meinst es nur gut, aber gerade will ich nur meine Ruhe haben. Ich muss mir das alles wirklich überlegen und …« Er hielt inne und blickte zu Boden.

»… und schickst mich deshalb jetzt weg?«, vollendete ich ungläubig seinen Satz.

Er nahm den Blick nicht vom Boden, als er langsam nickte. »Bitte nimm's mir nicht übel, ich muss einfach nachdenken, okay?«

KAPITEL 35

immer

»Können Sie vielleicht ein bisschen leiser heulen? Es gibt Leute, die wollen ungestört aus dem Fenster ... Ach, Sie schon wieder!«

Herr Scheerbaum wandte sich zu mir um und verzog das Gesicht. Ich hatte mich in der Hoffnung auf Ruhe extra neben ihn zurückgezogen. Aber nicht einmal auf einen Griesgram wie ihn war Verlass.

»Tut mir leid, dass ich Sie beim Gemeinsein störe, aber ich habe echt andere Sorgen«, schniefte ich.

Der alte Mann sah mich an. Seine Augen waren immer noch genauso blau wie beim ersten Mal, als ich ihn gesehen hatte, aber auch immer noch genauso verkniffen. Erneut schluchzte ich auf und wischte mir eine Träne aus den Augen.

»Rücken Sie schon raus mit der Sprache, was ist los?«, seufzte er genervt.

Ich wollte nicht reden. Und so schon gar nicht. »Kann Ihnen doch egal sein.« Ich wollte gerade gehen, als ich die Stimme eines anderen Mannes hörte.

»Lassen Sie es gut sein, junge Frau. Das ist vergebliche Liebesmüh. An dem alten Kauz beißen Sie sich nur die Zähne aus.«

Ich wandte mich um. Wieder saßen die beiden alten Herren – Arthur und Eduard? – beim Schachspiel zusammen.

Dass ich geheult hatte, hatten sie offenbar gar nicht bemerkt, sondern stattdessen wohl geglaubt, ich würde erneut versuchen, mit Herrn Scheerbaum zu sprechen. Aber ich wollte nur das Gespräch mit Jakob verdauen. Alles war dahin. Die Sache mit der Liste, unser Projekt – alles.

»Er lebt in seiner eigenen Welt, da kommt keiner rein. Aber wenn Sie noch was brauchen, helfen wir Ihnen gerne«, meinte einer der beiden.

Ich wusste gar nicht, was es war. Dieser Vorfall mit Jakob, Eliza, die mich für bescheuert hielt, dieses Gefühl, wie die Leute oft über mich redeten, diese Schublade, in die man mich wie auch Herrn Scheerbaum oft gesteckt hatte. Ich wusste nicht, was es war, aber mit einem Mal packte mich etwas. Herr Scheerbaum lebte vielleicht in seiner eigenen Welt und hatte offenbar keine Lust auf meine Fragen, aber deswegen musste er ja nicht automatisch ein schlechter Mensch sein, oder? Zumindest war es gemein, ihn deswegen zu verurteilen, auch wenn er mich gerade wegen meines Geheules angepampt hatte.

»Mag sein, dass er in seiner eigenen Welt lebt«, sagte ich nun an die beiden Schachspieler gewandt, »aber vielleicht hat er seine Gründe dafür. Man hat ja meistens Gründe, wenn man etwas nicht will. Und dann sollte man das auch akzeptieren. Natürlich nur, wenn die Gründe Sinn machen.« Ich überlegte kurz und kam plötzlich von Herrn Scheerbaum auf Jakob. »Aber macht es Sinn, sich total hängen zu lassen, obwohl man ein Talent hat und seine Träume leben könnte? Und welche Gründe kann es geben, so gemein zu mir zu sein? Er hat kein Recht dazu, besonders wenn er weiß, dass ich verliebt in ihn bin. Und er auch in mich. Dachte ich zumindest …«

Das Letzte hatte ich eigentlich nur zu mir selbst gesagt, doch die beiden Herren sahen mich fragend an. Schließlich räusperte sich der eine.

»In wen sind Sie verliebt, junge Frau? Doch nicht etwa in den alten Scheerbaum? Oder er in Sie? Entschuldigung, ich hab's etwas an den Ohren.«

Mit einem Mal spürte ich eine Berührung am Arm und drehte mich um. Herr Scheerbaum zupfte mich am Ärmel.

»Jetzt hören Sie aber auf, das ist ja peinlich. Die denken sonst noch, zwischen uns läuft was.«

»Wäre doch nicht schlimm, wenn die Sie für einen Casanova halten, oder?«

Jetzt grinste er doch tatsächlich. Er hatte also auch einen anderen Gesichtsausdruck als den des Griesgrams.

Ich dagegen musste wieder schniefen. Verdammt. »Entschuldigung, ich weiß auch nicht ...«

»Sie heulen hier wegen einem Kerl? Doch nicht etwa wegen diesem Jakob, diesem Kerl mit dem T-Shirt voller Schmiere?«

Meine Augen weiteten sich. »Sie kennen ihn?«

»Natürlich.«

»Woher?«

»Weil wir uns unterhalten haben.«

»W...was? Ich dachte, er hätte andere Bewohner befragt.«

»Soso, dachten Sie. Aber er hat wohl irgendwie mitbekommen, dass ich hier als der verrückte alte Kauz gelte, und deshalb hat er mich gesucht, sich vorgestellt und gemeint, dass ihn solche Leute am meisten interessieren. Und er hat mich auch nicht mit Ihrem dämlichen Fragebogen befragt oder so, sondern wir haben uns einfach unterhalten.«

»Unterhalten? Worüber?«

»Über das Leben. Und über die Liebe.«

Jetzt war ich wirklich baff. Jakob hatte einfach so mit dem alten Scheerbaum geplaudert, aus dem ich kein einziges freundliches Wort herausbekommen hatte.

»Und woher wissen Sie, dass das an seinem Shirt Schmiere war?«

»Weil ich mich damit auskenne. Und wegen diesem Kerl heulen Sie hier rum?«

Ich nickte und musste sofort wieder aufschluchzen.

»Schluss damit. Er mag ein interessanter junger Mann mit vernünftigen Ansichten sein und wie ihm die alte Mirtenberg nachgeglotzt hat ... passen Sie gut auf ihn auf, aber ...«

Ich musste unwillkürlich auflachen, bevor mir der nächste Schluchzer entfuhr.

»Schluss mit dem Rumgeheule! Was muss ich tun, damit Sie endlich aufhören?«

Ich zuckte mit den Schultern. »Sie könnten mir einfach mal sagen, warum Sie es hier nicht mögen. Wenn Sie nur herumschimpfen, ändert das nämlich auch nichts.«

»War das ein Trick? Sie wollen nur herausfinden, wie ich den Laden hier finde?«

»Das war kein Trick, ich würde es wirklich gerne wissen. Auch wenn es jetzt eh egal ist, weil Jakob nämlich gerade alles hingeschmissen hat. Und das, obwohl wir zusammen so eine tolle Idee hatten. Er will aber nicht, dass wir sie unserem Professor vorstellen, weil er ...«

Herr Scheerbaum unterbrach mich. »Dann erzählen Sie mir doch mal von dieser tollen Idee. Aber vorher ...«, er zog ein Taschentuch aus seiner Weste und reichte es mir, »... vorher putzen Sie sich erst mal die Nase.«

Ich nickte, schnäuzte mich und überdachte kurz die gesamte Situation. Die ganze Sache war Nikas und Linas Schuld. Mit ihrem blöden Gerede von wegen, man könne später mal etwas bereuen. Ich bereute gerade nur, dass ich mich jemals auf all das hier eingelassen hatte.

»Jakob und ich hatten eine Idee, wie man es hier schöner machen könnte, damit sich die Bewohner heimischer fühlen. Jakob hat etwas entwickelt, womit man Erinnerungen wieder lebendig machen kann. Ich glaube Ihnen sofort, wie schwer das ist, hier zu leben. Man sitzt jeden Tag mit Menschen zusammen, mit denen man sonst eigentlich nicht seine Zeit verbringen würde. So ist das manchmal auch im Leben, aber wenn man etwas anders ist, seine Ruhe will oder sich für Dinge interessiert, für die sich die anderen nicht interessieren, dann fühlt es sich sicher komisch an ... Und diese Möglichkeit, etwas anderes zu erleben, sollte man bieten. Sich mal wegträumen zu können, zurückzudenken oder daran, was hätte sein können. Ich kenne das, ich bin auch so ein Mensch. Ich arbeite viel und feiere nicht dauernd. Ich interessiere mich immer dafür, wie man etwas besser strukturieren kann, und deshalb bin ich für alle anderen oft die ... na ja, die Langweilerin. Oder die Spießerin. Und ich habe mich – auch wenn Sie das vielleicht nicht glauben – deswegen oft einsam gefühlt. Weil ich mich immer beweisen wollte. Was wohl nicht besonders klug war, aber jeder hat nun mal seine Geschichte, sein Leben, seine Gründe, seine Stärken und seine Schwächen. Und auch seine Erinnerungen und denen wollten wir einen Raum geben. Das war unsere Idee.« Ich schnäuzte mich noch einmal. »Entschuldigung, ich rede gerade viel zu viel von uns und zu wenig von den Leuten hier, aber so sind wir darauf gekommen, vor allem wegen der eigenen Schwächen. Jakob vergeudet einfach sein

Talent und ich … ich bin eine Schisserin. Dabei will ich ihm helfen und er mi…«

Ich war ganz außer Atem. Was hatte ich da gerade alles vor diesem fremden Mann offenbart?

Er starrte mich an. »Das war ja mal eine brennende Rede. Aber der Ansatz gefällt mir. Sie haben recht, jeder hier hat seine eigene Geschichte. Wenn Sie wollen, erzähle ich Ihnen meine. Aber erst will ich Ihre hören. Was ist nun mit diesem Jakob?«

Herr Scheerbaum klang ein wenig ironisch, aber ich begann zu erzählen und er hörte mir zu. Ich erzählte alles, was mit Jakob passiert war. Von der Liste, von der Sache mit dem Bereuen, dass ich da gerade irgendwie mittendrin steckte. Dass wir herumgemacht hatten und dass er sein Talent verschenkte. Wie schlimm alles manchmal für mich war, wie immer an mir gezerrt und gezogen wurde. Da war irgendetwas an diesem so mürrischen alten Mann, was mich dazu brachte, offen zu reden.

»Die Sache ist ganz einfach«, zog er schließlich ein Fazit. »Der Junge hat Angst. Er weiß, was er will, aber er glaubt noch nicht so recht an sich. Deswegen will er auch nicht, dass jemand anderes oder gar viele andere Menschen aufmerksam auf das werden, was er tut. Was er kann. Und die Sache mit seinem Vater – ich sage es Ihnen: Er will ihn nicht enttäuschen, verstehen Sie? Und deswegen will er nicht alles hinwerfen.«

Mit einem Mal glitt sein Blick ins Leere, als würde er in einer Erinnerung versinken. Schließlich schluckte er und erzählte mir seine Geschichte. Von seiner harten und entbehrungsreichen, aber doch glücklichen Kindheit auf dem elterlichen Bauernhof. Von seiner Schulzeit, seinen guten Noten und seinen Plänen, später einmal zu studieren. Von seinem Ziel, Dinge zu erfinden und zu entwickeln, die die Menschheit voranbringen und ihr Leben verbessern sollten. Von seinen Träumen, es auch selbst einmal besser zu haben, die Welt zu bereisen, neue Eindrücke zu sammeln. Und schließlich davon, wie alles anders kam.

»Meine Eltern wollten immer viele Kinder, aber dieser Wunsch blieb unerfüllt. Meine Mutter starb, als ich noch klein war, und wenig später wurde auch mein Vater krank. Er wollte, dass ich unseren Bauernhof übernehme. Er war sein ganzes Leben, er hatte ihn schon von seinen Eltern übernommen. Und was soll ich sagen: Ich habe es getan. Auch wenn ich es gar nicht wollte. Als mein Vater auf dem Sterbebett lag, brachte ich es nicht übers Herz, ihm seinen letzten Wunsch abzuschlagen. Ich übernahm den Hof und war mein Leben lang unglücklich damit. Ich frage mich heute noch oft, was wohl gewesen wäre, wenn ich anders gehandelt hätte.«

»Das tut mir leid«, sagte ich betreten, als er mit seiner Geschichte fertig war. Ich wischte mir eine Träne aus dem Augenwinkel, die nichts mit Jakob zu tun hatte.

»Mir auch, aber es ist eben so gewesen.« Er machte eine kurze Pause, dann sah er mich intensiv an und atmete tief durch. »Und wo ist der Junge jetzt, wegen dem Sie so heulen?«

»Keine Ahnung.«

»Sicher? Mal im Ernst: Sie geben sich doch sonst nicht so leicht geschlagen. Ich denke, innerlich wissen Sie ganz genau, was Sie zu tun haben.«

Und dann passierte tatsächlich das, womit ich am allerwenigsten gerechnet hätte: Herr Scheerbaum lächelte mich an und zwinkerte mir kurz darauf verschwörerisch zu.

KAPITEL 36

Ab und an musste man etwas einfach nur tun. Sich trauen. Man musste auf Konfrontation gehen. Einen Plan haben. Und wenn ich irgendetwas konnte, dann ja wohl etwas planen.

Jakob hatte all diese Dinge mit mir gemacht, mich dazu animiert, mutiger zu sein. Und jetzt war ich an der Reihe, ihm etwas zurückzugeben.

Während das Freizeichen an meinem Ohr tutete, tippte ich mit meinen Fingerspitzen auf die Tischplatte. Weshalb brauchte Jakob immer so lange, ehe er ans Telefon ging?

»Kaia, was ist los?«, hörte ich endlich seine Stimme am anderen Ende der Leitung.

Tief atmete ich ein, schloss einen Moment die Augen und antwortete dann: »Ich habe eine Idee. Aber erst muss ich dir eine wichtige Frage stellen.«

»Eine wichtige Frage? Ist alles in Ordnung mit dir?«

Ich biss mir auf die Unterlippe.

»Kaia? Bist du noch dran? Also, ich hab …«

»Vertraust du mir?«, unterbrach ich ihn.

Kurz war es still am anderen Ende der Leitung. »Ist das jetzt eine Fangfrage?«, kam es schließlich zurück.

»Nein. Also, vertraust du mir?«

»Ich würde jetzt mal Ja sagen«, antwortete er, wenn auch etwas zögerlich.

In meiner Brust wurde es warm. »Dann komm in die Werkstatt. Ich erklär dir dann alles.«

In Gedanken hoffte ich, er würde mir keine weiteren Fragen stellen. Es sollte eine Überraschung werden und ich wünschte mir so sehr, dass sie gelingen würde.

»Bist du dabei?«, hakte ich vorsichtshalber nach.

»Also gut. Dann bis gleich.«

Nervös ging ich auf und ab und ging zum x-ten Mal den Plan in meinem Kopf durch. Er musste einfach aufgehen. Jakob hatte mir in den letzten Wochen mehr als einmal die Augen geöffnet. Durch ihn war ich über mich hinausgewachsen, hatte mich Dinge getraut, die für mich vorher undenkbar gewesen waren. Er hatte mir dabei geholfen, über meinen Schatten zu springen. Und ich wollte das ebenso für ihn.

»Du bist nervös«, stellte Jakobs Opa fest.

Ich atmete tief durch. »Sieht man mir das etwa an?«

Er lächelte. »Ein bisschen. Gut, dass du mich eingeweiht hast. Vielleicht hilft es dir ja ein wenig, dass du nicht ganz allein hier stehst.«

Ich nickte. Tatsächlich war er mir eine große Stütze, auch wenn wir gerade nicht viel miteinander sprachen. Erneut sah ich auf die Uhr. Wenn alles nach Plan verlief, musste Jakob jede Minute da sein.

»Das wird schon. Hoffe ich zumindest«, sagte sein Opa und sah zur Tür. Trotz seiner aufmunternden Worte wirkte er angespannt. Sein Blick huschte zu mir, als es an der Tür klingelte. Gleichzeitig atmeten wir tief durch.

»Also dann, los geht's.«

Jakobs Opa folgte mir zur Tür, die sich in diesem Moment öffnete. Ich lächelte mein hoffentlich gewinnendstes Lächeln und ging auf Jakob zu.

»Hey, schön, dass du …«
»Was ist hier los?«, unterbrach er mich.
Ich atmete tief durch. »Das wirst du gleich sehen, okay?«
Fragend blickte er in den Raum, dann wieder zu mir.
»Du hast gesagt, du vertraust mir. Also …«
Er legte den Kopf schief und ging einen Schritt auf seinen Opa zu. »Opa?«
Der lächelte ihn an und ich nahm Jakobs Hand, um ihn zur Seite zu führen. »Komm. Du bleibst jetzt hier stehen, okay? Und dann …«
»Hallo?« Eine tiefe raue Stimme drang in den Raum und unterbrach meine Erklärungen. Jakobs Vater. Er war tatsächlich gekommen.
Ich sah zu Jakob, dessen Blick sich nun verdunkelte.
»Was ist hier los? Warum sollte ich herkommen?« Jakobs Vater ließ den Blick durch den Raum wandern.
Ich straffte den Rücken und ging zu ihm hinüber. »Danke fürs Kommen.«
Sein Blick warf nichts als Fragen auf, was ich nur zu gut verstehen konnte.
»Es geht um die Sache mit dem Studium. Und darum, was Jakob alles kann. Und ich … nein, Sie sollten das einfach unbedingt selbst sehen. Deswegen hatte ich Sie hergebeten.«
Ich sah zu Jakobs Opa, der nickte und anschließend das Licht dimmte. Daraufhin betätigte ich das Tablet, das Jakob mir bereits präsentiert hatte. Und mit einem Wimpernschlag waren Tausende Sterne, die hoffnungsvoll leuchteten, an die Wand projiziert. Es rührte sofort wieder mein Herz, das spürbar in meiner Brust klopfte. Jakobs Vater musste einfach dasselbe empfinden.
»Jakob ist wirklich außerordentlich talentiert. Das, was Sie

hier sehen, hat er mit seinen Händen erschaffen. Er hat den Rahmen geschmiedet und dann mit der Technik verbunden. Und er kann noch viel mehr. Es steckt so viel Kreativität in ihm.«

Es blieb still im Raum, während die Sterne um uns herum schimmerten.

»Und wenn Sie denken, dass das jetzt schon toll ist: Das ist erst der Anfang. Wir arbeiten gerade gemeinsam an einem Projekt für die Uni. Es geht um Verbesserungen in einem Seniorenheim.«

Noch immer sagte Jakobs Vater kein Wort. Er hatte den Kopf in den Nacken gelegt. Bei seinem Anblick hoffte ich nichts mehr, als dass er gerade zumindest halb so fasziniert war wie ich, als mir Jakob zum ersten Mal seinen Sternenhimmel gezeigt hatte.

Ich räusperte mich. »Jakob ist unheimlich fleißig. Und er wünscht sich nichts mehr, als dass Sie ihn unterstützen und erkennen, was er leistet. Was er kann und will. Ich denke, Sie sehen selbst, wie toll das hier ist. Er hat seine Träume und Ziele, er ist überhaupt nicht faul – und schon gar nicht *stinkfaul* – und er hat mir sehr geholfen. Dabei, meine Ängste zu überwinden, lockerer zu werden … ach, er ist einfach ein wundervoller Mensch.«

Ich schluckte und sah zu Jakob, dessen Gesichtszüge wie versteinert wirkten. Starr taxierte er die Wand. Als Jakobs Opa das Licht anschaltete, blickten wir alle wie gebannt zu Jakobs Vater. Zu dem Mann, der nun seinen Schiedsspruch aussprechen sollte. Ich knibbelte nervös an meinen Fingern herum und schluckte erneut. Hatte er alles verstanden? Hatte ich ihm eindrücklich genug erklären können, was in seinem Sohn steckte? Er konnte doch gar nicht anders, als Jakob danach in den Arm zu nehmen, oder? Ihm zu sagen, wie stolz er auf ihn war, richtig? Schockiert stellte ich fest, dass in seinem Gesicht jedoch etwas ganz anderes zu lesen war. Seine Stirn war kraus gezogen, die Augen zu schmalen Schlitzen zusammengekniffen. Er wirkte alles andere als begeistert. Er schluckte und wandte sich dann seinem Vater, Jakobs Opa, zu.

»Steckst du etwa dahinter?« »Nein, obwohl ich das schon lange gern getan hätte. Die Idee war von Kaia.«

Jakobs Vater winkte ab. »Du willst das also auf sie schieben?« Ohne mich auch nur anzusehen, zeigte er in meine Richtung.

Ich konnte nicht einordnen, wohin diese Situation führen würde. Aber es fühlte sich nicht gut an. Gar nicht gut. Und so gar nicht nach meinem Plan.

»Du willst dich doch bloß an mir rächen, weil ich dieses Talent nicht hatte. Weil ich was anderes machen wollte. Und jetzt willst du meinen Sohn auf deine Seite ziehen.«

Der Vorwurf, mit dem Jakobs Vater seinen Vater konfrontierte, lag sichtlich schwer auf den Schultern des alten Mannes, der langsam den Kopf schüttelte. »Das interpretierst du ganz falsch. Ich habe deine Entscheidung damals akzeptiert und du solltest die Entscheidung deines Jungen jetzt auch akzeptieren.«

Jakobs Vater blickte seinen Sohn an. »Ist es so? Ist das deine Entscheidung? Du willst Schmied werden?«

Jakob antwortete nicht, sondern schüttelte nur leicht den Kopf und sah zu mir herüber. Als sich unsere Blicke trafen, gefror mir das Blut in den Adern. Seine Augen waren kalt wie Stahl.

»Ich würde gern, ja, aber ich wusste auch, dass du das für

nicht gut genug hältst. Dass es wieder Streit gibt, wie immer.«

Sein Vater reckte das Kinn. »Allerdings. Oder wie gedenkst du mit deiner *Kunst* zukünftig Geld zu verdienen?« Er zeigte auf Jakobs Werk. »Brotlose Spielerei. Mehr nicht.«

Jakob schüttelte den Kopf. »Weißt du was, es kann dir egal sein, ich …«

»Und für diesen ganzen Unsinn trägst du die Verantwortung!«, rief nun Jakobs Vater wütend in Richtung von Jakobs Opa.

»Ich? Weißt du was? Wenn du nicht so stur wärst, würdest du sehen, was der Junge kann!«

»Ruhe!« Alle Augenpaare waren nun auf Jakob gerichtet, dessen Schrei noch im Raum nachhallte. »Hört einfach auf, verdammt noch mal! Es geht doch nicht nur darum, wie viel man verdient, sondern darum, dass man das, was man tut, auch mit Freude macht. Und all das hier … ich … ach Scheiße!«

Damit drehte sich Jakob um, verließ die Werkstatt und schmiss die Tür hinter sich zu.

Ach Scheiße! Wie wahr. Das hier war ja wohl mal so was von in die Hose gegangen.

KAPITEL 37

Verdammt, wo war er nur? Ich machte mir richtig Sorgen. Wie konnte mein ganzer Plan so dermaßen schiefgehen? Mist, Mist, Mist! Und das Schlimmste – ich hatte Jakob verletzt. Ich hatte ihn in eine Situation gebracht, die unangenehm für ihn gewesen war. Dabei hatte ich doch so sehr gehofft, alles damit ins Reine bringen zu können.

Nach ein paar Schrecksekunden und bösen Blicken zwischen Vater, Großvater und mir hatte ich die Werkstatt ebenfalls fluchtartig verlassen. Ich stand auf der Straße und suchte auf der App nach Jakobs Standort. Ich hatte Glück, er hatte die App nicht ausgeschaltet. Jakob war noch nicht sehr weit, er ging in Richtung U-Bahn. Ich begann zu rennen und als ich um die erste Ecke kam, sah ich ihn.

»Jakob, warte!«, schrie ich.

Er stoppte, drehte sich aber nicht zu mir um. Ich rannte schneller und kam schließlich neben ihm zum Stehen. Meine Gedanken drehten sich wie in einem viel zu schnellen Karussell. Ich hatte dieses Chaos nicht gewollt. Wie konnte mir – mir, Kontroll-Kaia! – so etwas passieren? War ich doch immer diejenige, die Ordnung schaffte, und nicht diejenige, die alles durcheinanderbrachte. Hatte ich mich zu weit aus dem Fenster gelehnt?

»Jakob, bitte. Sieh mich an.«

Als er keine Anstalten machte, meiner Bitte nachzukommen, stellte ich mich direkt vor ihn. Er sah fertig aus. Richtig fertig.

»Das hast du ja gut hinbekommen.«

Ich schluckte. Er war wütend. Sicher nicht ganz unverständlich ... »Es tut mir leid. Wirklich. Ich habe mir das ganz anders vorgestellt.«

Er ignorierte meine Entschuldigung und setzte sich mit langen, wütenden Schritten wieder in Bewegung.

Ich blieb auf der Stelle stehen und sah ihm traurig nach. »Glaub mir, ich dachte, wenn dein Vater nur sieht, was du da alles leistest, was du alles kannst, dann ...«, rief ich ihm hinterher.

Er stoppte und fuhr herum. »Dann was? Dann nimmt er mich in den Arm? Weißt du eigentlich, wie lange der Streit zwischen den beiden schon geht? Schon immer! Und dann kommst du und wühlst alles auf. Ich habe dir gesagt, du sollst dich da raushalten. Dass es meine Entscheidung ist. Aber das konntest du ja wieder mal nicht akzeptieren.«

Er hatte recht. Ich hatte es nicht akzeptieren können. Aber meine Absicht war dennoch gut gewesen. »Jakob, wenn man nicht redet, dann ändert sich auch nichts. Vielleicht war das ja sogar mal ganz gut. Wie ein reinigendes Gewitter ...«, erklärte ich.

»Kaia, warum sollte das gut gewesen sein? Ich muss mich jetzt entscheiden. Vielleicht hätte ich eine andere Lösung finden können, aber die Möglichkeit hast du mir damit genommen.«

Einige Sekunden lang schwiegen wir. Angestrengt überlegte ich, wie ich es wiedergutmachen konnte. Es *musste* doch eine Lösung geben. Einen Plan. Irgendeinen. Etwas, was den Keil, den ich zwischen uns getrieben hatte, wieder herausziehen konnte. Eine Lösung, mit der ich ihn versöhnen konnte.

»Ich war im Altenheim. Ich habe dort auch Herrn Scheerbaum von allem erzählt und er … Ich weiß nicht, es war ganz komisch, plötzlich bin ich zu ihm durchgekommen. Er war begeistert von unserer Idee mit dem Raum für Erinnerungen und er hat mich in allem ermutigt. Ihm ging es im Leben nicht immer so gut und er sagte, dass er manche Entscheidung bis heute bereute. Jakob, bitte, ohne dich wäre ich nicht da, wo ich jetzt bin. Du hast mir geholfen, später nichts bereuen zu müssen. Ich wollte das Gleiche für dich tun. Keine Ahnung, da waren so viele Gedanken in meinem Kopf. Auch das, was du am Flughafen gesagt hast, dass du gerne frei wärst und … das ist vielleicht doof, aber jetzt kannst du frei sein. Tun, was du willst. Wenn das Projekt vorbei ist, konzentrierst du dich nur noch auf die tollen Dinge, die warten. Auf dein Talent, auf die Messe.«

Er trat auf mich zu. »Das ist also dein Plan für mich?«

Mein Herz begann heftig zu klopfen. »Irgendwie schon. Ich … ich habe es jedenfalls nur gut gemeint.«

»Dann mach das in Zukunft bei jemandem, der Lust darauf hat. Bei deinen Schwestern, bei deiner Mama, was weiß ich. Ich habe jedenfalls keine Lust darauf. Das hier ist mein Leben, okay? Und weißt du, was ich gerade bereue? Dass ich mich auf dieses Experiment mit dir eingelassen habe.«

Seine Worte flogen direkt in mein Herz und hinterließen den Schmerz einer schallenden Ohrfeige, die mich ohne Vorwarnung traf. Erschrocken sah er mich einen Moment an. Doch es war zu spät. Ich spürte eine Träne auf meiner Wange.

»Ab und an muss man im Leben einfach Entscheidungen

treffen und …« Ich schüttelte den Kopf und winkte ab. Wozu ihm das alles noch erklären? »Aber das ist mir jetzt egal. Mach, was du willst. Ich bereue es übrigens auch, dass ich all diese Dinge mit dir gemacht habe. Weil ich jetzt weiß, dass nichts davon echt war. Weil in Wahrheit du derjenige bist, der nur seinen Ängsten folgt. Was weißt du schon von Mut? Du weißt ja nicht mal selbst, was du willst!«

»Kaia!«

Ich zog die Hand weg, nach der er gegriffen hatte. »Du hast dich dafür entschieden, dass alles so bleibt, wie es ist. Du wirst niemals frei sein. Ich bin vielleicht eine verklemmte Langweilerin, aber du bist noch viel schlimmer, du bist ein Feigling!«

Dann lief ich davon. Weg, nur noch weg von ihm. Ich wollte meine Ruhe, ich wollte … keine Ahnung, was. Jedenfalls nicht vor ihm weinen. Ab jetzt würde ich wieder selbst die Kontrolle über mein eigenes Leben haben. So etwas würde mir nie mehr passieren.

Als ich meine Wohnung erreicht hatte und die Tür hinter mir schloss, weinte ich bitterlich. Noch einmal würde ich mich nicht verlieben. Nie mehr.

KAPITEL 38

immer

Ich versuchte, mir nichts anmerken zu lassen. Kontrolle und Pläne. So war ich es gewohnt und so sollte es wieder werden. So, wie es vor Jakob gewesen war. Doch selbst dieser Plan war nicht so ohne Weiteres umzusetzen, denn da waren noch meine Schwestern und eine beste Freundin, die natürlich irgendwann merkten, dass nicht alles war wie immer.

Sie fragten nach und ich versuchte, es so oberflächlich wie möglich zu halten. Jakob und ich hatten unsere geschäftliche Vereinbarung beendet. Genau das war es, was ich ihnen sagte: Jakob hatte zu wenig Zeit, war unzuverlässig und ich hatte andere Pläne und war wieder auf dem richtigen Weg. Besser konnte man es nicht ausdrücken und mir war es auch egal, wie sie mich dabei ansahen. Ich funktionierte, also was wollten sie?

Erst als ich eine Nachricht von Professor Winter bekam, spürte ich einen kleinen Stich. Ich hatte die Arbeit ohne Jakob verfasst, auch wenn er dagegen gewesen war. Ich blieb bei dem Konzept, ohne irgendwelche Namen zu nennen. Sonst wäre einfach alles dahin gewesen.

Als ich vor Professor Winter saß, schluckte ich.

»Die Ideen sind wirklich gut, zu schade … Was ist denn vorgefallen zwischen Ihnen beiden?«, wollte er wissen.

Ich erzählte nichts von den wahren Beweggründen und blieb sachlich. Die Zusammenarbeit war gut gewesen, Jakob hatte sich eingebracht. Ich war nicht unfair. Das war ich nie. Der Professor nickte. Er hatte sich das anders vorgestellt, gab er zu. Doch warum sollte es mit seinen Vorstellungen anders sein als mit meinen Plänen? Es gab Abweichungen. Vorstellungen und Pläne ließen sich nicht immer realisieren. Das hatte ich selbst bitter erfahren müssen. Das Ergebnis all meiner Scheißpläne war die Funkstille, die zwischen Jakob und mir herrschte.

Um mich abzulenken, hatte ich mich in die Recherche gestürzt, um eine Location für Mamas Hochzeit zu finden. Eine, die perfekt für sie war. Ein altes Gutshaus mit Gartenkapelle, Catering und allem Drum und Dran. Mama war überglücklich. Es sollte zum Start einen kleinen Empfang mit rotem Himbeersekt geben, anschließend würde die Trauung in der kleinen Gartenkapelle stattfinden. Die Fotos sollten am angelegten Seerosenteich entstehen. Das Catering war bunt gemischt, lustige Spiele waren auch geplant. Linas Freundin Kati hatte sich angeboten, aufzutreten und live Musik zu machen.

»Du bist einfach grandios, mein Schatz!«, trällerte Mama euphorisch und drehte sich im Kreis. Wir hatten uns zu viert verabredet, um gemeinsam vor Ort noch einmal alles zu begutachten. »Ich kann die Stimmen unserer Hochzeitsgäste förmlich hören. Fröhliches Lachen und die vielen Gespräche. Es wird so toll, sie werden alle begeistert sein. Ich bin begeistert und sicher, dass es eine super Hochzeit wird.«

Wir gingen weiter, Mama strahlte vor sich hin und stoppte schließlich an einem Brunnen. Er war geschmiedet, sah romantisch aus, kleine Spatzen saßen darauf. Mein Herzschlag beschleunigte sich.

»Das ist aber schön! So romantisch, oder?«, wollte Mama wissen.

Ich starrte die Vögel an.

»Kaia, ist alles okay?« Ich zuckte, als Nika mir ihren Ellenbogen in die Seite stupste.

»Ja klar«, antwortete ich abwesend. Es war gelogen. Nichts war okay. Überhaupt nichts. Was war nur los mit mir? Ich hatte mich doch immer so gut im Griff und unter Kontrolle gehabt.

Jetzt sah auch Lina besorgt zu mir herüber. »Du bist plötzlich so blass. Geht es dir wirklich gut?«

»Das ist doch wirklich sehr hübsch, oder?«, freute sich Mama erneut, die von alledem nichts mitbekommen hatte, weil sie den Brunnen betrachtete.

Ich schluckte und kämpfte, kämpfte so lange, bis mir schließlich doch die Tränen kamen. Nie wieder würde ich so locker sein können, etwas mit Jakob erleben, nie mehr. Der Vogel war plötzlich so viel mehr als nur ein Symbol für alles, was mir fehlte.

»Kaia? Was ist denn?«

»Nichts, es geht schon, alles gut.« Ich wischte mir die Tränen von den Wangen. »Tut mir leid, ich bin einfach nur gestresst, ich … Macht ihr das bitte alleine? Ich hab noch 'nen Kurs, ich …«

Ich packte meine Sachen zusammen und ließ die anderen einfach stehen. Gerade war mir alles zu viel. Ich wollte niemanden sehen, niemanden hören.

Mein Handy klingelte ständig, aber ich ging nicht ran. Ich wusste, es waren Mama, Nika, Lina oder Sophie, der Professor oder sonst irgendwer. Aber ich wollte gerade nicht funktionieren. Ich hatte die Kontrolle verloren, über mich, über das gesamte Experiment, und ich hasste mich dafür.

Die nächsten Tage über wechselte ich nur vom Bett zum Sofa und wieder zurück. So schreckte ich ziemlich zusammen, als sich die Tür plötzlich öffnete.

»Kaia?« Es war Lina.

»Was machst du hier? Der Schlüssel ist nur für Notfälle«, rief ich und zog mir schnell die Decke über den Kopf.

»Wir würden sagen, das ist ein Notfall.«

Wir? Lina war also nicht allein gekommen. Oh nein, sie hatte auch noch Nika dabei. Oh nein, und …

»Aber so was von. Wann hast du denn das letzte Mal gelüftet? Und … ja wer hätte es gedacht? *Titanic*«, lachte Sophie.

Ich wusste selbst, dass ich mich hatte gehen lassen. Na und? Ich konnte ja wohl ansehen, was ich wollte. Ich schob die Decke ein kleines Stück von meinem Gesicht. »Mein Büro ist geschlossen, falls ihr irgendwas wollt.«

Lina lächelte, setzte sich mit Nika und Sophie um mich herum und … da hörte ich auch noch Mama. »Wo soll ich denn den Kuchen hinstellen?«

Sie betrat das Wohnzimmer und sah mich besorgt an. »Ach, meine Kleine! Es tut uns so leid, dass wir nicht gleich gemerkt haben, wie es dir geht, aber jetzt kümmern wir uns um dich, ja?«

Ich nickte und spürte Tränen in meinen Augen.

»Eiscreme haben wir auch, wenn dir das lieber ist als Kuchen«, sagte Mama.

»Geht auch beides?«, fragte ich und brachte damit alle zum Lachen. Auch ich musste einstimmen.

»Natürlich. Und dann schüttest du uns mal dein Herz aus, ja?«

Und genau das tat ich.

»Dass er so was zu dir sagt, ist schon ganz schön gemein. Also das mit dem Bereuen«, stellte Lina anschließend fest.

Ich nickte und schob mir einen Löffel der cremigen Vanilleeiscreme in den Mund. »Ich habe es doch nur gut gemeint. Vielleicht habe ich es übertrieben, aber trotzdem. Das war schon sehr arg.« Ich dachte an die blöde Liste. »Verdammter Liebeskummer! Wie konntet ihr mir nur weismachen, dass man so was erlebt haben muss?«

Meine Schwestern sahen sich betreten an.

Mama tätschelte meine Hand und seufzte. »Weil es irgendwie so ist. Schau, hätte ich nicht ein paarmal mein Herz verloren, dann wäre ich jetzt nicht so glücklich. Und ob es für immer ist? Ich hoffe es, aber natürlich weiß man das nie.«

»Meinst du denn, es gibt gar kein Zurück mehr?«, fragte Nika.

Ich zuckte mit den Schultern. »Gerade will ich das gar nicht. Zurück zu jemandem, der so was Gemeines gesagt hat, also nein. Es war so verletzend.« Ich schniefte.

»Ich würde dir da jetzt gern zustimmen, aber ich denke, er war einfach überfordert. Ich glaube, das ist noch nicht zu Ende mit euch. Und es hat ihn sicherlich auch verletzt. Auch wenn du es gut gemeint hast. Kaia, du bist da wirklich oft sehr fordernd. Was toll ist, ich meine, du versuchst immer, alles richtig zu machen. Aber ab und an gelingt einem das eben auch mal nicht.« Sophie sah mich aufrichtig an.

»Vielleicht. Aber was auch immer jetzt ist, ich habe alles erledigt und ihn auch bei der Sache mit dem abgegebenen Projekt in CC genommen. Und dann …« Ich sah in die Runde.

»Und dann?«, hakte Nika nach.

»Er hat sich bedankt und gesagt, dass es ihm leidtut. Und ob wir noch mal reden können. Aber das kann er vergessen.«

»Dann hat er sich ja doch gemeldet?«, fragte Mama überrascht. »Aber das hast du ja noch gar nicht erzählt. Mensch, Kaia.«

»Wie gesagt, mir egal. Sein *Tut mir leid* ist mir egal und überhaupt alles.«

»Aber immerhin tut es ihm leid, oder? Und das ist doch auch schon mal was.«

»Vielleicht sind wir wirklich nicht gut füreinander. Außerdem will ich gerade einfach nur mein Leben wieder unter Kontrolle haben.«

Mit einem Mal sahen sie mich alle ernst an und Lina meinte: »Aber es war doch gut, mal nicht die Kontrolle zu haben. Ich meine, du hast tolle Sachen erlebt, ihr hattet Spaß und du warst so gelöst wie schon lange nicht mehr. Ihr beide passt schon irgendwie zusammen. Jakob und du. Wie ihr schon ganz zu Anfang im Club getanzt habt. Da war ein Feuer. Ich dachte erst, ihr seid zu gegensätzlich, aber genau das ist anscheinend richtig. Also komm, gib ihm doch noch eine Chance.«

Als Mama und meine Schwestern schließlich weg waren, saß nur noch Sophie da.

»Was willst du jetzt tun?«

Ich zuckte mit den Schultern. »Keine Ahnung. Erst mal muss ich das Ganze verdauen. Ich ...«

Mein Handy gab den Ton für eine eingegangene E-Mail an. Ich zuckte zusammen und sofort schoss mir die Frage durch den Kopf, ob Jakob mir vielleicht noch einmal geschrieben haben könnte. Seufzend griff ich nach dem Gerät und sah im Posteingang, dass die Mail von Professor Winter stammte. Ich klickte sie an und überflog den Text. Sophie blickte mich abwartend an.

»So ein Mist! Professor Winter bittet mich darum, dass ich morgen ins Seniorenheim komme. Er hat das Konzept vorgestellt und alle waren wohl begeistert. Das war so aber nicht gedacht. Ich dachte, das Projekt wäre mit der Abgabe vorbei«, erklärte ich zerknirscht.

Sophie sah mich ernst an. »Du solltest auf jeden Fall hingehen, das ist dir schon klar, oder? Und Kaia, du willst ja immer, dass ich ehrlich bin. Deshalb sage ich dir eines: Ich kann dich echt nicht verstehen. In der Zeit mit Jakob, als ihr dieses Experiment begonnen habt, da warst du einfach mal ... du selbst. Du warst viel mutiger als sonst und dieser Kerl ... Er mag dich scheinbar echt. Willst du das wirklich einfach alles so wegwerfen? Nicht mal auf seine Entschuldigung reagieren? Sorry, aber das ist doch ziemlich kindisch. Steckt da vielleicht noch irgendwas anderes dahinter?«

Ich ließ ihre Worte sacken und überlegte. »Die Sache ist die: Es war ein Experiment. Es war einfach nur eine Liste und ja, klar, wir hatten diese innigen Momente. Aber es war ihm wohl nicht wichtig genug. Ich wollte ihm helfen und er ...«

»Nur deswegen willst du jetzt nicht mehr mit Jakob zusammen sein? Kaia, du bist so versessen darauf, alles richtig zu machen, dass du gar nicht siehst, dass es nichts Perfektes gibt. Das Leben ist bunt und sollte voller Abenteuer sein. Und genau *das* ist es, was man irgendwann bereut, wenn man es aus den Augen verliert. Man bereut, wenn man nicht über seinen Schatten gesprungen ist, wenn man sich selbst im Weg gestanden hat. Also noch mal: Jakob, er mag dich. Denk doch auch mal darüber nach, wie das für ihn gewesen sein muss. Die Anerkennung, die er sich so sehr von seinem Vater gewünscht hat und die er nicht bekommen hat. Er war verletzt und hat es an dir ausgelassen. Das war nicht richtig, das stimmt, aber trotzdem warst es eben du, die diese Situation ausgelöst hat.«

Ich öffnete gerade den Mund, um mich zu verteidigen, als Sophie die Hand hob. »Lass das doch einfach mal so stehen und denk darüber nach. Ich weiß, du hast es nur gut gemeint. Aber du weißt, ich will immer bloß das Beste für dich. Versuch, die Sache auch mal aus einer anderen Perspektive zu betrachten.«

KAPITEL 39

»Was ist denn hier los?«

Fragend sah ich erst Herrn Scheerbaum an, dann Professor Winter. Ich hatte gewusst, dass ich um den Besuch nicht herumkommen würde. Und ich hatte mit so einigem gerechnet, aber nicht damit. Nicht mit dem, was ich jetzt sah, und nicht damit, dass mein Professor mit Herrn Scheerbaum hier stand. Was war hier nur los?

»Das hier, Frau Schiffner, ist das Ergebnis Ihrer gemeinsamen Arbeit. Herr Inzenhofer hat sich wirklich die größte Mühe gegeben, alles zu organisieren. Er hat bereits angefangen, den Baum zu bauen, der Prototyp steht sogar schon. Er ist noch nicht ganz fertig, aber auf dem besten Weg. Ich wollte, dass Sie es sehen.«

Als ich durch die Tür in den kleinen Raum spähte und den Baum erblickte, schlug mein Herz fest gegen meine Brust. Ich wusste gar nicht, was ich dazu sagen sollte, und schaute stattdessen erneut Professor Winter an.

»Ist das Ihr Ernst?«

Er erwiderte meinen Blick. »Natürlich. Was Sie beide da geleistet haben, ist großartig. Wie hätte ich das Konzept da nicht einreichen können?«

»Aber ...«

»Nichts aber. Ich bin mir sicher, dies könnte der erste Schritt zu etwas Großartigem sein. Wissen Sie, so etwas spricht sich unter den Heimleitungen schnell herum und das Feedback muss wohl ziemlich positiv ausgefallen sein. Jedenfalls sind bereits einige andere Heime mit entsprechenden Anfragen auf uns zugekommen.«

»Der Junge hat echt wie ein Verrückter gearbeitet. Die ganze Zeit wollte er, dass wir hier etwas ganz Besonderes haben. Jeder kann seine Erinnerungen eintragen, Fotos hineingeben … und er hat da so Blätter angelegt, da können wir sogar kleine Träume auswählen. Träumchen-Bäumchen«, sagte Herr Scheerbaum offenbar gut gelaunt.

Ich blickte staunend über den Baum und seine vielen Äste. An ihnen hingen kleine Blätter, die wie Bildschirme waren, auf denen es flimmerte. Gesichter, Orte, Gegenstände. Auch wenn das alles nicht echt war, so versprühte es doch einen ganz besonderen Zauber, der zum Träumen einlud und dazu, sich etwas zu wünschen.

»Ich weiß, was bei Ihnen beiden los war, Jakob hat mir auch ein bisschen was erzählt«, flüsterte mir Herr Scheerbaum nun zu. »Aber ich denke, er hat Ihnen gutgetan. Und er hat mir gesagt, wie leid es ihm tut. Und wenn Sie ein bisschen in sich hineinhören, wissen Sie das auch selbst.«

Mein Magen zog sich schmerzhaft zusammen. »Das weiß ich, aber manchmal passt es einfach nicht. Und dann muss man eben weiterziehen …«

Er sah mich eindringlich an. »Wie ein Vogel?«

Ich nickte und er lächelte. Und dann entdeckte ich den kleinen Vogel, den Jakob auf einem der Äste platziert hatte.

»Wir wollen das ganze Leben lang alles richtig machen. Jeder ist heute nur noch motiviert und will den Weg gehen, der vorgegeben ist. Aber dabei ist es doch eigentlich etwas ganz anderes, was wir wirklich wollen. Man versteht es oft erst, wenn es zu spät ist. Wenn man zu alt ist und die Dinge nicht mehr ändern kann. Dabei ist man nie zu alt, um zu träumen, das habe ich durch Jakob und Sie lernen dürfen. Man kann immer etwas erleben. Und Sie beide haben Tolles erlebt. Halten Sie das fest. Es ist so kostbar.«

Ich sah ihn fragend an.

»Sie wissen schon, was ich meine. All das tun wir nur, um uns frei wie ein Vogel zu fühlen. Aber die wahre Freiheit im Leben liegt darin, all das tun zu können, was wir uns wünschen. Und wenn wir das tun, dann wird alles gut.«

Ich musste bei seinen Worten schlucken und beobachtete, wie er einen Umschlag aus der Tasche zog.

»Ich habe da übrigens noch etwas für Sie.«

Er reichte mir den Umschlag und deutete auf eine Bank ganz in der Nähe. Ich ließ mich darauf nieder. Jakob hatte mir einen Brief geschrieben. Mit zitternden Fingern öffnete ich den Umschlag. Was ich darin fand, hätte ich mir nie zu erträumen gewagt. Es war nicht nur ein Brief darin, sondern auch einige Bilder. Bilder, die Jakob von uns gemacht hatte. Mir fiel wieder ein, dass er auf unseren Ausflügen ab und zu das Handy gezückt und Fotos geschossen hatte, aber ich hätte niemals damit gerechnet, ein paar davon nun in ausgedruckter Form wiederzusehen. Ich atmete tief durch und begann, den Brief zu lesen.

Liebe Kaia,

wer hätte das gedacht? Dass wir beide uns wirklich mögen. Dass wir durch diese Liste und die Idee zusammengefunden haben? Für mich ist es jedenfalls so. Es tut mir wirklich leid, dass ich gemein zu dir war. Das Leben ist immer wieder eine Herausforderung. Ich habe dir so oft gesagt, du sollst mutig sein, und war es dann selbst nicht. Auch das ist etwas, was ich gelernt habe. Und ich will dir sagen: Du hattest mit allem recht.

Weißt du noch, als wir am Flughafen saßen, als es darum ging, die Zukunft zu malen? Da habe ich dir diese Frage gestellt:
Was wäre, wenn alles möglich wäre?
Also kein Müssen, sondern ein Sein.
Wann immer wir träumen, was würden wir tun?
Ehrlich gesagt, ich wusste es selbst nicht. Ich weiß es erst durch dich, denn neulich hast du es beantwortet. Als wir uns gestritten haben, hast du mir die Augen geöffnet. Du hast mir mit einem einzigen Wort gesagt, wer ich bin. Das wirkt noch immer …
Du fehlst mir, Kaia. Ich hoffe sehr, dass du kommst.

Dein Jakob

KAPITEL 40

Suchend sah ich mich auf der Messe um. Wo steckte er bloß? Die Messe war der letzte Termin, der in der App noch eingetragen war. Sofort nachdem ich Jakobs Brief gelesen hatte, checkte ich die App und machte mich auf den Weg. Er hatte sich also tatsächlich entschieden, doch zu kommen.

Ich war nervös. Wie würde er reagieren, wenn er mich sah? War es richtig, hier zu sein, war es falsch? Eines hatte ich begriffen: Egal, wie das ausging, ich wollte ihm zumindest sagen, wie sehr er mein Leben verändert hatte. Und wie dankbar ich ihm dafür war.

Ich sah mich weiter um. Viele Menschen wuselten wie fleißige Ameisen umher. Doch Jakob entdeckte ich nicht. Mit jedem Stand, jeder Reihe, die ich abging, klopfte mein Herz stärker gegen meine Brust. Irgendwann entdeckte ich in der Menge tatsächlich Jakobs Opa. Ich ging auf ihn zu und er lächelte.

»Kaia, mit dir hatte ich ja fast nicht gerechnet. Wir haben es sehr gehofft, aber …«

Ich lächelte ihn ebenfalls an. »Ist Jakob auch da?«

Er wollte gerade zu einer Antwort ansetzen, da hörte ich eine weitere Stimme. Ich kannte sie, es war aber nicht die von Jakob. »Natürlich. Er holt sich nur einen Kaffee. Er meinte, er braucht noch einen, bevor die Arbeit losgehen kann.«

Kaffee. Ich spürte, wie sich ein sanftes Lächeln auf mein Gesicht schlich. Meine Erinnerungen wanderten zu dem Tag, als wir das erste Mal im Seniorenheim gewesen waren. Auch da hatte sich Jakob erst einmal einen Kaffee geholt, bevor er mit der Arbeit starten konnte.

Erst jetzt kam die ganze Verwunderung in mir hoch. Die Stimme gehörte zu Jakobs Vater. Ich sah ihn verblüfft an. Kaum zu glauben, dass er ebenfalls hier war.

»Sie sind hier?«, fragte ich überflüssigerweise und er nickte.

»Ich muss Ihnen etwas sagen ... Danke.«

Was zum ...? Ich konnte es gar nicht glauben. »Äh ... ich ...«, stammelte ich.

»Wirklich, ein großes Dankeschön an Sie. Erst durch Sie habe ich gesehen, was Jakob alles kann.« Er sah kurz zu Jakobs Opa, der zufrieden nickte. »Ich habe mich damals über seine Kunst lustig gemacht, aber Ihre Begeisterung hat mir zu denken gegeben. Also habe ich mich anschließend darauf eingelassen und muss sagen, Sie hatten recht, Jakob ist unglaublich talentiert. Und auch Jakob hatte recht, es ist wichtig, das zu tun, woran man Freude hat. Der Rest wird sich schon finden.«

»Wir alle sind ein bisschen stur gewesen und haben es Jakob damit unnötig schwer gemacht«, warf nun sein Opa ein. »Umso schöner, dass wir endlich miteinander geredet haben. Und das war dein Verdienst, Kaia.«

Mein Herz klopfte bei seinen Worten gleich schneller.

»Das heißt zwar nicht, dass in unserer Familie nun alles perfekt ist, aber wo ist es das schon?«, zwinkerte mir Jakobs Opa zu.

»Jedenfalls werde ich Jakob künftig unterstützen. Seine

Modelle sind wirklich unglaublich gut, nicht nur das mit den Sternen oder das, das jetzt im Seniorenheim gebaut wird. Manche passen auch richtig gut zu meinem Unternehmen, gerade die Verbindung von Digitalem und Klassischem wirkt sehr rund. Wir werden das demnächst mal in aller Ruhe besprechen.«

Ich konnte kaum glauben, was ich da hörte. Aber ich war unglaublich froh darüber, denn ich wusste, was Jakob das bedeuten musste.

»Das freut mich unheimlich. Ich wollte Jakob auch noch so vieles sagen, denn dieser Baum …«

»Willst du es mir nicht lieber selbst sagen?«

Ruckartig drehte ich mich um und unsere Blicke verbanden sich sofort. Er lächelte und ich lächelte zurück. Wie sehr ich dieses Lächeln in den wenigen Tagen, die wir uns nicht gesehen hatten, schon vermisst hatte.

»Jakob«, sagte ich schlicht und er nickte.

»Kaia.« Er kam auf mich zu. »Ich weiß, du kannst es kaum erwarten, aber bevor du loslegst, lass mich dir etwas sagen.«

Ich hielt die Luft in meinem Brustkorb gefangen. Am liebsten hätte ich mich in seine Arme geworfen, meine Lippen auf seine gedrückt. Doch ich wollte hören, was er mir zu sagen hatte.

»Ich will dich bitten, mit all deinen Plänen und Listen nie mehr einfach so aus meinem Leben zu verschwinden. Damit hast du in meinem Chaosleben Ordnung geschaffen, und zwar auf eine gute Art. All diese Dinge auf deiner Liste haben mich genauso geprägt wie dich und ich bereue überhaupt nichts davon. Es tut mir unendlich leid, dass ich so etwas gesagt habe.«

Ich blinzelte gegen die Tränen an, die sich in meinen Augen sammeln wollten. Noch nie hatte jemand so etwas Schönes zu mir gesagt. Ich legte meine flache Hand auf seine Brust und wir sahen uns intensiv an.

»Jakob, was du da im Altenheim gemacht hast ... und der Vogel ... Ich, keine Ahnung, was ich eigentlich sagen will, ich habe überhaupt keinen Plan mehr und weißt du was? Daran bist nur du schuld. Weil du bescheuert bist und weil du nur Unsinn mit mir machst und weil ...«

»Okay.« Er hob eine Braue. »Klingt ja sehr gut.«

»Weißt du was? Ich liebe das. Dank dir habe ich so viel mehr erlebt. Weil das Leben mehr ist als nur ein Plan davon. Und ich weiß, ich werde nie aufhören können, etwas zu planen, aber wenn, dann will ich das mit dir. Und weißt du, warum ich das jetzt weiß?«

»Du sagst es mir bestimmt gleich.«

»Weil genau das den Unterschied macht. Weil *du* den Unterschied machst. Und weil die Antwort auf deine Frage *fliegen* ist. Wann immer wir träumen, fliegen wir. Und ich will alles, ich will so viel, aber vor allem will ich fliegen. Ich will keine Angst vor Fehlern haben und ich will ins kalte Wasser springen und ich will mutig sein.« Ich sah ihm tief in die Augen. »Und ich will dich küssen, wann immer ich will und wann immer du willst.«

Jakob sah mich auf eine Art an, dass ich schlucken musste. »Ich will mit dir fliegen wie ein Vogel.« Ich öffnete meine Hand und zeigte ihm den Vogel, den ich darin hielt. Den Vogel, den er mir geschenkt hatte und den ich seitdem immer bei mir trug. »Ich kann verstehen, wenn du das nicht mehr willst, weil ich echt anstrengend bin und ...«

»Kaia, natürlich will ich das auch und ich ... ich weiß nicht, was aus allem wird, aber ... ich liebe dich.«

»Jakob, es geht gleich los.«

Jakobs Vater stand mit einem Mal vor uns und sah ihn auffordernd an. Fragend warf nun auch ich Jakob einen Blick zu. Er lächelte etwas schüchtern.

»Eines meiner Werke wurde von der Jury in der Vorauswahl positiv beurteilt und in die Endrunde mit aufgenommen. Es wurden nur sechs Werke ausgewählt ...«

»Das ist ja großartig!«, strahlte ich ihn an.

Jakob nickte. »Kommst du mit?«

Was war denn das für eine Frage? Natürlich wollte ich mitkommen! Ich streckte ihm also meine Hand hin, die Jakob ergriff.

Sein Vater ging voran, zusammen mit seinem Opa, und irgendwie war das ganze Bild, die beiden so vereint zu sehen – oder letztlich sogar die drei –, noch ziemlich unwirklich für mich. Und sicher auch für sie selbst. Es war noch gar nicht so lange her, da waren sie sich nicht sonderlich grün gewesen. Sie hatten gestritten und es schien, als wäre die Familie völlig entzweit. Ich dachte daran, als wir kürzlich in der Werkstatt gestanden und die Sterne betrachtet hatten. Da schien es nicht möglich, sich in naher Zukunft eine Versöhnung vorzustellen. Doch nun schien all dies weit, weit weg zu sein. Das Puzzle fügte sich zusammen. Es war gut so. Es erfüllte mein Herz so mit Freude wie damals, als mir Jakob die Sterne zum ersten Mal gezeigt hatte.

Wir näherten uns einer kleinen Bühne, um die sich schon einige Messebesucher tummelten. Auch sie waren offenbar neugierig, welche der Stücke der anwesenden Künstler prämiert werden würden. Jakob sah mich an und die Aufregung, die er gerade in jeder Faser seines Körpers spüren musste, war auch für mich greifbar. Er blieb stehen, genauso wie sein Vater und sein Opa.

»Und, wie läuft das jetzt ab?«, wollte ich wissen und warf einen kurzen Blick auf die Bühne. Dort sah ich Jakobs Modellbau, doch daneben waren noch fünf weitere Kunstwerke aufgebaut, die mit seinem um die Wette glänzten.

Jakob war sichtlich nervös, als er meine Frage beantwortete. »Ich stelle mich zusammen mit den fünf anderen Künstlern auf die Bühne und dann gibt die Jury ihre Entscheidung bekannt.« Er atmete tief ein und aus.

»Du schaffst das! Los, geh schon«, munterte ich ihn auf.

Er beugte sich zu mir vor und hauchte mir einen zarten Kuss auf die Lippen. Einen Kuss, der so viel mehr war als nur ein bloßes Berühren der Lippen. Er war etwas Vertrautes, etwas, was ich nicht mehr verlieren wollte.

»Los, du schaffst das! Wir sind alle bei dir«, sprach ich ihm nochmals Mut zu.

Er nickte. »Jetzt bin ich wohl an der Reihe, mutig zu sein.«

Ich lächelte. »So ist es.«

Jakob warf noch einen Blick zu uns, dann wandte er sich ab und ging in Richtung der Bühne und des kleinen Podests, auf dem schon die anderen Auserwählten standen. Jakob platzierte sich vor der hübschen Skulptur, die er entworfen hatte, und ich war unglaublich aufgeregt. Ich wünschte ihm so sehr, dass er ausgezeichnet werden würde, dass er es vielleicht sogar schaffte, den Hauptpreis zu gewinnen. Tausende Gedanken schwirrten durch meinem Kopf wie ein Kreisel, den man wild losgedreht hatte.

Einen Moment lang standen wir alle gespannt da. Das Stimmengewirr, das eben noch deutlich zu hören gewesen war, verstummte.

Ein Mann mit kurzen dunklen Haaren nahm das Mikrofon in die Hand, klopfte einmal lächelnd dagegen und fing anschließend an zu sprechen. »Schön, dass sich so viele Interessierte hier eingefunden haben«, sagte er und ließ den Blick schweifen. »Im Laufe des bisherigen Tages haben meine Kolleginnen und Kollegen von der Jury die Modelle auf der Messe gesichtet. Es ist inzwischen schon eine lieb gewonnene Tradition, dass wir unter allen Wettbewerbsteilnehmern sechs Künstler auswählen, die die Möglichkeit auf einen Preis und somit eine Honorierung ihrer Arbeit bekommen. Diese sechs Teilnehmer, die ich nun auf unserer Bühne begrüßen darf, haben es geschafft, die Jury mit besonders herausragenden Arbeiten zu überzeugen, und wir haben bei der hohen Qualität der sechs Werke sehr lange zusammengesessen und uns beraten, um nun einen Gewinner zu küren.«

Der Mann sah sich um, sein Blick wanderte zwischen den Künstlern, die ausgewählt worden waren, hin und her. Jakob wirkte nervös. Ich hoffte, dass er diesen Augenblick der Anerkennung dennoch auch etwas genießen konnte. Denn als einer der sechs Finalisten ausgewählt worden zu sein, war bereits eine große Ehre.

»Jedes der Objekte, die wir ausgesucht haben, ist besonders. Man spürt das Talent der Erschaffer und deswegen haben wir uns alles sehr genau angesehen.« Wieder ließ er seinen Blick wandern. »Nun, lange Rede kurzer Sinn: Wir mussten uns für eines der Kunstwerke entscheiden, das uns am besten gefallen hat. Der erste Platz ist mit zehntausend

Euro dotiert und geht an …«, er machte eine dramatische Pause, »… Jusuf Yagein für seine Skulptur zum Thema Jetztzeit. Herzlichen Glückwunsch, Herr Yagein!«

Der Name hallte vom Mikrofon durch die Lautsprecher und erreichte mein Ohr. Es war nicht Jakob und sofort bildete sich ein kleiner Knoten in meinem Magen. Ich suchte Jakobs Blick und nickte ihm aufmunternd zu. Er sollte … er *durfte* nicht traurig und enttäuscht sein, denn allein, dass er unter die besten sechs gewählt worden war, war ein Riesenerfolg, etwas, woran er anknüpfen konnte.

»Jeder der hier Anwesenden hat seine Talente und seine Besonderheiten, deswegen bitten wir die fünf anderen Finalisten darum, nicht enttäuscht zu sein. Ich versichere Ihnen …«, er wandte sich den Finalisten zu, »… jeder von Ihnen wird seinen Weg weitergehen. Sie können stolz auf sich sein und dem Sieger neidlos gratulieren. Dennoch, einen weiteren Preis haben wir noch zu vergeben. Wir haben auch einen Nachwuchspreis ausgeschrieben, um ein weiteres junges Talent zu fördern und ihm Mut mit auf seinen Karriereweg zu geben. Dieser Förderpreis ist mit zweitausend Euro dotiert und wird vergeben an …«, wieder eine dramatische Pause, in der man die Spannung förmlich knistern hören konnte, »… Jakob Inzenhofer. Herzlichen Glückwunsch auch Ihnen, Herr Inzenhofer!«

Was hatte er da gerade eben gesagt? Jakob Inzenhofer? Wirklich? Hatte er wirklich Jakob Inzenhofer gesagt? Ich konnte es vor Freude kaum fassen. Sofort rauschte eine warme Welle durch meinen Bauch und löste den Knoten auf. Ich klatschte wie verrückt Beifall. Ich blickte von Jakob zu seinem Vater, von dort aus weiter zu seinem Opa und dann wieder zurück zu Jakob. Wie unglaublich war das denn bitte?

Die Röte stand Jakob auf den Wangen. Er wirkte genauso überrascht wie wir alle. Er nahm den symbolischen Scheck entgegen, den er gereicht bekam. Dabei grinste er übers ganze Gesicht.

»Wir wünschen Ihnen allen sechs ganz viel Erfolg, machen Sie weiter so. Man spürt die Leidenschaft in Ihren Werken und genau das ist es, was zählt. Vielen Dank auch Ihnen, liebe Besucherinnen und Besucher, und eine wunderschöne Restmesse.«

Ich konnte nicht anders. Ich lief los, rannte zu Jakob an den Rand der Bühne und rief: »Das ist so wundervoll! Ich bin so stolz auf dich! Wie toll ist das denn bitte?«

Jakob stieg herunter und ich fiel ihm begeistert um den Hals. Ich hielt ihn fest umklammert, spürte seinen Körper an meinem, seinen Duft in meiner Nase. Jakob hob mich euphorisch hoch. Freudig schlang ich meine Beine um seine Taille und ließ mich von ihm herumwirbeln. Als er mich wieder auf den Boden herunterließ, strahlte er noch immer. Schließlich ging ich auf die Seite, denn sein Blick fand jetzt den seines Vaters, der sich nun ebenfalls zu Jakob an den Rand der Bühne stellte.

Es war nicht viel, was sich zwischen den beiden abspielte. Zuerst war es nur ein kurzer Blickwechsel, aber es war einer, der mehr sagte als »gut gemacht«. Da war ein Ausdruck in den Augen seines Vaters, der Jakob spüren lassen musste, wie stolz er auf ihn war. Wenn ich jetzt nochmals darüber nachdachte, wie sich alles in den letzten Wochen entwickelt hatte, wurde ich sprachlos. Es war schön. Wunderschön, um es genau zu sagen. Die beiden musterten sich noch einen Moment, dann ging Jakobs Vater zu ihm, umarmte ihn und klopfte ihm auf die Schulter. Manchmal brauchte es keine

Worte, denn Gefühle waren lauter als alles, was man in Worte fassen konnte.

So war es mit vielen Dingen im Leben, dachte ich mit einem Mal. Auch Fliegen war leise und doch hob es uns so weit in den Himmel wie nichts sonst auf der Welt. Und ich war froh, dass nun auch Jakob flog.

KAPITEL 41

immer

Professor Winter stand strahlend auf dem kleinen Podest in dem Raum, in dem der große, von Jakob designte Baum stand. Alle Bewohner des Heims hatten sich eingefunden, ebenso Jakobs Opa und Jakobs Vater, die alles mit der Technik geregelt hatten. Was allein schon ziemlich wundervoll war. Nicht das mit der Technik. Das natürlich auch. Aber vor allem, dass sich Großvater und Vater wieder angenähert hatten. Schon auf der Preisverleihung hatte ich mir gedacht, wie unglaublich froh mich das machte. Dass die Familie, die noch vor Wochen so zerstritten war, nun endlich wieder zusammenhielt. Manchmal musste man über seinen Schatten springen, mitten hinein ins kalte Wasser. Man musste loslassen, fliegen, irgendwohin, wo man zuvor noch nie gewesen war. So war das nun mal im Leben.

Als Jakob und ich damals zu Professor Winter eingeladen worden waren, hätte ich auch niemals gedacht, was das Projekt mit mir machen würde. Die Party, auf der ich mit meinen Schwestern gewesen war. Dass dieser Abend mehr sein würde als nur ein Zusammensitzen in einer lauen Sommernacht, in der man feierte, hatte ich nicht geahnt. Und es war ja auch absolut nicht mein Plan gewesen. Aber im Nachhinein setzte sich alles wie ein Puzzle zusammen. Dort hatte ich Jakob gesehen, dort hatte ich meine Meinung zu ihm gehabt und bei Professor Winter dann sowieso. Dabei hatte er danach so viel mehr mit mir gemacht. Mit mir und mit uns.

Professor Winter meinte damals, dass wir perfekt füreinander wären. Und ich hatte das abgetan. Was sollte an ihm und mir zusammen perfekt sein? Wir waren so gegensätzlich wie Feuer und Wasser, wie der Sturm und die Ruhe. Dabei war genau das der Punkt von Professor Winter gewesen. Jakob und ich waren nämlich tatsächlich *auf eine ganz bestimmte Art* perfekt füreinander. Mit ihm hatte ich so vieles erlebt und ich hoffte, dass all das noch lange nicht zu Ende war. Im Gegenteil: dass unsere Reise erst beginnen würde.

Ein Gedanke, der mir erst nach und nach bewusst geworden war, lautete: Das Leben ist etwas Schönes. Etwas, das man nicht so planen kann, wie man es sich manchmal vorstellt. Es ist aufregend, es ist voller Wunder. Voller verworrener Wege, voller Blumen, die aufblühen, wieder verblühen und dann wieder neu aufblühen. Das Leben lebt von Träumen und … wann immer wir träumen, fliegen wir.

Mein Blick schweifte über den Baum hin zu Jakob und schließlich zu Professor Winter, der sich nun räusperte.

»Liebe Bewohnerinnen und Bewohner, als ich meinen Studierenden Kaia und Jakob vor einigen Wochen den Auftrag zu dieser Projektarbeit gab, hatte ich einen Gedanken. Nämlich den, dass sie sich sicherlich gut ergänzen könnten. Ich hatte diesen Eindruck und ein Gespür dafür, dass die beiden bestimmt etwas Wunderbares auf die Beine stellen könnten. Aber dass es so etwas Unglaubliches werden würde … Ich muss zugeben, damit hatte selbst ich nicht gerechnet. Aber umso stolzer – wirklich *unheimlich* stolz – bin ich, dass es so ist. Und dass die beiden sich mit so viel Herzblut engagiert haben, um etwas zu schaffen, was Freude in die

Herzen zaubert. In *Ihre* Herzen. Und etwas, was Erinnerungen leuchten lässt. *Ihre* Erinnerungen.«

Er ließ den Blick durch den gesamten Raum schweifen. Und die Bewohner, ganz vorn Herr Scheerbaum, lächelten.

»Liebe Bewohnerinnen und Bewohner, das Leben ist groß und voller wichtiger Momente. Jeder einzelne davon prägt uns und bringt uns dorthin, wo wir sein sollen. Man nennt es auf der einen Seite Schicksal. Ich würde aber auch sagen, es ist auf der anderen Seite dieser Lebensweg, der so viel mehr ist als das. Denn Schicksal bedeutet für mich auch, dass man nicht nur dasitzt und darauf wartet, wie etwas wächst, sondern dass man Vertrauen in das Leben hat. Vertrauen darin, dass schon alles gut gehen wird. Und es ist wichtig, dass wir uns darauf einlassen. Gerade wenn man jung ist, ist es vielleicht nicht immer zu verstehen. Der Kopf ist voller Gedanken. Voller Dinge, die man erleben will. Wenn man dann aber erst einmal älter ist, weiß man, dass vor allem die Kleinigkeiten das Leben zu dem machen, was es ist. Die erlebten Momente sind mehr als nur Augenblicke. Sie sind genau diese Kleinigkeiten, die die Lichter in uns entzünden, wenn es wieder einmal viel zu dunkel ist.«

Professor Winter blickte noch einmal in die Runde. Es war mucksmäuschenstill.

»Liebe Bewohnerinnen und Bewohner, es ist mir eine ausgesprochen große Ehre, heute dieses wundervolle Kunstwerk zu enthüllen, das so viel mehr als nur ein Kunstwerk ist. Es ist ein Werk, das Momente einfängt. *Ihre* Momente. Es ist ein Werk, das Erinnerungen wachhält. *Ihre* Erinnerungen. Es ist ein Werk, das Lichter entzündet. Lichter in Ihnen, Lichter für Sie. Ich wünsche Ihnen viel Freude damit und schließe mit einem Dank an den Künstler.«

Applaus für die schöne Rede brandete auf, während Professor Winter zu Jakob hinübersah. Der wiederum blickte zu seinem Vater, der nun auf sein Nicken hin das Tuch wegzog, das alles verhüllte, und dann einen Schalter betätigte. Ich war gespannt, wie es ankommen würde. Jakob hatte so viel Energie und Herzblut darauf verwendet, dass die Überraschung gelang, damit die Bewohnerinnen und Bewohner etwas bekamen, was sie tief in der Seele berührte.

Und ihre positive Reaktion war unverkennbar. Da lag ein Glanz in ihren Augen, Geräusche der Freude und des Erstaunens lagen in der Luft und erneut applaudierten sie. Wir hatten vorab von jedem kleine Erinnerungen abgefragt und nun waren sie gefühlt überall. Auf den Blättern des nun enthüllten Baums, die Jakob digital angelegt hatte. Wie schon bei meinem letzten Besuch blickte ich auf den Baum, über die vielen Äste, über die Bildschirmblätter, die nun mit Erinnerungen gefüllt waren.

»Wir haben schon ein paar Erinnerungen von jedem hier aufgespielt, aber jede und jeder von Ihnen kann jederzeit neue hinzufügen. Sie alle können hier Ihre Erinnerungen, Ihre Wünsche und Träume verewigen«, erklärte Jakob.

Ich sah zu dem kleinen Vogel, den Jakob auf einem der Äste platziert hatte und der mein Herz so berührte. Es war schön zu sehen, wie nun alle auf den Baum, die Blätter, die Erinnerungen – ihre Erinnerungen – reagierten und sie fasziniert betrachteten. Mein Herz klopfte heftig, als ich zu Jakob und dann zu dem Baum blickte, der nun hell erleuchtet dastand.

Es hatte geklappt. Natürlich waren wir unfassbar aufgeregt gewesen, die ganze letzte Nacht hatten alle zusammen noch am letzten Schliff gearbeitet, damit auch alles wirklich funktionierte. Und das tat es. Erst jetzt sah ich, dass Lina und Nika gekommen waren. Ich war überglücklich, die beiden in diesem Moment in meiner Nähe zu haben. Sie winkten mir zu und ich lächelte. Ich war so dankbar für sie. So dankbar für alles.

Ein paar Wochen waren seit der Preisverleihung vergangen und Jakob hatte eigentlich das Preisgeld investieren wollen, um alles fertigzustellen, aber sein Vater war so stolz auf ihn gewesen, dass er seine Unterstützung angeboten hatte. Der erste Schritt, um die Kunst seines Sohnes künftig zu fördern. Das kam auch ihm zugute, da am heutigen Tag die Presse vertreten war, unter anderem eine von Linas Kolleginnen bei der *Stadtzeit*, die die Förderung durch seine Firma erwähnte und zeigte, was mit den Mitteln der Technik und der Digitalisierung alles möglich war, doch in erster Linie hatte er es aus vollem Herzen ernst gemeint.

Nur ein paar Wochen, und doch war so vieles passiert. Jakob und ich waren glücklich, zusammen zu sein, und nutzten jede Gelegenheit, uns zu sehen. Ich blickte von Lina über Nika zu Herrn Scheerbaum und dachte daran, was er zu mir gesagt hatte. Dass man sein Leben lang versuchte, alles richtig zu machen. Dass wir im Leben aber viel mehr erleben konnten, wenn wir uns nicht einschränkten. Dass man nie zu alt war, um zu träumen. Und genau so sah ich es auch. Alles war möglich. Bei jeder und jedem von uns.

Ein warmes Gefühl hüllte mich ein. Noch immer leuchtete der Baum zusammen mit den Erinnerungen und den Bildern, die digitalisiert worden waren. Es war ein rundum unbeschreiblicher Moment. Jakob stand nun neben mir und ich schaute zu ihm.

»Na, schon entdeckt?«, fragte er.

»Was meinst du?«

Er lächelte. »Sieh doch mal genau hin. Da drüben.«

Ich ließ den Blick schweifen und dann sah ich tatsächlich ein Bild, das uns beide zeigte. Aber es war nicht nur irgendein Bild. Es war eines, das er erst vor wenigen Tagen am Flughafen von uns aufgenommen hatte. Wir waren noch mal hingefahren, weil wir uns überlegt hatten, tatsächlich wegzufliegen. Eine Idee von Jakob. Natürlich. Er meinte, es wäre doch ein Leichtes, jetzt die Flugangst zu überwinden. Aber dann hatten wir eine andere Idee, denn nur mit einem Flugzeug zu fliegen, war einfach und wir waren uns einig, dass wir das noch öfter zusammen machen wollten, die Welt sehen, reisen. Aber das, was wir stattdessen vorhatten, war etwas ganz anderes. Die Idee war uns gekommen, als wir den Ballon gesehen hatten. Wir wollten fliegen, wir wollten lautlos aufsteigen, wir wollten gleiten, wir wollten schweben. Wie Vögel.

Ich sah das Bild, wir beide dort an dem Platz, an dem wir auch damals gesessen hatten, an dem ich damals über den Spruch nachgedacht hatte, darüber, was ich im Leben eigentlich wollte.

Und dann entdeckte ich einen kleinen Zettel. Als ich genauer hinsah, erkannte ich, dass Jakob unsere Kontaktanzeigen zu einer verwoben hatte: *Lebenslustiger Mann mit Zauberhänden ohne Ziel hat Planerin mit Herz gefunden, die sich mehr traut als vermutet. Sie liebt U-Bahn-Geruch, er liebt alles an ihr.*

Ich schluckte. Jakobs Finger glitten sanft in meine und in diesem Moment fühlte ich einfach nur Glück, großes Glück. Unendliches Glück.

KAPITEL 42

immer

Mit klopfendem Herzen betrachtete ich die Bilderrahmen im Schlafzimmer, die Jakob für mich gemacht hatte, und konnte es noch immer nicht glauben. Die Rahmen waren zu einem großen Vogel verarbeitet, in den er ganz neue Sprüche gesetzt hatte. Aber nicht nur das. Er hatte auch die Bilder gerahmt, die er bei unseren gemeinsamen Erlebnissen geschossen hatte: in der U-Bahn, am Flughafen, am See, auf dem Turm, auf der Burg, auf der Zugspitze. Auch das Foto, das wir erst neulich am Flughafen geschossen hatten. Und es gab ein Bild mit dem Spruch, der jetzt meiner war. *Wann immer wir träumen, fliegen wir.* Ab jetzt würden sie alle im Schlafzimmer hängen und mich an das erinnern, was wir zusammen erlebt hatten. Es war etwas ganz Persönliches. Damals in der Werkstatt hatte ich nicht gewusst, wie recht er damit einmal haben würde.

Ich wartete auf Jakob, der gerade noch einiges einpackte. Wir wollten für ein paar Tage wegfahren. Die Ballonfahrt war gebucht und ich freute mich darauf. Ich, Kaia Schiffner mit der Höhenangst, freute mich auf die Ballonfahrt! Ich konnte es selbst kaum glauben, aber ich wollte noch mehr Erinnerungen und Bilder schaffen. Ich wollte mich mit Jakob wegträumen.

Apropos Träume. Wie glücklich alle im Altenheim gewesen waren, als der Baum dort enthüllt wurde und sie die

Erinnerungen fanden, die sie dort platziert hatten! Die Zeitung hatte tatsächlich darüber berichtet und Jakob wurde daraufhin mit Anfragen zu diesem und anderen Projekten überhäuft. Und auch wenn es mit seinem Vater nicht perfekt war – wie es sein Opa schon angedeutet hatte –, so war es dennoch immerhin so, dass sein Vater Jakobs Kunst und Jakobs eigenen Weg nun akzeptierte. Ich war mir sicher, irgendwann würde sich auch das Verhältnis der beiden zueinander noch verbessern, aber für den Moment war ich schon zufrieden, wenn ich bedachte, wie feindselig sie sich noch vor Kurzem gegenübergestanden hatten.

Es war nicht leicht, zu dem zu stehen, was man sich wünschte. Es würde immer Hürden geben. Aber wie Herr Scheerbaum zu mir gesagt hatte: Ein Baum gibt einem Vogel ein Zuhause, von dem aus er immer wieder neu losfliegen kann. Und zu dem er immer wieder zurückkommen kann. Dank Jakob hatte ich das gelernt. Nichts im Leben war perfekt, aber das musste es auch nicht sein. Das Leben war mehr als nur ein Plan. Es musste vor Träumen überschäumen und ab und zu musste man ins kalte Wasser springen. Es musste voller Sterne sein, aber auch mal voller Wolken. Es musste voller verrückter Dinge und Fragen und Antworten sein, aber manchmal bleiben die Antworten auch aus. Man musste im Leben so heftig geküsst werden, dass man das Gefühl hatte, das Herz würde zerspringen. Aber man musste auch Niederlagen erleben, um wieder aufstehen zu können. Und man brauchte Reisen, die ins Unbekannte führten. Leben war Fliegen und Fallen zugleich.

Ich blickte auf mein Handy. Die App blinkte und zeigte mir anstehende Erlebnisse fürs Herz an – die Idee, die mir auf der Zugspitze gekommen war. Die Projektgruppe war ganz begeistert davon gewesen, also hatte Luis sie gleich umgesetzt. Nun konnte man nicht mehr länger nur To-do-Listen hinzufügen, sondern auch Bucket Lists. Wie meine, die ich vor gar nicht allzu langer Zeit erstellt hatte. Jetzt fehlte der App nichts mehr – und mir auch nicht.

Ich lächelte, als Jakob zur Tür hereinkam. Kurz machten sich die Bilder in meinem Kopf erneut breit. Die kleine Wohnungsführung, die ich damals mit ihm gemacht hatte. Als wir damals vor meiner Bilderwand gestanden hatten und er sich darüber lustig gemacht hatte.

»So passt es viel besser zu dir«, sagte er und ich wandte mich zu ihm um.

»Ja.«

Jakob stand neben mir und gab mir einen Kuss aufs Haar. Dabei blickte ich auf die zerwühlten Laken und die Bettwäsche. Sofort dachte ich an die letzte Nacht und atmete tief durch.

»Eigentlich wollte ich gerade das Bett machen, aber vielleicht ...«

Er griff um meine Taille und zog mich auf die Matratze. »Das klingt zu verlockend, aber wir fahren doch jetzt los. Hast du fertig gepackt?«

»Ich bin bereit, aber ...«

»Aber?«

»Aber wenigstens noch einen Kuss«, flüsterte ich ihm ins Ohr.

Dann küsste ich ihn, er hob mich leicht an und stellte mich dann wieder ab. »Wir zerwühlen die Laken in den nächsten Tagen überall, wo du willst. Wenn du weißt, was ich meine.«

»Ich hab keinen Schimmer, wovon du redest.«

Jakob grinste. »Also, bereit für unseren kleinen Trip?«

»Mehr als bereit«, sagte ich, griff nach meinem Koffer und wir verließen die Wohnung.

Jakob lenkte das Auto auf einen schmalen Weg und ich fragte mich, was er vorhatte. Wir wollten eigentlich zum See fahren. Zu einem der kältesten Seen in Bayern, um genau zu sein. Wir wollten dort ein paar Tage verbringen. Deswegen sah ich ihn nach dieser unerwarteten Abzweigung fragend an.

»Was hast du denn jetzt schon wieder vor?«, wollte ich wissen.

Sofort schob sich ein Grinsen über seine Lippen. »Dass du nicht die Geduldigste bist, weiß ich ja, aber du hast Glück. Du musst nicht mehr lange aushalten.«

Der Wagen wurde langsamer, bis Jakob vor einem großen Wiesenplatz stoppte. Darauf standen ein paar Anhänger, Container, Flugzeuge und – ein Ballon. Ein Heißluftballon. Groß und rund und hellgelb.

»Ach, hier? Wir machen das jetzt wirklich?«, fragte ich nicht mehr ganz so mutig wie vorhin und griff nach seiner Hand. Ich drückte sie und merkte, wie mir nun ein wenig mulmig wurde.

»Wir machen das jetzt wirklich, weil wir das nämlich erst vor wenigen Tagen zusammen gebucht haben, wie du dich vielleicht noch erinnerst. Dafür habe ich gern ein bisschen was von dem Preisgeld investiert.« Er strahlte mich an.

Ich löste meine Hand aus seiner und schubste ihn sachte. »Das wäre doch nicht nötig gewesen.«

Er sah mich noch immer an. »Oh doch, ich wollte nämlich genau das mit dir erleben und ich glaube mich erinnern zu können, dass du dich darauf sogar gefreut hast.«

Es war wohl sehr unvorsichtig von mir gewesen, das zuzugeben. Aber dass Jakob mit mir fliegen wollte, war so verrückt und schön, dass ich es kaum glauben konnte. »Ich mich gefreut? Das hast du doch geträumt, oder?«

Leise lachte er, dann beugte er sich vor und küsste mich. »Es ist zwar wie ein Traum mit dir, aber nein, das habe ich nicht geträumt. Wir machen das jetzt echt, also los geht's.«

Er küsste mich noch einmal sanft und ich atmete tief durch. Meine Hände begannen zu zittern. »Puh, ich glaub, ich schaff das nicht.«

Er lachte, stieg aus, ging um das Auto herum, öffnete die Beifahrertür und reichte mir seine Hand.

Mir blieb nichts anderes übrig, als sie zu ergreifen und auszusteigen. »Und jetzt geht es einfach so los?« Ich deutete auf den Ballon und er nickte.

»Wir stellen uns da rein und dann ... Wird schon gut gehen.«

Er lachte und ich stimmte mit ein. Dann ließ ich den Blick schweifen und sah einen Mann, der uns zuwinkte. »Du meinst, er wird das schon machen und uns heil wieder herunterbringen, oder?«

»Wer weiß?«, fragte Jakob und legte den Kopf schief.

Hand in Hand gingen wir auf den Ballon zu. Der Mann, der vor dem großen Korb stand, lächelte uns freundlich zu.

»Das hier ist also die junge Frau, die so hoch hinauswill?«, fragte er.

Jakob nickte, während ich den Kopf schüttelte.

Der Mann lachte. »Sie wirken sich ja sehr einig.«

»Ich habe ein bisschen Angst«, musste ich gestehen und hielt Jakobs Hand etwas fester.

»Keine Panik, wir haben sehr gutes Flugwetter und alles ist vorbereitet. Ich würde also sagen, wir starten.« Er klopfte auf den Rand des geflochtenen Korbs.

Jakob sah mich an. »Bist du mutig, Kaia?«

Nein, absolut nicht. »Ja«, lachte ich, dann stiegen wir ein.

Ich stützte mich am Rand des Korbs ab und strich mit der Handfläche darüber. Gleich würde es losgehen. In meinem Bauch flatterte es. Bei einem lauten Geräusch zuckte ich zusammen.

»Nicht erschrecken, das ist nur das Gas. Und nicht nach oben fassen. Einfach genießen.« Nochmals ertönte ein heftiges Fauchen und Jakob hielt mich fest. »Leinen los«, sagte der Mann und der Korb hob ganz sachte ab.

»Wir fliegen«, stieß ich ungläubig aus.

Jakob lachte. »Noch nicht sehr hoch, aber ja.«

Ich klammerte mich an ihm fest und spürte dabei so vieles. Das Glück, mit Jakob hier zu sein. Diese Aufregung im Bauch beim Aufstieg. Aber je höher es ging, umso besser wurde es. Ich hatte natürlich Angst, daneben verspürte ich aber auch ein wohliges Kribbeln. Hoch und immer höher, den Wolken entgegen. Alles wurde kleiner unter uns, während der Himmel über uns leuchtete. Die Sonnenstrahlen waren warm und ich konnte gar nicht so viel aufnehmen, wie ich sah.

»Wie winzig jetzt alles ist«, sagte Jakob und hielt mich. Er küsste mein Haar und griff fester um meine Hand. »Und der See hat eine Farbe, als wären wir in der Karibik.«

»In den springen wir gleich noch rein, ja?«, freute ich mich schon.

»Von hier aus?«

Ich lachte. »Das wäre doch ein bisschen hoch. Machen wir später. Und zwar nackt«, flüsterte ich.

Jakob zog die Augenbrauen hoch. »Wenn du unbedingt willst …«

Er hielt mich fest und wir genossen den Flug. Dieses sanfte Schweben durch die Luft. Wie schön das war. Und plötzlich war mir so vieles klar. Alles war möglich. Zusammen mit Jakob überwand ich nun auch noch meine Höhenangst. Und egal, was noch vor uns lag, mit uns beiden war alles möglich.

Zusammen mit Jakob blickte ich dann auch ein wenig später über den Walchensee, den wir eben noch von oben aus der Luft betrachtet hatten. Das türkisklare Wasser schimmerte vor uns, der Kiesstrand war weiß. Ich fühlte mich tatsächlich wie in der Karibik.

»Also dann?« Jakob lächelte, beugte sich vor und küsste mich ganz unerwartet.

»Hey, darfst du das?«

»Zum Glück immer und jederzeit.« Er grinste. »Zumindest, solange du es willst.«

Nun legte ich meine Lippen auf seine. »Ich denke, ich will es schon noch das ein oder andere Mal. Und zwar für immer.«

Seine Hand glitt an meine Wange und mein Herz klopfte. »Du denkst es?«

»Ich denke es, aber ich plane es nicht.«

Er lachte, dann küsste er mich erneut. »Dann gehen wir mal ins Wasser. Und zwar nackt, wie gewünscht.«

»Vorhin wollte ich es noch so sehr, aber jetzt weiß ich nicht mehr, ob das wirklich eine gute Idee ist.«

Vom Ufer aus glitzerte der See in der Sonne, ein paar Leute saßen verteilt, aber viel los war nicht.

»Es ist die beste Idee ever.« Mit einem Funkeln im Blick stand Jakob auf und ...

»Jakob, du kannst dich nicht einfach so ausziehen!«

Doch schon war sein Shirt weg und ich erhaschte einen Blick auf seinen Oberkörper. Und der sah gut aus. Wahnsinnig gut.

»Jetzt du.«

Ich schluckte, schlüpfte dann aber aus meiner Hose. Nur im Slip stand ich nun da.

»Jetzt wieder du«, sagte ich und grinste.

»Kaia, Kaia, ich wusste es doch.« Er schlüpfte nun ebenfalls aus seiner Hose und ich konnte seine Shorts sehen, deren Bund tief auf seiner Hüfte saß. »Hey, starrst du mich etwa an?«

Ich schüttelte den Kopf. »Ich? Nein, niemals! Ich weiß ja, wie du aussiehst.«

Er zwinkerte. »So, jetzt wieder du«, forderte er mich erneut auf und deutete auf mein Shirt.

Sein Blick lag auf meinem und ich atmete tief durch, als ich das Oberteil auszog und nur noch in Unterwäsche dastand.

»Wir könnten auch so gehen, oder?«

»Das ist aber nicht nackt.«

Und ehe ich mich versah, schlüpfte er aus der Shorts, wandte sich ab und rannte ins Wasser.

»Scheiße, ist das kalt!«, rief er und ich lachte, als ich seinen Hintern im See verschwinden sah.

»Das ist unfair, du kannst jetzt alles sehen, wenn ich auch reinkomme.«

»Du kannst auch alles sehen, wenn du kommst.«

»Scheiße, Jakob, ich ...«

Aber dann war es mir egal, ich zog den BH aus, meinen Slip, verdeckte nichts und rannte, so schnell ich konnte, ins Wasser.

»Verdammt, das ist ja wirklich eiskalt!«

»Aber ist das nicht ein gutes Gefühl?«, fragte er und ich nickte bibbernd. »Und jetzt ...« Jakob kam auf mich zu. Was hatte er vor?

»Nein, Jakob!«, rief ich, als er dicht vor mir stand. Mit diesem Blick, als hätte er irgendwas im Sinn. Irgendeinen Unsinn. Mich unterzutauchen oder sonst etwas.

»Ich werde dich jetzt packen und hochwerfen. Nackt!«

Ich schüttelte den Kopf. »Das wirst du nicht!«

Ich lachte, als er vor mir stehen blieb und ich ihn dicht an mir spürte. Dass ich das trotz der Kälte des Wassers sehr erregend fand, konnte ich nicht leugnen.

»Zeit für neue Abenteuer und Träume. Was meinst du, wohin es uns treibt?«

Ich sah ihn an. »Keine Ahnung, aber weißt du was? Ich bin zu allem bereit, alles ist möglich. Denn wann immer wir träumen – fliegen wir.«

ENDE – UND DOCH ERST DER ANFANG ...

DANKESCHÖN

Meine lieben Leser*innen, am Ende jeder Geschichte ist es Zeit, Danke zu sagen. Euch allen da draußen, die ihr mich unterstützt und meine Bücher gerne lest.
Ihr seid wundervoll, ich danke euch von ganzem Herzen.
In der Geschichte von Kaia und Jakob geht es um die Jugend, um das, was sie ausmacht. Wie oft nimmst du dir Dinge vor, schiebst sie aber dann doch vor dir her – auf irgendwann. In der Angst, etwas zu verpassen, erstellt Kaia ihre Liste. Mir hat es sehr viel Spaß gemacht, mir all die Kleinigkeiten zu überlegen, die sie gemeinsam mit Jakob erlebt, die Aufgaben, an denen sie wachsen. Denn im Leben ist es genau so: Wir wachsen mit unseren Aufgaben. Mit jedem Fehler, den wir machen, an jeder Begegnung, die wir haben, reifen wir. Nicht immer läuft alles optimal. Wer ist schon fehlerfrei? Und genau das macht uns zu den Menschen, die wir sind.
Wann immer wir träumen, fliegen wir. Das ist auch mein Motto. Und ich hoffe, ihr könnt aus der Geschichte etwas für euch mitnehmen. In mir ist dieser Gedanke dank meines Vaters gereift, der mich immer unterstützt hat, der trotz vieler Fehler, die ich habe oder gemacht habe, immer für mich da war und ist. Papa, dank dir weiß ich, wie wichtig Freiheit ist. Wie wichtig es ist, niemals aufzugeben. Du hast mir gesagt, dass die Seele fliegt, wenn wir tun, was wir lieben. Und

du hast immer an mich geglaubt, mich gefordert. Wir haben oft gestritten, aber nur weil wir so ähnlich sind. Weil auch ich Flügel habe, nie wirklich ruhen kann. Doch ich habe dank dir gelernt, dass genau dieser vermeintliche Fehler meine größte Stärke ist.

Mama, du bist die Ruhe unter unseren Flügeln. Auch du bist immer für mich da. Du nimmst mich, wie ich bin, und kennst deine Tochter – und du liebst sie so, wie sie ist.

Menschen, die einen so nehmen, wie man ist ... Am Ende bleiben oftmals nur wenige übrig. Deswegen geht auch ein großer Dank an meine Schwester Nathalie. Es gibt Tausende Lieder, die uns beschreiben. Von Juli zum Beispiel, *Immer werden wir so bleiben*. *Schwesterherz* von Klima beschreibt es vielleicht sogar noch besser. Ich bin dankbar, dass unsere Kinder zusammen aufwachsen. Dass du da bist – ich werde auch immer für dich da sein. Auf Tausende weitere gemeinsame Momente. Ich halte dich fest, wenn du nicht mehr kannst. Wir teilen jeden Schmerz, Schwesterherz!

Emily SoulSister! Wem kann ich jedes Geheimnis anvertrauen? Dir! Wie viele Geheimnisse haben wir schon geteilt? Wir haben unsere Jugend zusammen verbracht, uns gestritten, geliebt, gehalten und ja, wir haben auch Bücher zusammen geschrieben. Ich habe dich lieb – dafür, dass du immer die richtigen Fragen stellst, wenn ich es nicht tu. You know it! Danke für deine Hilfe in dieser Zeit.

Und dann bist da du, Flo. In der größten Dunkelheit hast du mein Leben erhellt. Wir haben uns gegenseitig gestützt und schon so viel zusammen erlebt. Neben dir aufzuwachen, bis wir alt und grau sind, das ist mein Traum und ich glaube an ihn. Ich liebe dich und unsere verrückte Patchwork-Familie.

Meine Tochter, was du nie vergessen darfst: Du bist perfekt, wie du bist. Hab keine Angst davor, Fehler zu machen. Wer macht schon alles richtig? Wenn du mal nachts nackt in den Pool springen willst, tu es. Wenn du den falschen Weg gegangen bist, hole ich dich ab. Egal, wo du bist. Du wirst dich niemals verstellen oder entschuldigen müssen für das, was du bist. Das verspreche ich dir.

Raik. Mein kleiner großer Mann. Was auch immer du tust, ich bin für dich da und liebe dich bis zum Himmel und zurück. Du bist der Beste, ich liebe dich – immer einmal mehr. Ha, jetzt hab ich gewonnen, denn hier steht es Schwarz auf Weiß. *Immer einmal mehr.* Du weißt Bescheid, mein Schatz.

So viele Menschen, die mich stützen. Die mir helfen, meinen Traum zu verwirklichen. Die Wege mit mir beschritten haben. Steinige, leichte, gewundene. Danke, dass ihr da seid. Bis zum höchsten Stern da oben liebe ich euch.

Danke auch an alle, die meine Träume immer belächelt haben, die gesagt haben: *Du schaffst das nie!* Danke für eure Zweifel, das hat meine Flügel gespannt.

Danke an den Loewe Verlag und diese große Chance. Für die Geduld und das Herzblut in jeder Seite. Danke meinen Lektorinnen Claudia und Elena für eure Unterstützung.

Ein großer Dank auch an Klaus, meinen Agenten, für deine Unterstützung bei dieser Geschichte. Das vergesse ich dir nie!

Ihr Lieben, habt Freude mit dem Buch, mit der gesamten Reihe. Liebt, träumt und hofft. Und vergesst niemals: Wann immer ihr träumt, fliegt ihr.

Eure Michelle